0,56-

Diogenes Taschenbuch 20732

detebe

G. K. Chesterton

Pater Brown und Der Fehler in der Maschine

Die besten Geschichten aus
›Die Weisheit des Pater Brown‹
und
›Die Ungläubigkeit des Pater Brown‹

Aus dem Englischen von
Norbert Miller,
Alfons Rottmann
und Dora Sophie Kellner

Diogenes

Die ersten neun Geschichten entstammen aus »The Wisdom of Father Brown« (London, 1914) und erscheinen hier in Lizenz mit freundlicher Genehmigung des Verlags Droemer Knaur, München. Die weiteren drei Geschichten gehören zu »The Incredulity of Father Brown« (London, 1926) und erschienen zuerst in gekürzter Fassung im Verlag die Schmiede, Berlin.
Umschlagzeichnung von
Tomi Ungerer

Veröffentlicht als Diogenes Taschenbuch, 1980

40/85/29/4
ISBN 3 257 20732 8

Inhalt

Das Paradies der Diebe

Der große Muscari, der originellste aller jungen toskanischen Poeten, eilte mit federnden Schritten in sein Lieblingsrestaurant, das über das Mittelmeer hinausblickte, mit einem Sonnendach überdeckt und von kleinen Zitronen- und Orangenbäumen umstanden war. Kellner in weißen Schürzen breiteten auf weißen Tischen bereits die Insignien eines frühen und eleganten Lunch aus, und das schien bei ihm eine Befriedigung noch zu steigern, die ohnehin bereits ans Prahlerische grenzte. Muscari hatte eine Adlernase wie Dante, Haar und Krawatte waren gleich dunkel und wallend, er trug einen schwarzen Mantel und hätte auch beinahe noch eine schwarze Maske tragen können, so sehr umgab ihn das Fluidum eines venezianischen Melodrams. Er bewegte sich, als habe der Troubadour noch eine ernstzunehmende soziale Stellung, etwa wie ein Bischof. Er ging, soweit es sein Jahrhundert irgend erlaubte, buchstäblich als Don Juan mit Degen und Gitarre durch die Welt.

Denn er reiste niemals ohne einen Kasten für seine Degen, mit denen er viele glänzende Duelle ausgefochten hatte, oder ohne einen entsprechenden Kasten für seine Mandoline, mit der er derzeit Miss Ethel Harrogate, der reichlich konventionellen Tochter eines Bankiers aus Yorkshire, während ihres Ferienaufenthaltes Serenaden dargeboten hatte. Dennoch war er weder ein Scharlatan noch ein Kindskopf, sondern ein heißblütiger, logisch denkender Südländer, der immer irgend etwas begehrte und dann um jeden Preis. Seine Lyrik war so gerade zupackend wie anderer Leute Prosa. Er verlangte nach Rum oder Wein oder nach der Schönheit von Frauen mit einer brennenden Direktheit, wie sie unter den wolkenverhangenen Idealen oder den wolkenverhangenen Kompromissen des Nordens unvorstellbar ist. Unseren verschwommeneren Rassen schmeckte seine Intensität nach Gefahr oder sogar nach Ruchlosigkeit. Wie das Feuer oder das Meer war er zu einfach, als daß man ihm hätte trauen mögen.

Der Bankier und seine schöne englische Tochter wohnten in dem Hotel, das zu Muscaris Restaurant gehörte; aus diesem Grunde war es auch sein Lieblingsrestaurant. Ein rascher Blick durch das Lokal zeigte ihm sogleich, daß die englische Gesellschaft noch nicht heruntergekommen war. Das Restaurant funkelte, war aber noch verhältnismäßig leer. Zwei Priester saßen im Gespräch an einem Tisch in der Ecke, doch nahm Muscari (ein leidenschaftlicher Katholik) von ihnen nicht mehr Notiz, als von einem Paar Krähen. Da erhob sich von einem noch weiter entfernten Tisch, der halb durch einen golden von Orangen leuchtenden Zwergbaum verdeckt war, eine Person, deren Kostüm den auffallendsten Gegensatz zu seinem eigenen bildete, und schritt auf den Dichter zu.

Die Gestalt war in buntkariertes Tweed gekleidet, mit einer rosaroten Krawatte, einem steifen Kragen und leuchtendgelben Schuhen. Die Gestalt brachte es fertig, in der klassischen Tradition von Arry in Margate gleich auffallend und gewöhnlich auszusehen. Sobald aber diese Cockney-Erscheinung näher kam, stellte Muscari zu seiner Verblüffung fest, daß sich der Kopf ganz entschieden vom Körper unterschied. Es war ein italienischer Kopf, kraushaarig, dunkel und mit äußerst lebhaftem Mienenspiel im Gesicht, der sich da unvermittelt aus dem wie Pappdeckel steifen Kragen und aus der komischen rosa Krawatte abhob. Mehr als das, es war ein Kopf, den er kannte. Er erkannte, trotz all der gräßlichen Aufmachung von englischem Ferienglück, das Gesicht als das eines alten, lange vergessenen Freundes mit dem Namen Ezza. Als Jüngling war dieser das Wunder der Schule gewesen. Und man hatte ihm mit noch nicht fünfzehn Jahren bereits europäischen Ruhm vorausgesagt. Als er dann aber in die Welt eintrat, versagte er, erst öffentlich als Dramatiker und Demagoge, und dann über Jahre hinweg privat als Schauspieler, Handlungsreisender, Agent oder Journalist. Zuletzt hatte Muscari ihn im Rampenlicht der Bühne gesehen; er war nur zu vertraut mit den Verlockungen dieses Berufs gewesen, und man glaubte allgemein, daß ein seelisches Unheil irgendwelcher Art ihn ruiniert habe.

»Ezza!« rief der Dichter, sprang auf und schüttelte in heiterem Erstaunen ihm die Hand. »Ich habe dich, weiß Gott, schon in vielen Kostümen hier im grünen Salon gesehen, aber nie hätte ich erwartet, dich als Engländer wiederzufinden.«

»Das«, antwortete Ezza mit Ernst, »ist nicht die Kleidung eines Engländers, sondern die des Italieners der Zukunft.«

»In diesem Fall«, bemerkte Muscari, »muß ich gestehen, daß ich dem Italiener der Vergangenheit entschieden den Vorzug gebe.«

»Das ist dein alter Fehler, Muscari«, sagte der Mann im Tweedanzug und schüttelte den Kopf. »Und der Fehler Italiens. Im sechzehnten Jahrhundert waren wir Toskaner der Morgenstreif am Horizont der Geschichte. Wir hatten den neuesten Stahl, die neueste Schnitzkunst, die neueste Chemie. Warum sollten wir jetzt nicht die neuesten Fabriken haben, die neuesten Motoren, das neueste Finanzsystem – und die neuesten Kleidermoden?«

»Weil es sich nicht lohnt, sie zu haben«, antwortete Muscari. »Du kannst den Italienern den Glauben an den Fortschritt nicht beibringen; sie sind dafür zu intelligent. Wer einmal den Abstecher zum bequemen Leben gefunden hat, wird niemals auf den neuausgebauten und langweiligen Straßen laufen wollen.«

»Nun, für mich ist Marconi, nicht d'Annunzio, der Stern Italiens«, sagte der andere. »Das ist der Grund, warum ich Futurist geworden bin – und Reiseführer.«

»Ein Reiseführer!« lachte Muscari. »Ist das der letzte auf der Liste deiner Berufe? Und wen führst du derzeit durch Italien?«

»Oh, einen Mann mit dem Namen Harrogate und seine Familie, glaube ich wenigstens.«

»Doch nicht den Bankier aus diesem Hotel?« fragte mit einiger Lebhaftigkeit der Dichter.

»Das ist der Mann«, antwortete der Reiseführer.

»Zahlt es sich denn aus?« fragte der Troubadour unschuldig.

»Für mich reicht es«, meinte Ezza mit einem betont rätselhaften Lächeln. »Aber ich bin auch kein alltägliches Beispiel für einen Reiseführer.« Dann, als wollte er rasch das Thema wechseln, sagte er außer jedem Zusammenhang: »Er hat eine Tochter – und einen Sohn.«

»Die Tochter ist ein göttliches Geschöpf«, bestätigte Muscari. »Vater und Sohn sind dagegen meines Wissens nur menschliche Wesen. Aber, seine harmlosen guten Eigenschaften zugegeben, scheint dir der Bankier nicht ein glänzender Paradefall für meine Behauptung? Harrogate hat Millionen in seinem Safe, und ich – trage nur dieses Loch in meiner Tasche: Aber du wirst nicht behaupten wollen – du kannst einfach nicht sagen, daß er gescheiter sei als ich, oder wagemutiger als ich, oder auch nur tatkräftiger. Er ist nicht gescheit; er hat Augen wie blaue Knöpfe; er ist nicht tatkräftig, er humpelt nur wie ein Paralytiker von Stuhl zu Stuhl. Er ist ein gewissenhafter, freundlicher, alter Schafskopf; aber er hat einen Haufen Geld aus dem einfachen Grund, daß er es sammelt wie ein kleiner Junge Briefmarken. Du hast einen zu guten Kopf für das Geschäft, Ezza. Du würdest nie vorankommen. Um schlau genug zu sein, um an all das Geld heranzukommen, müßte man dumm genug sein, es zu wollen.«

»Ich bin dumm genug dafür«, sagte Ezza düster. »Doch würde ich vorschlagen, deine Kritik am Bankier vorerst aufzuschieben – da kommt er.«

Mr. Harrogate, der große Finanzier, trat in diesem Augenblick wirklich zur Tür herein, aber niemand beachtete ihn. Er war ein massiv gebauter, älterer Mann mit wäßrigen blauen Augen und verblichenem, sandfarbenen Schnurrbart; ohne seine gebeugte Haltung hätte er ein Colonel sein können. Er trug einige ungeöffnete Briefe in der Hand. Sein Sohn Frank war ein wohlgeratener junger Mann mit lockigem Haar, sonnenverbrannt und lebhaft; aber auch ihn sah niemand an. Alle Augen waren nämlich – zumindest für den Augenblick – wie gewöhnlich auf Ethel Harrogate gerichtet, deren goldgelockter Griechenkopf und deren Morgenrotfarben wie mit Absicht gegen die saphirblaue See sich abhoben wie das Bild einer Göttin. Der Dichter Muscari zog den Atem ein, als nähme er einen tiefen Trunk. Er tat es auch: Er trank die klassische Antike, die seine Vorväter geschaffen hatten. Auch Ezza betrachtete sie mit mindestens ebenso eindringlichen und viel verwirrenderen Blicken.

Miss Harrogate war eben jetzt besonders strahlend und wie geschaffen für die Konversation. Ihre Familie hatte sich in die bequemere kontinentalere Lebensweise fallen lassen, so daß sie auch dem fremdländischen Muscari und sogar dem Reiseführer Ezza gestatteten, an ihrer Mittagstafel und an ihrem Gespräch teilzuhaben. In Ethel Harrogate hatte sich die Konventionalität mit einem Glanz und einer ganz eigenen Vollkommenheit selbst gekrönt. Stolz auf den Reichtum ihres Vaters, froh über ihre vornehmen Lustbarkeiten, eine liebende Tochter und ein wetterwendischer Flirt, war sie all das mit einer goldenen frohen Natur, die noch ihren Stolz angenehm und ihre gesellschaftliche Wohlgesetztheit zu einer erfrischenden und erquickenden Eigenschaft machte. Alle drei waren in heller Aufregung über angebliche Gefahren, die auf einem Gebirgspfad drohen sollten, zu dem sie diese Woche noch einen Ausflug unternehmen wollten. Die Gefahr drohte nicht durch einen Felsabsturz oder eine Lawine, sondern von etwas noch viel Romantischerem. Man hatte Ethel eindringlich darüber belehrt, daß Briganten, die wahren Halsabschneider der modernen Legende, immer noch diesen Gebirgskamm heimsuchten und besonders den Paß über die Apenninen besetzt hielten, den sie nehmen wollten.

»Sie behaupten«, schluderte sie mit dem abscheulichen Behagen eines Schulmädchens, »das ganze Gebiet werde nicht vom König von Italien beherrscht, sondern vom König der Diebe. Wer ist nur der König der Diebe?«

»Ein großer Mann«, antwortete Muscari, »würdig genug, sich neben Ihrem Robin Hood zu behaupten, Signorina. Von Montano, dem König der Diebe, hörte man in den Bergen zuerst etwa vor zehn Jahren, zu einer Zeit, als alle Leute überzeugt waren, die Briganten seien für immer ausgerottet. Seine wilde Macht breitete sich mit der Schnelligkeit einer stillen Revolution aus. Man fand seine leidenschaftlichen Proklamationen in jedem Bergnest, seine Wachen, das Gewehr in der Hand, in jeder Bergschlucht. Sechsmal versuchte die italienische Regierung, ihn auszuheben, und sechsmal wurden sie wie von Napoleon in regelrechten Schlachten zurückgeschlagen.«

»Also, so etwas«, stellte der Bankier nachdrücklich fest, »würde in England niemals gestattet; vielleicht sollten wir nach alledem doch lieber eine andere Route wählen. Der Reiseführer meint freilich, der Weg sei vollkommen ungefährlich.«

»Er ist vollkommen ungefährlich«, sagte der Reiseführer verächtlich: »Ich bin zwanzigmal über diesen Paß gegangen. Es mag einmal einen alten Knastbruder gegeben haben, zu Zeiten unserer Großmütter, der sich König der Diebe genannt hat. Aber das gehört der Geschichte an, wenn nicht überhaupt der Fabel. Die Straßenräuberei ist heute vollständig ausgerottet.«

»Man kann sie niemals vollständig ausrotten«, antwortete Muscari, »denn der bewaffnete Aufstand ist eine dem Südländer natürliche Reaktion. Unsere Bauern sind wie die Berge, reich an Anmut und grün in der Heiterkeit, aber mit vulkanischen Feuern unter der Oberfläche. Es gibt einen äußersten Grad der Verzweiflung. An ihm greifen die Nordländer zur Flasche – und unsere Armen zum Degen.«

»Dichter haben einmal ihre Privilegien«, höhnte Ezza. »Wäre Signor Muscari ein Engländer, würde er in Wandsworth nach Straßenräubern sich umschauen. Glauben Sie mir, man läuft in Italien so wenig Gefahr, entführt zu werden, wie in Boston seinen Skalp zu verlieren.«

»Dann schlagen Sie weiterhin vor, den Versuch zu wagen?« fragte Mr. Harrogate stirnrunzelnd.

»Oh, es klingt so schrecklich aufregend«, rief das Mädchen aus und blickte mit ihren strahlenden Augen auf Muscari. »Glauben Sie wirklich, der Paß ist gefährlich?«

Muscari warf seine schwarze Mähne zurück. »Ich weiß, daß er gefährlich ist«, sagte er. »Ich werde ihn selbst morgen überschreiten.«

Der junge Harrogate blieb für einen Augenblick allein zurück, um sein Glas Weißwein zu leeren und sich eine Zigarette anzuzünden, während die Schöne in Begleitung des Bankiers, des Reiseführers und des Poeten sich entfernte und dabei Glockentöne silberner Satire um sie streute. Etwa zur gleichen Zeit erhoben sich die beiden Priester in der Ecke. Der größere von beiden, ein weißhaariger Italiener, verabschiedete sich. Der kleinere drehte sich um und schlenderte auf den Sohn des Bankiers zu. Dieser war verblüfft zu sehen, daß der katholische Priester ein Engländer war. Vage erinnerte er sich, daß er dem Pater auf größeren Gesellschaften bei einigen seiner katholischen Freunde bereits begegnet war. Der Mann sprach ihn jedoch an, noch ehe seine Erinnerungen sich sammeln konnten.

»Mr. Frank Harrogate, wenn ich mich nicht irre«, sagte der Mann. »Ich bin Ihnen bereits vorgestellt worden, möchte mich aber darauf nicht berufen. Das Sonderbare, was ich Ihnen zu sagen habe, kommt besser von einem Fremden. Mr. Harrogate, ich sage nur ein Wort und gehe dann: Nehmen Sie sich Ihrer Schwester in der Stunde ihres großen Unglücks an.«

Selbst für Franks wahrhaft brüderliche Indifferenz schien die Ausstrahlung und der Übermut seiner Schwester noch frisch zu sprühen und zu klingen; er konnte noch immer ihr Lachen aus dem Hotelgarten herüberhören. So starrte er seinen düsteren Ratgeber voller Verwirrung an.

»Meinen Sie die Briganten?« fragte er, und dann erinnerte er sich an vage Befürchtungen seinerseits: »Oder denken Sie etwa an Muscari?«

»Man denkt nie an das eigentliche Unheil«, sagte der seltsame Priester. »Man kann nur gütig sein, liebevoll, wenn es eintrifft.« Und damit eilte er aus dem Raum und ließ sein Gegenüber mit offenem Mund zurück.

Ein oder zwei Tage danach kroch und schlingerte ein Wagen mit der Gesellschaft die Ausläufer der bedrohlichen Bergkette hinauf. Zwischen Ezzas leichtsinniger Verneinung und Muscaris prahlerischer Verachtung aller Gefahr war die Familie aus der Hochfinanz in ihrem ursprünglichen Entschluß festgeblieben, und Muscari hatte seine Reise mit der ihrigen zusammengelegt. Unvermuteter schon war das Auftauchen des kleinen Priesters aus dem Restaurant, der sich an der Station der Küstenstadt eingestellt hatte. Er erklärte lediglich, daß eine geschäftliche Angelegenheit auch ihn über die Berge zu gehen zwinge. Doch der junge Harrogate mußte seine Gegenwart mit den geheimnisvollen Befürchtungen und Warnungen vom Vorabend in Verbindung sehen.

Das Gefährt war eine Art bequemer Waggonette, ersonnen von dem modernistischen Talent des Reiseführers, der die Expedition dank seiner wissenschaftlich geschulten Betriebsamkeit und seines sprudelnden Witzes eindeutig beherrschte. Die These von der Banditengefahr war aus Rede und Gedanken verbannt; ihr wurde nur insoweit Rechnung getragen, als man sich um eine leichte Bewachung gekümmert hatte. Der Reiseführer und der junge Bankier trugen geladene Pistolen, und Muscari (mit viel lausbubenhaftem Spaß an der Sache) hatte eine Art Hirschfänger unter seinem schwarzen Mantel umgeschnallt.

Er hatte seine prächtige Person griffbereit neben die entzückende Engländerin gepackt; auf ihrer anderen Seite saß der Priester, dessen Name Brown war und der glücklicherweise ein schweigsamer Zeitgenosse war; der Reiseführer samt Vater und Sohn nahmen die Bank auf der Rückseite ein. Muscari war in überschäumender Laune, da er ernsthaft an die Gefahr glaubte, und nach seinem Gebaren und Reden hätte Ethel ihn ohne weiteres für einen Maniac halten können. Doch lag etwas in dem halsbrecherischen und überwältigenden Aufstieg zwischen Felsen wie Berggipfeln, bedeckt mit Wäldern, die Obsthainen glichen, was Ethels Seele mit der seinigen gemeinsam emporhob zu dem purpurfarbenen, bizarren Himmel voller kreisender Sonnen. Die weiße Straße kletterte nach oben wie eine weiße Katze, sie überspannte finstere Abgründe wie ein straff gezogenes Seil, sie war um weitentfernte Vorgebirge geworfen wie ein Lasso.

Und wie hoch sie auch kamen, blühte doch überall die Bergwüste wie eine Rose. Die Felder waren von Sonne und Wind in die Farben der Eisvögel, Papageien und Kolibris leuchtend gekleidet, in den Schimmer von Hunderten blühender Blumen. Es gibt keine lieblicheren Wiesen und Wälder als die englischen, keine erhabeneren Bergspitzen und Schluchten als die von Snowdon und Glencoe. Aber niemals zuvor hatte Ethel Harrogate südliche Gärten den nordischen Bergzacken aufgepfropft gesehen, niemals die Klamm von Glencoe voll beladen mit den Früchten von Kent. Nichts erinnerte hier an die schaurige Einsamkeit und Öde, die man in England mit der wilden Szenerie des Berglandes verbindet. Es wirkte eher wie ein vom Erdbeben zerrissenes Maurenschloß oder wie ein holländischer Tulpengarten, den man mit Dynamit zu den Sternen gejagt hatte.

»Es sieht aus wie Kew Gardens auf Beach Head«, sagte Ethel.

»Das ist unser Geheimnis«, antwortete Muscari, »das Geheimnis des Vulkans, das auch das Geheimnis der Revolution ist – daß eine Sache nämlich gewalttätig und doch fruchtbar sein kann.«

»Sie selbst sind auch reichlich gewalttätig«, sagte sie und lächelte ihm zu.

»Und doch recht unfruchtbar«, gab er zu. »Wenn ich diese Nacht sterbe, so sterbe ich unverheiratet und als ein Narr.«

»Meine Schuld war es nicht, daß Sie mitgekommen sind«, sagte sie nach einem prekären Augenblick des Schweigens.

»Ihr Fehler ist es nie«, antwortete Muscari, »es war ja auch nicht Ihre Schuld, daß Troja fiel.«

Während er noch sprach, fuhren sie unter überhängenden Felshängen vorbei, die sich wie Flügel über eine Biegung von besonderer Gefährlichkeit ausspannten. Verschreckt durch den breiten Schatten über dem schmalen

Wegrand, schreckten die Pferde unsicher zurück. Der Kutscher sprang ab, um ihnen die Trense zu geben, und darüber gerieten sie völlig außer Kontrolle. Ein Pferd stieg zu seiner vollen Höhe auf – zu der riesigen und erschrekkenden Höhe eines Pferdes, das zum Zweifüßer wird. Das genügte, um das Gleichgewicht zu verändern: Der ganze Wagen kippte um wie ein Schiff und brach durch den Buschsaum am Rande des Abgrunds. Muscari schlang einen Arm um Ethel, die sich an ihn klammerte und laut aufschrie. Das waren die Augenblicke, für die er lebte!

Im gleichen Moment, da die schaurigen Bergwände wie eine purpurne Windmühle sich um den Kopf des Dichters drehten, ereignete sich etwas, das zunächst noch viel erstaunlicher wirkte. Der ältliche und lethargische Bankier sprang senkrecht in der Kutsche auf und sprang über den Abgrund, noch ehe ihn das umgestürzte Fahrzeug dorthin verfrachten konnte. Zunächst wirkte das Ganze so verrückt wie ein Selbstmordversuch. Beim zweiten Blick aber erwies es sich als sichere Kapitalanlage. Der Mann aus Yorkshire hatte offensichtlich mehr Geistesgegenwart und Klugheit, als Muscari ihm zugetraut hatte. Denn er landete genau auf einem schmalen Erdstreifen, der wie eigens mit Gras und Klee gespolstert schien, um ihn aufzufangen. Wie es der Zufall wollte, ging es der ganzen Gesellschaft nicht schlechter, auch wenn ihre Formen des Entkommens weniger heroisch wirkten. Unmittelbar unter der jähen Wegbiegung befand sich nämlich eine mit Gras und Blumen bestandene Mulde, wie eine abgesunkene Wiese, eine Art grüner Samttasche in den langen, grünen Schleppgewändern der Berge. Dorthin wurden sie alle gestoßen und umgekippt, mit geringem Schaden bis auf ihr Handgepäck und den Inhalt ihrer Taschen, die weit im

Gras umher verstreut wurden. Der zusammengebrochene Wagen hing noch immer oben, verstrickt in die dichte Weghecke, und die Pferde arbeiteten sich mühsam den Hang hinunter. Der erste, der wieder auf die Beine kam, war der kleine Priester, der sich mit einem Ausdruck von schafsmäßiger Verblüffung am Kopf kratzte; Frank Harrogate hörte, wie er zu sich murmelte: »Warum um alles in der Welt sind wir gerade hier abgestürzt?«

Er sah sich blinzelnd den Verhau um sich an und entdeckte dann seinen besonders plumpen Regenschirm. Darüber lag der breite Sombrero, der von Muscaris Kopf gefallen war, und daneben versteckte sich ein versiegelter Geschäftsbrief, den er nach einem Blick auf die Adresse dem älteren Harrogate zurückgab. Auf seiner anderen Seite verbarg ein Grasbüschel zum Teil Miss Ethels Sonnenhut, und gerade darunter lag eine seltsame kleine Glasflasche, keine zwei Zoll lang. Der Priester hob sie auf; rasch und unauffällig machte er den Stöpsel auf und roch daran, da nahm sein bekümmertes Gesicht die Farbe von Asche an.

»Der Himmel bewahre uns!« murmelte er, »das darf doch nicht ihres sein! Das Unheil kann sie nicht jetzt schon ereilt haben!« Er ließ das Fläschchen in seine Westentasche gleiten. »Ich denke, ich bin dazu berechtigt«, sagte er, »zumindest, bis ich etwas mehr weiß.«

Er blickte bekümmert zu dem Mädchen hinüber, das in diesem Moment von Muscari aus den Blumen aufgehoben wurde. Der Dichter bemerkte: »Wir sind in den Himmel gefallen; das ist ein gutes Omen. Sterbliche überheben sich und stürzen nieder; nur Götter und Göttinnen können aufwärts fallen.«

Und in der Tat tauchte sie aus dem Meer von Farben so

schön und glücklich auf, als eine unwirkliche Erscheinung, daß der Priester seinen Verdacht ganz zerstreut fand.

»Schließlich«, dachte er, »gehört ihr das Gift vielleicht doch nicht; wahrscheinlich ist es nur einer von Muscaris Taschenspielertricks.«

Muscari half dem Mädchen mit leichter Hand auf die Beine, machte ihr dann einen absurden Komödiantenbückling und schlug mit gezogenem Hirschfänger so kräftig auf die ineinanderverwickelten Zügel der Pferde ein, daß diese sich aufrappeln konnten und zitternd im Gras zum Stehen kamen. Da ereignete sich ein bemerkenswerter Vorfall. Ganz stumm und leise trat ein ärmlich gekleideter und von der Sonne ungewöhnlich verbrannter Mann aus den Büschen und nahm die Pferde beim Halfter. Er trug ein bizarr geformtes Messer am Gürtel, sehr breit und krumm gebogen. Nichts an ihm sonst war bemerkenswert, nur sein plötzliches und stummes Erscheinen. Der Dichter fragte ihn, wer er sei, und er gab keine Antwort.

Muscari blickte sich in der verwirrten und verworrenen Gruppe um, die sich in der Mulde drängte, und bemerkte auf einmal, daß ein zweiter gebräunter und zerschlissen gekleideter Mann mit einem kurzen Gewehr unter dem Arm vom unteren Wiesenrand aus zu ihm heraufsah, wobei er die Ellbogen in die Grasnarbe gestützt hatte. Dann blickte er hinauf zur Straße, von wo sie abgestürzt waren, und sah in die Mündungen von vier weiteren Karabinern, die auf sie herunterstarrten, und in ebenso viele braune Gesichter mit offenen, aber völlig ausdruckslosen Augen. »Die Briganten!« rief Muscari in einer Anwandlung von grausiger Heiterkeit aus. »Es war eine Falle! Ezza, wenn du mir den Gefallen tun willst, den Kutscher als ersten umzulegen, können wir uns immer noch den Weg freischießen. Sie sind nur zu sechst!« »Der Kutscher«, sagte Ezza, der mit grimmig in die Tasche geschobenen Händen dastand, »ist zufälligerweise ein Angestellter von Mr. Harrogate.«

»Dann erschieß ihn erst recht!« schrie der Dichter ungeduldig. »Man hat ihn bestochen, seinen Herrn umzuwerfen. Dann nehmen wir die Dame in die Mitte und brechen in einem Handstreich durch die Linie unserer Angreifer!«

Und, tief durch Gras und Blumen watend, eilte er furchtlos den vier Karabinern entgegen; da er aber, außer dem jungen Harrogate, niemand nachfolgen sah, drehte er sich um und schwenkte seinen Degen, um die anderen anzufeuern. Er sah jedoch, wie der Fremdenführer immer noch ein wenig abseits stand, in der Mitte des Wiesenflekkens, die Hände in den Hosentaschen, und sein mageres, ironisches Italienergesicht schien im Abendlicht immer länger und länger zu werden.

»Du dachtest, Muscari, ich sei der Versager unter allen unseren Klassenkameraden«, sagte er unversehens, »und du seist der Star. Aber ich war erfolgreicher als du, und mir gehört der wichtigere Platz in der Geschichte. Ich habe die Epen gelebt, während du sie nur geschrieben hast.«

»Nun komm schon«, donnerte Muscari von oben. »Willst du im Ernst stehenbleiben und dummes Zeug schwatzen, wenn es ein Mädchen zu retten gilt und drei starke Männer dir dabei helfen? Wie soll man dich da bloß nennen?«

»Mich nennt man Montano«, rief der seltsame Reiseführer, nunmehr mit ebenso lauter, volltönender Stimme. »Ich bin der König der Diebe und heiße euch alle in meiner Sommerresidenz willkommen.«

Während er noch sprach, traten fünf weitere stumme Männer, die Waffen im Anschlag, aus den Sträuchern und blickten zu ihm auf in Erwartung seiner Befehle. Der eine von ihnen hielt ein großes Stück Papier in der Hand.

»Dieser kleine, entzückende Schlupfwinkel, wo wir uns eben alle ein Stelldichein geben«, fuhr der Reiseführer und Brigant mit dem gleichen gelassenen und düsteren Lächeln fort, »ist – zusammen mit ein paar Höhlen darunter – als das Paradies der Diebe bekannt. Es ist mein Lieblingsbollwerk in diesen Bergen; denn (wie Sie zweifellos bemerkt haben werden) mein Adlerhorst ist unsichtbar sowohl von der oben entlang führenden Straße wie vom Tal aus. Er ist noch um einiges sicherer als uneinnehmbar: Er ist unsichtbar. Hier verbringe ich den größeren Teil meines Lebens, und hier werde ich sicher einmal sterben, wenn die Carabinieri je mich aufspüren sollten. Ich gehöre nicht zu den Verbrechern, die den letzten Ausweg sich offen halten, sondern zu der besseren Art von Freischärlern, die ihre letzte Kugel für sich selber aufbewahren.«

Alle starrten ihn wie vom Donner gerührt und stumm an. Pater Brown seufzte tief auf, wie erleichtert, und befühlte die kleine Phiole in seiner Tasche mit den Fingern. »Gott sei Dank!« murmelte er, »das ist schon viel wahrscheinlicher. Das Gift gehört natürlich dem Räuberhauptmann. Er trägt es bei sich, damit man ihn wie Cato niemals lebend zu fassen kriegt.«

Der König der Diebe setzte inzwischen seine Rede mit der gleichen bedrohlichen Höflichkeit fort. »Mir bleibt es noch aufgegeben«, sagte er, »meinen Gästen die wirtschaftlichen Bedingungen zu erläutern, unter denen ich das Vergnügen habe, sie hier zu bewirten. Ich brauche sicher das vertraute alte Ritual des Lösegeldes nicht im einzelnen zu erklären, das notwendigerweise auch ich aufrechterhalten muß. Im übrigen betrifft das auch nur einen Teil der Gesellschaft. Den Reverend Pater Brown und den gefeierten Muscari werde ich morgen mit der ersten Dämmerung freigeben und zu meinen Vorposten eskortieren lassen. Dichter und Geistliche, wenn Sie mir die Vereinfachung in meiner Rede gestatten wollen, haben nun einmal kein Geld. Und darum (da man aus ihnen schon keinen Gewinn ziehen kann) laßt uns die Gelegenheit beim Schopf ergreifen und unsere Bewunderung für die klassische Literatur und die Verehrung für die heilige katholische Kirche dokumentieren.«

Er hielt mit einem wenig erquicklichen Lächeln inne. Pater Brown blinzelte wiederholt zu ihm hinüber und schien mit einemmal mit äußerster Aufmerksamkeit zuzuhören. Der Räuberhauptmann nahm seinem Adjutanten das große Papier aus der Hand, blickte kurz darauf, und fuhr dann fort:

»Meine weiteren Absichten gehen mit aller Deutlichkeit aus dieser Bekanntmachung hervor, die ich sogleich bei Ihnen zirkulieren lassen will, und die ich dann in jedem Dorf des Tales und an jeder Wegbiegung in den Bergen anschlagen lasse. Ich möchte Sie mit den Einzelheiten des Wortlauts nicht behelligen, denn Sie können das ohne weiteres nachprüfen. Der Inhalt meiner Proklamation ist, in seine Hauptpunkte zusammengefaßt, der folgende: Als erstes gebe ich bekannt, daß ich den englischen Millionär, den Koloß der Hochfinanz, Mr. Samuel Harrogate, gefangengenommen habe. Als nächstes verkünde ich, daß ich bei ihm Noten und Wertpapiere im Werte von 2000 Pfund gefunden habe, die er mir ausgehändigt hat. Nun, da es ausgesprochen unmoralisch wäre, derlei dem gläubig staunenden Publikum anzukündigen, ohne daß an der Sache ein wahres Wort wäre, möchte ich vorschlagen, daß die Aushändigung ohne weitere Verzögerung erfolgt. Ich empfehle Mr. Harrogate senior, auf der Stelle die zweitausend Pfund in seiner Tasche zu übergeben.«

Der Bankier sah ihn mürrisch an, mit zusammengezogenen Brauen und einem roten Gesicht. Aber er war sichtlich eingeschüchtert. Der Sprung aus dem kippenden Wagen schien seine letzten Manneskräfte erschöpft zu haben. So war er ängstlich wie ein armer Sünder zurückgeblieben, als sein Sohn und Muscari ihren waghalsigen Angriff versucht hatten, um aus der Räuberfalle noch auszubrechen.

Und auch jetzt ging seine rote und zitternde Hand, wenn auch widerstrebend, zu seiner Brusttasche und überreichte dem Briganten ein Bündel mit Papieren und Briefumschlägen.

»Vortrefflich«, frohlockte der Mann ohne Gesetz, »soweit ging alles ganz einvernehmlich. Ich komme nun auf die Punkte meiner Proklamation zurück, die in Bälde über ganz Italien verbreitet werden sollen. Das dritte Item betrifft das Lösegeld. Ich fordere von den Freunden der Familie Harrogate ein Lösegeld in Höhe von dreitausend Pfund, was – wie ich sicher bin – als beinahe beleidigend gegenüber dieser Familie empfunden wird, da es nur eine so bescheidene Einschätzung ihrer Wichtigkeit repräsentiert. Wer würde nicht gern die dreifache Summe bezahlen, um einen Tag länger in diesem häuslichen Kreis verbringen zu dürfen? Ich will vor Ihnen nicht verhehlen, daß das Dokument mit gewissen juristischen Phrasen endet, alle die unerfreulichen Dinge betreffend, die passieren können, wenn das Geld nicht rechtzeitig bezahlt wird; doch inzwischen, meine Damen und Herren, lassen Sie mich Ihnen versichern, daß ich leidlich wohl mit Bequemlichkeit, mit Wein und Zigarren versehen bin, und seien Sie für den Moment in sportlichem Geiste hier herzlich willkommen zu den Genüssen des Paradieses der Diebe!«

Seine ganze Rede über hatten sich die zweifelhaft aussehenden Männer mit Karabinern und schmutzigen Filzhüten stumm und in so wachsender Anzahl um die Gesellschaft versammelt, daß selbst Muscari widerwillig zugeben mußte, daß ein Ausfall mit dem Degen hoffnungslos sei. Er blickte sich um; aber das Mädchen war bereits zu ihrem Vater hinübergegangen, um ihn zu trösten und aufzuheitern. Ihre natürliche Zuneigung für ihn war so stark oder stärker als ihr ein wenig snobistischer Stolz auf seinen Erfolg. Muscari bewunderte ihre kindliche Ergebenheit und war doch zugleich, mit der Unlogik des Liebhabers, durch sie irritiert. Er steckte seine Waffe in die Scheide zurück, trat zur Seite und warf sich mürrisch auf eines der Grasbüschel nieder. Der Priester setzte sich nahe neben ihn, und Muscari wendete ihm in augenblicklicher Gereiztheit seine Adleraugen und seine Adlernase zu.

»Nun«, sagte der Dichter schneidend, »glauben die Herrschaften immer noch, ich sei zu romantisch? Gibt es noch, frage ich, Briganten in den Wäldern?«

»Es wäre möglich«, sagte Pater Brown wie ein Ungläubiger.

»Was wollen Sie damit sagen?« fragte sein Partner scharf.

»Ich will damit sagen, daß ich sehr verwirrt bin«, erwiderte der Priester. »Ich bin verwirrt durch diesen Ezza oder Montano oder wie er sonst noch heißen mag. Er ist mir als Brigant noch viel unerklärlicher, als er es in seiner Rolle als Reiseführer war.«

»Aber warum denn?« fragte sein Reisegefährte. »Santa Maria! Ich hätte gedacht, als Räuber ist er eindeutig genug.«

»Ich habe mit ihm drei merkwürdige Schwierigkeiten«, sagte der Priester mit ruhiger Stimme. »Und ich hörte gerne Ihre Meinung darüber. Zu allererst muß ich Ihnen erzählen, daß ich damals in dem Restaurant am Ufer gesessen habe. Als Sie alle vier den Speisesaal verließen, gingen Sie und Miss Harrogate plaudernd und lachend voran; der Bankier und der Reiseführer blieben dagegen weiter zurück. Sie sprachen nur ganz wenig und ziemlich leise. Ich konnte aber nicht umhin zu hören, wie Ezza die folgenden Worte sagte: ›Lassen Sie das Mädchen noch ein wenig Spaß haben, Sie wissen ja, das Schreckliche kann sie jeden Augenblick treffen.‹ Mr. Harrogate antwortete nichts; so mußten die Worte wohl für ihn eine Bedeutung haben. Aus einem augenblicklichen Impuls heraus warnte ich ihren Bruder, daß sie in Gefahr sein könnte. Ich sagte über die Art der Gefahr nichts, da ich davon keine Ahnung hatte. Wenn er damit aber die Entführung in den Bergen gemeint hat, so war die Bemerkung Unsinn. Warum sollte der Reiseführer alias Räuberhauptmann seinen Auftraggeber warnen – und sei es nur durch einen Wink –, wenn er damit seine ganze Absicht gefährdete, ihn hier in den Bergen in eine Mausefalle zu locken? Das konnte nicht gemeint sein. Wenn aber nicht, was war das dann für ein Unheil, das über Miss Harrogate lauerte und das beiden, dem

Reiseführer sowohl wie dem Bankier, im voraus bekannt war?«

»Ein Unheil über Miss Harrogate«, rief der Dichter aus und setzte sich ziemlich heftig aufrecht. »Erklären Sie sich, fahren Sie fort!« »Alle meine Fragen drehen sich um unseren Banditenhäuptling«, nahm der Priester nachdenklich wieder das Wort. »Hier meine zweite: Warum bestand er bei seiner Forderung nach Lösegeld so sehr auf der Tatsache, daß er dem Opfer auf der Stelle bereits zweitausend Pfund abgenommen habe? Das hat doch nicht die leiseste Wirkung auf das Lockermachen des Lösegeldes. Ganz im Gegenteil: Harrogates Freunde hätten sicher viel mehr Angst um sein Leben, wenn sie die Diebe für arm und für zum Äußersten gedrängt hielten. Dennoch hat er den Raub an Ort und Stelle ganz besonders herausgestrichen und an die erste Stelle seiner Liste gestellt. Warum sollte Ezza Montano so darauf erpicht sein, ganz Europa mitzuteilen, daß er seinem Opfer die Taschen geleert habe, noch ehe er seine Erpressung durchgesetzt hat?«

»Ich habe keine Ahnung«, sagte Muscari und strich sein schwarzes Haar einmal ohne jede affektierte Geste zurück. »Vielleicht sind Sie der Ansicht, daß Sie mich aufklären, aber in Wahrheit stoßen Sie mich nur tiefer ins Dunkel. Und was ist Ihr dritter Einwand gegen den König der Diebe?«

»Der dritte Einwand«, sagte, immer noch sehr im Grübeln, Pater Brown, »ist der Platz, auf dem wir sitzen. Warum nennt unser Räuberführer diesen Platz seine Hauptfestung und das Paradies der Diebe? Sicher, es ist ein angenehmer Fleck, um darauf zu landen, und es ist ein reizend anzusehender Ort. Sicher ist es auch richtig, wie er sagt, daß er vom Tal wie von der Höhe aus unsichtbar ist und sich darum sehr für ein Versteck eignet. Aber eine Festung ist es nicht. Niemals könnte es auch eine Festung sein. Ich glaube, von allen Festungen der Welt wäre diese sicher die unsinnigste. Denn der Platz wird offensichtlich von oben durch die Staatsstraße, die quer durch die Berge führt, völlig beherrscht – gerade von dort her, wo die Polizei am wahrscheinlichsten auftauchen müßte. Haben uns hier vor noch nicht einer halben Stunde nicht fünf schäbige, kurzläufige Gewehre hilflos in Schach gehalten? Eine Viertelkompanie irgendwelcher Soldaten hätte uns im Nu in den Abgrund gejagt. Was also hat dieser verrückte kleine Flecken aus Gras und Blumen zu bedeuten? Eine Verschanzung ist es nicht, sondern etwas anderes: Es hat irgendeine sonderbare Bedeutung, einen Sinn, den ich nicht verstehe. Das ganze ist eher eine improvisierte Theaterdekoration oder eine natürliche Pergola, es ist wie die Szenerie zu einer romantischen Komödie, oder wie . . .«

Während sich die Worte des kleinen Priesters in die Länge zogen und in stockendem und träumerischen Nachdenken sich schließlich verloren, hörte Muscari, dessen Instinkt rasch und ungeduldig ansprach, ein neues Geräusch in den Bergen. Selbst für ihn waren die Laute vorerst nur sehr schwach und leise zu vernehmen, doch hätte er schwören mögen, daß die Abendbrise so etwas wie das Schlagen von Pferdehufen und entfernte Rufe mit sich führe.

Im gleichen Moment und noch lange, ehe die Geräusche auch das weniger erfahrene Ohr der Engländer erreicht hatten, eilte Montano, der Brigant, zum Straßenrand hinauf, stellte sich in das zerteilte Gesträuch, wobei er sich an einen Baum anlehnte, und spähte die Straße hinunter. Er gab, wie er so dastand, eine absonderliche Figur ab; denn er hatte sich zwar in seiner Eigenschaft als König der Banditen einen phantastischen Hut, ein Waffengehänge und einen nachschleppenden Degen zugelegt, aber beständig schimmerte der prosaische Tweedanzug des Reiseführers an unterschiedlichen Stellen bei ihm durch.

Kurze Zeit später drehte er sein olivfarbenes, höhnisches Gesicht um und machte eine Bewegung mit seiner Hand. Auf das Signal hin verstreuten sich die Räuber, nicht in wirrer Auflösung, sondern in einer Art eingeübter Guerilladisziplin. Statt die Straße entlang den Höhenkamm besetzt zu halten, verteilten sie sich am Weg und versteckten sich hinter Bäumen und Sträuchern, als wollten sie ungesehen einen herannahenden Feind beobachten. Der Lärm im Hintergrund wurde lauter; deutlich konnte man eine Stimme hören, die Befehle erteilte.

Die Räuber liefen unruhig durcheinander, fluchten und flüsterten, und die Abendluft füllte sich mit metallischen Geräuschen, als sie ihre Pistolen luden, die Messer locker machten und ihre Säbel an die Steine rasseln ließen. Dann schien sich der Lärm von beiden Seiten auf der darüberliegenden Straße zu begegnen: Zweige brachen ab, Pferde wieherten, Männer schrien auf.

»Hilfe zur rechten Zeit!« rief Muscari aus, sprang auf seine Füße und schwenkte den Hut: »Die Polizei geht ihnen an den Kragen! Vorwärts, für die Freiheit, und laßt uns eine gute Klinge für sie kreuzen! Seid Rebellen wider eure Räuber! Kommt und überlaßt nicht alles der Polizei, das ist so abscheulich modern. Fallt den Schurken in den Rücken! Die Polizei rettet uns, auf denn, ihr Freunde, und laßt uns die Polizei retten!«

Und damit warf er seinen Hut in die Luft, zog zum zweitenmal seinen Hirschfänger, und begann den Abhang zur Straße hochzuklettern. Frank Harrogate sprang auf und eilte ihm, den Revolver in der Hand, zu Hilfe, da fand er sich unerwartet von der rauhen Stimme seines Vaters, der in äußerster Aufregung schien, gebieterisch zurückgerufen.

»Ich will es nicht haben«, sagte der Bankier mit fast erstickter Stimme. »Ich befehle dir, dich hier nicht einzumischen.«

»Aber Vater«, sagte Frank mit Leidenschaft, »ein italienischer Ehrenmann gibt uns das Beispiel. Da kannst du nicht verlangen, daß die Engländer zurückstehen!«

»Es ist sinnlos«, sagte der ältere Mann und zitterte heftig am ganzen Körper, »es ist sinnlos. Wir müssen uns unter unser Geschick beugen.«

Pater Brown sah den Bankier an, dann legte er instinktiv seine Hand an sein Herz, wie es schien, in Wirklichkeit jedoch auf das kleine Fläschchen mit dem Gift, und ein helles, leuchtendes Erkennen kam in sein Gesicht, ähnlich dem, durch das sich der Tod den Menschen ankündigt.

Muscari hatte indessen, ohne weiter auf Hilfe zu warten, den Straßenrand erklommen und schlug dem Räuberhäuptling so heftig gegen die Schulter, daß dieser stolperte und herumgeschleudert wurde. Auch Montano hatte seinen Säbel aus der Scheide gezogen, und Muscari zielte, ohne weiter Laut zu geben, einen Hieb nach seinem Kopf, den dieser auffangen und parieren mußte. Doch noch während sich die beiden kurzen Klingen kreuzten und aufeinanderschlugen, ließ der König der Diebe schon seine Degenklinge sinken und lachte.

»Was soll das, alter Freund?« sagte er in gutgelauntem italienischem Dialekt. »Die verdammte Farce ist ohnehin gleich vorbei.«

»Was meinst du damit, du Schwindler?« keuchte der rachefühlende Poet. »Ist deine Tapferkeit ebenso bloßes Theater wie deine Ehrlichkeit?«

»Alles an mir ist Theater«, gab der Ex-Reiseführer in vollständiger und heiterer Gelassenheit zurück. »Ich bin ein Schauspieler, und sollte ich einmal privat einen Charakter besessen haben, so habe ich das lange vergessen. Ich bin sowenig ein genuiner Räuber wie ich ein genuiner Reiseführer war. Ich bin nichts als ein Bündel von Masken, und dagegen kannst du wohl kein Duell ausfechten.« Und er lachte mit lausbubenhaftem Vergnügen, ehe er in seine alte, breitbeinige Attitüde zurückfiel, mit dem Rücken dem Gefecht auf der Straße zugekehrt.

Die Dämmerung breitete sich unterhalb der Bergwände aus. Da war es nicht leicht, viel von dem Verlauf des Kampfes auszumachen, außer daß kräftige Gestalten ihre Pferde durch den Haufen der Räuber durchdrängten, und daß diese eher geneigt schienen, die Eindringlinge wegzuschieben und wegzudrücken, als sie umzubringen. Das Ganze wirkte eher wie eine Menschenmenge in der Stadt, die der Polizei den Weg versperrt, als wie das letzte Gefecht eines verlorenen und gesetzlosen Haufens von Räubern. Gerade als Muscari seine Augen noch voller Verwunderung umherschweifen ließ, fühlte er eine leichte Berührung an seinem Arm und sah wie einen kleinen Noah mit großem Hut den sonderbaren kleinen Priester neben sich stehen, der ihn um die Freundlichkeit bat, ihm ein oder zwei Worte sagen zu dürfen.

»Signor Muscari«, sagte der Pater, »in einer so vertrackten Krise werden Sie mir eine persönliche Bemerkung nachsehen. Ich möchte Ihnen, ohne Ihnen nahezutreten, einen Rat geben, wie Sie mehr Gutes ausrichten können, als indem Sie den Polizisten helfen, die ohnehin hier durchbrechen werden. Sie müssen mir meine zudringliche Indiskretion nachsehen, aber: Liegt Ihnen etwas an dem Mädchen? Viel genug, meine ich, daß Sie es heiraten und daß Sie ein guter Ehemann sein wollen?«

»Ja«, sagte der Dichter ganz einfach.

»Liegt ihr etwas an Ihnen?«

»Ich denke schon«, kam die ebenso ernste Antwort.

»Dann gehen Sie gleich zu ihr hinüber und halten um ihre Hand an«, sagte der Priester. »Legen Sie ihr alles zu Füßen, was Sie können, Himmel und Erde, was Sie nur haben. Die Zeit ist knapp bemessen.«

»Warum?« fragte erstaunt der Mann der Feder.

»Weil«, sagte Pater Brown, »ihr Verhängnis eben die Straße heraufkommt.«

»Nichts kommt die Straße herauf«, argumentierte Muscari, »nur die Rettungsmannschaft.«

»Gehen Sie jedenfalls hinüber«, sagte sein Ratgeber, »und machen Sie sich bereit, sie vor ihrer Rettungsmannschaft zu retten.«

Beinahe mit dem letzten Wort brachen, den ganzen Kamm entlang, die davonstürzenden Briganten durch das Gebüsch. Sie tauchten in Sträuchern und im dichten Gras unter, als ein besiegter und verfolgter Haufen. Sogleich sah man die großen, federgeschmückten Hüte der berittenen Gendarmerie oben über der niedergetretenen Hecke auftauchen. Ein neuer Befehl wurde erteilt; es gab einigen Lärm beim Absteigen, dann erschien ein stattlicher Offizier im Federhut, mit einem grauen Spitzbart und einem Blatt Papier in der Hand, genau in der Öffnung, die das Tor zum Paradies der Diebe bildete. Es gab ein augenblickliches Stillschweigen, das auf außerordentliche Weise durch den Bankier unterbrochen wurde, der mit heiserer und erstickter Stimme ausrief:

»Beraubt! Man hat mich beraubt!«

»Aber, das war doch schon vor Stunden«, rief sein Sohn verwundert, »da hat man dich um zweitausend Pfund beraubt!«

»Nicht um zweitausend Pfund«, sagte der Finanzier mit plötzlich wiedergewonnener und schrecklich anzusehender Fassung, »nur um ein kleines Fläschchen.«

Der Polizeioffizier mit dem grauen Spitzbart kam über die grüne Mulde auf die Gruppe zu. Als er dem König der Diebe auf seinem Weg begegnete, schlug er ihm mit einer Mischung aus Freundlichkeit und Grobheit auf die Schulter und gab ihm einen Stoß, der ihn forttaumeln ließ. »Du bist auch schön in die Patsche geraten«, sagte er, »wenn du solche Tricks zu spielen versuchst.«

Wieder schien es dem Künstlerauge Muscaris nicht ganz wie die Festnahme eines großen und verzweifelten Verbrechers. Der Offizier ging weiter, machte vor der Gruppe um Harrogate halt und sagte: »Samuel Harrogate, ich verhafte Sie im Namen des Gesetzes wegen Veruntreuung der Gelder der Hull und Huddersfield Bank.«

Der große Bankier nickte mit der grotesken Andeutung einer geschäftsmäßigen Zustimmung, schien dann aber einen Augenblick zu überlegen, und auf einmal, noch ehe jemand ihn hindern konnte, drehte er sich halb um und war mit einem Schritt an der Kante des äußersten Bergabsturzes. Er hob seine Hände hoch empor und sprang, genau wie er aus der Kutsche gesprungen war. Nur fiel er dieses Mal nicht auf die kleine Wiese direkt unter ihm; er stürzte tausend Fuß nach unten, um im Tal als ein Haufen zerschlagener Knochen liegenzubleiben.

Der Ärger des italienischen Carabiniere, den er lautstark Pater Brown gegenüber äußerte, war mit guten Teilen von Bewunderung versetzt. »Das sieht ihm ähnlich, uns am Schluß noch so zu entwischen«, meinte er. »Er war ein großer Räuber, wenn Sie es so wollen. Sein letzter Trick war, glaube ich, ohne jedes Beispiel. Er entfloh mit dem Geld zu einer Gesellschaft nach Italien und ließ sich von Theaterräubern in seinem eigenen Sold entführen, um das Verschwinden des Geldes und sein eigenes Verschwinden zur gleichen Zeit zu erklären. Die Forderung nach Lösegeld wurde wirklich von der Polizei fast überall ernst genommen. Er hat ja auch schon seit vielen Jahren Unternehmungen getrieben, die nicht schlechter waren, wirklich nicht schlechter. Er wird ein schwerer Verlust für seine Familie sein.«

Muscari führte die unglückliche Tochter beiseite, die sich eng an ihn klammerte, wie sie es noch für viele Jahre später tun sollte. Aber noch in diesem tragischen Zusammenbruch konnte er nicht umhin, ein Lächeln über den Handschlag halbironischer Freundschaft für den unbezwingbaren Ezza Montano aufzubewahren. »Und wohin treibt es dich als nächstes?« fragte er ihn über die Schulter.

»Birmingham«, antwortete der Schauspieler und zog an seiner Zigarette. »Sagte ich nicht zu dir, daß ich ein Futurist bin? Ich glaube wirklich an alle diese Sachen, wenn ich überhaupt an etwas glaube. Veränderung, Erregung, Neuheiten jeden Morgen. Ich gehe nach Manchester, nach Liverpool, Leeds, Hull, Huddersfield, Glasgow, Chicago – kurz, eine aufgeklärte, energiegeladene, zivilisierte Gesellschaft.«

»Kurz«, sagte Muscari, »in das wahre Paradies der Diebe.«

Das Duell des Dr. Hirsch

Monsieur Maurice Brun und Monsieur Armagnac eilten mit einer Art geschäftsmäßiger Beflissenheit über die sonnenbeschienenen Champs-Élysées. Beide waren sie klein, lebhaft und unternehmend. Beide trugen sie schwarze Bärte, die nicht zu ihrem Gesicht zu gehören schienen, nach der seltsamen französischen Mode geschnitten, die echtes Haar wie künstliches aussehen läßt. Monsieur Brun hatte einen dunklen keilförmigen Bart unter der Lippe kleben. Monsieur Armagnac hingegen hatte zwei Bärte, je einen aus jeder Seite seines ausgeprägten Kinnes hervorsprießen. Beide waren sie jung. Beide waren sie Atheisten, in ihrer Weltanschauung auf bedrückende Weise festgelegt, jedoch außerordentlich beweglich darin, sie zu verfechten.

Monsieur Brun war berühmt geworden durch den Vorschlag, das geläufige Wort »adieu« aus den klassischen Texten der französischen Literatur zu tilgen und auf seine Benützung im täglichen Sprachgebrauch eine mäßige Geldstrafe zu setzen. »Dann«, so meinte er, »wird auch der Name eures in der Einbildung existierenden Gottes zum letzten Mal in menschlichen Ohren sein Echo gefunden haben.« Monsieur Armagnac verlegte sich mehr auf den Widerstand gegen den Militarismus; so wollte er den Text der Marseillaise von »Zu den Waffen, Bürger« in »Auf zum Streik, Bürger« umändern. Seine Abneigung gegen Waffengewalt war übrigens von einer besonderen und gallischen Art. Ein bedeutender und sehr reicher englischer Quäker, der ihn aufsuchte, um über die Entwaffnung des ganzen Planeten mit ihm zu verhandeln, erlitt eine herbe Enttäuschung, als ihm Armagnac einleitend vorschlug, die Soldaten sollten doch ihre Offiziere erschießen.

Genau in diesem Punkt unterschieden sich die beiden Männer grundlegend von ihrem Vater und Meister in der Philosophie. Dr. Hirsch, wiewohl in Frankreich geboren und mit allen glorreichen Segnungen einer französischen Erziehung ausgestattet, war von gänzlich anderem Temperament; milde, träumerisch, menschenfreundlich und, ungeachtet seines skeptischen Systems, nicht ohne Sinn fürs Transzendentale. Er glich, kurz gesagt, mehr einem Deutschen als einem Franzosen; und sosehr sie ihn bewunderten, irgend etwas im Unterbewußtsein dieser Gallier wehrte sich gegen seine friedfertige Art, sich für den Frieden einzusetzen. Im übrigen Europa jedoch wurde Paul Hirsch von seinen Anhängern als heiligmäßiger Weiser verehrt. Seine weitreichenden und gewagten Theorien legten Zeugnis ab für sein streng geführtes Leben und seine untadelige, wenn auch etwas unterkühlte moralische Einstellung. Er vertrat in etwa die Position von Darwin verbunden mit der Position von Tolstoi. Trotz alledem war er weder Anarchist noch Vaterlandsfeind; seine Ansichten über die allgemeine Abrüstung waren gemäßigt und zielten auf Evolution ab – die republikanische Regierung setzte beträchtliches Vertrauen in ihn, besonders was einige seiner chemischen Neuerungen betraf. Er hatte unlängst einen geräuschlosen Sprengstoff entdeckt, dessen Geheimnis die Regierung jetzt sorgfältig hütete.

Sein Haus stand an einer hübschen Straße nahe den

Champs-Élysées – einer Straße, die in diesem heißen Sommer einen fast so dicht belaubten Eindruck machte wie der naheliegende Park. Eine Allee von Kastanienbäumen wehrte die Sonnenhitze ab; nur an einer Stelle war sie unterbrochen, wo ein großes Café mit seinen Tischen bis an die Straße hinausreichte. Diesem beinahe gegenüber befand sich der Wohnsitz des großen Wissenschaftlers, ein weißer Bau mit grünen Jalousien, vor dessen Fenstern im ersten Stock ein schmiedeeiserner Balkon entlanglief. Darunter führte das Eingangstor in einen freundlichen Hof, der teils gepflastert, teils mit Sträuchern bepflanzt war. Ihn durchquerten die beiden Franzosen in lebhaftem Gespräch.

Die Türe wurde ihnen von Simon, dem alten Diener des Doktors, geöffnet, den man mit seinem korrekten schwarzen Anzug, mit seinen grauen Haaren, seiner Brille und der vertauenerweckenden Umgangsweise ohne weiteres für den Doktor selbst hätte halten können. In der Tat war er ein viel überzeugenderer Mann der Wissenschaft als sein Herr, denn Dr. Hirsch erinnerte in seinem Aussehen an einen gegabelten Rettich, so sehr ließ der Klotz von einem Schädel den Rest seiner Person als verkümmert erscheinen. Mit dem gewichtigen Ernst eines großen Arztes, der ein Rezept aushändigt, übergab der Diener Monsieur Armagnac einen Brief. Dieser riß ihn mit der seinen Landsleuten eigenen Hast auf und las in aller Eile das folgende:

»Ich kann nicht zu Ihnen herunterkommen. Ein Mann ist in meinem Haus, dem zu begegnen ich streng ablehnen muß. Es ist ein chauvinistischer Offizier mit dem Namen Dubosc. Er sitzt auf der Treppe. In allen anderen

Räumen hat er die Einrichtung zertrümmert. Ich habe mich in mein Arbeitszimmer eingeschlossen, dem Café gerade gegenüber. Wenn Sie mich lieben, so gehen Sie hinüber in das Café und warten Sie an einem der Tische draußen. Ich werde versuchen, ihn hinüberzuschicken. Ich möchte, daß Sie ihm antworten und mit ihm sprechen. Ich kann ihn nicht selbst treffen. Ich kann es nicht, ich will es nicht.
Es wird einen neuen Fall Dreyfus geben.

P. Hirsch.«

Monsieur Armagnac sah Monsieur Brun an. Monsieur Brun nahm sich den Brief, las ihn und sah Monsieur Armagnac an. Dann begaben sich beide rasch zu einem der kleinen Tische unter den Kastanien und besorgten sich zwei große Gläser mit jenem abscheulichen grünen Absinth, den sie offensichtlich bei jedem Wetter und zu jeder Tageszeit konsumierten. Außer ihnen schien das Café leer zu sein. Nur ein Soldat trank Kaffee an einem der Tische; an einem anderen saßen ein großer Mann, der einen kleinen Aperitif trank, und ein Geistlicher, der gar nichts trank.

Maurice Brun räusperte sich und sagte: »Natürlich müssen wir dem Meister in jeder Weise behilflich sein, aber...«

Es gab ein jähes Schweigen, dann sagte Armagnac: »Er mag sehr triftige Gründe haben, diesem Mann nicht selbst begegnen zu wollen, aber...«

Bevor einer von ihnen noch seinen Satz beenden konnte, wurde es offenkundig, daß man den Eindringling aus dem gegenüberliegenden Haus vertrieben hatte. Die Büsche unter dem Eingangsbogen schwankten und brachen auseinander, als der unwillkommene Gast wie eine Kanonenkugel zwischen ihnen durchschoß.

Es war ein stämmiger Mann mit einem kleinen und schiefsitzenden Tirolerhut, ein Mann, der in seinem ganzen Aussehen etwas von einem Tiroler an sich hatte, breitschultrig, aber mit schlanken und behenden Beinen in Bundhosen und handgestrickten Strümpfen. Sein Gesicht war nußbraun; braun waren auch seine blanken und unruhigen Augen; sein dunkles Haar war steif aus der Stirn gebürstet, der Hinterkopf kurz abrasiert und gab einen mächtigen quadratischen Schädel frei. Auch trug er einen gewaltigen schwarzen Bart wie die Hörner eines Bisons. Ein so massiver Kopf sitzt im allgemeinen auf einem Stiernacken; dieser aber war durch einen großen bunten Schal verhüllt, in dem man bis zu den Ohren eingewickelt war und der vorne wie eine farbige Weste in seiner Jacke steckte. Es war ein Schal mit tiefen roten Farben, dunkles Rot, Altgold und Purpur, wahrscheinlich orientalischer Herkunft. Im ganzen hatte der Mann einen Hauch des Barbarischen an sich. Er wirkte eher wie ein ungarischer Landedelmann als wie ein gewöhnlicher französischer Offizier. Sein Französisch allerdings war unverkennbar das eines Ortsansässigen; und sein französischer Patriotismus war so impulsiv, daß es ans Absurde grenzte. Seine erste Handlung, kaum daß er aus dem Torbogen herausgeflogen war, bestand darin, mit Stentorstimme die Straße hinunterzurufen: »Gibt es hier noch Franzosen?« so als riefe er nach Christen mitten in Mekka.

Armagnac und Brun standen sofort auf; aber es war zu spät. Aus allen Straßenecken kamen bereits Leute gelaufen und bildeten eine kleine, aber ständig wachsende Menschentraube. Mit dem sicheren Instinkt der Franzosen für die Politik der Straße war der Mann schon auf das Café gegenüber zugelaufen, sprang auf einen der Tische, ergriff einen Kastanienzweig, um sich im Gleichgewicht zu halten, und rief dröhnend wie einst Camille Desmoulins, als er die Eichenblätter unter das Volk streute:

»Franzosen!« donnerte er, »ich kann nicht reden! Gott stehe mir bei, gerade darum muß ich reden! Die Kerle in ihren lausigen Parlamenten, die das Reden gelernt haben, haben auch gelernt, den Mund zu halten ... den Mund zu halten wie der Spion, der sich in dem Haus gegenüber verkrochen hat! Den Mund zu halten wie er, wenn ich an seine Schlafzimmertür trommle! Den Mund zu halten wie eben jetzt, obwohl er doch meine Stimme über die Straße hört und vor Angst schlottert! Oh, sie können auf eine sehr beredte Weise den Mund halten – diese Politiker! Aber die Zeit ist gekommen, da wir, die wir nicht reden können, reden *müssen*. Ihr alle seid an die Preußen verraten. Verraten in diesem Augenblick. Verraten durch diesen Mann. Ich bin Jules Dubosc, Colonel der Artillerie in Belfort. Wir haben gestern in den Vogesen einen deutschen Spion gefangen, und bei ihm wurde ein Papier gefunden ... das Papier, das ich hier in meiner Hand halte. Oh, sie haben versucht, die Sache zu vertuschen; aber ich brachte den Fetzen direkt zu dem Mann, der ihn geschrieben hat, zu dem Mann in diesem Haus! Er ist in seiner Handschrift und gezeichnet mit seinen Initialen. Es ist eine Anweisung, das Geheimnis des neuen, geräuschlosen Pulvers zu finden. Hirsch hat das geräuschlose Pulver erfunden; Hirsch hat diesen Zettel darüber geschrieben. Die Aufzeichnung ist in deutscher Sprache, und sie wurde in der Tasche eines Deutschen gefunden. ›Sage dem Mann, die Formel für Pulver ist im grauen Umschlag in oberster

Schublade links, im Schreibtisch des Kriegsministers, in roter Tinte. Soll vorsichtig sein. P.H.‹.«

Er ratterte seine kurzen Sätze wie ein Schnellfeuergewehr heraus, aber es war klar, daß er zu der Art von Menschen gehörte, die entweder verrückt sind oder im Recht. Die meisten in der Menge waren Nationalisten und rasch in bedrohlichem Aufruhr; eine Minderzahl von ebenso ärgerlichen Intellektuellen, angeführt durch Armagnac und Brun, machten die Mehrheit nur noch angriffslustiger.

»Wenn es sich um ein militärisches Geheimnis handelt«, rief Brun, »warum schreien Sie es auf die Straße hinaus?«

»Das will ich Ihnen sagen!« brüllte Dubosc über die brodelnde Menge hinweg. »Ich kam zu diesem Mann aufrichtig und höflich, wie es sich gehört. Wenn er eine Erklärung gehabt hätte, so wäre sie vollständig vertraulich von mir entgegengenommen worden. Er aber verweist mich an zwei Fremde in einem Café wie an zwei Dienstboten. Er hat mich aus dem Haus geworfen, aber ich komme zurück, das Volk von Paris hinter mir!«

Ein Aufschrei schien sogar die Fassade des Häuserblocks zu erschüttern, und zwei Steine flogen, von denen einer das Fenster über dem Balkon zertrümmerte. Der aufgebrachte Colonel stürzte sich erneut durch das Eingangstor, und sogleich hörte man ihn drinnen schreien und toben. Von Augenblick zu Augenblick schwoll die Menschenmenge weiter an; sie brandete gegen die Geländer und Treppen im Haus des Verräters; schon schien die Erstürmung des Gebäudes so unvermeidlich wie die der Bastille, da öffnete sich das zerbrochene Fenster, und Dr. Hirsch trat auf den Balkon heraus. Einen Augenblick lang schien die allgemeine Wut in Gelächter umzuschlagen; denn seine Erscheinung wirkte in einer solchen Szene absurd. Sein langer nackter Hals und die hängenden Schultern erinnerten an eine Champagnerflasche, aber das war auch das einzig Festliche an seinem Aussehen. Die Jacke hing an ihm wie an einem Kleiderständer; sein brandrotes Haar war lang und struppig; Backen und Kinn waren rings umsäumt von einem jener irritierenden Bärte, die weit weg vom Mund erst anfangen. Er war sehr bleich und trug eine blaue Brille.

Leichenblaß wie er war, sprach er doch mit so fester Entschlossenheit, daß der Pöbel bereits im Verlauf seines dritten Satzes ruhig wurde.

»... Euch jetzt nur zwei Dinge zu sagen. Das erste gilt meinen Feinden, das zweite meinen Freunden. Meinen Feinden sage ich: Es ist wahr, daß ich Monsieur Dubosc nicht sehen will, obwohl er gerade vor meiner Tür tobt. Es ist wahr, daß ich zwei andere Männer gebeten habe, ihm statt meiner entgegenzutreten. Und ich will Euch sagen, warum! Weil ich ihn weder sehen will noch sehen darf – weil es gegen alle Regeln der Würde und der Ehre verstieße, ihn zu sehen. Ehe ich aber durch einen Gerichtshof von seinen Anschuldigungen glorreich freigesprochen werde, schuldet dieser Herr mir als Ehrenmann noch Satisfaktion, und wenn ich ihn an meine Sekundanten verweise, so folge ich genau...«

Armagnac und Brun schwenkten heftig ihre Hüte, und selbst die Feinde des Doktors brüllten Beifall bei dieser unerwarteten Herausforderung. Noch einmal gingen ein paar Pfiffe im Applaus unter, dann hörte man ihn sagen: »Zu meinen Freunden – ich selbst würde immer und ausschließlich die Waffen des Geistes bevorzugen, und eine weiterentwickelte Menschheit wird sich sicherlich darauf beschränken. Aber es ist unsere eigene und kostbarste Erkenntnis, daß Materie und Vererbung zwingende Kräfte sind. Zwar sind meine Bücher erfolgreich, meine Theorien unwiderlegt; in allen politischen Belangen habe ich unter einem schier körperlichen Vorurteil der Franzosen zu leiden. Ich darf nicht reden wie Clemenceau oder Déroulède – deren Worte sind wie der Widerhall ihrer Pistolen. Die Franzosen verlangen nach dem Duellanten wie die Engländer nach dem Sportsmann. Gut – ich liefere die Probe aufs Exempel: Ich werde diesen barbarischen Tribut leisten und dann den Rest meines Lebens der Vernunft weihen.«

Sofort fanden sich zwei Leute in der Menge, die Dubosc ihre Hilfe anboten, der auch alsbald und vollkommen befriedigt wieder unter ihnen erschien. Einer der beiden war der einfache Soldat mit dem Kaffee; er sagte schlicht: »Ich stehe Ihnen zur Verfügung, Monsieur, ich bin der Herzog de Valognes.« Der zweite war der große Herr, dem sein Freund, der Geistliche, zuerst vergeblich abzuraten versuchte. Dann gab der Priester auf und ging allein davon.

Am frühen Abend wurde hinter dem Café Charlemagne ein leichtes Essen serviert. Weder Glas noch vergoldeter Stuck deckte den Raum, doch hatten fast alle Gäste ein schwankendes Blätterdach über dem Kopf; denn die dekorativ angeordneten Bäume standen so dicht zwischen den Tischen und um sie herum, daß der Eindruck eines lauschigen kleinen Gartens entstand. An einem der mittleren Tische saß in versunkener Einsamkeit ein rundlicher kleiner Geistlicher, der sich ernst und hingebungsvoll damit beschäftigte, einen Turm gebratener Weißfische abzubauen. Im Alltag an eine einfache Lebensführung gewöhnt, hatte er eine besondere Vorliebe für unerwartete und ausgefallene Genüsse; er war ein enthaltsamer Epikuräer. Er hob die Augen erst von seinem Teller, um welchen rote Paprikaschoten, Zitronen, Schwarzbrot und Butter etc. in Reih und Glied standen, als plötzlich ein Schatten quer über seinen Tisch fiel und sein Freund Flambeau sich ihm gegenübersetzte. Flambeau war verdüstert.

»Ich fürchte, ich muß mich aus diesem Geschäft zurückziehen«, sagte er mit Nachdruck, »natürlich bin ich auf seiten der französischen Soldaten wie Dubosc und gegen die französischen Atheisten, wie Hirsch einer ist. Der Herzog meinte ebenso wie ich, man müsse die Beschuldigung erst untersuchen, und ich bin sehr froh darüber.«

»Dann ist das Papier eine Fälschung?« fragte der Geistliche.

»Das ist ja gerade das Merkwürdige«, antwortete Flambeau. »Es ist ganz und gar Hirschs Handschrift, und niemand kann den kleinsten Fehler daran finden. Aber Hirsch hat es nicht geschrieben. Sofern er ein überzeugter Franzose ist, hat er es nicht geschrieben, weil es den Deutschen Informationen liefert. Ist er aber ein deutscher Spion, dann kann er es deshalb nicht geschrieben haben – nun, weil es den Deutschen überhaupt keine Informationen liefert.«

»Sie meinen, die Information ist falsch?« fragte Pater Brown.

»Falsch«, erwiderte der andere, »und zwar genau in dem Punkt, über den Dr. Hirsch bestimmt genauestens orientiert war – nämlich in seiner Aussage über das Versteck seiner eigenen Geheimformel in seiner eigenen Ministeriumsabteilung. Durch Vermittlung von Hirsch und der Behörden wurde es dem Herzog und mir erlaubt, das Geheimfach im Kriegsministerium zu untersuchen, wo Hirschs Formel aufbewahrt wird. Wir sind die einzigen, die das Versteck gesehen haben, außer dem Erfinder selbst und dem Kriegsminister; dieser erlaubte es, um Hirsch vor dem Duell zu retten. Danach können wir Dubosc wirklich nicht mehr unterstützen, da sich seine Enthüllungen als Schwindel erwiesen haben.«

»Und sind sie Schwindel?« fragte Pater Brown.

»Ja«, sagte sein Freund verdrießlich. »Es ist eine ungeschickte Fälschung von jemandem, der von dem richtigen Versteck keine Ahnung hatte. Er behauptete, das Schriftstück sei in dem Fach rechts an dem Schreibtisch des Ministers. In Wirklichkeit ist das Fach mit der Geheimnisschublade links vom Schreibtisch. Er behauptet, der graue Schutzumschlag enthalte ein langes Dokument, mit roter Tinte geschrieben. Es ist nicht mit roter, sondern mit gewöhnlicher schwarzer Tinte geschrieben. Es ist unsinnig zu behaupten, Hirsch habe etwas Falsches über ein Papier gesagt, das nur ihm allein bekannt war; oder, daß er einem ausländischen Dieb dadurch habe helfen wollen, daß er ihn veranlaßte, in falschen Schubladen zu wühlen. Ich glaube, wir geben es auf und entschuldigen uns bei dem alten Rotfuchs.«

Pater Brown schien zu überlegen; er steckte einen kleinen Weißfisch auf seine Gabel. »Sind Sie sicher, daß der graue Umschlag im linken Fach lag?« fragte er.

»Ganz sicher«, entgegnete Flambeau. »Der graue Umschlag ... es war in Wirklichkeit ein weißer ... war ...«

Pater Brown legte die Gabel mitsamt dem kleinen silbernen Fisch wieder hin und starrte zu seinem Freund hinüber. »Was?« fragte er mit völlig veränderter Stimme.

»Na und was?« fragte Flambeau zurück und kaute herzhaft weiter.

»Er war *nicht* grau?« sagte der Geistliche. »Flambeau, Sie erschrecken mich.«

»Was, zum Teufel, erschreckt Sie daran?«

»Mich erschreckt der weiße Umschlag«, sagte der andere mit ernstem Tonfall. »Wenn er nur grau gewesen wäre! Aber wenn er weiß war, dann ist die ganze Angelegenheit schwarz. Der Doktor scheint da doch irgendwie herumgepfuscht zu haben.«

»Wenn ich Ihnen aber sage, daß der Doktor so einen Zettel gar nicht geschrieben haben kann!« rief Flambeau. »Alles auf dem Zettel stimmt nicht mit den Tatsachen überein. Und, schuldig oder unschuldig, Dr. Hirsch war genau über alle Tatsachen unterrichtet.«

»Der Mann, der diesen Zettel geschrieben hat, war auch genau unterrichtet«, sagte sein geistlicher Freund nüchtern. »Es wäre ihm sonst nicht gelungen, sie so falsch wiederzugeben. Man muß einen ganzen Haufen wissen, um jede Kleinigkeit falsch anzugeben ... genau wie der Teufel.«

»Meinen Sie ...?«

»Ich meine, jemand, der Lügen auf gut Glück erzählt, wird gelegentlich auch einmal einen wahren Tatbestand erwischen«, sagte sein Freund mit Überzeugung. »Nehmen Sie einmal an, jemand schickt Sie auf die Suche nach einem Haus mit einer grünen Türe, blauer Jalousie, mit einem Vorgarten, aber ohne Hinterhof, mit einem Hund, aber ohne Katze, wo Kaffee getrunken wird, aber niemals Tee. Sie würden vielleicht sagen, wenn Sie das Haus nicht finden können, alles sei nur erfunden. Ich sage, nein. Ich sage, wenn Sie ein Haus finden, dessen Tür blau und dessen Jalousie grün ist, das einen Hinterhof, aber keinen Vorgarten hat, wo Katzen gehalten, Hunde aber sofort erschossen werden, literweise Tee getrunken wird, Kaffee aber keinesfalls – dann wäre Ihnen klar, das richtige Haus gefunden zu haben. Der Mann, der Sie geschickt hat, muß dieses spezielle Haus gekannt haben, um so minutiös ungenau zu sein.«

»Aber was könnte dahinterstecken?« fragte sein Tischgenosse.

»Ich durchschaue es noch nicht«, sagte Brown. »Ich verstehe diese ganze Hirsch-Angelegenheit überhaupt nicht. Solange es nur die linke Schublade statt der rechten und rote Tinte statt schwarzer war, dachte ich, es handle sich um den zufälligen Schnitzer eines Fälschers. Da dachte ich ganz wie Sie. Drei ist aber eine mystische Zahl; sie setzt den Dingen ein Ende. Auch dieser Sache. Daß die Lage der Schublade, die Farbe von Tinte und Kuvert – daß zufällig *keins* von diesen Dingen stimmen sollte, das *kann* kein Zufall sein. Es war auch keiner.«

»Was war es dann? Verrat?« fragte Flambeau und wandte sich wieder seiner Mahlzeit zu.

»Auch da bin ich mir nicht sicher«, antwortete Brown mit bestürzter Miene. »Das einzige, was mir einfällt ... Nun, ich habe den Fall Dreyfus nie verstanden. Mir fällt es leichter, Beweisstücke aus moralischen Motiven abzuleiten als aus irgendwelchen anderen. Ich achte auf die Augen eines Menschen, auf seine Stimme, verstehen Sie, und ob seine Familie glücklich ist, und welchen Dingen einer nachhängt und welche einer vermeidet. Nun, der Fall Dreyfus hat mir Kopfzerbrechen gemacht. Nicht wegen der schrecklichen Dinge, die man sich gegenseitig zur Last legte. Ich weiß – auch wenn es nicht zeitgemäß ist, so etwas zu sagen –, daß die menschliche Natur, auch wenn sie am höchsten zu stehen scheint, zur Entartung neigt, daß die Menschen sich verhalten können wie Cenci oder Borgia. Nein, was mich verwirrte, war die Aufrichtigkeit auf beiden Seiten. Ich meine jetzt nicht die politischen Parteien. Die große Masse ist im Durchschnitt ehrlich und wird oft getäuscht. Ich meine die Personen der Handlung. Ich meine die Verschwörer, wenn sie Verschwörer waren. Ich meine den Verräter, wenn er ein Verräter war. Ich meine die Männer, die die Wahrheit wissen mußten. Dreyfus aber verhielt sich wie ein Mann, der überzeugt ist und bleibt, daß ihm unrecht geschieht. Und die Staatsmänner und Soldaten waren ebenso überzeugt, das Unrecht liege bei ihm. Ich sage nicht, daß ihr Benehmen richtig war. Ich sage nur, sie benahmen sich so, als ob sie von ihrem Recht überzeugt wären. Ich kann das alles nicht erklären, ich weiß nur, was ich sagen will.«

»Ich wollte, ich könnte es«, sagte sein Freund. »Aber was hat das alles mit dem alten Hirsch zu tun?«

»Nehmen Sie einmal an, jemand in einer Vertrauensstellung«, fuhr der Geistliche fort, »beginnt, dem Feind Informationen zu liefern, weil es falsche Informationen sind. Nehmen Sie an, er glaubte sogar, sein Vaterland zu retten, indem er die Fremden in die Irre führt. Nehmen Sie weiter an, dies würde ihn mit Spionen in Kontakt bringen, kleine Darlehen würden ihm gemacht, er selbst würde mit kleinen Verpflichtungen allmählich gebunden. Nehmen Sie schließlich an, er versuchte, seine widersprüchliche Stellung auf undurchsichtige Weise beizubehalten, den fremden Spionen zwar die Wahrheit nicht zu sagen, sie diese aber mehr und mehr erraten zu lassen. Sein besseres Ich – was immer davon noch übrig ist – könnte immer noch sagen: ›Ich habe dem Feind ja nicht geholfen; ich sagte, es sei die linke Schublade.‹ Sein schlechtes Ich müßte bereits sagen: ›Sie können aber merken, daß die rechte gemeint ist.‹ Ich halte das psychologisch für möglich – in einem aufgeklärten Zeitalter, versteht sich.«

»Psychologisch mag es möglich sein«, antwortete Flambeau, »das würde zweifellos erklären, warum Dreyfus sich ungerecht behandelt fühlte und seine Richter ihn trotzdem schuldig fanden. Historisch aber klappt das nicht, denn Dreyfus' Dokument, wenn es wirklich sein Dokument war, war auf den Buchstaben korrekt.«

»Ich dachte nicht an Dreyfus«, sagte Pater Brown.

Stille hatte sich allmählich um sie ausgebreitet, nachdem die Tische sich allmählich geleert hatten. Es war schon spät, auch wenn die Abendsonne an allem haftete, als sei sie durch Zufall in den Bäumen hängengeblieben. In das stille Schweigen hinein, reagierte Flambeau mit einer plötzlichen Bewegung seines Stuhls, so daß ein vereinzeltes nachhallendes Geräusch entstand, und warf seinen Ellbogen über die Lehne.

»Nun«, sagte er unwirsch, »wenn Hirsch nichts Besseres ist als ein feiger Nachrichtenhändler ...«

»Sie brauchen nicht zu streng mit ihnen sein«, meinte Pater Brown sanft. »Es ist nicht ganz ihre Schuld; sie haben eben keinen Instinkt. Ich meine damit das Gefühl, das eine Frau manchmal davon abhält, mit einem Mann zu tanzen, oder einen Mann, sich auf eine Spekulation einzulassen. Man hat ihnen beigebracht, alles sei eine Frage des Grades.«

»Jedenfalls«, rief Flambeau ungeduldig, »lasse ich auf meinen Duellanten nichts kommen, und ich werde bei der Stange bleiben. Der alte Dubosc mag eine Schraube locker haben, aber wenigstens ist er ein Patriot.«

Pater Brown wandte sich wieder seinen Weißfischen zu.

Aber etwas an der Unbeirrbarkeit seines Essens veranlaßte Flambeau, seine lebhaften dunklen Augen erneut auf seinen Freund zu richten. »Was ist mit Ihnen los?« fragte Flambeau. »Dubosc ist auf seine Weise in Ordnung. Sie zweifeln doch nicht an ihm?«

»Lieber Freund«, sagte der kleine Geistliche und legte Messer und Gabel mit einer Geste hilfloser Verzweiflung auf den Teller. »Ich zweifle an allem. An allem, meine ich, was heute passiert ist. Ich zweifle an der ganzen Geschichte, obwohl sie sich vor meinen Augen abgespielt hat. Ich zweifle an jeder Szene, die meine Augen seit heute morgen gesehen haben. An dieser Sache ist etwas, das zu einem landläufigen Polizeifall nicht paßt, wo der eine Mann mehr oder weniger lügt, der andere Mann mehr oder weniger die Wahrheit sagt. Nun, ich habe Ihnen die einzige Theorie entwickelt, die für irgend jemand befriedigend sein mag. *Mich* befriedigt sie nicht.«

»Mich auch nicht«, erwiderte Flambeau stirnrunzelnd, während der andere mit einem Ausdruck völliger Resignation an seinen Fischen weiteraß. »Wenn Ihre Mutmaßung nur darauf hinausläuft, daß eine Botschaft auch das Gegenteil ihrer Aussage vermitteln kann, dann würde ich das ungewöhnlich scharfsinnig nennen, aber ... ja, wie würden Sie das nennen?«

»Ich würde es fadenscheinig nennen«, gab der Geistliche prompt zur Antwort, »ungewöhnlich fadenscheinig. Das ist aber auch das Seltsame an der ganzen Geschichte. So lügt doch nur ein Schuljunge. Es gibt nur drei Versionen, die von Dubosc, die von Hirsch und mein Hirngespinst. Entweder wurde dieser Zettel von einem französischen Offizier geschrieben, um einen französischen Beamten zu Grunde zu richten; oder er wurde von einem französischen Beamten geschrieben, um deutschen Offizieren zu helfen; oder ein französischer Beamter hat ihn geschrieben, um deutsche Offiziere in die Irre zu führen. So weit, so gut. Man erwartet aber von einem Geheimdokument, welches zwischen Beamten und Offizieren von Hand zu Hand geht, daß es ganz anders aussieht. Man erwartet etwa eine Chiffrierung, zumindest Abkürzung; sicher eine wissenschaftliche und streng fachliche Terminologie. Dieses Papier ist bewußt einfach abgefaßt wie ein Groschenroman: ›In der purpurfarbenen Grotte wirst du ein goldenes Kästchen finden.‹ Es sieht so aus, ob ..., als ob es absichtlich darauf angelegt wäre, sofort als Fälschung erkannt zu werden.«

Beinahe noch ehe sie ihn wahrnehmen konnten, war ein kleiner Mann in französischer Uniform auf ihren Tisch zugeeilt und ließ sich auf einen der Stühle fallen.

»Ich habe außerordentliche Neuigkeiten«, sagte der Herzog de Valognes. »Ich komme eben von unserem Colonel. Er packt seine Sachen, um das Land zu verlassen, und bittet uns, ihn *sur le terrain* zu entschuldigen.«

»Was«, schrie Flambeau mit einer Ungläubigkeit, die an Entsetzen grenzte. *»Entschuldigen?«*

»Ja«, sagte der Herzog mürrisch, »jetzt und auf der Stelle vor allen Leuten, wo die Degen schon gezogen sind. Und Sie und ich sollen die Suppe auslöffeln, während er dabei ist, das Land zu verlassen.«

»Aber was *kann* das nur bedeuten?« schrie Flambeau. »Er kann doch nicht Angst haben vor diesem kleinen Hirsch! Verdammt noch mal!« schrie er in durchaus verständlicher Wut, »das gibt's doch nicht, daß jemand sich vor Hirsch fürchtet!«

»Ich glaube, es ist ein Komplott«, stieß der Herzog hervor. »Ein Komplott von Juden und Freimaurern. Es soll Hirschs Ruhm hochspielen...«

Pater Browns Miene sah unverändert aus, doch wirkte er seltsam zufrieden; Unwissenheit und Erkenntnis konnten sich gleichermaßen in seinem Gesicht ausdrücken. Wie der Blitz aber konnte die Maske der Dummheit fallen und die Maske der Klugheit ihren Platz einnehmen; und Flambeau, der seinen Freund kannte, wußte, daß dieser mit einemmal alles verstanden hatte. Brown schwieg und aß sein Fischgericht fertig.

»Wo haben Sie unseren geschätzten Colonel gesehen?« fragte Flambeau gereizt.

»Er ist um die Ecke im Hotel St. Louis bei den Élysées; wir sind mit ihm hingefahren, er packt zusammen, sage ich Ihnen.«

»Meinen Sie, er ist noch da?« fragte Flambeau und sah finster auf den Tisch.

»Ich glaube nicht, daß er schon weg sein kann«, erwiderte der Herzog. »Er muß für eine lange Reise packen...«

»Nein«, sagte Pater Brown in aller Seelenruhe und stand plötzlich auf. »Nur für eine ganz kurze Reise, in der Tat für eine besonders kurze. Aber wir können ihn noch rechtzeitig erwischen, wenn wir ein Taxi nehmen.«

Mehr war aus ihm nicht herauszubringen, bis der Wagen beim Hotel St. Louis um die Ecke fegte, wo sie ausstiegen und er sie alle eine Seitenstraße entlangführte, die schon tief im Schatten der hereinbrechenden Dunkelheit lag. Einmal, als der Herzog ungeduldig fragte, ob Hirsch nun des Verrates schuldig sei oder nicht, antwortete er ganz geistesabwesend: »Nein, nur des Ehrgeizes – wie Cäsar.« Dann fügte er etwas Zusammenhangloses hinzu: »Er führt ein sehr einsames Leben, er hat alles immer selbst machen müssen.«

»Nun gut, wenn er ehrgeizig ist, müßte er jetzt befriedigt sein«, sagte Flambeau verbittert. »Ganz Paris wird ihm zujubeln, nachdem unser verfluchter Oberst davongelaufen ist.«

»Sprechen Sie nicht so laut«, sagte Pater Brown mit gedämpfter Stimme, »Ihr verfluchter Oberst ist da vorne.«

Die beiden anderen zuckten zusammen und zogen sich in den Schatten der Wand zurück, denn die stämmige Gestalt ihres flüchtigen Duellanten erschien tatsächlich vor ihnen, in jeder Hand eine Reisetasche. Er sah beinahe genauso aus wie bei ihrem ersten Zusammentreffen, nur hatte er seine malerischen Bergsteiger-Kniehosen gegen die herkömmlichen Beinkleider vertauscht. Es war klar, er machte sich gerade aus dem Staube.

Die Seitenstraße, auf der sie ihn verfolgten, führte an Hinterhöfen entlang und wirkte wie die Rückseite einer Bühne. Eine dunkle Mauer ohne Ende säumte die eine Seite, gelegentlich unterbrochen von abgenutzten, verschmutzten Türen, alle fest verschlossen und unansehnlich, es sei denn, ein herumstrolchender Lausbub hätte sie mit Kreide vollgekritzelt. Traurig dunkle Baumwipfel schauten hin und wieder über die Mauer, jenseits deren im verglühenden Abendlicht die Rückseite einer langen Reihe hoher Häuser erschien, wie sie in Paris üblich sind. Sie war gar nicht weit weg und wirkte trotzdem wie eine unerreichbare marmorne Bergkette. Die andere Seite der Gasse war durch das hohe düstere Gitter eines Parks begrenzt.

Flambeau sah sich beklommen um. »Ich weiß nicht«, sagte er, »etwas an diesem Ort...«

»Hallo«, rief der Herzog plötzlich, »der Kerl ist verschwunden. Er hat sich aufgelöst wie ein Gespenst!«

»Er hat einen Schlüssel«, erklärte der Priester, »er ist nur durch eine dieser Gartentüren gegangen.« Und während er noch sprach, hörten sie eine der hölzernen Türen vor ihnen ins Schloß fallen. Flambeau stürzte auf das Gartentor zu, das sich direkt vor seiner Nase geschlossen hatte, und stand einen Moment davor, von Neugierde zerrissen und an seinem schwarzen Schnurrbart kauend. Er streckte seine langen Arme aus und schwang sich gespannt wie ein Affe auf die Mauer. Seine mächtige Gestalt stand schwarz gegen den purpurnen Abendhimmel, ganz wie die Baumwipfel neben ihm.

Der Herzog sah den Geistlichen an. »Duboscs Flucht ist sorgfältiger durchgeführt, als wir dachten«, sagte er, »aber ich nehme doch an, er wird Frankreich den Rücken kehren.«

»Er wird allem den Rücken kehren«, antwortete Pater Brown.

Valognes Augen leuchteten, aber seine Stimme senkte sich. »Sie meinen Selbstmord?« fragte er.

»Man wird seine Leiche niemals finden«, meinte der andere.

Flambeau auf der Mauer stieß einen unterdrückten Schrei aus. »Mein Gott«, rief er auf französisch, »jetzt weiß ich, wo wir sind. Es ist die Rückseite der Straße, in der der alte Hirsch wohnt. Ich meine doch, ich kann immer noch die Kehrseite des Hauses so gut erkennen wie die eines Menschen.«

»Und Dubosc ist hier hineingegangen«, rief der Herzog, sich auf die Schenkel schlagend. »Nun werden sie einander noch begegnen!« Und mit einem Ausbruch seines gallischen Temperaments sprang er zu Flambeau auf die Mauer, setzte sich und strampelte buchstäblich mit den Füßen. Nur der Geistliche blieb unten an die Wand gelehnt stehen, drehte dem Schauplatz der Ereignisse den Rücken und sah nachdenklich über den Zaun des Parks auf die im Zwielicht schimmernden Bäume.

Der Herzog übte trotz seiner Aufregung die Zurückhaltung des Aristokraten. Er wollte zwar das Haus sehen, aber nicht es ausspionieren; Flambeau jedoch, der die Instinkte eines Einbrechers (und eines Detektivs) hatte, war bereits von der Mauer in die Gabelung eines Baumes gesprungen, von wo er ganz nahe zu dem einzig erleuchteten Fenster an der Rückseite des hohen dunklen Hauses kriechen konnte. Das Licht war durch eine rote Jalousie nur schlecht verdeckt, so daß an einer Seite ein Spalt klaffte. Auf diese Weise konnte Flambeau sehen – sein Leben an der Spitze eines verräterischen dünnen Astes aufs Spiel setzend –, wie Oberst Dubosc in einem strahlend hellen und luxuriös eingerichteten Schlafzimmer umherging. Trotz der Nähe des Hauses konnte Flambeau hören, was seine Gefährten an der Mauer sagten, und er wiederholte leise:

»Ja, jetzt werden sie sich endlich treffen!«

»Sie werden sich niemals treffen«, sagte Pater Brown. »Hirsch hatte recht, als er sagte, daß in einem solchen Fall die Duellanten einander nicht treffen dürften. Haben Sie die seltsame psychologische Geschichte von Henry James gelesen, von den zwei Leuten, die sich so lange aus Zufall verfehlten, daß sie sich schließlich voreinander fürchteten und meinten, das Schicksal lauere hinter ihnen? Dies hier ist ähnlich, aber noch merkwürdiger.«

»In Paris gibt es genug Leute, die die beiden von solchen

krankhaften Einbildungen heilen werden«, sagte Valognes rachesüchtig. »Und wie sie sich treffen werden, wenn wir sie fangen und zwingen, miteinander zu kämpfen!«

»Sie werden sich nicht einmal am Jüngsten Tag begegnen«, sagte der Priester. »Selbst wenn unser Herrgott das Weltenszepter am Kampfplatz schwingen wollte, selbst wenn St. Michael die Trompete zum Kampfbeginn blasen würde – selbst dann, wenn der eine bereit stünde, der andere würde nicht kommen.«

»Was sollen, zum Donnerwetter, diese mystischen Sprüche?« rief der Herzog de Valognes ungeduldig. »Warum in aller Welt sollen die beiden sich nicht wie andere Leute auch treffen?«

»Jeder ist das Gegenteil des anderen«, sagte Pater Brown und lächelte geheimnisvoll. »Sie widersprechen sich. Sie schließen sich aus, sozusagen.«

Dann blickte er wieder auf die dunkler werdenden Bäume von gegenüber. Valognes aber wandte ganz plötzlich, auf einen mühsam unterdrückten Ausruf Flambeaus hin, seinen Kopf. Der Späher hatte gerade in dem erleuchteten Raum gewahrt, wie der Oberst im Weitergehen seinen Rock auszog. Flambeaus erster Gedanke war es, daß es jetzt wirklich nach Kampf aussah; aber sogleich gab er diese Überlegung zugunsten einer neuen preis. Der mächtige Brustkasten und die breiten Schultern von Dubosc waren auf einmal nichts als eine dicke Schicht Watte und verschwanden mit seiner Jacke. In Hemd und Hosen war es ein eher schmächtiger Herr, der jetzt durch das Schlafzimmer dem Bad zustrebte, mit keiner grimmigeren Absicht als der, sich zu waschen. Er beugte sich über das Waschbecken, versenkte das tropfende Gesicht in ein Handtuch und drehte sich schließlich um, so daß helles

Licht auf ihn fiel. Der braune Teint war geschwunden, ebenso der dicke schwarze Schnurrbart. Der Mann war glatt rasiert und sehr blaß. Vom Oberst blieb nichts weiter übrig als die glänzenden braunen faltigen Augen. Unten an der Mauer fuhr Pater Brown mit seinen tiefsinnigen Überlegungen fort, als ob er nur zu sich selber spräche:

»Es ist genau, wie ich zu Flambeau gesagt habe. Mit diesen Gegensätzen geht es nicht. Sie funktionieren nicht. Sie kämpfen auch nicht. Wenn es weiß ist statt schwarz und fest statt flüssig und immer so weiter – dann stimmt da etwas nicht, Monsieur, dann stimmt da etwas nicht. Der eine der Männer ist hell, der andere dunkel – der eine dick, der andere dünn, einer stark, der andere schwach. Der eine hat einen Schnurrbart und keinen Vollbart, so daß man seinen Mund nicht sehen kann; der andere hat einen Vollbart und keinen Schnurrbart, so daß man sein Kinn nicht sehen kann. Einer hat das Haar bis zum Schädel abrasiert, dafür einen Schal, der seinen Hals verbirgt, der andere hat niedrige Hemdkrägen, aber langes Haar, um seinen Schädel zu verdecken. Es ist alles zu sauber aufeinander abgestimmt, Monsieur, und da ist etwas faul an der Sache. Dinge, die so gegensätzlich sind, können nicht miteinander streiten. Wo immer der eine herauskommt, verschwindet der andere. Wie ein Gesicht und seine Maske, wie ein Schloß und der Schlüssel dazu ...«

Flambeau starrte in das Haus mit einem Gesicht, so weiß wie ein Leintuch. Der Mann in dem Zimmer stand mit dem Rücken zu ihm vor einem Spiegel. Er hatte inzwischen einen Kranz fettiges rotes Haar um sein Gesicht gelegt; es hing unordentlich um seinen Kopf herum und klebte an seinem Kinn und an seinen Backen, den spöttischen Mund freigebend. – Aus dem Spiegel blickte, fürchterlich grinsend, nunmehr ein bleiches Judasgesicht, umgeben von züngelndem Höllenfeuer. Für den Bruchteil einer Sekunde sah Flambeau die wilden rotbraunen Augen flackern, dann waren sie von einer blauen Brille verdeckt. Die Gestalt schlüpfte in einen losen schwarzen Umhang und verschwand in Richtung auf die Hausfront. Kurz darauf verkündete brausender Beifall von jenseits der Straße, daß Dr. Hirsch wieder auf dem Balkon erschienen war.

Der Mann in der Galerie

Die beiden Männer tauchten gleichzeitig an den gegenüberliegenden Enden einer Art Galerie auf, die an einem Seitenflügel des Apollo-Theaters in Adelphi entlang führte. Das Licht der hereinbrechenden Dämmerung fiel satt und leuchtend in die Straßen. Im Vergleich dazu war die lange Galerie dunkel, so daß einer den anderen in der Entfernung nur als schemenhaften Umriß ausmachen konnte. Dennoch erkannten sie sich selbst in dieser trüben Düsternis; denn beide Männer waren von unverwechselbarer Erscheinung. Und sie haßten einander.

Die überdachte Galerie führte auf der einen Seite zu einer der steilen Gassen von Adelphi, auf der anderen zu einer Terrasse, von der aus man den in Abendrot getauchten Fluß überblicken konnte. Eine kahle Mauer begrenzte den Durchgang auf der einen Seite: Teil eines verwahrlosten, mittlerweile geschlossenen Theaterrestaurants. An jedem Ende der anderen Galeriewand waren zwei Türen eingelassen. Keine von beiden wirkte wie die üblichen Bühnenausgänge. Es schien sich eher um eine Art Geheimtür für Star-Schauspieler zu handeln, in diesem Fall für die Hauptdarsteller der Shakespeare-Aufführung dieses Tages. Solche Prominenzen bevorzugen verschwiegene Ein- und Ausgänge, um Freunden zu begegnen oder ihnen auszuweichen.

Mit Sicherheit gehörten die beiden Männer hier zu diesen Eingeweihten, die augenscheinlich wußten, was es mit diesen Türen auf sich hatte, und sicher schienen, daß man ihnen öffnete; denn beide näherten sich derselben Tür mit der gleichen selbstsicheren Gelassenheit. Indes, sie taten es nicht gleich schnell; der Mann vom entfernteren Ende beeilte sich so, daß beide nahezu gleichzeitig vor dem geheimen Bühnenausgang einhielten. Sie tauschten einen höflichen Gruß, verharrten einen Augenblick, ehe derjenige von ihnen, der schneller gegangen war und der Ungeduldigere zu sein schien, an die Tür klopfte.

Nicht nur darin zeigte sich jener Grad der Verschiedenheit beider Männer, der nicht zuließ, den einen dem anderen unterlegen zu nennen. Privat galt jeder auf seine Weise als tüchtig und beliebt. Öffentlich gehörten sie beide zur besten Gesellschaft. Aber alles an ihnen, vom Ansehen bis zum Aussehen, war durchaus unvergleichbar. Sir Wilson gehörte zu jenem Gesellschaftstyp, dessen Rang einfach jedermann geläufig war. Je intimer man in den maßgeblichen Kreisen verkehrte, desto zwangsläufiger stieß man auf Sir Wilson Seymour. In der Reihe jener vielen inkompetenten Komiteemitglieder, die sich von der Reform der Königlichen Akademie bis hin zu Metallegierungsproblemen der Großbritannischen Industrie mit allem und jedem beschäftigten, war er mit Abstand der kompetenteste. Seine besondere Domäne war die Kunst: Er war eine solche Ausnahmeerscheinung, daß niemand mit Sicherheit beurteilen konnte, ob hier nun ein bedeutender Aristokrat zum Künstler oder ein bedeutender Künstler zum Aristokraten geworden war. Kurzum: Schon ein Fünfminutengespräch mit ihm verschaffte einem den Eindruck, als habe man zeitlebens unter seinem bestimmenden Einfluß gestanden.

Er war eine distinguierte Erscheinung im Sinne des

Wortes: zurückhaltend und einzigartig zugleich. An seinem Seidenzylinder gab es modisch nichts auszusetzen, dennoch unterschied er sich von allen anderen – war vielleicht ein wenig gestreckter und unterstrich so die Körpergröße des Mannes. Seine hohe, schlanke Gestalt war leicht gebeugt, doch wirkte sie in keiner Weise schwächlich. Sein Haar war silbergrau, ließ ihn aber nicht alt erscheinen; er trug es länger als üblich, was ihm gleichwohl keine weichlichen Züge verlieh; es war lockig, wirkte aber nicht frisiert. Sein sorgfältig gestutzter Bart gab ihm eine betont männliche, ja militärische Note, vergleichbar jenen alten Generälen von Velasquez, deren dunkle Porträts in seinem Hause hingen. Seine grauen Handschuhe waren um eine Nuance bläulicher, sein Stock mit dem Silberknauf um eine Spur länger als Dutzende solcher Handschuhe und Stöcke, wie man sie in Theatern und Restaurants kokett zu wirbeln pflegte.

Der andere Mann war nicht so groß, aber niemandem wäre es eingefallen, ihn klein zu nennen, sondern nur kräftig und gutaussehend. Auch sein Haar war lockig und um den massigen Schädel kurzgeschoren: ein Kopf, mit dem man Türen einrennt, um mit Chaucer zu reden. Sein militärisch geschnittener Schnurrbart und seine Schulterhaltung wiesen ihn als Soldaten aus, doch hatte er so eigentümlich offene und durchdringend blaue Augen, wie man sie häufiger bei Seeleuten findet. Er wirkte irgendwie kantig und eckig: sein Kinn, seine Schultern, sogar sein Rock wirkten kantig. Und in der Tat hatte ihn Mr. Max Beerbohm in der seinerzeit gängigen »extremen Richtung der Karikatur« als den verkörperten Lehrsatz aus dem Vierten Buch des Euklid dargestellt.

Denn auch er war ein prominenter Mann, wenngleich er

Erfolge ganz anderer Art aufzuweisen hatte. Man mußte durchaus nicht in den besten Kreisen verkehren, um von Kapitän Cutler, der Belagerung von Hongkong und dem großen Marsch durch China gehört zu haben. Wo immer man sich aufhielt, es war von ihm die Rede; jede zweite Ansichtskarte zierte sein Porträt, jedes zweite Bilderblatt brachte seine Karten und beschrieb seine Schlachten, in Varietés und auf Drehorgeln wurden Lieder zu seinen Ehren gespielt. Sein möglicherweise unbeständigerer Ruhm war gleichwohl zehnmal größer, verbreiteter und spontaner als der des anderen Mannes. In Tausenden englischer Heime galt er – allenfalls Nelson vergleichbar – als epochale Größe. Dennoch hatte er in England unvergleichlich weniger Macht als Sir Wilson Seymour.

Die Tür wurde den beiden Männern von einem alten Bediensteten oder Kammerdiener geöffnet, dessen niedergeschlagene Miene und Haltung, dessen schäbiger schwarzer Rock und abgewetzte Hosen einen merkwürdigen Kontrast bildeten zu der gleißenden Garderobeneinrichtung der berühmten Schauspielerin. Die Wände waren über und über mit Spiegeln behängt und verstellt, die den Raum aus allen möglichen Brechungswinkeln so reflektierten, daß er wie die zahllosen Facetten eines riesigen Diamanten wirkte – falls das Innere eines Diamanten überhaupt vorstellbar ist. Die anderen Luxus-Attribute, einige Blumen, bunte Kissen, Erinnerungsstücke an Bühnenkostüme, wurden von all den Spiegeln zu einem verrückt-verworrenen Bild aus »Tausendundeiner Nacht« vervielfältigt, das sich, einem Vexierspiel gleich, unaufhörlich irisierend veränderte, da der umherschlurfende Diener mal einen Spiegel herauszog, mal einen anderen an die Wand zurückschob.

Beide Männer redeten den dumpfen Bediensteten mit Namen an, nannten ihn Parkinson und fragten ihn nach der Lady: Miss Aurora Rome. Parkinson sagte, sie sei im Nebenraum, und er wolle hineingehen, um die Herren zu melden. Ein Schatten huschte über das Gesicht der beiden Besucher, denn das angrenzende Zimmer war das Privatgemach des berühmten Schauspielers, mit dem zusammen Miss Aurora auf dem Theater spielte; schließlich gehörte sie zu den Frauen, die mit Bewunderung zugleich auch Eifersucht entfachten. Nach einer halben Minute öffnete sich die Verbindungstür, und sie trat auf, wie sie es stets tat – bühnenreif sogar im Privatleben, so daß selbst die herrschende Stille als tosender, wohlverdienter Beifall erschien.

Bekleidet war sie mit einem sonderbaren Gewand aus pfauengrünem und pfauenblauem Satin, der wie blaues und grünes Metall schimmerte, ganz so, wie es Kinder und Schöngeister entzückt. Ihr schweres, kastanienbraunes Haar umrahmte eines jener Mädchengesichter, wie sie allen Männern, besonders aber Jünglingen und den Herren mit den grauen Schläfen gefährlich zu werden pflegen. Zusammen mit ihrem Partner, dem berühmten amerikanischen Schauspieler Isidore Bruno, brachte sie eine besonders poetische und phantastische Deutung des »Sommernachtstraums« auf die Bühne, natürlich mit Oberon und Titania, verkörpert von Bruno und ihr selbst, als den tragenden Rollen. In dieser traumhaften und erlesenen Dekoration, die einer Kulisse für geheimnisvolle Tänze angemessen schien, unterstrich das grüne Kostüm – schillernden Käferflügeln vergleichbar – ihre einzigartige, schwer zu erfassende, elfenhafte Ausstrahlung. Doch ein Mann, wenn er ihr bei Tageslicht ge-

genüberstand, war von nichts anderem fasziniert als vom Gesicht dieser Frau.

Sie begrüßte beide Besucher mit jenem strahlenden und zugleich spöttischen Lächeln, das so viele Männer in einer gerade noch gefährlichen Distanz zu ihr hielt. Sie nahm von Cutler Blumen entgegen, die ebenso exotisch und kostspielig waren wie seine Siege, und empfing von Sir Wilson Seymour ein Geschenk ganz anderer Art, das dieser Gentleman ihr etwas später und in etwas nonchalanterer Weise überreichte. Denn es widerstrebte seiner ganzen Art und Erziehung, heftige Gefühle zur Schau zu tragen, und zugleich seiner konventionellen Konventionslosigkeit, so etwas banal Selbstverständliches zu schenken wie Blumen. Er habe zufällig eine Kleinigkeit ausfindig gemacht, sagte er, etwas, das eher eine Kuriosität sei; ein antiker griechischer Dolch aus der Mykenischen Epoche, der sehr wohl zur Zeit des Theseus und der Hippolyta getragen worden sein mochte. Wie alle Waffen der Heldenzeit sei er aus Bronze gemacht, seltsamerweise noch immer scharf genug, um jemanden damit erstechen zu können. Besonders die blattartige Form sei es gewesen, die ihn angezogen habe: vollkommen wie eine griechische Vase. Wenn er von irgendwelchem Interesse für Miss Rome sei oder sie ihn irgendwie in ihrem Stück verwenden könne, so hoffe er, sie würde …

Die Tür zum Nebenzimmer wurde aufgerissen, und es erschien eine stattliche Person, die zu dem in seinen Erläuterungen unterbrochenen Seymour sogar einen noch größeren Gegensatz bildete als Kapitän Cutler. Beinahe sechseinhalb Fuß hoch und mit mehr ausgestattet als nur Theatermuskeln und -sehnen, glich Isidore Bruno, angetan mit einem prächtigen Leopardenfell und dem goldbraunen Schmuck Oberons, einem heidnischen Gott. Er stützte sich auf eine Art Jagdspeer, der sich auf der Bühne wie ein leichter Silberstab ausnehmen mochte, in dem kleinen und verhältnismäßig engen Raum jedoch so alltäglich wie eine spitze Eisenstange aussah – allerdings auch ebenso gefährlich. Seine lebhaften schwarzen Augen rollten temperamentvoll in seinem bronzefarbenen Gesicht; und so hübsch es auch war, stachen in diesem Augenblick nur die hohen Backenknochen und die zusammengekniffenen Zähne hervor, die gewisse in Amerika umlaufende Gerüchte über seine Abstammung aus den Plantagen der Südstaaten wachriefen.

»Aurora«, begann er mit seiner tiefen, vor Leidenschaft bebenden Stimme, die so oft die Zuhörer ergriffen hatte, »willst du ...«

Er hielt unschlüssig inne, als plötzlich eine sechste Gestalt in der Türöffnung auftauchte – eine Gestalt, die in diesem Milieu so wenig am Platze war, daß sie beinahe lächerlich wirkte. Es war ein auffallend kleiner Mann in der schwarzen Kleidung eines römisch-katholischen Weltgeistlichen, der sich, insbesondere in Gegenwart Brunos und Auroras, ausnahm wie ein aus einer geschnitzten Arche entsprungener hölzerner Noah. Er schien sich jedoch keiner Kontrastwirkung bewußt zu sein, sondern sagte mit schlichter Höflichkeit: »Ich glaube, Miss Rome hat nach mir geschickt.«

Ein genauer Beobachter hätte bemerken können, daß die Temperatur der herrschenden Emotionen bei dieser unemotionellen Unterbrechung eher stieg. Die Sonderstellung dieses professionellen Junggesellen schien es den anderen klarzumachen, daß sie um die Frau herumstanden wie eine Versammlung verliebter Rivalen: Er trat auf wie ein Fremder, der, wenn er mit einem beschneiten Mantel in ein Zimmer tritt, erst richtig zu erkennen gibt, daß es darin so heiß wie in einem Backofen ist. Die Gegenwart dieses einen Mannes, der sie nicht liebte, verstärkte das deutliche Gefühl von Miss Rome, alle anderen seien in sie verliebt, und zwar jeder auf eine irgendwie gefährliche Art: der Schauspieler mit allen Begierden eines Wilden und eines verwöhnten Kindes; der Soldat mit dem primitiven Egoismus eines Mannes, der mehr Willen als Verstand hat; Sir Wilson mit jener täglich stärker werdenden Konzentration, mit der alte Hedonisten sich einer Liebhaberei hingeben; und endlich – mit der stumpfen Hingabebereitschaft eines Hundes – sogar der unterwürfige Parkinson, der sie schon vor ihren Triumphen gekannt hatte und ihr zunächst mit Blicken, dann hinter ihr herschlurfend ins Zimmer gefolgt war.

Ein gewitzigter Beobachter hätte jedoch noch etwas Sonderbareres bemerken können. Und der Mann, der einem schwarzen hölzernen Noah glich (dabei aber keineswegs einiger Schlauheit ermangelte), registrierte es denn auch mit besonderem, gleichwohl verhaltenem Vergnügen. Es war offensichtlich, daß die große Aurora, obwohl keineswegs gleichgültig gegenüber der Bewunderung des anderen Geschlechtes, in diesem Augenblick alle diese Männer, die sie anhimmelten, loswerden und allein sein wollte mit dem einen Mann, der sie zumindest in diesem gewissen Sinne nicht bewunderte. Der kleine Geistliche vermerkte respektvoll und freudig die Entschlossenheit und weibliche Diplomatie, mit der sie sich an diese Aufgabe machte. Wie einen napoleonischen Feldzug beobachtete er ihr schnelles und genaues Geschick, alle zu verjagen und keinen zu verbannen. Bruno, der große Schauspieler, war so kindisch, daß es leicht war, ihn hinauszuschicken; wie ein schmollendes Kind verließ er das Zimmer und schlug die Tür hinter sich zu. Cutler, der britische Offizier, erwies sich in einer solch delikaten Situation als Dickhäuter, war jedoch peinlich genau, wenn es um Umgangsformen ging. Er würde alle Winke ignorieren, aber eher sterben, als den bestimmten Auftrag einer Dame ignorieren. Was den guten Seymour anging, so mußte der ganz anders behandelt werden; er wurde als letzter entlassen. Die einzige Methode, ihn loszuwerden, war, ihn vertrauensvoll als alten Freund anzusprechen und ihn in das Geheimnis dieses gelinden Hinauswurfs einzuweihen. Der Geistliche bewunderte Miss Rome aufrichtig, wie sie es mit einer wohlerwogenen Strategie verstand, ihre Absichten zu erreichen.

Sie ging zu Kapitän Cutler hinüber und sagte in ihrer gewinnendsten Art: »Ich werde all diese Blumen werthalten, weil es wahrscheinlich Ihre Lieblingsblumen sind. Aber sehen Sie, ohne meine Lieblingsblumen wären sie nicht vollzählig. Gehen Sie doch, bitte, hinüber in jenes Geschäft an der Ecke dort, und holen Sie mir einige Maiglöckchen, dann wird alles ganz wunderschön sein.«

Das erste Ziel ihrer Diplomatie, der Weggang des wütenden Bruno, war dadurch erreicht. Mit einer königlichen Gebärde hatte er seinen Speer wie ein Zepter dem erbarmungswürdigen Parkinson überreicht und war eben dabei, sich auf einen gepolsterten Sitz wie auf einen Thronsessel niederzulassen. Aber bei diesem unverhohlenen Affront des Rivalen funkelte im opalisierenden Glanz seiner Augen all die leidenschaftliche Unverschämtheit des Sklaven auf; er ballte für einen Augenblick seine braunen Fäuste, stieß dann die Tür auf und verschwand in seine eigenen Gemächer. Doch inzwischen war Miss Romes Versuch, die britische Armee zu mobilisieren, nicht so gut gelungen, wie man dies hätte annehmen dürfen. Cutler hatte sich zwar schnell und steif erhoben und war, als folgte er einem imaginären Befehl, unbedeckten Hauptes zur Tür geschritten. Doch in der gegen einen Spiegel lehnenden schlanken Gestalt Seymours lag vielleicht etwas zu aufreizend Elegantes, das den Kapitän veranlaßte, kurz bevor er den Ausgang erreichte, stehenzubleiben und den Kopf wie eine wild gewordene Bulldogge hin und her zu werfen.

»Ich muß diesem dummen Menschen den Weg zeigen«, flüsterte Aurora, zu Seymour gewandt, und lief in den Vorraum hinaus, um den sich entfernenden Gast zur Eile anzuhalten.

Seymour, in seiner eleganten und sorglosen Pose, schien zu lauschen und sich erleichtert zu fühlen, als er die Dame dem Kapitän einige letzte Weisungen nachrufen hörte, sie sich kurz umwendete und lachend an jenes Ende der Galerie lief, das in der Terrasse oberhalb der Themse mündete. Doch ein oder zwei Sekunden später verfinsterte sich Seymours Gesicht wieder. Ein Mann in seiner Position hat viele Rivalen, und so erinnerte er sich, daß an dem anderen Ende der Galerie ein entsprechender Eingang zu Brunos Privatzimmer führte. Er verlor äußerlich nichts von seiner Würde, wechselte mit Pater Brown einige höfliche Worte über das Wiederaufleben byzantinischer Architektur in der Westminster Kathedrale und schlenderte dann ganz ungezwungen hinaus auf die Galerie. Pater Brown und Parkinson blieben allein zurück; keiner von den beiden hatte etwas für unnötige Konversation übrig. Der Kammerdiener ging im Zimmer umher, zog Spiegel heraus und schob sie wieder zurück; seine schmierigen, dunklen Kleider sahen noch schäbiger aus, da er immer noch den prunkvollen Zauberstab König Oberons umfaßt hielt. Jedesmal, wenn er einen Spiegel hervorzog, erschien Pater Brown in neuer schwarzer Gestalt; das aberwitzige Spiegelzimmer war voller Pater Browns; sie hingen verkehrt in der Luft wie Engel, schlugen Purzelbäume wie Akrobaten und kehrten einem den Rücken zu wie ungewöhnlich ungezogene Leute.

Pater Brown schien diese ganze sprachlose Zeugenschar nicht zu bemerken, sondern beobachtete Parkinson mit unauffällig aufmerksamen Blicken, bis dieser sich mitsamt seinem lächerlichen Speer ins Nebenzimmer, Brunos Garderobe, entfernte. Dann gab sich der Priester allgemeinen Betrachtungen hin, die ihn stets zu unterhalten pflegten; er berechnete die Winkel der Spiegel, die Winkel jeder Brechung, die Winkel, mit denen jeder Spiegel an der Wand befestigt sein mußte ... als er einen schrillen, doch erstickten Schrei hörte.

Er sprang auf und lauschte wie gelähmt. Im gleichen Augenblick stürzte Sir Seymour, bleich wie Elfenbein, ins Zimmer: »Wer ist dieser Mann in der Galerie?« schrie er. »Wo ist der Dolch, den ich mitgebracht habe?«

Ehe Pater Brown sich in seinen schweren Stiefeln umdrehen konnte, wühlte Seymour im Zimmer herum und suchte den Dolch. Doch bevor er ihn oder irgendeine andere Waffe hätte finden können, hallten auf dem Pflaster draußen schnelle Schritte, und in der Türöffnung erschien das eckige Gesicht Cutlers. Er hielt groteskerweise immer noch einen Strauß Maiglöckchen in der Hand. »Was ist das?« schrie er. »Wer ist der Kerl dort in der Galerie? Steckt da irgendeiner Ihrer Tricks dahinter?«

»Meine Tricks?« zischte sein bleicher Rivale und machte einen Schritt auf ihn zu.

In dem Augenblick, da all dies vor sich ging, trat Pater Brown hinaus in den oberen Teil der Galerie, blickte den Gang hinunter und eilte schnell auf das zu, was er sah.

Daraufhin hörten die anderen beiden Männer auf zu streiten und stürzten ihm nach, während Cutler rief: »Was machen Sie? Wer sind Sie?«

»Mein Name ist Brown«, sagte der Geistliche traurig, als er sich über etwas niederbeugte und dann wieder aufrichtete. »Miss Rome hatte nach mir geschickt, und ich kam, so schnell ich konnte. Ich bin zu spät gekommen.«

Die drei Männer sahen zu Boden; und im Schein dieses späten Nachmittagslichts stockte wenigstens einem das Herz; wie ein Goldstreifen fiel das Licht in die Galerie, in deren Mitte Aurora Romes grünschillerndes Gewand strahlte, das leblose Antlitz nach oben gerichtet. Ihr Kleid war wie nach einem Kampf aufgerissen und entblößte die rechte Schulter, doch die Wunde, aus der das Blut strömte, war auf der anderen Seite. Der Bronzedolch lag flach und glitzernd ein paar Handbreit entfernt.

Eine geraume Zeit herrschte tiefes Schweigen, so daß man aus der Ferne das Lachen eines Blumenmädchens vernahm und jemanden in einer der vom Ufer entfernten Straßen wütend nach einem Autotaxi pfeifen hörte. Dann fuhr der Kapitän mit einer plötzlichen Bewegung, die so leidenschaftlich wie theatralisch sein konnte, Sir Wilson Seymour an die Kehle.

Seymour sah ihm unerschrocken und unbeweglich in die Augen. »Sie brauchen mich nicht umzubringen«, sagte er kalt und gelassen; »ich werde die Rechnung begleichen.«

Der Kapitän zögerte und senkte seine Hand, und der andere fügte mit eiskalter Direktheit hinzu: »Falls ich nicht die Nerven habe, es mit diesem Dolch zu tun, so schaffe ich es in einem Monat durch Trinken.«

»Trinken reicht mir nicht«, erwiderte Cutler; »ehe ich sterbe, will ich dafür Blut sehen. Nicht das Ihre – doch ich glaube zu wissen, wessen Blut.«

Und bevor die anderen seine Absicht erraten konnten, ergriff er den Dolch, sprang auf die nächste Türe am unteren Ende der Galerie zu, brach sie trotz Schloß und Riegel auf und stand Bruno in dessen Garderobe gegenüber. In diesem Augenblick trottete der alte Parkinson schwankend aus der Tür heraus und sah die Leiche. Zitternd näherte er sich ihr, blickte matt mit bebendem Gesicht auf sie nieder, ging dann zitternd in die Garderobe zurück und setzte sich auf einen der reichverzierten und gepolsterten Stühle. Pater Brown lief zu ihm hinüber, ohne auf Cutler und den hünenhaften Schauspieler zu achten, obwohl das Zimmer bereits von ihren Schlägen widerhallte und sie anfingen, miteinander um den Dolch zu raufen. Seymour, der einen Rest Vernunft bewahrt hatte, rief mit einem Pfiff Polizisten vom Ende der Galerie herbei.

Als die Polizei eintraf, mußten sie die beiden Männer auseinanderreißen, die sich mit affenähnlichem Griff umklammert hielten. Nach einigen formellen Fragen wurde Isidore Bruno auf die Beschuldigung des Mordes hin, die sein wütender Gegner vorbrachte, verhaftet. Der Gedanke, daß der große Nationalheld des Tages einen Übeltäter eigenhändig gefangengenommen hatte, wog zweifellos bei der Polizei schwer, der ein gewisser Sinn für öffentliche Sensationen nicht abzusprechen war. Man behandelte Cutler mit feierlicher Hochschätzung und machte ihn darauf aufmerksam, daß er eine kleine Wunde an der Hand habe. Denn als Cutler zwischen umgeworfenen Stühlen und Tischen auf Bruno eingedrungen war, hatte dieser ihm den Dolch entwunden und ihn unterhalb des Handgelenkes getroffen. Die Verletzung war indes nur unbedeutend, doch ehe der halbwilde Gefangene aus dem Zimmer gebracht werden konnte, starrte er mit befriedigtem Lächeln auf das blutige Rinnsal.

»Sieht fast wie ein Kannibale aus. Nicht?« sagte der Polizeimann anbiedernd zu Cutler.

Cutler gab keine Antwort, sondern ließ sich einen Augenblick später etwas schroff vernehmen: »Wir müssen nach der ... Toten ... sehen ...« Seine Stimme versagte.

»Nach den *beiden* Toten«, fiel die Stimme des Geistlichen von der anderen Seite des Zimmers ein. »Dieser arme Kerl war tot, als ich zu ihm hinüberkam.« Da stand er und sah auf den alten Parkinson hinab, der wie ein schwarzes Bündel zusammengesunken auf dem prächtigen Stuhl saß. Auch er hatte der verstorbenen Frau seinen unmißverständlichen Tribut gezahlt.

Die Stille wurde zuerst von Cutler unterbrochen, der von einer rauhen Zärtlichkeit angerührt schien. »Ich wollt, ich wäre er«, sagte er heiser. »Ich erinnere mich, wie er – mehr als irgendeiner – ihr mit den Blicken zu folgen schien, wenn sie umherging. Sie war seine Luft, und jetzt ist er verschmachtet. Er ist einfach tot.«

»Wir sind alle tot«, sagte Seymour mit seltsamer Stimme und blickte die Straße hinab.

Sie verabschiedeten sich an der Straßenecke von Pater Brown mit einigen belanglosen Entschuldigungen bezüglich etwaiger Formlosigkeiten, die sie sich möglicherweise hätten zuschulden kommen lassen. Die Miene beider Männer war traurig und verschlossen.

Im Kopf des kleinen Priesters ging es stets zu wie in einem Kaninchengehege; die Gedanken jagten einander zu schnell, als daß er sie hätte festhalten können. Wie der weiße Schwanz eines Kaninchens fuhr ihm blitzartig der Gedanke durch den Kopf, daß er zwar des Kummers dieser beiden Männer gewiß sein konnte, nicht jedoch ihrer Unschuld.

»Wir gehen nun wohl am besten alle«, sagte Seymour schwermütig; »wir haben alles getan, was in unserer Macht stand, um zu helfen.«

»Werden Sie meine Motive richtig verstehen«, fragte Pater Brown ruhig, »wenn ich sage, daß Sie alles getan haben, was in Ihrer Macht stand, um Schaden anzurichten?«

Beide fuhren betroffen zurück, und Cutler fragte scharf: »Um wem zu schaden?«

»Um sich selbst zu schaden«, antwortete der Geistliche. »Ich möchte Ihren Kummer nicht noch vermehren, wenn es nicht allgemeine Menschenpflicht wäre, Sie zu warnen. Sie haben so ziemlich alles Menschenmögliche getan, um sich an den Galgen zu bringen, falls dieser Schauspieler freigesprochen werden sollte. Man wird mich sicherlich vorladen und verhören; ich werde gezwungen sein, auszusagen, daß, nachdem man den Schrei gehört hatte, Sie beide im Zustand höchster Aufregung ins Zimmer stürzten und wegen jenes Dolches einen Streit anfingen. Soviel ich unter Eid aussagen kann, könnte jeder von Ihnen es getan haben. Damit haben Sie sich geschadet; und dann hat sich Kapitän Cutler noch obendrein an jenem Dolch verwundet!«

»Verwundet!« rief der Kapitän verächtlich aus. »Ein läppischer kleiner Kratzer.«

»Der Blut fließen ließ«, erwiderte der Geistliche kopfnickend. »Wir wissen, daß jetzt auf der Klinge Blutspuren zu finden sind. Und darum werden wir niemals erfahren, ob vorher Blut daran war.«

Sie schwiegen; dann sagte Seymour mit einem Nachdruck, der seiner gewöhnlichen Art zu reden ganz fremd war: »Aber ich habe einen Mann in der Galerie gesehen.«

»Das weiß ich«, antwortete der Kirchenmann mit einem Gesicht, hart wie die Konturen eines Holzschnitts, »auch Kapitän Cutler hat einen Mann dort gesehen. Das ist es, was so unwahrscheinlich scheint.«

Bevor sich einer darüber soweit klarwerden konnte, um auch nur zu antworten, hatte sich Pater Brown höflich entschuldigt und war mit seinem zerfledderten Regenschirm stapfend die Straße hinaufgegangen.

In modernen Zeitungen ist heute das wichtigste und am sorgfältigsten geführte Ressort die Gerichtsreportage. Wenn es wahr ist, daß im zwanzigsten Jahrhundert für Morde mehr Raum bleibt als für Politik, so hat das vornehmlich den Grund, daß ein Mord eben eine ernstere Sache ist. Aber sogar dies würde das überwältigende Aufsehen kaum erklären können, mit dem der ›Fall Bruno‹ oder ›Das Geheimnis der Galerie‹ in der Londoner Presse und in allen Provinzblättern überall ausführlich und detailliert gewürdigt wurde. Die Aufregung war so groß, daß die Presse tatsächlich wochenlang von diesen Wahrheiten zehrte; und die Berichte über die Verhöre und Kreuzverhöre waren zwar endlos, ja sogar unerträglich, doch zumindest verläßlich. Der wahre Grund lag natürlich im Zusammentreffen der Personen. Das Opfer war eine allgemein bekannte Schauspielerin; der Angeklagte war ein allgemein bekannter Schauspieler; und der Angeklagte war, wie die Dinge nun einmal standen, auf frischer Tat festgenommen worden von einem in dieser patriotischen Zeitstimmung hochgeschätzten Offizier. Durch diese ungewöhnlichen Umstände wurden die Zeitungen dermaßen in Aufregung versetzt, daß sie sich geradezu zu Aufrichtigkeit und Genauigkeit hinreißen ließen; daher kann der Rest dieser eigenartigen Geschichte tatsächlich aus den Berichten über den Prozeß gegen Bruno wiedergegeben werden.

Der Vorsitzende in diesem Prozeß war der Richter Monkhouse, einer von jenen Richtern, die man im allgemeinen als witzig verspottet, die aber meist ernster zu nehmen sind als die ernsten Richter; denn ihre heitere Ungezwungenheit entspringt einem lebhaften Protest gegen alle professionelle Feierlichkeit; während der andere Typus des Richters in Wahrheit voller Frivolität steckt, weil er eitel ist. Da alle Hauptbeteiligten bekannte Persönlichkeiten der Gesellschaft waren, hatte man die Zusammensetzung des Gerichts sorgfältig gewählt; als Staatsanwalt fungierte Sir Walter Cowdray, ein schwerfälliger, doch gewichtiger Beamter von jener Art, die es versteht, englisch und vertrauenerweckend zu wirken und gleichsam nur widerstrebend rhetorisch sich hervorzutun. Der Angeklagte wurde von Herrn Patrick Butler verteidigt; dieser Mann wurde von Leuten, die den irischen Charakter mißverstanden (und von jenen, die noch nicht von ihm verhört worden waren), fälschlich für einen bloßen Flaneur gehalten. Die medizinischen Untersuchungen ergaben keine Widersprüche, da der Arzt, den Sir Seymour an Ort und Stelle gerufen hatte, mit dem hervorragenden medizinischen Fachmann, der später die Leiche untersucht hatte, vollkommen übereinstimmte. Aurora Rome war mit irgendeinem scharfen Instrument erstochen worden, mit einer Art Messer oder Dolch; jedenfalls war es ein Instrument mit kurzer Klinge; die Wunde lag gerade oberhalb des Herzens, und der Tod war augenblicklich eingetreten. Als der erste Arzt sie gesehen hatte, konnte sie kaum zwanzig Minuten tot gewesen sein. Daher mochten, als Pater Brown sie gefunden hatte, kaum drei Minuten nach Eintritt des Todes vergangen sein.

Es folgte der Bericht irgendeines amtlichen Detektivs, der sich hauptsächlich mit dem Beweis oder dem Mangel eines Beweises für irgendein Anzeichen eines Kampfes beschäftigte; der einzige Hinweis darauf war das an der Schulter aufgerissene Kleid, und dies schien wiederum nicht genau mit der Wundstelle übereinzustimmen. Nachdem diese Details vorgebracht worden waren, wurde, obwohl sie unaufgeklärt blieben, der erste Kronzeuge aufgerufen.

Sir Wilson Seymour machte seine Aussage so wie alles andere, was er tat, also nicht nur gut, sondern in geradezu vollendeter Manier. Obgleich selbst weit mehr ein Mann der Öffentlichkeit als der Richter, verstand er es genau, die feine Nuance zu finden, durch die er dem Richter Ihrer Majestät gegenüber in den Hintergrund trat; und obgleich er ein Ansehen genoß wie etwa der Premierminister oder der Erzbischof von Canterbury, konnte man doch in seiner Stellungnahme zu dieser Sache nichts anderes erkennen als die Äußerung irgendeines Privatmannes mit gutem Namen. Er war in seinen Aussagen ebenso erfrischend klar und deutlich wie in den Komiteesitzungen. Er hatte, sagte er, Miss Rome im Theater besucht; er war dort Kapitän Cutler begegnet; eine Zeitlang hatte sich ihnen auch der Angeklagte zugesellt, war dann jedoch in seine eigene Garderobe zurückgegangen; dann war auch noch ein katholischer Priester hinzugekommen, der nach der Lady gefragt und sich mit dem Namen Brown vorgestellt hatte. Später war Miss Rome ein wenig aus dem Theatergebäude hinausgetreten, bis zum Eingang der Galerie, um Kapitän Cutler einen Blumenladen zu zeigen, in dem er ihr noch einige Blumen kaufen sollte; der Zeuge war im Zimmer geblieben und hatte einige Worte mit dem Geistlichen gewechselt. Er hatte dann deutlich gehört, wie die Verstorbene, nachdem sie den Kapitän fortgeschickt hatte, sich lachend umgedreht hatte und die Galerie zu deren Ende hin hinuntergelaufen war, an dem sich die Garderobe des Angeklagten befand. Neugierig geworden wegen dieser Eile seiner Freunde, war er selbst auf die Galerie hinausgetreten und hatte in der Richtung auf die Tür des Angeklagten hinuntergesehen. Ob er etwas in der Galerie gesehen habe? Ja, er habe etwas in der Galerie gesehen.

Sir Walter Cowdray machte eine eindrucksvolle Pause, während der der Zeuge zu Boden blickte und trotz seiner üblichen Gelassenheit noch blässer als gewöhnlich schien. Dann fragte der Rechtsanwalt mit leiser Stimme, die anteilnehmend klang und zugleich doch etwas Schleichendes hatte: »Haben Sie es genau gesehen?«

So erregt Sir Wilson Seymour auch war, seine Gedanken blieben doch vollkommen klar. »Ganz genau, was die Konturen anbelangt, doch undeutlich, das heißt überhaupt nicht, was die Details innerhalb der Konturen betrifft. Die Galerie ist so lang, daß jeder, der sich in deren Mitte befindet, schwarz erscheint gegen das Licht am anderen Ende.« Der Zeuge senkte abermals seine Blicke und fügte hinzu: »Ich hatte diese Tatsache schon vorher bemerkt, als Kapitän Cutler zum erstenmal eintrat.« Es entstand wieder ein Schweigen, und der Richter beugte sich vor, um etwas zu notieren.

»Nun«, fragte Sir Walter geduldig, »wonach sahen die Konturen aus? Glichen sie zum Beispiel der Gestalt der ermordeten Frau?«

»Nicht im geringsten«, antwortete Seymour ruhig.

»Wonach schienen sie Ihnen denn auszusehen?«

»Es schien mir, als wäre es ein großer Mann gewesen«, erwiderte der Zeuge.

Jedermann im Saal bemühte sich, den Blick auf sein Schreibutensil oder seinen Schirmgriff zu richten, auf seine Schuhe oder sein Buch oder was immer er nur unauffällig schauen konnte. Man schien geradezu zwanghaft die Blicke vom Angeklagten abzuwenden, aber spürte seine Gegenwart auf der Anklagebank überlebensgroß. So stattlich Bruno sich dem Auge auch darbieten mochte, schien er zu unerhörter Größe zu wachsen, als alle Blicke von ihm abgewendet waren.

Mit feierlichem Gesicht lehnte sich Cowdray in seinen Stuhl zurück und fuhr glättend über sein schwarzes, seidenes Gewand und seinen weißen seidenen Backenbart. Sir Wilson, nachdem er zum Schluß noch einige Einzelheiten angegeben hatte, die auch andere bezeugen konnten, stand gerade im Begriff, die Zeugenbank zu verlassen, als der Verteidiger mit katzenartiger Behendigkeit aufsprang und ihn zurückhielt.

»Ich möchte Sie nur noch einen Augenblick um Geduld bitten«, sagte Mr. Butler, ein bäuerischer Typ mit roten Augenbrauen, der einen etwas verschlafenen Eindruck machte. »Wollen Sie bitte dem hohen Gericht sagen, woher Sie wußten, daß es ein Mann war?«

Ein feines, vornehmes Lächeln glitt über Seymours Züge. »Ich fürchte, es hängt mit den Hosenbeinen zusammen«, sagte er. »Als ich das helle Tageslicht zwischen den langen Beinen sah, mußte ich schließlich davon überzeugt sein, daß es ein Mann war.«

Butlers schläfrige Augen öffneten sich mit der Plötzlichkeit einer lautlosen Explosion. »Schließlich!« wiederholte er langsam. »So haben Sie also anfangs geglaubt, es wäre eine Frau?«

Seymour zeigte zum erstenmal so etwas wie einen Anflug von Verwirrung.

»Es ist zwar kaum ein Tatsachenbeweis«, sagte er, »aber wenn es das hohe Gericht wünscht, so werde ich natürlich über meinen Eindruck berichten. Etwas an der Erscheinung gemahnte zwar nicht direkt an eine Frau, wirkte aber doch wieder nicht männlich; die Konturen waren irgendwie anders. Und irgendwie schien es, als trüge sie lange Haare.«

»Vielen Dank«, sagte Mr. Butler und setzte sich unvermittelt, als hätte er das erfahren, was er erfahren wollte.

Kapitän Cutler trat als weit weniger konzentrierter und gefaßter Zeuge auf als Sir Wilson, doch sein Bericht über das, was zunächst passierte, deckte sich im wesentlichen mit Wilsons Aussage. Er beschrieb, wie Bruno in seine Garderobe zurückgekehrt, wie er selbst fortgeschickt worden war, um einen Strauß Maiglöckchen zu kaufen, wie er dann zu dem oberen Ende der Galerie gekommen war, was er in der Galerie gesehen hatte, wie er Seymour verdächtigt und dann mit Bruno gekämpft hatte. Doch konnte er nur wenig dazu beitragen, die schwarze Gestalt, die er und Seymour gesehen hatten, plastischer erscheinen zu lassen. Nach ihren Umrissen befragt, äußerte er mit einem etwas zu anzüglichen Grinsen zu Seymour hin, *er* sei schließlich kein Kunstkritiker. Darüber befragt, ob es eine Frau oder ein Mann gewesen sei, sagte er – und dabei richtete er seine Worte nicht weniger anzüglich knurrend an den Angeklagten –, daß die Gestalt eher wie ein wildes Tier ausgesehen habe. Der Mann schien von aufrichtigem Zorn und Kummer so bedrückt zu sein, daß Cowdray ihn schnell von der Verpflichtung enthob, Tatsachen zu bestätigen, die schon ziemlich klar waren.

Auch der Verteidiger faßte sich kurz in seinem Kreuzverhör, obwohl er (seiner Gewohnheit nach), sogar wenn er sich kurz faßte, einen ziemlich langatmigen Eindruck machte. »Sie haben einen eigentümlichen Ausdruck gebraucht«, sagte er, während er Cutler schläfrig betrachtete. »Was meinen Sie damit, daß die Gestalt eher wie ein Tier als wie ein Mann oder eine Frau aussah?«

Cutler schien wirklich erregt. »Vielleicht hätte ich das nicht sagen sollen«, erwiderte er, »doch wenn das Vieh riesige buckelige Schultern hat wie ein Schimpanse und Borsten, die ihm vom Kopf abstehen wie einem Schwein ...«

Mr. Butler fiel ihm mit auffälliger Ungeduld ins Wort. »Ganz gleich, ob das Haar nun Schweinsborsten glich oder nicht«, sagte er, »sah es denn wie Frauenhaar aus?«

»Frauenhaar?« fuhr der Offizier auf. »Allmächtiger Scott, nein!«

»Ihr Vorgänger hat das behauptet«, entgegnete der Verteidiger kalt und schnell. »Und hatte die Gestalt irgendwo so geschwungene und weibliche Konturen, wie dies in so beredter Weise geschildert wurde? Nein? Keine weibliche

Silhouette? Die Gestalt war, wenn ich Sie richtig verstehe, eher schwerfällig und eckig?«

»Er hat sich vielleicht vorgebeugt«, sagte Cutler mit heiserer, etwas erstickter Stimme.

»Oder auch nicht«, sagte Mr. Butler und setzte sich nieder, so unvermittelt und übergangslos wie zuvor.

Der dritte Zeuge, der von Sir Walter Cowdray aufgerufen wurde, war der kleine katholische Geistliche, der so klein war im Vergleich zu den andern, daß sein Kopf kaum über den Rand des Zeugenstandes reichte und es den Eindruck erweckte, als würde hier ein Kind verhört. Doch unglücklicherweise war Sir Walter offenbar irgendwie von der fixen Idee befangen (vor allem wohl einiger konfessioneller Kompliziertheiten innerhalb seiner Familie wegen), daß Pater Brown auf seiten des Angeklagten stünde. Ganz einfach, weil der Angeklagte ein böser Mensch und ein Ausländer sei und überdies schwarzes Blut habe. So fuhr er also Pater Brown scharf an, wann immer dieser ehrenwerte Gottesmann sich anschicken wollte, etwas zu erklären; und schärfte ihm ein, mit ja oder nein zu antworten und die Tatsachen zu berichten, wie sie waren, und alle jesuitischen Tricks gefälligst zu vermeiden. Als Pater Brown ganz einfach zu erklären begann, wer seiner Meinung nach der Mann in der Galerie gewesen sei, fuhr der Vorsitzende mit der Erklärung dazwischen, daß er seine Theorien nicht brauche.

»Eine schwarze Gestalt wurde in der Galerie gesehen. Und Sie sagen, daß Sie sie gesehen haben. Also, was für eine Gestalt war das?«

Pater Brown blinzelte, als sei er getadelt worden, aber schließlich hatte er längst gelernt, was es heißt, gehorsam und demütig zu sein. »Die Gestalt«, sagte er, »war kurz und dick, hatte aber zwei scharfe, schwarze Vorsprünge, die nach oben gebogen waren, auf jeder Seite des Kopfes oder oben drauf, fast wie Hörner, und ...«

»Wahrscheinlich der gehörnte Teufel«, rief Cowdray und lehnte sich mit einem triumphierenden Lachen zurück. »Es war wohl der Teufel, der gekommen war, die Protestanten zu fressen.«

»Nein«, sagte Pater Brown ungerührt, »ich weiß, wer es war.«

Den Menschen im Saal teilte sich das zugleich dumpfe und entschiedene Gefühl mit, etwas Unerhörtes, Phantastisches würde sich begeben. Die Person auf der Anklagebank hatten sie vergessen. Sie dachten nur an die Gestalt in der Galerie. Und sie, die von den drei tüchtigen und ehrenwerten Männern nach dem eigenen Augenschein beschrieben worden war, glich immer mehr einem durch Alpträume geisternden Phantom; der eine nannte sie Frau, der andere Tier und der dritte Teufel ...

Der Richter sah Pater Brown mit halbgeschlossenen Augen durchdringend an. »Sie sind ein sonderbarer Zeuge«, sagte er, »aber an Ihnen ist etwas, das mich glauben macht, Sie wollen die Wahrheit sagen. Nun, wer war es, den Sie in der Galerie gesehen haben?«

»Ich war es selbst«, sagte Pater Brown.

Butler sprang lautlos und geschmeidig auf. »Das hohe Gericht wird mir ein kurzes Kreuzverhör gestatten.« Dann, ohne innezuhalten, warf er Brown die anscheinend zusammenhanglose Frage hin: »Sie haben von diesem Dolch gehört; Sie wissen, daß die Sachverständigen sagen, das Verbrechen sei mit einer kurzen Klinge verübt worden?«

»Ja, mit einer kurzen Klinge«, stimmte Brown zu und

nickte gravitätisch wie eine alte Eule, »aber mit einem sehr langen Griff.« Noch ehe die Zuhörer sich ganz von der irritierenden Vorstellung befreien konnten, daß der Priester sich selbst gesehen habe, wie er mit einer kurzen Klinge mit langem Griff (was die ganze Sache irgendwie noch schrecklicher erscheinen ließ) einen Mord beging, beeilte er sich selbst, eine Erklärung abzugeben.

»Ich meine, nicht nur Dolche haben kurze Klingen. Auch Speere. Und auch Speere treffen mit der Spitze, wie Dolche, wenn es sich um jene imitierten Speere handelt, die man im Theater verwendet. So wie der Speer, mit dem der alte Parkinson seine Lady tötete, kurz nachdem sie nach mir geschickt hatte, um ihre Familienangelegenheiten zu ordnen – und ich kam einen Augenblick zu spät, Gott sei mir gnädig! Aber er ist in Ruhe gestorben – er starb eigentlich aus Reue. Was er getan hatte, konnte er nicht ertragen.«

Die Menschen im Gerichtssaal mußten den Eindruck gewinnen, der kleine Priester, der da drauflosschwatzte, sei tatsächlich auf der Zeugenbank verrückt geworden. Doch der Richter starrte ihn mit immer noch weit aufgerissenen Augen voller Spannung und Aufmerksamkeit an; und der Verteidiger fuhr unbeirrt mit seinen Fragen fort.

»Falls Parkinson es mit diesem Theaterspeer getan hat«, fragte Butler, »muß er ihn aus einer Entfernung von etwa vier Yards geschleudert haben. Wie können Sie die Kampfspuren erklären, wie das von der Schulter gerissene Gewand?« Er war dazu übergegangen, diesen Mann, der hier bloß als Zeuge stand, wie einen Experten zu behandeln; aber niemand bemerkte dies im Augenblick.

»Das Gewand der armen Lady«, sagte der Zeuge, »war zerrissen, weil es sich in einem aus der Vertäfelung herausschiebbaren Rahmen verfangen hatte, der gerade hinter ihr herausgestoßen worden war. Sie bemühte sich, loszukommen, und während sie damit beschäftigt war, kam Parkinson aus dem Zimmer des Angeklagten und schleuderte den Speer.«

»Ein verschiebbarer Rahmen?« fragte der Anwalt irritiert.

»Von der anderen Seite gesehen war es ein Spiegel«, erklärte Pater Brown. »Als ich in der Garderobe saß, bemerkte ich, daß einige dieser Spiegel offensichtlich in die Galerie hinausgeschoben werden können.«

Wieder trat ein langes, überraschtes Schweigen ein, und diesmal war es der Richter, der endlich etwas sagte. »Sie meinen also wirklich, daß Sie selbst der Mann waren, den Sie sahen, als Sie die Galerie hinunterblickten – im Spiegel?«

»Ja, Euer Ehren, das wollte ich sagen«, erwiderte Brown, »aber man fragte mich nach den Umrissen der Gestalt; und da unsere Hüte Ecken haben, die wie Hörner aussehen, also darum habe ich …«

Der Richter beugte sich vor, und seine alten Augen leuchteten noch mehr, als er betont fragte: »Wollen Sie also wirklich sagen, daß dieses wilde undefinierbare Etwas mit weiblichen Umrissen und Frauenhaar und Männerhosen, das Sir Wilson Seymour gesehen hat, Sir Wilson Seymour selber war?«

»Ja, Euer Ehren«, erwiderte Pater Brown.

»Und Sie wollen sagen, daß Kapitän Cutler in dem Schimpansen mit den buckeligen Schultern und Schweinsborsten einfach nur sich selbst gesehen hat?«

»Ja, Euer Ehren.«

Der Richter lehnte sich mit einem Ausdruck des Behagens zurück, in dem Schadenfreude und Bewunderung kaum zu unterscheiden waren.

»Und können Sie uns sagen«, fragte er, »wieso gerade Sie Ihr eigenes Bild im Spiegel erkannt haben, wenn so erlauchte Männer dazu nicht imstande sind?«

Pater Brown blinzelte und stammelte noch scheuer und vermeintlich unsicherer als zuvor: »Wirklich, ich weiß es nicht ... falls es nicht daran liegt, daß ich weniger oft in den Spiegel schaue.«

Der Fehler in der Maschine

Eines Tages, als die Sonne sich schon zu neigen begann, saßen Flambeau und sein Freund, der Priester, in den Temple Gardens. War es die Umgebung oder ein anderer, ähnlicher Zufall, ihre Konversation drehte sich jedenfalls um Probleme der Gerichtsverhandlung. Sie begannen bei der Frage der Berechtigung des Kreuzverhörs, berührten die römischen und mittelalterlichen Foltermethoden, um schließlich die Einrichtung eines Untersuchungsrichters in Frankreich und das Folterverhör in Amerika zu erörtern.

»Unlängst habe ich etwas über diese sogenannte psychometrische Methode gelesen«, sagte Flambeau, »von der jetzt allenthalben die Rede ist, besonders in Amerika. Sie wissen, was ich meine? Man legt dem Beschuldigten ein sogenanntes Pulsometer um das Handgelenk und urteilt nach der Stärke des Herzschlags beim Aussprechen bestimmter Worte. Was halten Sie davon?«

»Das ist wahrhaftig interessant und erinnert mich an jene mittelalterliche Vorstellung, derzufolge die Leiche bei der Berührung durch den Mörder wieder zu bluten beginnt«, antwortete Pater Brown.

»Soll ich Sie wirklich so verstehen, daß Sie beide Methoden der Wahrheitsfindung für gleich wertvoll halten?« entfuhr es dem Freunde.

»Für gleich wertlos halte ich sie«, entgegnete der Geistliche. »Blut fließt, schnell oder langsam, in toten oder lebenden Körpern aus Millionen mehr Gründen, als wir je wissen werden. Das Blut müßte schon auf sehr sonderbare Weise fließen, es müßte das Matterhorn hinauffließen, bevor ich ein Zeichen darin sehe, daß ich die Ursache dessen bin.«

»Aber die Methode«, entgegnete der andere, »ist von den anerkanntesten Spezialisten in Amerika geprüft worden!«

»Was für sentimentale Narren Wissenschaftler doch sind«, rief Pater Brown, »und wieviel sentimentaler müssen Amerikas Wissenschaftler sein! Wer anders als ein Yankee würde je daran denken, aufgrund von Herzschlägen einen Beweis zu liefern. Sie müssen so einfältig sein, wie der Mann, der das Erröten einer Frau für den Beweis ihrer Liebe nimmt! Diesen ›Beweis‹, der sich der Blutzirkulation verdankt, hat der unsterbliche Harvey erbracht; er ist eine durch und durch faule Angelegenheit.«

»Und dennoch«, beharrte Flambeau, »könnte er zumindest ein Hinweis sein.«

»Ein Stock, der in eine bestimmte Richtung zeigt, hat einen entscheidenden Nachteil«, antwortete der andere. »Welchen? Nun, die andere Seite des Stockes zeigt jeweils in die entgegengesetzte Richtung. Es kommt darauf an, die richtige Seite des Stockes zu fassen. Ich habe einmal zugesehen, wie die Methode angewandt wurde, seither glaube ich nicht mehr daran.« Und er begann, die Geschichte dieser Desillusion zu berichten.

Die Geschichte hatte sich vor nun fast zwanzig Jahren zugetragen, als er Kaplan seiner Glaubensbrüder in einem Gefängnis in Chicago war – wo die irische Bevölkerung eine derart ausgeprägte Neigung sowohl für Verbrechen wie deren Sühnung besaß, daß er alle Hände voll zu tun hatte.

Der Ranghöchste nach dem Gouverneur war der Ex-

Detektiv Greywood Usher, ein wie der Leibhaftige aussehender, übermäßig langsam sprechender Yankee-Philosoph, der seine Leichenbittermiene gelegentlich gegen eine wie um Entschuldigung bittende Grimasse vertauschte. Auf seine etwas bevormundende Weise konnte er Pater Brown ganz gut leiden, so wie dieser ihn akzeptierte – ohne freilich dessen Theorien zu akzeptieren. Diese Theorien waren unglaublich kompliziert, wenn sie auch mit unglaublicher Simplizität dargestellt wurden.

Eines Abends ließ diese Person den Geistlichen kommen, der, wie es seine Art war, schweigend vor dem mit Papieren übersäten Schreibtisch Platz nahm und wartete. Der Beamte kramte aus dem papierenen Wust einen Zeitungsausschnitt hervor und reichte ihn dem Geistlichen, der ihn aufmerksam studierte. Es war ein Ausschnitt aus einem der bekanntesten Gesellschaftsblätter, der wie folgt lautete:

Mr. Todd, fröhlichster Witwer unserer Gesellschaft, veranstaltet wieder eines seiner spektakulären Feste. Die Mitglieder der besseren Gesellschaft werden sich noch der Kinderwagenparade des erfindungsreichen Herrn Todd erinnern, als dieser auf seinem Anwesen Pilgrims Pond viele unserer *débutantes* noch jünger erscheinen ließ, als sie tatsächlich waren. Ebenso elegant, aber noch verrückter und großzügiger im sozialen Sinne war das letztjährige Fest unseres erfindungsreichen Witwers, der stadtbekannte Kannibalenschmaus: Wo nämlich als Gag das Konfekt in Form von menschlichen Gliedmaßen serviert wurde und wo so manch einer von denen, die immer dabei sind, seinen Partner zu verzehren sich anerbot. Die Parole des neuen Festes kennt allein der verschwiegene Kopf des

Mr. Todd. Wenn man den umherschwirrenden Gerüchten Glauben schenken darf, so geht es diesmal um eine Parodie der Sitten und Gebräuche derer, die am entgegengesetzten Ende der gesellschaftlichen Skala zu Hause sind. Dies ist um so wahrscheinlicher, als der splendide Mr. Todd den berühmten Weltreisenden und reinrassigen Aristokraten Lord Falconroy, frisch aus den Eichenwäldern Englands kommend, zu seinen Gästen zählt. Lord Falconroys Reisen datieren noch vor der Zeit, als sein ehrwürdiger Titel wiederauferstanden war. Bereits in seiner Jugend hatte er die Republik besucht, und das Gerücht kennt viele Gründe für seine Rückkehr. Miss Etta Todd ist eine unserer hinreißendsten New Yorkerinnen, die einmal nahezu zwölfhundert Millionen Dollar schwer sein wird.

»Nun«, fragte Usher, »interessiert Sie das?«

»Im Gegenteil«, war die Antwort des Geistlichen, »mir fehlen die Worte. Ich wüßte im Moment nichts anderes, das mich weniger interessieren könnte. Und so lange der heilige Zorn der Republik derartige Schreiberlinge noch nicht auf dem elektrischen Stuhl hinrichten läßt, so lange sehe ich keinen Grund, warum Sie so etwas interessieren sollte.«

»So, so«, bemerkte Usher trocken und schob ihm einen anderen Ausschnitt zu. »Interessiert Sie vielleicht *das* hier?«

Die Überschrift lautete: »Entsetzlicher Mord an einem Wachtposten. Sträfling entflohen.« Der Text meldete: »Kurz vor Tagesanbruch wurde heute im Gefängnis von Sequah ein Hilferuf vernommen. Als die Aufsicht in die Richtung des Hilferufs eilte, fand sie die Leiche des Wärters, der für die nördliche Mauer der Strafanstalt zuständig war, der schwierigsten Stelle für Ausbruchsversuche, für die eine Wache für ausreichend befunden worden war. Das bedauerliche Opfer war von der hohen Mauer hinabgestoßen und sein Kopf wie mit einer Keule eingeschlagen worden; sein Gewehr wurde nicht gefunden. Nachforschungen ergaben, daß eine der Zellen leer war. Sie gehörte bis dahin einem rabiaten Verbrecher, der sich als Oscar Rian ausgab. Er saß zwar nur wegen eines geringfügigen Vergehens ein, doch herrschte die allgemeine Ansicht, es handele sich bei ihm um ein Subjekt mit dunkler Vergangenheit und rabenschwarzer Zukunft. Als das Tageslicht den Ort des Verbrechens schließlich voll ausleuchtete, fand man an der Wand über der Leiche einen von seiner Hand geschriebenen unvollständigen Satz, den er offensichtlich mit Blut dort angebracht hatte: ›Das war Notwehr, er hatte das Gewehr. Ich wollte weder ihm noch sonst irgendeinem was tun, bis auf einen. Die Kugel werde ich mir bis Pilgrims Pond aufheben. – O. R.‹ Wer solche Mauern und diesen Posten bezwingen will, muß hinterhältigste oder kaltblütigste Tricks kennen und über enorme körperliche Kräfte verfügen.«

»Nun, der Stil ist diesmal gekonnter«, gab der Geistliche zu, »aber ich weiß immer noch nicht, womit ich Ihnen dienen kann. Es würde ein komisches Bild abgeben, wenn ich auf meinen kurzen Beinen diesem Hünen von einem Verbrecher durch das ganze Land hinterherlaufen sollte. Ich zweifle, ob überhaupt einer ihn kriegen kann. Das Gefängnis von Sequah ist dreißig Meilen von hier entfernt und das Gelände wild und unzugänglich; und die andere Seite, nach der er sich sicher davongemacht hat, ist vollkommen unerschlossen und geht in die Prärie über. Er kann in jedem Loch und auf jedem Baum sein.«

»Er ist weder in einem Loch«, sagte der Beamte, »noch sitzt er auf einem Baum.«

»Ja, und woher wollen Sie das wissen«, fragte Pater Brown zwinkernd.

»Möchten Sie mit ihm sprechen?« fragte Usher.

Pater Brown riß seine unschuldigen Augen weit auf: »Er ist hier?« rief er. »Ja, wie denn, wie haben Ihre Leute ihn denn geschnappt?«

»Ich habe ihn mir selbst gekauft«, sagte der Yankee genüßlich, erhob sich und streckte faul seine staksigen Beine vor den Kamin. »Ich habe ihn mit dem Griff meines Spazierstockes zur Strecke gebracht. Schauen Sie nicht so ungläubig! Es ist wahr. Sie kennen meine Angewohnheiten, einen Spaziergang in die Umgebung dieses unglückseligen Ortes zu machen. Nun, heute am frühen Abend ging ich einen steilen Weg entlang, der eingerahmt war mit dunklen Hecken und grau aussehenden Äckern, und der Mond beschien silbern diese Szenerie. Nun, da sah ich plötzlich einen Mann in geduckter Haltung im Eilschritt über das Feld auf den Weg zu laufen. Er machte auf mich einen ziemlich erschöpften Eindruck, andererseits durchbrach er die dichte Hecke, als sei diese entweder aus Spinnenweben gemacht oder aus Stein (denn ich hörte die Zweige brechen und gegeneinanderschlagen wie Bajonette). In der Sekunde, in der er im Mondlicht auftauchte, um den Weg zu kreuzen, brachte ich ihn mit meinem Spazierstockgriff zu Fall. Dann bemühte ich laut und anhaltend meine Trillerpfeife, so daß meine Leute aufkreuzten und ihn festnahmen.«

»Es wäre peinlich gewesen«, bemerkte Pater Brown, »wenn es sich um einen Läufer beim Training gehandelt hätte.«

»Das war er nicht«, entgegnete Usher eilig. »Wir wußten sehr bald, um wen es sich handelte; im übrigen wußte ich es bereits, als das erste Mondlicht ihn streifte.«

»Sie nahmen an, es sei der durchgebrannte Sträfling, weil Sie heute früh der Zeitung entnommen hatten, daß ein Sträfling durchgebrannt sei«, erwiderte schlicht der Geistliche.

»Ich hatte bessere Gründe zu dieser Annahme«, entgegnete Usher barsch. »Den ersten will ich übergehen – daß nämlich veritable Athleten nicht nachts über frische Äcker rennen und sich ihre Augen in Dornenhecken ausreißen. Außerdem laufen sie nicht herum wie geschlagene Hunde. Hinzu kamen weitere Anhaltspunkte für das geübte Auge. Der Mann hatte eine grobschlächtige und dürftige Aufmachung, aber sie war nicht nur grob und dürftig – nein, sie war auf geradezu groteske Weise schlotterig. Selbst im Mondlicht, das ihn nur in Umrissen kenntlich machte, erweckte er durch seinen in den übergroßen Mantelkragen gewickelten Kopf den Eindruck eines Krüppels, und die langen Ärmel ließen die Person wie ohne Hände erscheinen. Ich ahnte gleich, daß er auf irgendeine Weise es verstanden hatte, seine Anstaltskleidung bei einem anderen Subjekt gegen neue einzuwechseln, die ihm freilich nicht paßte. Zweitens ging ein rechter Wind, der mir, hätte er welches gehabt, sein wehendes Haar gezeigt hätte. Und nicht zuletzt ging mir durch den Sinn, daß jenseits des Akkers, den zu überqueren er im Begriff war, Pilgrims Pond liegt, für das sich unser Sträfling, wie Sie sich wohl erinnern, die letzte Kugel aufgespart hatte. Dies alles bedenkend, ließ ich meinen Stock agieren.«

»Ein brillantes Beispiel raschester Deduktion«, sagte Pater Brown, »aber trug er die Waffe bei sich?« Und als

Usher plötzlich seinen Gang unterbrach, fügte der Geistliche entschuldigend hinzu: »Ich habe nämlich gelernt, daß eine Kugel allein nur halb so viel wert ist.«

»Er hatte kein Gewehr«, sagte der andere ernst, »aber das hängt zweifellos mit einem unglücklichen Zufall oder mit einer Änderung seiner Pläne zusammen. Höchstwahrscheinlich hat ihn dieselbe Strategie, die ihn die Kleider wechseln ließ, veranlaßt, sein Gewehr fortzuwerfen; er begann zu bereuen, daß er den Mantel im Blut seines Opfers zurückgelassen hatte.«

»Nun, das ist leicht möglich«, antwortete der Geistliche.

»Und es ist überdies müßig, darüber zu spekulieren«, schloß nun Usher ab, indem er sich mit anderen Papieren zu beschäftigen begann, »weil wir inzwischen sicher sind, daß er der Gesuchte ist.« Sein geistlicher Freund dagegen hakte nach: »Aber wieso?« – und Greywood Usher warf die Papiere wieder hin und nahm noch einmal die beiden Zeitungsausschnitte zur Hand.

»Da Sie so insistent sind«, sagte er, »will ich noch einmal von vorn beginnen. Auch Sie werden bemerkt haben, daß diese beiden Ausschnitte nur in einem Punkt sich berühren, nämlich in der Erwähnung von Pilgrims Pond, dem Besitz des Millionärs Ireton Todd. Sie wissen ferner, daß dieser eine respektable Person ist; einer von denen, die auf ihrem Weg nach oben ...«

»... über unsere Leichen gehen«, fuhr sein Begleiter fort. »Ich kenne das. Petroleum, oder?«

»Wie dem auch sei«, fuhr Usher fort, »Todd spielt eine große Rolle in dieser sonderbaren Geschichte.«

Wiederum streckte sich Usher vor dem Feuer und fuhr in seiner umständlichen, belehrenden Art fort.

»Oberflächlich betrachtet, gibt es hier überhaupt kein Geheimnis. Es ist weder geheimnisvoll noch sonderbar, daß so ein schräger Vogel sein Gewehr vom Gefängnis nach Pilgrims Pond bringt. Unsere Menschen hier sind nicht wie ihr Engländer, die einem Reichen all seinen Reichtum nachsehen, wenn er nur Geld für Hospitäler und Pferde ausgibt. Unser Todd ist aufgrund seiner Geschicklichkeit reich geworden; und es gibt gar keinen Zweifel darüber, daß einige von denen, an denen er seine Geschicklichkeit bewiesen hat, nun mit dem Gewehr nach Pilgrims Pond kommen, um nun ihre Geschicklichkeit mittels eines Gewehrs an ihm zu beweisen. Dem trickreichen Todd könnte von einem Mann ein Bein gestellt werden, dessen Namen er nie gehört hat; von einem Arbeiter, den er rausgeschmissen hat, oder von dem Angestellten irgendeines Unternehmens, das er auf dem Gewissen hat. Todd hat zwar Köpfchen und großes öffentliches Ansehen; aber in diesem Land ist das Verhältnis von Arbeitgeber und Arbeitnehmer ein ziemlich gespanntes. So würde die Geschichte laufen, wenn dieser Rian mit der Absicht nach Pilgrims Pond gekommen wäre, Todd zu töten. So sah sie für mich aus, bis ich eine weitere kleine Entdeckung machte, die den Detektiv in mir erweckte. Als mein Gefangener in guten Händen war, nahm ich meinen Stock und machte mich wieder auf den Weg und folgte ihm zwei oder drei Kehren hinab bis zu jenem Tor von Todds Gelände, das dem Tümpel oder See gegenüberliegt, der dem Platz seinen Namen gab. Es war mittlerweile zwei Stunden später, so gegen sieben Uhr. Das Mondlicht schien nun heller, und seine weißen Strahlen flackerten über den geheimnisvollen Tümpel und dessen graue, schlammige Ufer, auf denen unsere Väter noch Hexen sich tummeln sahen, bevor sie untergingen. Ich habe den Inhalt des Märchens nicht mehr ganz im Kopf, aber Sie wissen, welchen Ort ich meine. Er liegt nördlich von Todds Haus, zur Wildnis zu, wo die beiden knorrigen Bäume stehen, die so kümmerlich und düster aussehen, daß sie eher wie Pilze als wie anständiges Gesträuch wirken. Während ich noch so stand und auf den seltsamen Tümpel starrte, kam es mir vor, als würde ich den Schatten eines Mannes sich vom Haus aus auf diesen zubewegen sehen, aber es war zu finster und ich zu weit entfernt, um meiner Sache sicher zu sein. Außerdem wurde meine Aufmerksamkeit von etwas viel Näherliegendem in Anspruch genommen. Ich versteckte mich hinter dem Zaun, der nicht mehr als zweihundert Yards vom Nordhügel des Hauses entlang lief und glücklicherweise durchbrochen war, als hätte man ihn eigens für neugierige Blicke dergestalt angelegt. Eine Tür wurde in der dunklen Masse des Flügels geöffnet und gab den Blick auf eine schwarze Gestalt vor dem erleuchteten Hintergrund frei – eine offenbar vermummte Gestalt, die sich in die Nacht hinaus vorbeugte. Sie schloß das Tor hinter sich und ich entdeckte, daß sie eine Laterne bei sich trug, welche ein trübes Licht auf Kleidung und Umrisse der Person warf. Es schien sich offensichtlich um eine Frau zu handeln, die sich, um nicht erkannt zu werden, in einen zerschlissenen Mantel gewickelt hatte. An der Kleidung wie an dem ganzen Gebaren lag etwas sehr Merkwürdiges, wenn man bedenkt, daß diese Person geradewegs dieses prächtige Haus verlassen hatte. Sie lief vorsichtig den gewundenen Gartenweg herab und kam auf diese Weise bis auf fünfzig Yards an mich heran. Auf der Rasenfläche vor dem See blieb sie stehen, hob die Laterne über ihren Kopf und schwang sie dreimal hin und her, wie um ein Signal zu geben. Beim zweitenmal fiel ein kurzer Strahl auf ihr Angesicht – auf ein Angesicht, das ich sehr wohl kannte. Obwohl sie unnatürlich bleich war und ihren Kopf ein Schal bedeckte, wie ihn hier die Arbeiterfrauen zu tragen pflegen, war ich doch sicher, daß es sich um Etta Todd handelte, die Tochter des Millionärs.

Sie legte den Weg, den sie gekommen, mit gleicher Vorsicht zurück, und die Tür schloß sich wie vordem hinter ihr. Ich war eben im Begriff, die Verfolgung durch einen Satz über den Zaun aufzunehmen, als mir zu Bewußtsein kam, daß mein detektivisches Jagdfieber meiner Autorität unwürdig sei, zumal ich ja bereits alle Karten in der Hand hatte. Aber als ich mich anschickte umzukehren, durchbrach ein weiteres Geräusch die Stille der Nacht. In einem der oberen Stockwerke wurde ein Fenster aufgerissen, auf der Seite, die sich meinen Blicken entzog, und eine furchterregende Stimme brüllte in den dunklen Garten nach dem Verbleib von Lord Falconroy, der im ganzen Hause vermißt wurde. Über den Urheber der Stimme gab es keinen Zweifel, ich habe sie zu oft bei politischen Diskussionen vernommen – sie gehörte Ireton Todd selber. Einige der anderen Gäste schienen sich an den unteren Fenstern oder auf der Treppe eingefunden zu haben und meldeten nach oben, Falconroy habe sich vor einer Stunde zu einem Spaziergang in Richtung Pilgrims Pond aufgemacht und sei seither nicht mehr gesehen worden. Plötzlich schrie Todd: ›Mord, Mord!‹ – und schmiß das Fenster zu. Ich konnte ihn drinnen noch die Treppe hinunterpoltern hören. Mich meines früher gefaßten Vorsatzes besinnend, machte ich mich davon, auch um der nun mit Sicherheit einsetzenden Suche zu entgehen, und kam kurz nach acht hierher zurück.

Darf ich Sie bitten, sich nun der kleinen Notiz aus der Gesellschaftskolumne zu entsinnen, die Sie als so entsetzlich uninteressant einstuften. Wenn die letzte Kugel des Flüchtigen nicht für Todd bestimmt war, was sicher sein dürfte, so war sie für Lord Falconroy bestimmt, bei dem die Ware nach Lage der Dinge auch abgeliefert wurde. Es gibt keinen geeigneteren Platz, einen Menschen aus dem Wege zu räumen, als die geologisch sonderbaren Ufer dieses Tümpels, wo die vom Leben zum Tode beförderte Leiche durch den zähen Schlamm in praktisch unerreichbare Tiefen versinkt. Wir dürfen also annehmen, unser geschorener Gast hatte es nicht auf Todd, sondern auf Falconroy abgesehen. Wie ich Ihnen schon dargelegt habe, so gibt es in Amerika viele Leute mit vielerlei Gründen, die den Wunsch haben konnten, Todd ins Jenseits zu befördern. Andererseits gibt es keinen vernünftigen Grund, warum irgendeine Person einen gerade in Amerika gelandeten englischen Lord killen sollte – bis auf den einen, den uns diese Notiz in der Zeitung mitgeteilt hat: daß der Lord ein Auge auf die Tochter des Millionärs geworfen hat. Unser geschorener Freund muß, trotz seines miserablen Anzugs, ein nach Höherem strebender Liebhaber gewesen sein.

Ich weiß, diese Vorstellung kommt Ihnen absurd oder komisch vor; das liegt daran, daß Sie ein Engländer sind. In Ihren Ohren klingt das so, als würde die Tochter des Erzbischofs von Canterbury in der St.-Georges-Kathedrale ihr Jawort einem Vagabunden geben. Dabei vergessen Sie, der aufstrebenden Macht unserer besseren Kreise Rechnung zu tragen. Sie haben einen gutaussehenden, grauhaarigen Herrn im Abendanzug und mit einer gewissen Ausstrahlung vor sich, Sie wissen, er ist eine Säule des Staates, und folgern sogleich, er müsse auch einen Vater haben. Das ist ein Irrtum, denn Sie bedenken dabei nicht, daß er noch vor gar nicht langer Zeit in einem Gefängnis gesessen sein könnte. Sie bedenken nicht die Kraft und die Aufstiegsmöglichkeiten in unserem Staate. Viele unserer einflußreichsten Bürger sind nicht nur erst kürzlich sondern auch erst in fortgeschrittenem Alter zu Ruhm und Ehre gekommen. Todds Tochter war schon achtzehn Jahre alt, als ihr Vater den großen Stich machte. Es ist deshalb gut möglich, daß sie noch einen Verehrer aus schlechten Zeiten hatte – oder noch eine solche Person verehrt, wie ich aus den Laternenzeichen zu folgern habe. Sollte dem so sein, so hat die Hand, die die Laterne schwenkte, mit Sicherheit etwas mit der Hand zu tun, die die Waffe hielt. Dieser Fall, fürchte ich, wird noch einigen Staub aufwirbeln.«

»Nun«, sagte der Geistliche geduldig, »und wie ging es weiter?«

»Ich vermute, Sie werden entsetzt sein«, fuhr Usher fort, »weil ich weiß, daß Sie auf die Technik in dieser Beziehung keine großen Stücke halten. Ich habe hier ziemlich viele Befugnisse, und vielleicht nehme ich mir noch ein paar mehr heraus als erlaubt. Jedenfalls hatte ich den Eindruck, einen geeigneten Fall für den Psychometer gefunden zu haben, von dem ich Ihnen erzählte. Meiner Auffassung nach kann diese Maschine nicht lügen.«

»Eine Maschine kann weder lügen noch die Wahrheit sagen«, antwortete Pater Brown.

»Aber in diesem Fall hat sie es getan, wie ich Ihnen beweisen werde. Ich setzte unseren Mann mit dem üblen Anzug auf einen bequemen Stuhl und schrieb ganz einfach Worte auf eine Tafel. Die Maschine tat nichts anderes, als die Veränderungen des Pulsschlages zu verzeichnen, und ich beobachtete sein Verhalten. Der Trick dabei ist, ein Wort, das mit dem Verbrechen in Zusammenhang steht, dem Menschen in einem ganz anderen, natürlichen Zusammenhang vorzuführen. Ich schrieb also ›Reiher‹, dann ›Adler‹, dann ›Eule‹, und schließlich ›Falke‹, was ihn furchtbar erschrecken ließ. Und als ich noch ein ›n‹ und ein ›r‹ anfügte, schien der Zeiger die Maschine geradezu sprengen zu wollen. Aber wer in diesem Land, frage ich Sie, hat Grund, bei der Nennung des Namens eines kürzlich angekommenen Engländers in die Höhe zu springen – wenn nicht dessen Mörder? Ist das nicht eine sicherere Methode als das ganze Geschwätz der Augenzeugen zusammen: eine Maschine, die nicht imstande ist zu lügen?«

»Sie vergessen dabei«, bemerkte der Geistliche, »daß diese verläßliche Maschine stets von einer unverläßlichen bedient werden muß.«

»Was soll das denn heißen?« fragte unser Detektiv.

»Ich meine den Menschen«, antwortete Pater Brown, »die unzuverlässigste Maschine, die ich kenne. Ich möchte nicht unhöflich sein und auch nicht annehmen, daß Sie diese Beschreibung des Menschen auf sich beziehen. Sie sagen, Sie hätten das Verhalten des Mannes beobachtet, aber woher wissen Sie, daß Sie richtig beobachtet haben! Sie sagen, die Worte mußten auf ganz natürliche Weise einen Zusammenhang bilden, aber woher wissen Sie, daß Sie einen natürlichen Zusammenhang hergestellt haben? Woher wissen Sie, daß er nicht vielmehr Ihr Verhalten studiert hat, wenn es schon darauf ankommt? Wer sollte beweisen, daß nicht vielmehr Sie ziemlich aufgeregt waren? An Ihrem Handgelenk war ja keine Maschine angeschlossen!«

»Ich kann Ihnen versichern«, schrie der Amerikaner nun aufgebracht, »daß ich so kühl wie ein Kürbis war!«

»Aber auch Verbrecher können so kühl wie ein Kürbis sein«, antwortete Pater Brown mit einem Lächeln. »Und sicher so kühl wie Sie!«

»Schön, aber dieser war es nicht«, sagte Usher und warf die Papiere durcheinander. »Oh, Sie langweilen mich!«

»Das tut mir leid«, sagte daraufhin sein Gegenüber. »Ich weise nur auf eine denkbare Möglichkeit hin. Wenn Sie aufgrund seines Verhaltens das Wort erkennen, das ihn an den Galgen bringt, warum sollte er nicht aufgrund Ihres Verhaltens das Wort erkennen, das ihn an den Galgen bringen würde? Ich würde nach mehr als nur nach Worten gehen, bevor ich einen Mann hängen würde.«

Usher hieb auf die Tischplatte und erhob sich in einer Art trotzigem Triumph.

»Genau das ist es, was ich Ihnen beweisen wollte«, rief Usher nun.

»Ich versuchte es mit der Maschine, um nachher auf andere Weise herauszufinden, daß sie recht hatte. Und die Maschine hatte recht!«

Er hielt einen Moment inne und fuhr dann ruhiger fort: »Ich möchte betonen, daß ich bis auf das wissenschaftliche Experiment sehr wenig in Händen hatte. Gegen die Aufführung des Mannes sprach nichts. Seine Kleider waren schlotterig, aber sie waren eher besser als die Kleider jener Klasse, zu der er offensichtlich gehörte. Und abgesehen von den Spuren der Jagd über frische Äcker und staubige Hecken war der Mann vergleichsweise sauber. Das könnte damit zusammenhängen, daß er eben erst aus dem Gefängnis ausgebrochen war; aber es erinnert mich mehr an die verzweifelten Anstrengungen der niederen Klassen, sauber auszusehen. Sein Benehmen, muß ich gestehen, stand ganz in Einklang damit. Er war schweigsam und zuvorkommend wie jene, er schien ein großes, aber verborgenes Problem zu haben wie jene. Er zeigte völlige Unkenntnis gegenüber dem in Frage stehenden Verbrechen und schien mir mit Ungeduld auf etwas zu warten, das ihn aus seiner hoffnungslosen Falle befreien könnte. Er fragte mich zu mehreren Malen, ob er mit einem Verteidiger sprechen könnte, der ihn früher einmal in geschäftlichen Dingen beraten hatte, kurz, er verhielt sich die ganze Prozedur über wie ein vollkommen unschuldiger Mensch. Nichts sprach gegen ihn, außer dem kleinen Zeiger auf der Skala, der die Veränderung seines Herzschlags anzeigte.

Die Maschine, mein Herr, war somit auf die Probe gestellt. Und die Maschine behielt recht. Denn als ich mit ihm aus der Amtsstube in den Vorraum kam, wo alle möglichen anderen Leute auf ihr Verhör warteten, schien es mir, als hätte er sich durchgerungen, mir ein Geständnis zu machen. Er wandte sich mir zu und sprach mit leiser Stimme: ›Nein, ich kann das nicht durchhalten. Wenn Sie unbedingt alles über mich wissen wollen …‹ In diesem Moment springt eine der armen Frauen, die im Vorraum saßen, auf und zeigt laut kreischend mit dem Finger auf diese Person. Ich habe in meinem Leben noch nie etwas so Dämonisches gesehen: Ihr knochiger Finger zielte auf ihn wie ein Blasrohr. Und obwohl ihre Stimme ein einziges Geheul war, so war doch jede Silbe wie ein Glockenschlag zu hören. ›Drugger Davis!‹ kreischte sie. ›Man hat Drugger Davis geschnappt!‹

Zwanzig von den gräßlichen Weibern, zumeist Diebinnen und Dirnen, drehten sich ihm zu und schauten ihn voller Schadenfreude und Haß an. Auch wenn ich noch niemals zuvor diesen Namen gehört hätte, so wäre ich doch durch das entsetzte Gebaren dieser Person sicher gewesen, daß mein sogenannter Oscar Rian seinen wahren Namen gehört hatte. Aber ich bin nicht ganz so dumm, wie Sie vielleicht zu denken belieben. Dieser Drugger Davis war einer der gefährlichsten und übelsten Gauner, die jemals unsere Polizei genarrt haben. Er hatte schon mehrere Morde auf dem Gewissen, bevor er diesen letzten an dem Wachtposten beging. Aber er konnte nie wirklich überführt werden, weil er es immer so anstellte wie bei seinen geringfügigen Vergehen, bei denen man ihn häufig erwischte. Er trat immer als schmucker, gut erzogener Gauner auf – so wie heute –, der die Kellnerinnen und Ladenmädchen um ihr Geld erleichterte. Häufig freilich ging er weiter. Dann fand man die Mädchen mit Schokolade oder Zigaretten betäubt auf, und ihr gesamter Besitz war verschwunden. Schließlich wachte eines der Mädchen nicht mehr auf – aber die Todesursache konnte nicht festgestellt werden und von einem Mörder fehlte jede Spur. Es gab dann Gerüchte, daß er wieder aufgetaucht sei, diesmal in der entgegengesetzten Rolle, nämlich als Geldverleiher statt als Geldnehmer, aber weiterhin im Umgang mit armen Witwen, denen er zu gefallen wußte, und die jedesmal böse hereinfielen. So sieht also unser unschuldiger Mann und sein unschuldiger Lebenswandel aus. Inzwischen haben ihn auch vier andere Verbrecher und drei Aufseher identifiziert und seine Untaten bestätigt. So – und was haben Sie nun noch gegen mein armes Maschinchen vorzubringen? Hat es ihm nicht etwas Entscheidendes angetan? Oder würden Sie es vorziehen zu behaupten, die Frau und ich hätten ihm etwas angetan?«

»Was das betrifft, was Sie für ihn getan haben«, sagte Pater Brown, der aufgestanden war und sich lässig streckte, »Sie haben ihn vor dem elektrischen Stuhl bewahrt.

Denn man wird ihn ja kaum wegen der unbewiesenen Giftmordaffäre hängen können. Was dagegen den Ausbrecher betrifft, der den Wachtposten ermordet hat, so ist dieser Ihnen mit Sicherheit nicht ins Netz gegangen. Auf jeden Fall ist Mr. Davis dieses Verbrechens nicht schuldig.«

»Was soll denn das nun schon wieder«, begehrte Usher auf, »warum soll er denn dieses Verbrechens nicht schuldig sein?«

»Herr, sei uns gnädig!« rief nun seinerseits der kleine Mann in einem seiner seltenen Temperamentsausbrüche. »Deshalb, weil er der anderen Vergehen schuldig ist! Ich kann nicht begreifen, was in Euren Köpfen vor sich geht. Ihr scheint zu glauben, alle Sünden müssen immer zusammen auftreten. Sie reden, als ob ein Geizhals vom Montag am Dienstag immer die Spendierhosen anhaben muß. Sie erzählen mir, Ihr Mann hätte Wochen und Monate damit zugebracht, sparsame Frauen um ihre kleinen Sümmchen zu bringen; daß er sie bestenfalls mit Rauschmitteln betäubt, schlimmstenfalls mit Gift umgebracht hat. Daß er als mieser Geldverleiher wieder auftauchte, um noch mehr arme Seelen auf die gleiche geduldige und schäbige Art auszunehmen. Betrachten wir das als erwiesen – lassen Sie uns, um des Argumentes willen annehmen, daß er all das getan hat. Denn wenn das stimmt, kann ich Ihnen sagen, was er nicht getan hat. Er hat keine befestigte und von einem Aufseher mit einer Waffe bewachte Mauer gestürmt; er hat nicht eigenhändig an die Mauer geschrieben, daß er es getan hat; er hat sich nicht damit aufgehalten, Notwehr zu seiner Rechtfertigung anzugeben; er hat nicht behauptet, etwas gegen den armen Aufseher zu haben; er hat nicht das Haus des Millionärs benannt, zu dem er mit seinem Gewehr aufbrechen will; er hat seine Initialen nicht mit dem Blut eines andern geschrieben. Bei allen Heiligen! Sehen Sie denn nicht, daß dieser Mann im Guten wie im Bösen einen vollständig anderen Charakter hat. Warum denken Sie nicht ein bißchen so wie ich? Man könnte geradezu meinen, Sie hätten nie ein Laster gehabt!«

Der entsetzte Amerikaner war gerade im Begriff, seinen Mund aufzureißen, als wie verrückt gegen die Tür gebummert wurde. Die Tür sprang auf. Greywood Usher war einen Moment zu der Meinung gelangt, Pater Brown habe den Verstand verloren. Aber schon einen Moment später dachte er, er selbst sei dabei durchzudrehen. In den Raum stürzte ein Mann mit den übelsten Klamotten und einem schmutzstarrenden Hut auf dem Kopf, sein eines Auge von einem grünblauen Schatten umgeben, und überhaupt sahen die Augen denen eines wildgewordenen Tigers ähnlich. Das übrige Gesicht war kaum auszumachen, da die eine Hälfte mit einem verfilzten Vollbart derart überwuchert war, daß kaum die Nase durchkam, die andere dagegen von einem schmutzigen roten Tuch bedeckt wurde. Mr. Usher durfte sich rühmen, die schrecklichsten Galgenvögel des Landes von Angesicht zu kennen, aber ein derart als Vogelscheuche zurechtgestutzter Halbaffe war ihm noch nie vor die Augen getreten. Doch vor allem hatte er in seinem beschaulichen wissenschaftlichen Leben noch niemals gehört, daß ein solches Subjekt als erstes das Wort an ihn zu richten wagte.

»Jetzt hören Sie mir mal gut zu, mein lieber Usher«, erdreistete sich der Kerl mit dem roten Tuch, »ich habe nämlich jetzt die Nase voll. Hören Sie auf, mit mir Versteck zu spielen; ich lasse mich nicht für dumm verkaufen. Lassen Sie meinen Gast laufen, dann kann mein Fest weitergehen.

Behalten Sie ihn aber noch den Bruchteil einer Sekunde hier, dann wird Ihnen was blühen. Denn wenn hier einer was zu sagen hat, dann bin ich das.«

Der große Usher starrte das geifernde Ungeheuer mit einem alle anderen Gefühle abtötenden Erstaunen an. Der bloße Schock, den seine Augen zu ertragen hatten, machte seine Ohren beinahe gebrauchsunfähig. Schließlich fuchtelte er erregt mit einer Glocke umher, deren schriller Klang von Pater Browns klarer Stimme unterbrochen wurde.

»Ich möchte eine Vermutung aussprechen«, sagte er, »auch wenn sie etwas verwirrend klingt. Diesen Herrn kenne ich nicht, aber ich habe Grund zu glauben, daß ich ihn kenne. Und Sie kennen ihn ebenfalls, sogar recht gut, auch wenn Sie ihn nicht kennen. Das klingt paradox, ich weiß.«

»Die Welt hat einen Sprung!« sagte daraufhin Usher und ließ sich breitbeinig in seinen Schreibtischstuhl plumpsen.

»Zum letztenmal«, brüllte jetzt der Fremde dazwischen und bekräftigte diesen Satz mit einem Schlag auf den Tisch. »Das werden Sie mir büßen. Ich werde ...«

»Wer, zum Teufel, sind Sie denn«, schrie nun seinerseits der plötzlich aufrecht im Sessel sitzende Usher zurück.

»Ich glaube, der Name dieses Gentlemans ist Todd«, sagte der Geistliche und nahm den Zeitungsausschnitt zur Hand. »Ich fürchte, Sie haben die Klatschseite nicht genau genug gelesen«, seufzte er und begann die Notiz herunterzuleiern: »›... kennt allein der verschwiegene Kopf des Mr. Todd. Wenn man den umherschwirrenden Gerüchten Glauben schenken darf, so geht es diesmal um eine Parodie der Sitten und Gebräuche derer, die am entgegengesetzten

Ende der gesellschaftlichen Skala zu Hause sind.‹ Auf Pilgrims Pond wird gerade ein großes Lumpenfest gegeben, und einer der Gäste ist verschwunden. Als guter Gastgeber hat sich Mr. Todd augenblicklich hierher begeben, ohne sich die Zeit für einen Kleiderwechsel zu gestatten.«

»Welchen Herrn meinen Sie denn eigentlich?«

»Ich meine den Herrn in den schlechtsitzenden Kleidern, den Sie über den Acker laufen sahen. Wäre es nicht besser, Sie würden der Sache sofort nachgehen? Er wird schon ungeduldig darauf warten, zu seinem Champagner zurückkehren zu dürfen, von dem ihn der Ausbrecher mit dem Gewehr vertrieben hatte.«

»Sie meinen doch nicht ernsthaft ...«, stotterte der Beamte.

»Begreifen Sie doch, Mr. Usher«, sagte Pater Brown ruhig; »Sie behaupteten, die Maschine könne keinen Fehler machen – und in einem gewissen Sinne haben Sie damit recht. Aber die andere Maschine, die jene bediente, machte einen Fehler. Sie hatten angenommen, Ihr Mann hätte bei dem Namen Falconroy zu zittern begonnen, weil er Lord Falconroys Mörder war. Aber er begann in Wahrheit zu zittern, weil er Lord Falconroy ist.«

»Aber warum, in drei Teufels Namen, hat er es denn nicht gesagt?« fragte der nun vollkommen verwirrte Usher.

»Ich nehme an, der gerade ausgestandene Schreck und seine momentane Verfassung schienen ihm nicht unbedingt aristokratisch zu sein, darum hat er seinen Namen anfangs verschwiegen – aber dann wollte er ihn ja nennen«, sagte Pater Brown und besah sich dabei seine Stiefelspitzen, »als diese Frau ihm plötzlich einen anderen Namen gab.«

»Aber Sie können doch nicht so verrückt sein, anzunehmen«, sagte der leichenblasse Greywood Usher, »daß Lord Falconroy identisch mit Drugger Davis ist!«

Der Geistliche sah ihn sehr ernsthaft, doch mit etwas zu bedeutsamer Miene an.

»Ich will dazu gar nichts mehr sagen, den Rest überlasse ich Ihnen. Ihre Zeitung berichtet, daß er seinen Titel erst kürzlich wieder aufgefrischt hat; aber diese Zeitungen sind alle sehr unzuverlässig. Ferner wird berichtet, er sei schon früher in den Staaten gewesen; aber die ganze Geschichte klingt nicht sehr sauber. Davis und Falconroy sind beide ziemliche Feiglinge, aber das sind schließlich viele andere auch. Keinen Hund würde ich an den Galgen bringen, wenn es mit auf meine Meinung darüber ankäme. Aber ich glaube«, fügte er nachdenklich hinzu, »Ihr Amerikaner seid zu bescheiden. Ihr idealisiert die englische Aristokratie – selbst da, wo jemand nur aristokratisch auftritt. Ihr seht einen properen Engländer im Abendanzug; Ihr wißt, daß er im Oberhaus sitzt – und schon nehmt Ihr an, daß er auch einen Vater hat. Sie bedenken nicht die Kraft und die Aufstiegsmöglichkeiten in unserem Lande. Viele unserer einflußreichsten Adeligen sind nicht nur erst kürzlich ...«

»Bitte hören Sie auf!« rief Mr. Usher und versuchte verzweifelt, mit den Händen den ironischen Zug im Gesicht des anderen abzuwehren. »Hören Sie jetzt endlich auf, mit diesem Irren zu reden!« brüllte nun wieder Mr. Todd dazwischen. »Bringen Sie mich zu meinem Freund!«

Am nächsten Morgen erschien Pater Brown wieder mit einer scheinheiligen Miene und einem weiteren Zeitungsausschnitt. »Ich fürchte, Sie vernachlässigen die Klatschspalten in der Zeitung, aber diese hier wird auch Sie interessieren.«

Usher las die Überschrift: ›Die nächtlichen Schwärmer von Pilgrims Pond.‹ Und der Text lautete: »Vor Wilkinsons Reparaturwerkstatt spielte sich gestern nacht folgende komische Geschichte ab. Ein Streifenpolizist beobachtete, wie ein Mann in Sträflingskleidern sich ohne jede Scheu hinter das Steuer eines eleganten *Panhards* setzte; in seiner Begleitung befand sich ein Mädchen, das sich einen alten Umhang um den Kopf gewickelt hatte. Als der Polizist einschritt, schlug diese Person den Umhang zur Seite, so daß das Gesicht der Tochter des Millionärs Todd zum Vorschein kam, die gerade das ›Lumpenfest‹ auf Pilgrims Pond verlassen hatte, auf dem die gesamte *high-society* in ähnlicher Verkleidung versammelt war. Sie und der Herr in Gefängniskleidern waren im Begriff, eine kleine Spazierfahrt anzutreten.«

Unter diesem Zeitungsausschnitt fand Mr. Usher einen weiteren, der einer später erscheinenden Zeitung entnommen war: »Sensationelle Flucht der Millionärstochter mit einem Ausbrecher. Sie hatte das ›Lumpenfest‹ arrangiert. Jetzt in Sicherheit in ...«

Als Mr. Greywood Usher endlich aufblickte, hatte sich Pater Brown bereits aus dem Staube gemacht.

Caesars Kopf

Es gibt in Bompton oder Kensington eine scheinbar unendlich lange Straße mit prächtigen, wenngleich zumeist leerstehenden Häusern, die den Eindruck einer Reihe Grabmäler erwecken. Selbst die Stufen, die zu den dunklen Portalen hinaufführen, gleichen jenen mächtigen Stufen der Pyramiden, und man zögert, um Einlaß zu bitten, aus Angst, eine leibhaftige Mumie könnte die Tür öffnen. Am schlimmsten freilich bedrückt einen die Länge dieser grauen, ununterbrochenen Fassaden. Dem einsamen Wanderer muß es so vorkommen, als würde nie eine Unterbrechung oder eine Ecke in Sicht kommen – doch es gibt diese Ausnahme, die zwar sehr unscheinbar ist, gleichwohl mit Ausrufen der Freude begrüßt wird. Zwischen zweien der dunklen Gebäude befindet sich eine Art Lücke, als hätte sich in der gleichmäßigen Fassade eine Tür geöffnet, in die eine Bierkneipe oder ein kleines Gasthaus eingelassen ist, wie gemacht für das Personal der reichen Leute ringsum. Gerade ihrer Unscheinbarkeit und Armseligkeit verdankt diese Kneipe, die wie ein Knusperhäuschen am Fuße der Steinriesen aussieht, ihren rührenden und zauberhaften Charme.

Jeder an einem bestimmten Herbstabend Vorübergehende hätte bemerken können, wie eine Hand die rote Scheibengardine, die – mit großen weißen Lettern beschriftet – das Innere von der Straße halb abschirmte, beiseite schob, um ein Gesicht freizugeben, das dem eines unschuldigen Kobolds glich. In Wahrheit gehörte es einem Gentleman mit dem unscheinbaren Namen Brown, der als Geistlicher früher in Cobhole, Essex, und nun in London seinen Pflichten nachging. Ihm gegenüber saß sein Freund Flambeau, ein halbamtlicher Detektiv, der damit beschäftigt war, Notizen über einen gerade in der Nachbarschaft aufgeklärten Fall zu machen. Die beiden saßen an einem Tisch in der Nähe des Fensters, als der Geistliche den Vorhang beiseite schob und hinausschaute; das tat er so lange, bis eine Person das Fenster passiert hatte, um dann den Vorhang wieder fallenzulassen. Unmittelbar danach ließ er seine runden Äuglein zu der weißen, spiegelverkehrten Beschriftung über ihm wandern, um anschließend den nächsten Tisch zu observieren, an dem ein Matrose vor Käse und Bier und ein rothaariges Mädchen vor einem Glas Milch saßen. Schließlich (als er sah, daß sein Freund das Notizbuch einsteckte) sagte er mit sanfter Stimme:

»Wenn Sie zehn Minuten Zeit haben, möchte ich Sie bitten, dem Herrn mit der falschen Nase zu folgen.«

Flambeau sah ihn voller Verwunderung an; aber auch das Mädchen mit den roten Haaren sah ihn an, allerdings verriet ihr Ausdruck mehr als nur Erstaunen. Sie war einfach, ja geradezu nachlässig mit einem braunen Kittel bekleidet; aber ohne Zweifel war sie eine Dame, und zwar eine unnötig hochmütige dazu.

»Dem Herrn mit der falschen Nase?« wiederholte Flambeau, »wer soll denn das sein?«

»Ich habe auch keine Ahnung«, antwortete der Geistliche, »deshalb möchte ich ja, daß Sie es herausfinden; ich bitte Sie um diesen Gefallen. Er ist da entlanggelaufen« – und dabei machte er mit dem Daumen eine undefinierbare

Geste – »und kann noch keine drei Laternen weit sein. Mich interessiert nur die Richtung, in der er verschwunden ist.«

Flambeau betrachtete seinen Freund mit einer Mischung aus Erstaunen und Belustigung, erhob sich aber schließlich und zwängte seinen massigen Körper durch die niedrige Tür dieser Zwergenherberge, der sofort von einem zwielichtigen Dämmer aufgesogen wurde.

Pater Brown seinerseits zog ein Büchlein aus der Tasche, in dessen Lektüre er sich unverzüglich vertiefte und durch nichts in der Welt ließ er sich anmerken, daß er sehr wohl des Umstandes gewahr ward, daß die rothaarige Dame ihren Tisch mit dem seinen vertauscht hatte. Schließlich beugte sie sich vor und sagte mit leiser, klarer Stimme: »Was sagen Sie da? Woher wissen Sie, daß sie falsch ist?«

Der so Angesprochene hob seine schweren Augenlider, die in sichtlicher Verwirrung zitterten. Und sogleich heftete er seinen Blick neuerlich auf die weißen Buchstaben, die die Fensterscheibe der Schenke zierten. Die Augen der jungen Dame folgten dieser Bewegung und blieben ebenfalls, wenngleich in völligem Unverständnis – an den Buchstaben hängen. »Nein, nein«, antwortete der geistliche Herr auf ihre unausgesprochenen Gedanken, »es heißt nicht ›Sela‹ wie in den Psalmen; so habe ich es übrigens in meiner Zerstreutheit vorhin auch gelesen; es heißt ganz einfach ›Ales‹.«

»Und?« brachte die ihn anstarrende Dame nur hervor, »was hat das zu bedeuten?«

Die ziellos schweifenden Blicke des Geistlichen blieben plötzlich auf den Ärmeln ihrer Bluse ruhen, die an den Handgelenken mit einer schmalen Spitzenborte abgesetzt waren – gerade breit genug, um diesen Kittel von dem einer Arbeiterin zu unterscheiden und ihn eher wie das Arbeitskleid einer Malerin aussehen zu lassen. Es hatte den Anschein, als würde diese Tatsache seinen Gedanken reichlich Nahrung geben, doch kam seine Antwort eher langsam und zögernd. »Nun, sehen Sie, Madame, von außen sieht diese Kneipe ja ... gewiß, es ist eine tadellose Wirtschaft ... aber Damen wie Sie haben da ... wenigstens in der Regel ... eine andere Meinung. Auf jeden Fall gehen sie niemals freiwillig in derartige Etablissements, abgesehen ...«

»Nun?« fragte sie.

»Abgesehen von ein paar wenigen Unglücklichen, die auf jeden Fall nicht hereinkommen, um hier Milch zu trinken.«

»Sie sind ein sonderbarer Mensch«, erwiderte die junge Dame. »Darf ich fragen, warum Sie diese Beobachtungen anstellen?«

»Auf keinen Fall, um Ihnen Kummer zu bereiten«, lautete die freundliche Antwort. »Ich möchte nur gewappnet sein für den Fall, daß Sie mich eines Tages freiwillig um meine Hilfe bitten.«

»Aber warum sollte ich Sie um Hilfe bitten?«

Der Geistliche setzte seinen träumerischen Monolog fort: »Sie sind hier nicht hereingekommen, um Ihren Beschützer zu sehen oder andere zwielichtige Gestalten, und wenn, dann hätten Sie sich im Klubraum verabredet ... Sie haben diesen Ort auch nicht wegen eines plötzlichen Unwohlseins aufgesucht, sonst hätten Sie mit der – im übrigen reizenden – Wirtin gesprochen ... außerdem sehen Sie auch nicht krank aus, vielmehr verängstigt ... Die Straße hier ist die einzige ohne Nebenwege und die Häuser sind in der Regel verschlossen ... Deshalb kam ich zu der Annahme, Sie hätten jemand gesehen, dem Sie nicht begegnen wollten, und seien deshalb in dieses Gasthaus als dem einzigen Versteck in dieser Steinwüste geflüchtet ... Deshalb warf ich einen kurzen Blick auf eben die Person, die als erste nach Ihnen vorüberkam, und ich hoffe, damit die Befugnisse eines Fremden nicht überschritten zu haben ... Und da ich glaubte, in jenem Herrn ein Exemplar einer üblen Sorte Mensch gesehen zu haben, in Ihnen dagegen die Vertreterin einer besseren ... hielt ich mich bereit, Ihnen zu helfen, sollte jener versuchen, Sie zu belästigen. Das ist alles. Mein Freund wird ebenfalls gleich wieder hier sein; und sicherlich wird er nichts herausfinden, wenn er lediglich eine dunkle Straße hinuntertappt ... Das lag jedenfalls nicht in meiner Absicht.«

»Ja, aber warum haben Sie ihn dann hinausgeschickt?« rief sie aus, wobei sie sich in noch heftigerer Neugier über den Tisch lehnte. Sie hatte jenen stolzen, fordernden Ausdruck im Gesicht, wie er häufig Rothaarigen eignet, und eine römische Nasenform, die ihn an Marie-Antoinette erinnerte.

Er sah ihr nun zum erstenmal geradewegs ins Gesicht und sagte: »Weil ich hoffte, daß Sie mit mir sprechen würden.«

Nun war es an ihr, ihm in die Augen zu sehen, wobei ein leichter Zorn ihr über das erhitzte Gesicht huschte; aber trotz aller Erregung schaffte sich ihr Humor in ihren Augenwinkeln Platz, und fast spöttisch fragte sie: »Da Sie nun einmal so großen Wert auf meine Unterhaltung legen, werden Sie wohl die Güte haben, meine Frage zu beantworten.« Und nach einer Pause fügte sie hinzu: »Ich hatte die Ehre, Sie nach ihren Beweggründen zu fragen, die Nase jenes Herrn für falsch zu halten.«

»Bei diesem Wetter hat Wachs die Eigenschaft, leicht fleckig zu werden«, antwortete der Geistliche.

»Aber es ist doch eine so auffällig krumme Nase«, erwiderte das Mädchen.

Auf Pater Browns Gesicht erschien ein Lächeln. »Ich habe nicht behauptet, es handle sich hier um einen Scherzartikel«, sagte er. »Vielmehr glaube ich, daß hinter dieser krummen Nase eine viel edler geformte sich verbirgt.«

»Aber warum?« bohrte sie weiter.

»Wie geht doch gleich das Ammenmärchen?« fragte unser Geistlicher zerstreut. »Es war einmal ein krummer Mann, der folgte einem krummen Weg ... Und jener Mann, fürchte ich, geht einen besonders krummen Weg – indem er seiner Nase lang geht.«

»Aber warum denn? Was hat er denn getan?« rief die rothaarige Schönheit unsicher.

»Hören Sie, ich möchte mir Ihr Vertrauen nicht erschleichen«, gab Pater Brown ruhig zurück. »Aber ich glaube, zu dieser Sache kann ich von Ihnen mehr erfahren als Sie von mir.« Mit einem Ruck sprang das Mädchen auf und stand für eine Sekunde mit geballten Fäusten ganz still vor ihm; es schien, als wolle sie im Moment losstürzen. Doch plötzlich entkrampften sich ihre Finger und sie nahm wieder Platz. »Sie sind ein noch größeres Geheimnis als all die andern«, preßte sie hervor, »aber irgendwie habe ich das Gefühl, als steckte in Ihrem Geheimnis ein Herz.«

»Am schrecklichsten ängstigt uns ein Nebel ohne Mittelpunkt«, ließ sich mit ruhiger Stimme der Geistliche vernehmen, »der Grund übrigens, warum wir den Atheismus als Nachtmahr empfinden.«

»Alles will ich Ihnen erzählen«, kam es nun trotzig aus des Mädchens Mund, »bis auf eines: warum ich das tue ... ich weiß es selber nicht.«

Sie dröselte an dem speckigen Tischtuch herum und fuhr fort: »Sie sehen so aus, als wüßten Sie, was Snobismus ist und was nicht; und wenn ich Ihnen sage, daß ich aus einer alten Familie stamme, dann begreifen Sie wohl, wie ich das meine; in der Tat liegt das Hauptproblem meiner Geschichte in der besonderen Wertschätzung, die mein Bruder dem Begriff *noblesse oblige* entgegenbringt. Nun, ich heiße Christabel Carstairs. Sie werden von meinem Vater gehört haben, Oberst Carstairs, der die berühmte Sammlung römischer Münzen aufgebaut hat. Es ist schwer für mich, meinen Vater zu beschreiben: Am nächsten komme ich wohl mit der Feststellung, daß er selbst einer seiner römischen Münzen glich, so schön war er und so einmalig und so wertvoll und so hart und auch so hinter der Zeit. Seine Sammlung erfüllte ihn mit mehr Stolz als seine Orden – und das sagt ja wohl alles. Sein außergewöhnlicher Charakter bildete sich mehr als deutlich noch in seinem letzten Willen ab. Er hatte zwei Söhne und eine Tochter. Mit meinem Bruder Giles gab es Streit, worauf der Vater ihn mit einer kleinen Rente nach Australien schickte. Meinem Bruder Arthur vermachte er die Münzkollektion und eine noch unbedeutendere Rente. Mein Vater wollte ihn damit auszeichnen, es bedeutete für ihn die höchste Ehre, die er zu vergeben hatte in Anerkennung von Arthurs Rechtschaffenheit und Aufrichtigkeit, aber auch seiner Erfolge in Mathematik und Nationalökonomie in Cambridge. Auf diese Weise fiel mir nahezu sein gesamtes Vermögen in den Schoß – aber ich bin sicher, mit welcher Verachtung er mir diesen Teil seines Erbes hinterließ.

Nun werden Sie denken, Arthur sei über diese Aufteilung erbost gewesen – aber weit gefehlt: Arthur ist ganz wie sein Vater. Kaum hatte er die Sammlung übernommen, benahm er sich wie ein seinem Tempel geweihter Priester – und alle Streitigkeiten aus früheren Jahren waren vergessen. Er verband die Münzen auf eben dieselbe unduldsame und abgöttische Weise wie vordem sein Vater mit dem Ehrencodex der Carstairs. Das römische Geld mußte, nach seiner Vorstellung, mit allen römischen Tugenden bewahrt werden. Er gab sich keinen Vergnügungen hin, gönnte sich nichts – er lebte ausschließlich für seine Sammlung. Nicht einmal zu den Mahlzeiten erschien er in einem ordentlichen Aufzug, sondern stets in einem schmuddeligen Morgenmantel, in dem er auch den ganzen Tag in seinen braunen Münzpäckchen herumwerkelte, die außer ihm keiner auch nur berühren durfte. Manchmal kam er mir in seinem Auftreten und mit seinem schmalen, blassen Gesicht wie ein alter asketischer Mönch vor. Dann und wann freilich erschien er nach der letzten Mode gekleidet – aber stets nur, wenn er sich nach London aufmachte, um auf Auktionen neue Stücke für die Carstairs-Sammlung zu ersteigern.

Wenn Sie, mein Herr, je in Ihrem Leben mit jungen Leuten sich abgegeben haben, dann werden Sie leicht ermessen können, wie mein Verhältnis zu diesen Umständen beschaffen war. Nämlich so, daß mir die alten Römer nachgerade egal waren. Ich bin nicht so veranlagt wie mein Bruder Arthur; ich liebe das Leben. Ich habe eine gehörige Portion Romantik und anderen Unsinn von der Seite der Familie mitbekommen, der ich auch meine roten Haare verdanke. Und der arme Giles war von gleicher Art; die Atmosphäre der Münzsammlung mag als Entschuldigung für ihn sprechen, wenngleich er sich wirklich strafbar machte und beinahe ins Gefängnis wandern mußte. Aber er hatte sich nicht übler als ich benommen, wie Sie gleich hören werden.

Jetzt folgt nämlich der schlimme Teil meiner Geschichte. Ein kluger Mann wie Sie wird sich ausmalen können, was für ein Ereignis eintreten mußte, um das monotone Leben eines siebzehnjährigen Mädchens in solcher Umgebung zu verwirren. Doch bin ich im Moment von so gräßlichen Angelegenheiten bedrängt, daß ich meine Gefühle kaum zu beschreiben vermag. Wir lebten zu jener Zeit in einem kleinen Badeort in Süd-Wales, und in der Nachbarschaft wohnte ein pensionierter Kapitän zur See mit seinem Sohn, etwa fünf Jahre älter als ich, der mit Giles, bevor dieser in die Kolonien mußte, befreundet war. Sein Name spielt keine Rolle, aber ich erzähle Ihnen auch diesen, weil ich dies erzählen will: Er hieß Philip Hawker. Wir gingen zusammen Krabben fangen und bildeten uns fest ein, ineinander verliebt zu sein; zumindest behauptete er es, während ich es glaubte. Wenn ich Ihnen überdies erzähle, daß er einen braunen Lockenkopf hatte und ein vom Meer gebräuntes Falkengesicht, so hat das nichts weiter mit seiner Person zu tun, ist aber wichtig für die Geschichte: denn er war die Ursache für ein mehr als sonderbares Zusammentreffen.

Eines Nachmittags im Sommer hatte ich Philip versprochen, mit ihm ans Meer auf Krabbenfang zu gehen. Ungeduldig wartete ich im vorderen Wohnzimmer auf sein Erscheinen und sah dabei Arthur zu, der einige frisch erworbene Päckchen mit Münzen auf seine pedantische Weise nach hinten in sein Arbeitszimmer und Museum beförderte. Sobald ich die schwere Tür hinter ihm ins Schloß fallen hörte, schnappte ich mir mein Fangnetz und wollte mich gerade aus dem Staube machen, als ich sah, daß mein Bruder eine Münze vergessen hatte, die nun glitzernd auf der langen Fensterbank lag. Es handelte sich um ein Bronzestück mit dem Kopf Caesars, dessen scharfgeschnittene Nase und dessen hagere Nackenlinie in Verbindung mit der Farbe ein fast exaktes Porträt Philip Hawkers ergaben. Ich erinnerte mich nun, daß Giles einmal Philip gegenüber von solch einer Münze erzählt hatte und daß dieser sie gerne besitzen wollte. Vielleicht können Sie sich vorstellen, welcher Art die Gedanken waren, die augenblicklich durch meinen Kopf rasten; ich hatte das Gefühl, im Besitz eines Zaubermittels zu sein. Auch, dachte ich, wenn ich ihm diese Münze schenken könnte, dann wäre das ein Unterpfand für unsere ewige Liebe. Tausend Gedanken schossen mir auf einmal durch den Kopf. So hatte ich plötzlich den Eindruck, ein ungeheurer Abgrund würde sich unter mir auftun, wenn ich nur daran dachte, was Arthur zu dieser Sache sagen würde: ein Carstairs ein Dieb! Und ein Dieb an dem Schatze der Carstairs! Ich glaube, mein Bruder hätte mich seelenruhig wie eine Hexe verbrennen lassen. Aber dieser Gedanke an so fanatische Brutalität stachelte sowohl meinen alten Haß auf seinen Antiquitätenwahnsinn wieder an als auch meine Sehnsucht nach Jugend und Freiheit, die mir vom Meer her zuriefen. Draußen war heller Sonnenschein und Wind, und der gelbe Kopf eines Stechginsters klopfte fröhlich gegen das Fenster. Ich dachte an das lebende und wachsende Gold auf allen Feldern dieser Erde – und an das tote, stumpfe Metall meines Bruders, wie es da von Jahr zu Jahr tiefer unter dem Staube verschwand. Die Herrlichkeit der Natur stand mit der Sammlung alter Münzen im Streite.

Aber die Natur ist älter als die Carstairs-Sammlung. Und als ich schließlich die Straße zum Meer hinunterlief, die Münze in der festgeballten Faust, da fühlte ich das gesamte Römische Reich, mitsamt dem Carstairs-Stammbaum, auf meinen Schultern. Da brüllte nicht nur der alte Löwe, unser Wappentier, in meinen Ohren, auch alle Adler-Caesars schienen flatternd und kreischend zu meiner Verfolgung versammelt.

Doch meine Seele stieg höher und höher, wie der Drachen eines Kindes, bis ich über die lockeren Sanddünen zu dem flachen, nassen Strand kam, wo mich Philip erwartete, der schon etliche hundert Meter weit draußen bis zu den Knöcheln im glitzernden Wasser stand. Ein gewaltiger Sonnenuntergang bereitete sich vor, der die weite Fläche des seichten Wassers in einen feuerroten See verwandelt hatte. Ich zerrte mir Schuhe und Strümpfe herunter und spritzte auf Philip zu, der ja ein gutes Stück entfernt stand. Erst dann drehte ich mich um. Da standen wir beide ganz allein, nur Sand und Wasser um uns herum: Dort schenkte ich ihm Caesars Kopf.

In just demselben Augenblick durchblitzte mich die Vorstellung, ein Unbekannter würde mich von den Dünen her anstarren. Eine Sekunde später freilich hielt ich das für einen Streich meiner Nerven, denn jener Unbekannte war nur ein dunkler Punkt vor dem Horizont – und das einzige, was ich sicher ausmachen konnte, war eine bewegungslose Gestalt, die mit schräggeneigtem Kopfe in die Gegend schaute. Ob er mich beobachtete, dafür gab es keinen logischen Beweis. Seine Augen konnten ebensogut ein Schiff verfolgen oder sich am Sonnenuntergang erfreuen, die Person konnte auch das Spiel der Möwen beobachten oder einen der anderen Menschen, die sich am Strand aufhielten. Indes, meine prophetische Annahme erwies sich als richtig, denn ich mußte beobachten, wie er geradenwegs über die weite Fläche in unsere Richtung ausschritt. Je näher er kam, desto besser konnte ich ihn erkennen: Er hatte schwarzes Haar und einen Bart, und seine Augen waren von einer dunklen Brille verdeckt. Sein schwarzes Gewand sah arm, aber sauber aus, ebenso sein schwarzer Zylinder und die festen Stiefel. Ohne auf dieses Schuhwerk zu achten, lief er ins Meer und kam mit der Gleichmäßigkeit eines abgefeuerten Geschosses auf mich zu.

Mir fehlen die Worte, um Ihnen die Skala meiner Empfindungen zu schildern, die mich beim Anblick so zweifelhaften Verhaltens überkamen. Es schien, als sei der Unbekannte gerade über eine Klippe gekommen und ginge nun seelenruhig mitten in der Luft weiter; so natürlich durchbrach er die Schranke zwischen den Elementen. Mir kam es vor, als würde ein Haus durch die Luft segeln oder der Kopf eines Menschen – denn obwohl er nicht mehr tat, als mit den Schuhen ins Wasser zu gehen, machte er doch den Eindruck eines Dämons, der wissentlich ein Gesetz unserer Natur verhöhnte. Hätte er nur eine Sekunde vor Betreten des Wassers innegehalten, so hätte sich der ganze Spuk aufgelöst. So aber schien er Augen nur für mich zu haben und des Ozeans nicht zu achten. Philip beschäftigte sich in geringer Entfernung von mir mit seinem Netz und bemerkte nichts. In der Zwischenzeit war der Fremde bis auf zwei Armlängen an mich herangekommen, wobei das Wasser bis zur halben Kniehöhe seine Beine umspülte. Und dann sprach er mit klarer Stimme, aber gezierter Ausdrucksweise:

›Würde es Sie inkommodieren, mein Fräulein, an anderer Stelle eine Münze mit anderer Beschriftung zu hinterlegen?‹

Mit einer Ausnahme hatte dieser Mensch nichts eigentlich Abstoßendes an sich. Seine dunklen Augengläser waren nicht vollkommen undurchsichtig, sondern aus gewöhnlichem blauem Glas, und seine Augen waren nicht voll nervöser Ungeduld, sondern ruhig auf mich gerichtet. Auch seinen Bart konnte man nicht als lang und ungepflegt bezeichnen; der Eindruck eines zugewachsenen Gesichts verdankte sich nur der Tatsache, daß sein Ansatz sich unmittelbar unter den Backenknochen befand. Seine Hautfarbe war weder bleich noch leichenfarben, eher frisch und jugendlich; doch eben dieser Umstand verstärkte noch das Gefühl, einer furchterregenden Wachsfigur gegenüberzustehen. Das einzig äußerlich Seltsame war seine Nase, deren Spitze etwas zur Seite gebogen war, so als hätte man sie in weichem Zustand mit einem Kinderhämmerchen traktiert. Man konnte nicht einmal von einer Deformation sprechen, und doch bereitete mir dieser Anblick einen höllischen Schrecken. Wie der ganze Kerl da so im sonnenrot durchfluteten Wasser vor mir stand, kam er mir vor wie ein vom Gottseibeiuns selber ausgesandtes Meeresungeheuer, das eben aus einem Meer von Blut aufgestiegen war.

Der Himmel weiß, warum die Krümmung einer Nase meine Phantasie dergestalt anstachelte. Ich hegte jedenfalls den Verdacht, er könnte diesen Körperteil wie einen Finger bewegen – und meinte in der Tat, er hätte dies Exempel in diesem Moment statuiert.

›Irgendeine geringfügige Unterstützung‹, fuhr er in seinem schauderhaften Akzent fort, ›die mich der Verpflichtung enthebt, Ihrer werten Familie genauere Kenntnis zuzuführen.‹

In diesem Augenblick fiel es mir wie Schuppen von den Augen: Dieser Mensch hatte wegen der gestohlenen Münze einen Erpressungsversuch vor! Und meine sämtlichen abergläubischen Befürchtungen und Zweifel wurden von der praktischen Frage verdrängt: Wie war er dahintergekommen? Ich hatte das Bronzestück in einer spontanen Anwandlung entwendet; ich war ohne Zweifel ohne Zeugen gewesen, da ich mich vor einem Rendezvous mit Philip stets versicherte, allein zu sein. Auf meinem Weg zum Meer war mir keiner gefolgt, und selbst wenn das geschehen wäre, so hätte man meine Hand auf der Suche nach der Münze durchleuchten müssen. Und für einen Menschen auf der Düne war es unmöglich, in so großer Entfernung zu erkennen, was ich Philip in die Hand gedrückt hatte.

›Philip‹, brach es schließlich aus mir heraus, ›frage du den Menschen, was er von mir will!‹

Philips Gesicht war rot angelaufen, als er von seinem geflickten Netz emporschaute; es war unklar, ob diese Röte vom Bücken rührte oder ein Zeichen der Scham war, wenn nicht nur der Widerschein der im Meer sinkenden Sonne. Jedenfalls fuhr er den Mann lediglich an: ›Machen Sie, daß Sie weiterkommen!‹ und watete dann mit mir im Schlepptau in Richtung des Ufers, ohne den Fremden auch nur noch eines Blickes zu würdigen. Vielleicht nahm er an, unser gräßlicher Besucher würde sich nicht so leicht wie wir Jungen auf den spitzen Steinen, die überdies mit Algen bewachsen und schlüpfrig waren, zurechtfinden, denn er wählte einen Weg an einem steinernen Wellenbrecher entlang, der bis zum Kamm der Düne emporlief. Aber mein Verfolger konnte nicht nur zierlich seine Worte setzen, er verstand es ebenso, anmutig über glitschigen Grund zu tänzeln. Ich vernahm seine gewählte Sprache beständig hinter meinem Rücken, bis plötzlich, gerade als wir den Rist der Düne erreicht hatten, Philips Geduldsfaden, der bei sonstigen Gelegenheiten einiges zu vertragen schien, mit einem Male riß. Er drehte sich mit einem Ruck um und fauchte: ›Verschwinden Sie. Ich habe keine Lust, jetzt mit Ihnen zu reden!‹ Und als der Mann zur Erwiderung gerade den Mund öffnen wollte, versetzte ihm Philip einen so beherzten Schlag, der den Mann die ganze Höhe der Düne hinunterpurzeln ließ. Ich sah noch, wie er sich dort wieder auf die Beine stellte, über und über mit Sand bedeckt.

Dieser Hieb beruhigte mich etwas, wenngleich er die Gefahr vergrößern konnte. Philip schien auf seinen mutigen Einsatz auch nicht gerade stolz zu sein. Obwohl aufmerksam wie immer, machte er doch einen niedergeschlagenen Eindruck. Und bevor ich noch genauer mit ihm über den Vorfall reden konnte, verabschiedete er sich von mir an seiner Haustür – mit zwei Bemerkungen, die mich tief trafen. Er meinte, ich müßte die Münze eigentlich der Sammlung wieder zurückgeben, andererseits wolle er sie ›für den Augenblick‹ aufbewahren. Dann fügte er plötzlich und wie nebenbei hinzu: ›Weißt du, daß Giles aus Australien zurück ist?‹«

Die Tür des Gasthauses wurde geöffnet, und der gewaltige Schatten von Detektiv Flambeau fiel über den Tisch. Der Geistliche stellte ihn in der ihm eigenen, einnehmenden Weise der jungen Dame vor, wobei er dessen Geschicklichkeit und Sympathie derartigen Fällen gegenüber unterstrich. Und ohne recht nach einer Begründung zu fragen, wiederholte das Mädchen noch einmal seine Geschichte vor beiden Zuhörern.

Unterdes schob Flambeau dem Geistlichen einen Zettel zu, dem dieser mit nicht geringem Erstaunen die folgende Mitteilung entnahm: »Mit der Droschke nach Wagga Wagga, 379 Mafeking Avenue, Putney.« Das Mädchen fuhr in seiner Erzählung fort.

»Verwirrt machte ich mich auf den Weg zu unserem Haus. Mein Kopf war immer noch nicht klar, als ich unsere Pforte erreichte, vor der ich eine Milchflasche stehen sah – und den Mann mit der krummen Nase. Die Milchflasche vor der Tür bedeutete, daß das Personal nicht zu Hause war, lediglich Arthur, der wahrscheinlich in seinem fleckigen Hausmantel in seinem Arbeitszimmer herumwurschtelte und sicher nicht auf die Türglocke achten würde. Kein Mensch also hätte mir beistehen können bis auf Arthur, dessen Erscheinen zugleich meinen Untergang bedeutet hätte. In heller Verzweiflung drückte ich dem Unhold zwei Shillinge in die Hand und sagte ihm, er solle in ein paar Tagen wieder vorbeikommen, dann hätte ich mir die Angelegenheit genauer überlegt. Brummend trollte er sich davon, wenngleich gutwilliger, als ich erwartet hatte – vielleicht eine Folge seines Falles –, und mit unverhohlenem Vergnügen verfolgte ich mit den Augen den Sandfleck auf seinem Rücken, bis er ein paar Häuser weiter um eine Ecke verschwand.

Daraufhin ließ ich mir die Tür öffnen und versuchte bei einer Tasse Tee die Geschichte zu überdenken. Ich saß im Wohnzimmer am Fenster und sah in den Garten hinaus, der im letzten Licht der Abendsonne glühte. Doch ich war zu abgelenkt und versunken, um die Wiesen und die Blumenbeete recht eigentlich in ihrer Schönheit zu beachten. Aus diesem Grunde traf mich der Schock um so stärker, weil ich vollkommen unvorbereitet war.

Da stand dieser üble Charakter, den ich eben noch fortgeschickt hatte, seelenruhig in der Mitte des Gartens. O ja, wir alle kennen aus der Schönen Literatur Geschichten über leichenblasse Wesen, die im Dunkeln auftauchen – doch dieses hier war schrecklicher als alle Literatur. Denn es stand ja noch, auch wenn es einen langen Schatten warf, im Licht der Abendsonne. Und überdies war sein Gesicht nicht blaß, sondern zeigte den wächsern-rötlichen Teint einer Frisierpuppe. So stand er da, das Gesicht mir zugewandt, inmitten all der Tulpen und der anderen frischen, herrlich gewachsenen Blumen, deren kräftige Farben wie aus dem Gewächshaus zu stammen schienen. Ja, es sah so aus, als hätten wir statt einer Statue eine Wachsfigur in der Mitte unseres Gartens plaziert.

Im Moment aber, da ich mich hinter dem Fenster bewegte, ergriff der Unhold die Flucht durch die offenstehende Gartentür, die er ohne Zweifel auch für sein Eindringen benutzt hatte. Dieses Zeichen offenkundiger Schüchternheit paßte so gar nicht zu jener Unangreifbarkeit, die er beim Betreten des Wassers zur Schau gestellt hatte, und erfüllte mich mit Genugtuung. Mag sein, ging es mir durch den Sinn, er hat einen tiefersitzenden Respekt vor Arthur, als ich angenommen. Wie immer dem sein mochte, ich genoß meinen ruhigen, wenn auch einsamen Abendimbiß (denn es gehörte zu den unumstößlichen Regeln unseres Zusammenlebens, ihn unter keinen Umständen beim Umräumen seines Museums zu belästigen), und meine ein wenig beruhigten Gedanken schweiften zuerst zu Philip, um sich dann in der Ferne zu verlieren. Kurzum, ich döste zufrieden so vor mich hin und schaute dabei durch ein Fenster, welches, wie das im Wohnzimmer, ebenfalls nicht mit Gardinen verhängt war, wohl aber von den Vorhängen der Nacht, die es schwarz wie ein Teufel erscheinen ließen. Plötzlich kam es mir vor, als klebte eine Schnecke an der Außenseite der Scheibe. Aber als meine Konzentration stärker von dieser Winzigkeit angezogen wurde, wollte es mir scheinen, als preßte sich ein Daumen an das Fenster, jedenfalls dachte ich, die geriffelte Form eines solchen ausmachen zu können. Panische Angst und unbändiger Mut erwachten in mir wie mit einem Schlag und ließen mich ans Fenster stürzen – von dem ich mit einem Schrei von solcher Lautstärke zurückprallte, die selbst Tote in ihrem Grabe hätte aufwecken müssen, nur meinen Bruder Arthur nicht in seinem Arbeitszimmer.

Es handelte sich weder um den Abdruck eines Daumens noch um eine Schnecke; es handelte sich vielmehr um eine scheußlich gekrümmte Nasenspitze, die gegen die Scheibe gedrückt wurde und von solcher Anstrengung bereits blutleer war und weiß schimmerte; die Nase gehörte zu einem Gesicht, das ich anfangs nicht erkennen konnte, das mich dann aber mit geistergrauen Augen anglotzte. Irgendwie gelang es mir, die Fensterläden zuzuschlagen, in mein Zimmer zu flüchten und die Tür hinter mir zu verriegeln. Aber noch während dieser überstürzten Flucht gewahrte ich an einem andern Fenster wiederum einen Abdruck, der wie der einer Schnecke aussah.

Vielleicht wäre es das beste gewesen, Arthur einzuweihen. Wenn dieses Geschöpf sich nicht davon abhalten ließ, wie eine Katze ums Haus zu schleichen, so konnte es schließlich noch Schlimmeres als einen Erpressungsversuch im Sinne haben. Mein Bruder mochte mir die Tür weisen und mich verfluchen, aber er war ein Gentleman, der eine Dame in Not sofort verteidigen würde. Nach zehn Minuten bangen Überlegens schlich ich mich zu seiner Tür, klopfte und trat sofort ein – um den gräßlichsten Anblick dieses Tages zu erleben.

Der Stuhl meines Bruders war leer, er selbst war offenbar ausgegangen. Doch befand sich der Unhold mit der krummen Nase im Zimmer und wartete offensichtlich auf Arthurs Rückkehr, den Zylinderhut noch immer auf dem Kopfe und in einem der Bücher des Bruders schnüffelnd. Der Ausdruck seines Gesichts war nun gelassen und beschäftigt, doch die Nase erweckte noch immer den Anschein, der einzig bewegliche Teil dieses Gesichts zu sein, und es sah nachgerade so aus, als hätte sie sich eben erst wie der Rüssel eines Elefanten von der linken zur rechten Seite gewendet. Ich hatte dieses Scheusal von einem Menschen als widerlich genug empfunden, solange es mir nachspionierte und mich observierte – doch dieses Nichtgewahrwerden meiner Person in seinem Rücken mußte jene Empfindungen noch übertreffen.

Ich glaube, mein Aufschrei war laut und anhaltend: aber das tut nichts zur Sache. Wichtig war, was ich dann tat: Ich gab diesem Übelbold mein gesamtes bares Geld und überdies einen Packen Aktien, die anzutasten ich nicht befugt war, obgleich sie zu meinem Vermögen gehörten. Schließlich hob sich der Mensch von dannen, wobei er die ekelhaftesten Entschuldigungen vom Stapel ließ. Und ich? Ich saß da und hatte das bestimmte Gefühl, vollständig ruiniert zu sein. Und dann entging ich dem völligen Zusammenbruch durch einen puren Zufall doch noch. Arthur, der den ganzen Tag lang in London Geschäften nachgegangen war, kehrte spät in der Nacht in heiterster Stimmung zurück, weil er einen Schatz entdeckt hatte, dessen Ankauf selbst für unsere glanzvolle Familiensammlung einen wertvollen Zuwachs bedeutet hätte. Seine Laune war so ungewöhnlich gut, daß ich nahe daran war, ihm das Verschwinden der weniger wertvollen Münze zu gestehen, doch seine überschäumende Besessenheit ließ die Erörterung anderer Probleme gar nicht erst zu. Er forderte mich sogar auf, unverzüglich die Koffer zu packen, weil er den Plan gefaßt hatte, in bereits gemietete Räumlichkeiten in Fulham zu übersiedeln, um in allernächster Nähe der betreffenden Münzhandlung zu sein und auf diese Weise jeder Vereitelung des Kaufs seines Schatzes zuvorzukommen. So entfloh ich mitten in der Nacht meinem Feinde – und auch meinem Freunde Philip.

Mein Bruder pflegte sich häufig im South Kensington Museum aufzuhalten, und ich schrieb mich, um mich zu beschäftigen, an der Kunstakademie ein. Von dort machte ich mich heute abend auf den Heimweg, als mir jenes unbeschreibliche Scheusal die lange Straße entgegenkam; den Rest hat dieser Gentleman hier beschrieben.

Nur eines bleibt mir noch zu sagen: Ich flehe um keine Unterstützung und ich beklage mich nicht, wenn mich verdiente Strafe ereilt; es wäre nur gerecht und mußte einmal so kommen. Aber immer noch will es mir nicht in den Kopf, *warum* es so kommen mußte? Bin ich durch ein Mirakel verurteilt? Oder wie sonst *kann* irgendeine Menschenseele außer Philip und mir wissen, daß ich ihm mitten im Meer eine kleine römische Münze als Unterpfand in die Hand drückte?«

»In der Tat ein außergewöhnlicher Fall«, ließ sich nun Flambeau vernehmen.

»Aber nicht so außergewöhnlich wie seine Lösung«, gab Pater Brown düster zurück. »Werden Sie zu Hause in Fulham sein, Miss Carstairs, wenn wir in etwa anderthalb Stunden bei Ihnen auftauchen?«

Das Mädchen starrte ihn an, erhob sich dann und sagte, indem sie ihre Handschuhe überstreifte: »Ja, ich werde zu Hause sein!« – und mit diesem Satz verließ sie eilig das Lokal.

Die beiden Herren diskutierten immer noch den Fall, als sie sich später am Abend dem Hause in Fulham näherten – einem Anwesen übrigens, das in seiner Armseligkeit nicht einmal vorübergehend eine rechte Wohnstatt für die Carstairs zu sein schien.

»Der oberflächliche Betrachter«, erläuterte Flambeau gerade, »würde natürlich zu allererst auf den australischen Bruder tippen, der ja nicht zum ersten Male in Schwierigkeiten steckt, der so plötzlich wieder aufgetaucht ist und dem man zutrauen könnte, die abgefeimtesten Genossen auf seiner Seite zu haben. Nur komme ich nicht dahinter, wie er es angestellt hat, von der Sache Wind zu kriegen, es sei denn ...«

»Nun?« fragte der Geistliche geduldig.

Flambeau senkte die Stimme: »Es sei denn, der Freund der Schönen hat das Spiel mitgespielt – und wäre somit der übelste Geselle von allen. Der australische Bruder kannte zwar Hawkers Wunsch, die Münze zu besitzen, aber ich weiß bei Gott nicht, wie er wissen konnte, daß Hawker sie tatsächlich hat, wenn er oder sein Komplice nicht von Hawker selber am Strand einen Wink erhalten hätte.«

»Das ist wahr«, gab der Priester anerkennend zu.

»Und da ist noch eine Sache, die Sie bedenken sollten«, fuhr Flambeau eifrig fort. »Dieser Hawker hört seelenruhig mit an, wie seine Geliebte von diesem üblen Charakter beschimpft wird und schlägt erst dann zu, wenn der weiche Sand der Düne erreicht ist, wo sich wiederum leicht ein Scheingefecht inszenieren läßt. Hätte er seinem Spießgesellen auf den glitschigen Steinen einen Schlag verpaßt, so hätte er ihn leicht verletzen können.«

»Auch das ist wichtig«, gab Pater Brown zu.

»Sehen wir uns den Fall noch einmal an. Nur wenige Personen kommen in Frage, zumindest aber drei. Zu einem Selbstmord gehört eine Person, zu einem Mord gehören zwei, zu einem Erpressungsversuch mindestens aber drei.«

»Wieso eigentlich?« fragte der Geistliche sanft.

»Das liegt doch auf der Hand«, rief der Freund, »einer wird zur Bloßstellung gebraucht; ein andrer, der die Bloßstellung androht, und ein dritter, der über die Bloßstellung entsetzt ist!«

Pater Brown schwieg eine Weile und ließ sich dann folgendermaßen vernehmen: »Sie haben einen logischen Fehler begangen. Für Ihre theoretische Konstruktion benötigen Sie drei Personen, für die praktische Ausführung dagegen nur zwei.«

»Wie soll ich das verstehen?«, fragte der andere.

Und mit leiser Stimme gab der Geistliche ihm zur Antwort: »Warum sollte der Erpresser dem Opfer nicht mit seiner eigenen Person drohen? Nehmen Sie an, eine Ehefrau entwickelte sich zu einer militanten Antialkoholikerin, die ihren Mann dazu zwingt, seine Wirtshausbesuche vor ihr zu verheimlichen; und diese gute Frau würde dann ihrem eigenen Mann Erpressungsbriefe schreiben, in denen sie ihm droht, ihn bei seiner Frau zu verraten. Warum sollte das nicht gehen? Oder nehmen Sie das Beispiel eines Vaters, der seinem Sohn verbietet, zum Spielen zu gehen, und der ihm dann in Verkleidung folgt und ihm droht mit all seiner vorgetäuschten väterlichen Rechtschaffenheit. Oder noch ein Beispiel ... doch halt, wir sind am Ziel, mein Freund.«

»Gütiger Heiland!« stieß Flambeau hervor, »Sie wollen doch nicht etwa behaupten ...«

Aber noch ehe der Detektiv zu Ende vermutet hatte, sprang ein junger Bursche die Vortreppe des besagten Hauses hinunter und zeigte den Herren bei dieser Gelegenheit sein Profil, das unverkennbar dem auf der römischen Münze glich. Und ohne weitere Vorstellungen sprudelte es aus ihm heraus: »Miss Carstairs wollte nicht vor Ihrer Ankunft das Haus betreten.«

»Ja, finden Sie es nicht auch vernünftig, draußen zu warten – mit Ihnen als Beschützer?« fragte der Geistliche vertraulich. »Überdies nehme ich an, daß Sie bereits die Zusammenhänge erraten haben.«

»Ich habe so etwas vermutet, schon am Strand«, antwortete der junge Mann betreten, »das war auch der Grund, warum ich ihn so weich hab' fallen lassen.«

Flambeau erhielt den Schlüssel aus der Hand des Mädchens und die Münze von Hawker, öffnete die Tür des Hauses und ging gemeinsam mit seinem Freund hinein und zum Wohnzimmer hindurch. Der Raum war leer bis auf einen Menschen, jenen nämlich, den Pater Brown gerade an dem kleinen Wirtshaus hatte vorbeigehen sehen. Er stand, wie ein Angeklagter, an die Mauer gelehnt. Den schwarzen Umhang hatte er gegen einen braunen Hausrock vertauscht, ansonsten schien er unverändert.

»Wir sind hier eingedrungen«, formulierte der Geistliche würdevoll, »um Ihnen, mein Herr, Ihre fehlende Münze zurückzuerstatten.«

»Wie?« belferte da der Detektiv los, »ist dieser Mann denn ein Münzensammler?«

»Dieser Herr ist Mr. Arthur Carstairs«, gab der Priester bestimmt zurück, »und er ist ein Münzensammler von ganz besonderer Art.« Dem so Angesprochenen stürzte förmlich alles Blut aus dem Gesicht, so daß seine krumme Nase in der nun weißen Fläche sich ausmachte wie ein groteskes Anhängsel. Nichtsdestotrotz ließ er sich mit einer gewissen verzweifelten Würde vernehmen: »Es ist mir eine Pflicht, meine Herren, Ihnen zu beweisen, daß noch nicht jeder Rest familiärer Tradition mich verlassen hat.« Dies gesagt, drehte er sich auf dem Absatz um und verschwand türeschlagend in einem angrenzenden Zimmer.

»Halten Sie ihn auf!« rief Pater Brown, der ausrutschend auf einer Sessellehne zum Liegen kam. Und dem kräftigen Flambeau gelang es auch, mit zwei gewaltigen Schulterstößen die Türe aus den Angeln zu heben – aber es war schon alles zu spät. Ein tödliches Schweigen war eingetreten, welches erst durch des Geistlichen Telefonate mit Arzt und Polizei unterbrochen wurde. Eine leere Medizinflasche befand sich auf dem Boden, und über den Tisch hin gespreizt lag die leblose Gestalt des Mannes mit dem braunen Morgenmantel, inmitten seiner aufgeplatzten braunen Papiertütchen, aus denen freilich keine antiken Münzen hervorquollen – sondern gutes englisches Geld.

Der Geistliche hielt die Bronzemünze mit dem Kopf des Caesar in die Höhe: »Dies ist«, so sagte er, »das letzte Stück der großen Carstairs-Kollektion.«

Und nach einer Pause des Schweigens fuhr er mit noch tieferer Sanftmut fort: »Das Testament des Vaters war ein böser Streich, und übel nahm der Sohn es auf. Er haßte die römischen Münzen und steigerte sein Verlangen nach dem, was ihm versagt war, nach echtem Geld. Aus diesem Grund verkaufte er den antiken Schatz Stück für Stück –

und versank Schritt um Schritt in einem Morast niedrigster Habgier. Ja, er ging so weit, die eigene Familie zu erpressen. Nicht nur seinen Bruder erpreßte er wegen eines lächerlichen, längst vergessenen Vergehens (aus diesem Grund fuhr er nach Putney); auch seine Schwester wegen eines Diebstahls, den allein er selber hatte wahrnehmen können. Darum übrigens hatte sie die übernatürliche Ahnung, als sie die dunkle Person auf der Höhe der Düne entdeckte. Denn selbst in der Ferne erinnern uns Gestalt und Haltung eher an eine Person als ein gut geschminktes Gesicht aus der Nähe.«

Wiederum entstand ein Schweigen.

»Nun«, brummelte der Detektiv vor sich hin, »so war jener berühmte Numismatiker und Münzenliebhaber nichts anderes als ein elender Geizhals.«

»Macht das einen großen Unterschied?« fragte der Geistliche in seinem sonderbar nachsichtigen Ton. »Welche schlechten Eigenschaften hat ein Geizhals, die nicht oft genug auch bei einem Sammler zu finden sind? Was ist Schlimmes daran, ausgenommen ... Du sollst kein Bildnis machen dessen, was oben im Himmel oder unten ist auf der Erde; du sollst sie nicht anbeten und ihnen nicht dienen, denn ich, der HERR ..., also wir sollten uns darum kümmern, wie es dem armen jungen Paar geht!«

»Ich vermute, mein Freund«, sagte daraufhin der Detektiv, »es geht ihnen trotz all der Schrecklichkeiten ziemlich gut.«

Der Untergang der Pendragons

Pater Brown war nicht gerade zu Abenteuern aufgelegt. Erst vor kurzem war er wegen Überarbeitung krank geworden, und als er anfing, sich besser zu fühlen, hatte ihn sein Freund Flambeau zu einer Vergnügungstour auf einer kleinen Jacht mitgenommen, zusammen mit Sir Cecil Fanshaw, einem jungen Edelmann aus Cornwall und einem begeisterten Verehrer der cornischen Küstenlandschaften. Aber Pater Brown war noch ziemlich schwach; er machte sich im übrigen nicht viel aus Bootsfahrten, und obwohl er nicht zu der Sorte Leute gehörte, die entweder nörgeln oder zusammenbrechen, kletterte seine Stimmung nie über Geduld und Höflichkeit hinaus. Wenn die beiden anderen den bizarren violetten Sonnenuntergang oder die zerklüfteten vulkanischen Felsen priesen, stimmte er ihnen zu. Wenn Flambeau auf einen Felsen hinwies, der wie ein Drachen aussah, schaute er hin und fand ihn einem Drachen durchaus ähnlich. Wenn Fanshaw etwas aufgeregter auf einen Felsen deutete, der wie Merlin aussah, betrachtete er ihn und stimmte zu. Wenn Flambeau fragte, ob dieses Felsentor über dem sich dahinschlängelnden Fluß nicht wie ein Tor ins Märchenland aussähe, sagte er »ja«. Er hörte sich die wichtigsten und die unwichtigsten Dinge mit der gleichen Teilnahmslosigkeit an. So hörte er, daß die Küste für alle unerfahrenen Seeleute den Tod bedeute; er hörte auch, daß die Bootskatze eingeschlafen sei. Er hörte, daß Fanshaw seine Zigarrenspitze nirgends finden könne; er hörte erzählen, daß der Steuermann das Orakel zum besten gab: »Beide Lichter offen, gute Fahrt läßt hoffen; wenn eines nur blinkt, das Boot sinkt.« Und er hörte Flambeau zu Fanshaw sagen, damit sei wohl gemeint, daß der Steuermann beide Augen offenhalten und wachsam sein müsse, und er hörte Fanshaw Flambeau antworten, daß es seltsamerweise so nicht gemeint sei; es bedeute vielmehr, daß sie auf richtigem Kurs wären, solange sie zwei Küstenlichter sähen, eines in der Nähe und eines in der Ferne, genau nebeneinander; aber sobald ein Licht durch das andere verdeckt wäre, würden sie auf die Felsen auflaufen. Er hörte Fanshaw hinzufügen, daß es in seiner Grafschaft viele solcher seltsamen Geschichten und Redensarten gäbe; hier sei die Romantik zu Hause; er beanspruche sogar für diesen Teil von Cornwall gegenüber Devonshire den Lorbeer der elisabethanischen Seefahrtskunst. Wie er erzählte, habe es in diesen Buchten und an diesen Inselchen Kapitäne gegeben, neben denen Drake eigentlich nur eine Landratte gewesen sei. Er hörte Flambeau lachen und fragen, ob am Ende der Seemannsruf »Westwärts voraus!« zu bedeuten habe, daß die Männer von Devonshire gerne nach Cornwall gingen. Er hörte Fanshaw sagen, zum Albern gäbe es überhaupt keinen Grund; Kapitäne aus Cornwall wären nicht nur Helden gewesen, sie seien es immer noch: Ganz in der Nähe lebe ein alter Admiral, der sich zur Ruhe gesetzt habe, übersät mit Narben aus seinen abenteuerlichen Erlebnissen. In seiner Jugend hatte er die letzte Gruppe von acht pazifischen Inseln entdeckt, die dann in die Weltkarte eingezeichnet worden seien. Dieser Cecil Fanshaw gehörte zu jener Sorte von Männern, die eine laute, erfreuliche Stimmung um sich verbreiten; er war noch ein junger, blonder

Bursche mit einem lebhaften, gutaussehenden Gesicht, einer jungenhaften Phantasie, aber von einer fast mädchenhaften Zartheit in seiner Erscheinung. Die breiten Schultern Flambeaus, seine schwarzen Augenbrauen und sein selbstbewußtes Musketiergehabe bildeten dazu einen starken Kontrast.

Diesen Nebensächlichkeiten hörte und sah Pater Brown ruhig zu; aber er hörte sie so, wie ein müder Mensch die Melodie der Eisenbahnräder hört, oder wie ein Kranker das Muster seiner Zimmertapete betrachtet. Niemand kann den Stimmungswandel eines Rekonvaleszenten vorhersagen, aber Browns Niedergeschlagenheit mußte wohl in der Hauptsache mit seiner mangelnden See-Erfahrung zusammenhängen. Denn als die Flußmündung sich wie der Hals einer Flasche verengte, das Wasser ruhiger und die Luft wärmer wurde und ein leichter Landwind einsetzte, schien er aufzuwachen und wie ein Kind wieder an seiner Umwelt Anteil zu nehmen. Sie kamen kurz nach Sonnenuntergang dort an; die Luft und das Wasser schimmerten hell, aber die Ufer und Ufergestrüppe sahen im Gegensatz dazu fast schwarz aus. Gerade an diesem Abend aber war etwas anders. Es herrschte eine jener seltsamen Stimmungen, die entstehen, wenn ein rauchschwarzes Glas vor dem Auge fortzieht, so daß selbst die dunklen Farben noch schöner zu leuchten scheinen als die hellen Farben an bedeckten Tagen. Die zertrampelten Flußufer und die düsteren Altwasser waren nicht trüb, sondern leuchtend braun, und die dunklen Wälder, die sich im Winde sanft bewegten, wirkten auf die Entfernung nicht mehr bläulich wie sonst, sondern eher wie vom Wind gepeitschte, leuchtendviolette Blütenmassen. Diese überscharfe Klarheit und die Leuchtkraft der Farben wirkten auf Browns langsam wiedererwachende Sinne noch stärker durch einen Hauch von Romantik und das Irreale der Landschaft.

Für ein Vergnügungsboot war der Fluß immer noch breit und tief genug; aber die Windungen des Flusses erweckten den Eindruck, als würde das Boot von beiden Seiten eingeschlossen. Die Bäume schienen fast über dem Fluß zusammenzuschlagen, und es kam ihnen so vor, als glitte das Boot von der romantischen Szenerie eines Tales in eine romantische Schlucht und schließlich in einen noch romantischeren Tunnel. Aber sonst regte nichts die sich wiederbelebende Phantasie des Pater Brown an; kein menschliches Wesen war zu sehen, außer ein paar Zigeunern, die mit Weidenkörben und Bündeln, die sie im Wald geschnitten hatten, am Ufer entlangzogen. Und ein zwar heutzutage nicht mehr ungewöhnliches, aber an einem so abgelegenen Ort doch überraschendes Bild: Eine dunkelhaarige Dame, ohne Hut, paddelte alleine in ihrem Kanu auf dem Fluß. Hätte Pater Brown diesen Dingen auch nur die geringste Bedeutung beigemessen, so hätte er sie nach der nächsten Flußbiegung vergessen, wo ein einzigartiger Gegenstand vor ihnen auftauchte.

Die Wasserfläche schien sich zu verbreitern und durch eine kleine, kärgliche, bewaldete Insel zu teilen. Bei der Geschwindigkeit, mit der sie fuhren, schien die kleine Insel wie ein Schiff auf sie zuzuschwimmen; ein Schiff mit einem hohen Bug – oder, besser gesagt: mit einem sehr hohen Schornstein. Denn an dem ihnen am nächsten liegenden äußersten Ende der Insel stand ein sehr merkwürdiges Gebäude, mit nichts zu vergleichen, was sie bisher gesehen hatten, und ohne sichtbaren Zweck. Es war nicht besonders hoch, aber wiederum zu hoch für seine Breite; man konnte also eigentlich nur von einem Turm sprechen. Es kam einem so vor, als wäre er ganz aus Holz gebaut, und zwar in einer sehr ungleichmäßigen und ausgefallenen Art und Weise. Einige der Bretter und Balken waren aus abgelagertem Eichenholz, andere wieder aus dem gleichen Material, aber frisch und grob zugeschnitten; und wieder andere waren aus hellem Fichtenholz; die meisten jedoch aus teergeschwärzter Fichte. Diese schwarzen Balken waren kreuz und quer nach allen Richtungen eingefügt und gaben dem Ganzen ein zusammengeflicktes und verwirrendes Aussehen. Zwei Fensterscheiben waren auszumachen, die auf zwar altmodische, aber kunstvolle Art bemalt und in Blei gefaßt waren. Die kleine Reisegruppe bestaunte das Gebäude mit dem merkwürdigen und unerklärlichen Gefühl, an etwas ihnen Bekanntes erinnert zu werden; es war ihnen jedoch klar, daß es sich um etwas anderes, nie Gesehenes handelte.

Pater Brown verstand es, selbst dann, wenn er getäuscht wurde, diese Täuschung geschickt auszunutzen. Und es wurde ihm klar, daß die Verrücktheit darin bestand, daß eine eigenartige Form mit einem dafür gewöhnlich nicht verwendeten Material zusammenkam; so wie wenn man einen Zylinder aus Blech oder einen Frack aus buntkariertem Stoff machen würde. Er war sich sicher, daß er schon einmal ein aus verschiedenen Hölzern zusammengewürfeltes Bauwerk gesehen hatte, aber nie mit derlei architektonischen Formen. Im nächsten Moment zeigte ihm ein kurzer Durchblick zwischen den dunklen Bäumen alles, was er wissen wollte, und er lachte. Zwischen den Bäumen sah man einen Augenblick lang eines jener alten Holzhäuser mit einer Fassade aus schwarzen Balken, die man hier und da noch in England antrifft, die aber die meisten von uns nur in irgendwelchen Ausstellungen sehen, die sich ›Das alte London‹ oder ›England zur Shakespeare-Zeit‹ nennen. Der Geistliche konnte das Haus gerade lang genug sehen, um festzustellen, daß es ein komfortables, gepflegtes Landhaus war, wenn auch etwas altmodisch, mit Blumenrabatten vor dem Haus. Es hatte nichts von dem scheckigen und verrückten Aussehen des Turmes, der aus den Überbleibseln zusammengestoppelt zu sein schien.

»Was ist denn, um Himmels willen, das da?« fragte Flambeau, der noch immer den Turm anstarrte.

Fanshaws Augen leuchteten auf, und er stellte triumphierend fest: »Aha, so etwas haben Sie wohl noch nie gesehen, was? Darum habe ich Sie hierhergeführt, mein Lieber. Jetzt sollen Sie sehen, ob ich mit meinen Seeleuten aus Cornwall übertrieben habe. Dieser Besitz gehört dem alten Pendragon, den wir den Admiral nennen, obwohl er sich zur Ruhe setzte, bevor er diesen Rang erhielt. Der Geist Raleighs und Hawkins ist für die Leute von Devonshire eine Erinnerung, die Pendragons aber sind für sie eine Sache der unmittelbaren Gegenwart. Wenn Königin Elisabeth I. aus ihrem Grab aufstünde und in einer goldenen Barkasse den Fluß heraufkäme, könnte sie von dem Admiral in einem Haus empfangen werden, das in jedem Winkel, jedem Fensterflügel, in jeder Wandtäfelung, in jedem Teller auf dem Tisch der ihr gewohnten Umgebung entspräche! Und sie würde einen englischen Kapitän begeistert von der Entdeckung neuer Länder mit kleinen Schiffen erzählen hören, so, als ob sie mit Drake gespeist hätte.«

»Sie würde aber ein wunderliches Ding im Garten finden«, sagte Pater Brown, »das ihrem Renaissance-Geschmack nicht gefallen würde. Die elisabethanische, bürgerliche Architektur ist wirklich hinreißend, aber es widerspricht ihr nun einmal, sich in Türmchen zu versteigen.«

»Und trotzdem«, antwortete Fanshaw, »ist gerade das der romantischste und wirklich elisabethanische Teil des Ganzen. Er wurde von den Pendragons zur Zeit der Spanischen Kriege gebaut, und obwohl er Renovierungen und selbst einen Wiederaufbau aus anderen Gründen erforderte, wurde er doch immer wieder im alten Stil aufgebaut. Man erzählt sich, daß die Gemahlin Sir Peter Pendragons den Turm an dieser Stelle und in dieser Höhe errichten ließ, weil sie von oben die Flußbiegung einsehen konnte, wo die Schiffe in die Mündung einfahren; und sie wollte immer als erste das Schiff ihres Gemahls sehen, wenn er vom spanischen Kriegsplatz heimkehrte.«

»Aus welchem anderen Grund, glauben Sie, wurde der Turm wiederaufgebaut?« fragte Pater Brown.

»Oh, darüber gibt es auch eine höchst merkwürdige Geschichte«, sagte der junge Edelmann voller Genugtuung. »Sie sind in einem Land voller wunderlicher Geschichten. König Arthur lebte hier und Merlin und vor ihm die Feen. Es wird erzählt, daß Sir Peter Pendragon, der, wie ich befürchte, sowohl die Fehler der Piraten als auch die Tugenden eines Seemanns besaß, die Absicht hatte, drei spanische Edelleute in eine Art Ehrengefangenschaft heimzuführen, um sie an den Hof der Königin Elisabeth zu bringen. Aber er hatte ein feuriges und wildes Temperament, und als er sich mit einem von ihnen stritt, packte er ihn an der Gurgel und warf ihn, ob mit oder ohne Absicht, über Bord. Daraufhin zog der Bruder des Spaniers sein Schwert und griff Pendragon an. Nach einem kurzen, aber wilden Kampf, bei dem sich beide drei Wunden in ebenso vielen Minuten zuzogen, rannte Pendragon seinem Gegner die Klinge in den Leib, und damit war es auch um den zweiten Spanier geschehen. Unterdessen war das Schiff schon in die Flußmündung eingelaufen und fuhr in verhältnismäßig seichtem Wasser. Der dritte Spanier sprang über Bord, schwamm auf das Ufer zu und konnte bald aufrecht stehen, das Wasser bis an die Hüften. Er wandte sich um wie der Prophet, der eine gottlose Stadt verwünscht, und brüllte mit markerschütternder, fürchterlicher Stimme zu Pendragon hinüber, er wenigstens lebe noch, er würde weiterleben, und er würde ewig leben; die Pendragons würden weder ihn noch die Seinen jemals wiedersehen, aber Generation auf Generation solle durch eindeutige Zeichen erfahren, daß er und seine Rache lebendig seien. Damit tauchte er unter; entweder ertrank er, oder er schwamm so lange unter Wasser, daß nicht einmal ein Haar von ihm gesehen wurde.«

»Da ist wieder das Mädchen im Kanu«, sagte Flambeau unvermittelt, denn junge, schöne Frauen konnten ihn von jedem Thema ablenken. »Sie scheint genau wie wir über diesen merkwürdigen Turm erstaunt zu sein.«

Tatsächlich ließ die junge, schwarzhaarige Dame ihr Kanu langsam und lautlos an der seltsamen kleinen Insel vorbeitreiben. Mit großem Interesse schaute sie an dem merkwürdigen Turm hoch. Brennende Neugier zeichnete sich auf ihrem ovalen, olivfarbenen Gesicht ab.

»Kümmern Sie sich nicht um junge Mädchen«, sagte Fanshaw ungeduldig, »es gibt genug davon auf der Welt, aber es gibt nur einen Turm der Pendragons. Wie Sie sich vorstellen können, rankten sich viele abergläubische Geschichten und Skandale um den Bannfluch des Spaniers; und die bäuerliche Leichtgläubigkeit brachte jede Unbill, die dieser cornischen Familie zustieß, mit jenem Fluch in Verbindung. Wahr ist auch, daß der Turm zwei- oder dreimal abgebrannt ist; und auch die Familie war nicht gerade vom Glück verfolgt, denn mehr als zwei Verwandte des Admirals kamen, glaube ich, bei Schiffsuntergängen ums Leben und mindestens einer genau an der Stelle, soweit ich weiß, wo Sir Peter den Spanier über Bord stieß.«

»Wie schade!« rief Flambeau, »jetzt fährt sie weiter.«

»Wann hat Ihr Freund, der Admiral, Ihnen diese Familiengeschichte erzählt?« fragte Pater Brown, während das Mädchen mit ihrem Kanu davonpaddelte, ohne auch nur das leiseste Interesse an dem Turm auf die Jacht zu übertragen, die Fanshaw bereits an der Insel angelegt hatte.

»Das war vor vielen Jahren«, antwortete Fanshaw, »er ist schon lange nicht mehr zur See gefahren, obwohl er nach wie vor darauf erpicht ist. Ich glaube, es gibt da einen Familienvertrag oder so etwas Ähnliches. Naja, hier ist der Steg. Gehen wir an Land, um dem alten Knaben guten Tag zu sagen.«

Sie folgten ihm auf die Insel und gingen unterhalb des Turms an Land. Pater Brown schien auf eine ganz einmalige Weise seine Frische zurückgewonnen zu haben, sei es, weil er wieder festen Boden unter den Füßen hatte, sei es durch etwas, was sein nachdrückliches Interesse am anderen Ufer geweckt hatte, das er einige Augenblicke scharf ins Auge faßte. Sie kamen in eine Allee, eingefaßt mit schmalen, gräulichen Hecken, wie man sie häufig in Parks und Gärten findet. Und darüber sah man die Wipfel der dunklen Bäume hin- und herschwanken wie schwarze und purpurfarbene Federn auf dem Leichenwagen eines Riesen. Der Turm, den sie jetzt hinter sich gelassen hatten, schaute um so merkwürdiger aus, weil solche Auffahrten meistens von zwei Türmen flankiert werden, während dieser hier unproportioniert wirkte. Aber wenigstens die Allee entsprach dem üblichen Bild einer Auffahrt zum Herrenhaus. Eine Biegung der Allee verdeckte für einen Augenblick das Haus und ließ dadurch den Eindruck eines viel größeren Parks entstehen, was auf einer so kleinen Insel kaum denkbar war. Pater Brown, der durch seinen Schwächezustand vielleicht noch etwas anfällig war, fühlte wie in einem Traum alles um sich herum größer werden. Jedenfalls war eine fast mystisch zu nennende Eintönigkeit das einzig Charakteristische ihres Schlendergangs, bis Fanshaw plötzlich stehenblieb und auf etwas zeigte, das aus der grauen Hecke hervorragte; es sah auf den ersten Blick aus wie das Horn eines Tieres. Bei näherem Hinsehen entpuppte es sich als eine gebogene Metallklinge, die schwach in der Dämmerung aufblitzte.

Flambeau, wie alle Franzosen ein alter Soldat, beugte sich nach vorn und stellte verwundert fest: »Wahrhaftig, das ist ein Säbel! Ich glaube, ich habe so was schon mal gesehen; schwer gekrümmt, aber kürzer als bei der Kavallerie. Man hatte sie gewöhnlich bei der Artillerie und ...«

Noch während er sprach, wurde die Klinge aus dem Spalt herausgezogen, den sie geschlagen hatte; sie kam nochmals mit noch größerer Kraft herunter und durchschlug jetzt die Hecke bis auf den Boden mit einem ohrenbetäubenden Sausen. Dann wurde die Klinge wieder herausgezogen, ein paar Meter weiter blitzte sie über der Hecke auf und teilte sie wieder mit einem Schlag fast bis zur Hälfte; durch Hin- und Herzerren wurde sie freigemacht – Flüche kamen dabei aus der Dunkelheit, und ein zweiter Schlag teilte sie bis zum Boden. Ein gewaltiger Tritt beförderte das ganze losgehackte Stück aus dünnem

Gestrüpp auf den Fußweg. In der Hecke fehlte jetzt ein großes Stück des undurchdringlichen Dickichts.

Fanshaw spähte durch die dunkle Öffnung und stieß einen Schrei des Erstaunens aus: »Mein lieber Admiral! Pflegen Sie immer erst einen neuen Ausgang zu machen, wenn Sie ausgehen wollen?«

In der Dunkelheit hörte man erneut jemanden fluchen, der dann in schallendes Gelächter ausbrach. »Nein«, sagte die Stimme. »Ich muß diese Hecke irgendwie wegbekommen; sie erstickt alle Pflanzen, und außer mir kann das niemand tun. Ich will jetzt nur noch ein wenig an dem Eingangsportal wegnehmen. Und dann komme ich, um Sie zu begrüßen.«

Und tatsächlich: Er schwang seine Waffe noch einmal und hackte mit zwei Hieben ein ähnlich großes Stück der Hecke nieder, so daß alles in allem eine 14 Fuß breite Öffnung entstand. Dann trat er durch die breite grüne Pforte in die Abenddämmerung heraus; an seiner Klinge hing noch etwas Gestrüpp.

Sein Auftreten bestätigte Fanshaws Geschichte von einem alten Piratenkapitän vollauf, obwohl die Einzelheiten dieser Erzählung sich in merkwürdige Zufälle auflösen sollten: Zum Beispiel trug er einen gewöhnlichen, breitkrempigen Hut, so wie man ihn als Sonnenschutz trägt. Aber die Vorderkrempe war nach oben geschlagen, und die beiden Seiten waren so tief über die Ohren gezogen, daß der Hut sich halbmondartig über seiner Stirn wölbte, wie der alte Dreispitz, den Nelson zu tragen pflegte. Er trug ein gewöhnliches, dunkelblaues Jackett mit normalen Knöpfen, das aber in der Verbindung mit den weißen Leinenhosen ganz seemännisch aussah. Er war von großer, etwas schlaksiger Statur und hatte einen wiegenden

Schritt, der nicht gerade typisch für einen Seemann war, auf der anderen Seite aber doch wieder an einen Seemannsgang erinnerte. In der Hand hielt er einen kurzen Säbel, der wie ein Seemannsmesser aussah, nur war er ungefähr doppelt so lang. Sein Adlergesicht lugte neugierig unter der Hutkrempe hervor, und die Wirkung verstärkte sich, weil es nicht nur glatt rasiert war, sondern weil auch die Augenbrauen fehlten. Es schien, als ob alle Haare aus seinem Gesicht verschwunden seien, weil es allen Elementen ausgesetzt gewesen war. Seine Augen sprangen etwas vor und wirkten durchdringend. Besonders auffallend war seine Gesichtsfarbe, die fast südländisch zu nennen war; ein bißchen erinnerte sie an eine Blutorange. Und das, wiewohl gerötet und sanguinisch wirkend, mit etwas Gelblichem darin, das aber nicht krank aussah, sondern eher wie der Glanz der goldenen Äpfel der Hesperiden. Pater Brown überlegte, daß er eigentlich noch nie ein Gesicht gesehen hatte, das den besonderen Charakter der Südländer so widerspiegelte.

Nachdem Fanshaw seine beiden Freunde dem Gastgeber vorgestellt hatte, verfiel er wieder in seine Spötteleien über die Verwüstung der Hecke und seine offensichtliche Lust am Fluchen. Der Admiral spielte dies zunächst als eine zwar notwendige, aber ärgerliche Gartenarbeit herunter; aber mit der Zeit kam doch sein wirkliches Temperament in seinem Gelächter zum Durchbruch, und er prustete in einer Mischung von Ungeduld und guter Laune heraus:

»Zugestanden, vielleicht gehe ich ein wenig rabiat vor und spüre eine gewisse Befriedigung, alles niederzuhauen. Es ginge Ihnen nicht anders, wenn es Ihre ganze Leidenschaft gewesen wäre, herumzufahren und neue Kannibalen-Inseln zu entdecken; und Sie müßten dann in diesem verkommenen kleinen Steingarten an einem so trübseligen Bach herumhocken. Wenn ich daran denke, daß ich eineinhalb Meilen grünes, giftiges Dschungelholz mit einem Stutzmesser niedergemacht habe, das nur halb so scharf war wie das hier, und wenn ich dann überlege, daß ich hierbleiben und dies jämmerliche Unterholz kleinhacken muß, nur auf Grund irgendeiner verfluchten Bestimmung, die in unsere Familienbibel gekritzelt wurde, ja, dann ...«

Wieder schwang er den schweren Säbel und spaltete diesmal die Hecke mit einem Schlag von oben bis unten.

»So ist mir zumute«, sagte er lachend und schleuderte den Säbel einige Yards weit den Weg hinunter. »Und jetzt laßt uns mal ins Haus gehen; Sie müssen etwas zu essen bekommen.«

In den halbkreisförmigen Rasen vor dem Haus waren drei runde Gartenbeete eingelassen. Das eine war mit roten, das zweite mit gelben Tulpen bepflanzt und das dritte mit weißen, wächsern aussehenden Blüten, die den Besuchern unbekannt waren und die sie für exotisch hielten. Ein plumper, bärtiger und ziemlich mürrisch aussehender Gärtner hängte gerade einen Gartenschlauch auf. Die letzten Strahlen der untergehenden Sonne streiften die Ecken des Hauses; sie erlaubten hier und dort einen flüchtigen Blick auf die Farbenpracht der weiter entfernt liegenden Blumenbeete. An einer freien Stelle auf der Flußseite des Hauses stand ein hohes, dreifüßiges Messinggestell mit einem großen Teleskop. Direkt neben den Stufen zum Hauseingang stand ein kleiner, grün gestrichener Gartentisch, so als ob dort jemand Tee getrunken habe. Der Eingang war von zwei roh bearbeiteten Steinbrocken flankiert, mit Augenlöchern, von denen man sagte, sie wären

Südseegötzen. Und auf dem braunen Eichenbalken über dem Torweg waren einige merkwürdige Schnitzereien, die mindestens genauso barbarisch aussahen.

Als sie eintraten, sprang der kleine Geistliche plötzlich auf den Tisch und starrte von dort aus ungeniert durch seine Brillengläser auf die Eingravierungen in dem Eichenholz. Admiral Pendragon schaute etwas überrascht, doch nicht besonders ärgerlich, während Fanshaw sich so über den Anblick amüsierte, der an eine Zwergenvorführung auf dem Marktplatz erinnerte, daß er kaum sein Lachen unterdrücken konnte. Aber Pater Brown kümmerte sich ganz offensichtlich weder um das Gelächter noch um die spürbare Verwunderung. Er starrte die drei eingravierten Symbole an, die, obzwar sehr verwittert und nachgedunkelt, für ihn doch einen gewissen Sinn zu ergeben schienen. Das erste Symbol schien die Umrisse eines Turmes oder eines anderen Gebäudes zu zeigen, das zweite war genau zu erkennen: Eine alte, elisabethanische Galeere mit stilisierten Wellen darunter, aber in der Mitte von einem seltsam gezackten Felsen unterbrochen, was entweder auf einen Fehler im Holz zurückzuführen war oder eine altmodische Darstellungsweise sein mochte, wie Wasser in das Schiff eindringt. Das dritte Symbol zeigte den Oberkörper eines menschlichen Wesens, das in einer geschwungenen, wellenartigen Linie auslief. Die Gesichtszüge waren unkenntlich und ausdruckslos; beide Arme waren steif in die Höhe gestreckt.

»Ah ja«, brummte Pater Brown vor sich hin und blinzelte. »Da ist die Geschichte mit dem Spanier deutlich zu sehen. Hier hält er seine Arme hoch und steht verwünschend im Wasser. Und da sind die beiden Flüche: das gestrandete Schiff und der brennende Turm der Pendragons.«

Pendragon schüttelte mit respektvoller Belustigung seinen Kopf. »Aber was mag es nicht sonst noch alles bedeuten?« sagte er. »Wissen Sie nicht, daß diese Darstellung von Halbmenschen, von halbierten Löwen oder Hirschen in der Wappenkunde durchaus üblich ist? Könnte diese durch das Schiff gehende geschwungene Linie nicht einer dieser heraldischen Wellenbalken sein, wie man sie wohl nennt. Und obwohl das dritte Symbol eigentlich kein typisch heraldisches Zeichen ist, wäre es nicht wappengemäßer, in ihm einen von Lorbeer bekränzten Turm zu sehen, statt eines brennenden? Und es sieht fast genauso aus.«

Aber es ist doch auffallend, daß es genau der alten Überlieferung entspricht«, sagte Flambeau.

»Natürlich«, antwortete der skeptische Weltumsegler, »aber wissen Sie denn, inwieweit die Geschichte den alten Symbolen angepaßt wurde? Außerdem ist es nicht die einzige Geschichte. Unser Fanshaw, der voller solcher Geschichten ist, wird Ihnen bestätigen, daß es noch andere Versionen gibt, die noch viel grausamer sind. Nach einer Version wird meinem unglücklichen Vorfahren zugeschrieben, daß er den Spanier in zwei Teile geschlagen habe; dies würde auch zu dem hübschen Bild passen. Eine andere will mit Bestimmtheit wissen, daß unsere Familie einen Turm voll Schlangen besaß und erklärt so die kleinen, geringelten Linien. Eine dritte Theorie nimmt an, daß die gewellte Linie an dem Schiff die allgemein übliche Darstellung eines Blitzes sei; das allein beweist, wenn man alles ernsthaft prüft, wie wenig man mit den unseligen Zufällen wirklich anfangen kann.«

»Warum? Wie meinen Sie das?« fragte Fanshaw.

»Zufällig«, antwortete der Gastgeber gelassen, »spielten weder Blitz noch Donner bei den zwei oder drei Schiffbrüchen in unserer Familie, die mir bekannt sind, irgendeine Rolle.«

»So?« rief Pater Brown und sprang von dem kleinen Tisch.

Es entstand wieder ein Schweigen, in dem nur das ununterbrochene Rauschen des Flusses zu hören war; dann sagte Fanshaw zweifelnd, vielleicht auch etwas enttäuscht: »Sie glauben also, daß es nichts mit den Geschichten von dem brennenden Turm auf sich hat?«

»Die Überlieferung kann man nicht wegdiskutieren, natürlich«, sagte der Admiral achselzuckend, »und einige Geschichten beruhen auf Beweisen, das streite ich ja gar nicht ab, die so zuverlässig sind wie nur möglich. Irgend jemand sah hier in der Gegend einen Feuerschein, wissen Sie, als er im Wald spazierenging; und ein anderer, der seine Schafe landeinwärts auf den Hügeln hütete, sah eine Flamme über dem Pendragon-Turm auflodern. Nur, ein nasser Haufen Erde, wie diese verdammte Insel hier, wäre doch wirklich der letzte Ort, wo man ein Feuer vermuten würde.«

»Was ist das dort drüben für ein Feuer?« fragte Pater Brown sanft und unvermutet und zeigte auf die Wälder an dem linken Flußufer. Sie wurden alle ein bißchen aus dem Gleichgewicht gebracht, und sogar der zu Phantasien neigende Fanshaw hatte einige Mühe, sich wieder zu sammeln, als sie eine lange, dünne, blaue Rauchsäule in das letzte Abendlicht aufsteigen sahen.

Pendragon brach wieder in sein schallendes Gelächter aus. »Zigeuner!« sagte er. »Sie lagern hier seit ungefähr einer Woche. Meine Herren, darf ich Ihnen etwas zu essen anbieten?« Und er schickte sich an, ins Haus zu gehen.

Aber in Fanshaw wurde die alte Lust am Aberglauben wieder wach, und er sagte hastig: »Was ist das für ein zischendes Geräusch, das ganz aus der Nähe der Insel kommen muß? Es hört sich wie Feuer an.«

»Es hört sich eher nach dem an, was es wirklich ist«, sagte der Admiral, als er ihnen lachend den Weg wies, »es ist nur irgendein vorbeifahrendes Kanu.«

Noch während er sprach, erschien der Butler in der Türfüllung, ein dürrer, schwarzgekleideter Mann mit pechschwarzem Haar und einem sehr schlanken, gelblichen Gesicht, und kündigte an, es sei aufgetragen.

Das Speisezimmer sah so schiffsmäßig aus wie eine Kabine an Bord, aber seine Ausstattung paßte mehr auf einen modernen als auf einen elisabethanischen Kapitän. Über dem Kamin hingen zwar drei alte Stutzsäbel als Trophäen und eine vergilbte Karte aus dem 16. Jahrhundert, mit Tritonen und kleinen Schiffen auf den gekräuselten Wellen. Aber diese Dinge wirkten weniger eindrucksvoll auf der weißen Täfelung als einige Behältnisse mit seltsam bunten, südamerikanischen Vögeln, die sehr fachmännisch ausgestopft waren, mit phantastischen Muscheln aus dem Pazifik und verschiedenen Werkzeugen von so grober und wunderlicher Art, daß Wilde sie entweder zum Töten oder zum Braten ihrer Feinde benutzt haben mochten. Aber das Zusammenspiel der prächtigen Farben erreichte seinen Höhepunkt erst in dem Umstand, daß zwei Neger, die neben dem Butler die einzigen Dienstboten des Admirals waren, in enganliegenden gelben Livreen steckten. Die instinktive Fähigkeit des Geistlichen, seine eigenen Eindrücke sofort zu analysieren, sagte ihm, daß die Farbe und die kleinen eleganten Rockschöße dieser Zweifüßler einem das Wort »Kanarienvogel« geradezu aufdrängten, was sich in einer Gedankenassoziation mit Südseereisen in Verbindung bringen ließ. Gegen Ende der Mahlzeit verschwanden die gelben Anzüge mit ihren schwarzen Gesichtern aus dem Raum und ließen nur den schwarzen Anzug und das gelbe Gesicht des Butlers zurück.

»Es tut mir wirklich leid, daß Sie das so leicht nehmen«, sagte Fanshaw zu dem Gastgeber, »denn die Wahrheit ist, daß ich meine Freunde zu Ihnen gebracht habe in der Absicht, Ihnen zu helfen, weil sie eine Menge von diesen Dingen verstehen. Glauben Sie, Admiral, denn überhaupt nicht an diese alte Familiengeschichte?«

»Ich glaube an gar nichts!« antwortete Pendragon aufgeräumt, indem er mit einem Auge einem roten tropischen Vogel zublinzelte. »Ich bin ein Mann der Wissenschaft.«

Zu Flambeaus nicht geringem Erstaunen nahm sein geistlicher Freund, der jetzt wieder ganz der Alte zu sein schien, das Stichwort auf und redete in einem Schwall und mit so viel unerwarteter Sachkenntnis so lange über naturgeschichtliche Fragen, bis die Nachspeise und die Dessertweine aufgetischt waren und der letzte Diener verschwunden war. Dann sagte er in unverändertem Tonfall:

»Halten Sie mich nicht für aufdringlich, Admiral Pendragon. Ich frage nicht aus Neugier, sondern nur zur Orientierung und zu Ihrem Vorteil. Irre ich mich, wenn ich annehme, daß Sie diese alten Geschichten nicht in Anwesenheit Ihres Butlers besprochen sehen möchten?«

Der Admiral zog die haarlosen Brauen über seinen Augen hoch und rief: »Ja, ich weiß nicht, woher Sie das wissen, aber die Wahrheit ist: Ich kann den Burschen nicht leiden, obwohl ich keinen Grund habe, einen alten Diener der Familie zu entlassen. Fanshaw mit seiner Schwäche für alte Geschichten würde sagen, daß mein Blut s:ch gegen Männer mit so schwarzem, spanisch aussehendem Haar sträube.«

Flambeau ließ seine schwere Faust auf den Tisch fallen. »Zum Donner«, rief er aus, »und genau solches Haar hatte das Mädchen!«

»Ich hoffe, heute nacht wird alles ein Ende haben«, fuhr der Admiral fort, »wenn mein Neffe sicher mit seinem Schiff heimkehrt. Sie sehen überrascht aus, meine Herren. Ich nehme an, Sie werden nichts begreifen, wenn ich es Ihnen nicht erzähle. Sie müssen wissen, mein Vater hatte zwei Söhne. Ich blieb Junggeselle, aber mein älterer Bruder heiratete und bekam einen Sohn, der, wie wir alle, Seemann wurde und den ganzen Besitz erben wird. Nun, mein Vater war ein eigenartiger Mann; er verband irgendwie Fanshaws Aberglauben mit einem guten Teil meiner Skepsis; Aberglauben und Skepsis bekämpften sich dauernd in ihm; nach meinen ersten Reisen entwickelte er eine Idee, die, wie er glaubte, endgültig klären sollte, ob der Fluch Wahrheit oder Unsinn sei. Wenn alle Pendragons gleichzeitig überall herumsegelten, wäre die Wahrscheinlichkeit einer natürlichen Katastrophe zu groß, um etwas zu beweisen. Doch wenn wir immer nacheinander zur See fahren würden, in strenger Reihenfolge der jeweiligen Generation, müßte es sich zeigen, dachte er, ob überhaupt ein begründetes Verhängnis die Familie als solche verfolgen würde. Es war eine verrückte Idee, finde ich, und ich habe mich mit meinem Vater heftig darüber gestritten; denn ich war ehrgeizig und nach meinem eigenen Neffen blieb ich als letzter in der Erbfolge.«

»Und Ihr Vater und Bruder«, sagte der Priester sehr ruhig, »kamen, wie ich befürchte, auf dem Meer zu Tode?«

»Ja«, seufzte der Admiral, »durch einen jener grausamen Zufälle, auf dem alle verlogenen Mythologien der Menschheit basieren. Sie erlitten beide Schiffbruch. Mein Vater, der, vom hohen Atlantik kommend, hier die Küste entlangfuhr, wurde auf diese cornischen Felsen geworfen. Das Schiff meines Bruders ging, keiner weiß wo, auf der Heimfahrt von Tasmanien unter. Seine Leiche wurde nie gefunden. Ich sage Ihnen, es war ein ganz normaler Unglücksfall; viele andere, nicht nur die Pendragons, sind dabei ertrunken; und beide Unglücksfälle wurden unter den Seefahrern als normal angesehen. Aber sie setzten natürlich diesen ganzen Wald von Aberglauben in Brand, und die Menschen sahen überall den Turm der Pendragons brennen. Deshalb behaupte ich, daß alles seine Ordnung haben wird, wenn Walter zurückkommt. Seine Braut wollte heute kommen: aber ich fürchte eine zufällige Verspätung, die sie erschrecken könnte, und ich telegraphierte ihr, so lange nicht zu kommen, bis sie von mir höre. Aber es ist nahezu sicher, daß er irgendwann heute nacht ankommt. Dann wird sich alles in Rauch auflösen, in Tabaksrauch. Wir werden dieser alten Lüge das Genick brechen, wie wir dieser Flasche Wein den Hals brechen.«

»Ein vorzüglicher Tropfen«, sagte Pater Brown ernst und erhob sein Glas, »aber wie Sie sehen, ein schlechter Weintrinker. Ich bitte Sie innigst um Vergebung«, denn er hatte einen Tropfen Wein auf dem Tischtuch verschüttet. Er trank und setzte sein Glas mit gelassener Miene wieder ab; in dem gleichen Augenblick, in dem er seine Hand erhoben hatte, wurde ihm bewußt, daß ein Gesicht – gerade hinter dem Admiral – zum Fenster hereinschaute, das Gesicht einer dunkelhaarigen Person mit südländischem Haar und Augen und jung, wie eine Maske aus der Tragödie.

Nach einer Pause fuhr der Priester in seiner sanften Art fort. »Admiral«, sagte er, »würden Sie mir einen Gefallen tun? Lassen Sie mich und meine Freunde, wenn sie wollen, nur diese eine Nacht in Ihrem Turm wohnen? Wissen Sie, in meinen Augen sind Sie in erster Linie ein guter Teufelsaustreiber.«

Pendragon sprang auf und ging mit schnellen Schritten vor dem Fenster auf und ab, hinter dem das Gesicht sofort verschwunden war. »Ich sage Ihnen, daß nichts dahinter steckt«, schrie er voller Unmut und Heftigkeit. »Es gibt eine Sache, die ich sicher weiß. Sie mögen mich einen Atheisten nennen.« Er drehte sich schnell herum und schaute Pater Brown mit angsteinflößender Strenge ins Auge. »An dieser Sache ist nichts dran; von einem Fluch kann überhaupt keine Rede sein.«

Pater Brown lächelte. »In diesem Fall«, sagte er, »gibt es ja gar keinen Vorwand, warum ich nicht in Ihrem herrlichen Sommerhaus schlafen sollte.«

»Die Idee ist vollkommen absurd«, antwortete der Admiral und hämmerte wild auf die Lehne seines Stuhles.

»Bitte, haben Sie Nachsicht«, antwortete Pater Brown in seiner liebenswürdigen Art, »auch für das Verschütten des Weines. Aber es kommt mir so vor, als ob Sie den brennenden Turm nicht so leicht nehmen, wie Sie vorgeben.«

Admiral Pendragon setzte sich wieder, so plötzlich wie er aufgestanden war; aber er saß ganz still da, und als er wieder zu sprechen begann, tat er es mit leiser Stimme.

»Sie tun es auf Ihre eigene Gefahr«, sagte er. »Aber wären Sie denn nicht zum Atheisten geworden, wenn Sie bei all diesen Teufelsgeschichten bei Verstand bleiben wollen?«

Drei Stunden später spazierten Fanshaw, Flambeau und der Geistliche immer noch in der Dunkelheit durch den Garten; und es wurde den beiden anderen langsam klar, daß Brown gar nicht daran dachte, in dem alten Turm oder gar im Haus schlafen zu gehen.

»Ich glaube, der Rasen muß gejätet werden«, sagte er träumerisch. »Wenn ich irgendwo ein Jätmesser finden könnte, würde ich es selber tun.«

Sie folgten ihm lachend und schwach protestierend; aber er antwortete ihnen mit feierlichem Ernst, indem er ihnen in einer nervenaufreibenden kleinen Ansprache erklärte, daß man immer irgendeine kleine Beschäftigung finden könne, die anderen eine Hilfe wäre. Er fand kein Jätmesser, aber er fand einen alten Reisigbesen, mit dem er energisch die alten Blätter auf dem Rasen zusammenkehrte.

»Immer gibt es eine Kleinigkeit zu tun«, sagte er mit einfältiger Heiterkeit; »wie Georg Herbert sagt: ›Wer den Garten eines Admirals in Cornwall fegt um Deinetwillen, tut sich und seinen Taten wohl.‹ Und jetzt«, fügte er hinzu, indem er den Besen plötzlich fortwarf, »laßt uns die Blumen gießen.«

Sie beobachteten ihn mit denselben gemischten Gefühlen, wie er eine beachtliche Länge des breiten Gartenschlauches abwickelte, während er mit der größten Unschuldsmiene sagte: »Die roten Tulpen vor den gelben, glaube ich. Sehen ein bißchen trocken aus, finden Sie nicht?«

Er öffnete den kleinen Hahn, und das Wasser schoß so gerade und stark heraus wie ein Strahl.

»Wach auf, Samson«, schrie Flambeau, »schauen Sie, Sie haben die Tulpen geköpft.«

Pater Brown stand da und betrachtete reumütig die enthaupteten Pflanzen.

»Meine Methode scheint eine ziemlich mörderische Art der Bewässerung zu sein«, stellte er fest und kratzte sich am Kopf. »Ich sehe, es ist ein Jammer, daß ich das Jätmesser nicht gefunden habe. Sie hätten mich damit sehen sollen! Da wir von Geräten sprechen, Flambeau, Sie haben doch immer Ihren Stockdegen bei sich? Das ist gut; und Sir Cecil könnte den Säbel nehmen, den der Admiral dort bei der Hecke wegwarf. Wie grau alles aussieht!«

»Der Nebel steigt vom Fluß auf«, sagte Flambeau, der vor sich hinstarrte.

Noch während er sprach, erschien die mächtige Gestalt des bärtigen Gärtners auf dem höher gelegenen, terrassenförmig angelegten Rasen und rief ihnen mit schreckenerregender, bellender Stimme zu, indem er mit einem schweren Rechen herumfuchtelte: »Legen Sie den Schlauch weg! Werfen Sie den Schlauch weg und machen Sie, daß Sie ...«

»Ich bin so schrecklich ungeschickt«, antwortete der geistliche Herr mit schwacher Stimme, »wissen Sie, schon bei Tisch habe ich etwas Wein verschüttet.« Er machte, sich entschuldigend, eine halbe Drehung auf den Gärtner zu, den wasserspritzenden Schlauch noch immer in der Hand. Der harte kalte Wasserstrahl traf den Gärtner wie eine Kanonenkugel mitten ins Gesicht. Er taumelte, glitt aus und fiel hin, die Stiefel zum Himmel gestreckt.

»Das ist ja entsetzlich!« sagte Pater Brown und schaute sich fragend um: »Wie kommt das? Jetzt habe ich einen Mann getroffen!«

Er lauschte einen Augenblick nach vorne, als ob er etwas sehen oder hören wollte, und machte sich dann im Laufschritt in Richtung Turm davon, und immer noch zog er den Schlauch hinter sich her. Der Turm war jetzt ganz nahe, aber seine Konturen waren merkwürdig verschwommen.

»Ihr Flußnebel hat einen eigenartigen Geruch«, sagte Pater Brown.

»Bei Gott, ja, das hat er«, schrie Fanshaw, der ganz blaß war. »Aber Sie wollen doch nicht sagen, daß ...«

»Ich will sagen, daß eine dieser wissenschaftlichen Prophezeiungen des Admirals sich noch diese Nacht erfüllen wird. Diese Geschichte wird sich in Rauch auflösen.«

Und plötzlich erstrahlte ein feuerrotes Licht wie eine riesenhafte Rose, als Blüte über ihnen, begleitet von einem krachenden und prasselnden Geräusch, wie das Lachen des Teufels.

»Mein Gott! Was ist denn das?« schrie Cecil Fanshaw.

»Das Zeichen des brennenden Turmes«, antwortete Pater Brown und richtete den Wasserstrahl seines Schlauches in das Herz der roten Stelle.

»Gut, daß wir nicht schlafen gegangen sind«, stieß Fanshaw hervor. »Ich nehme an, daß es nicht auf das Haus übergreifen wird.«

»Sie werden sich erinnern«, sagte der Priester ruhig, »daß die Hecke mit Buschholz, die das Feuer hätte weiterleiten können, niedergehauen wurde.«

Flambeau wandte sich mit funkelnden Augen zu seinem Freund, aber Fanshaw sagte nur ziemlich abwesend: »Wenigstens kann niemand ums Leben kommen.«

»Das ist wirklich ein sehr merkwürdiger Turm«, bemerkte Pater Brown. »Wenn es ans Töten der Leute geht, dann tötet er immer solche, die irgendwo anders sind.«

In diesem Augenblick stand die riesige Gestalt des Gärtners mit dem wallenden Bart wieder auf dem Rasenhügel, wo sie sich gegen den Himmel abhob, und winkte andere heran, aber diesmal nicht mit einem Rechen, sondern mit einem Stutzsäbel.

Hinter ihm erschienen die beiden Neger, ebenfalls mit den alten Säbeln aus der Trophäensammlung. Aber in dem blutroten, grellen Licht sahen sie mit ihren schwarzen Gesichtern und den gelben Körpern wie Teufel mit Folterwerkzeugen aus. In dem düsteren Garten hinter ihnen hörte man eine Stimme kurze Befehle geben. Als der Priester die Stimme erkannte, veränderten sich seine Gesichtszüge.

Aber er behielt seine Fassung und wandte nicht einen Augenblick seine Augen von dem Flammenherd, der zuerst aufgelodert war, jetzt aber unter dem Zischen des langen silbernen Wasserstrahls etwas einzusinken begann. Er behielt seine Finger neben der Öffnung des Schlauches, um besser zielen zu können, und kümmerte sich um nichts anderes, wußte aber auf Grund der Geräusche und mit halbem Auge sehend, daß sich jetzt im Garten der Insel aufregende Dinge abspielten. Er gab zwei kurze Anweisungen an seine Freunde. Eine lautete: »Schlagt die Kerle irgendwie zusammen und fesselt sie, wer immer sie sein mögen; unten bei den Reisigbündeln liegen Stricke. Sie wollen mir meinen schönen Schlauch wegnehmen.« Die andere lautete: »Sobald Ihr könnt, ruft das Kanu-Mädchen. Sie ist drüben am Ufer bei den Zigeunern. Fragt nach, ob sie ein paar Eimer herüberschaffen und mit Wasser füllen können.« Dann war er still und fuhr fort, die neue rote Blume zu bewässern, so unbarmherzig, wie er die roten Tulpen gegossen hatte.

Er drehte sich nicht einmal um, um den seltsamen Kampf zu verfolgen, der sich zwischen den Feinden und Freunden des mysteriösen Feuers abspielte. Er spürte förmlich die Insel beben, als Flambeau mit dem riesigen Gärtner zusammenstieß; er konnte sich lediglich vorstellen, wie alles um sie aufgewirbelt wurde, während sie miteinander kämpften. Er hörte den krachenden Sturz und das triumphierende Keuchen seines Freundes, als er auf den ersten Neger einschlug, und die Schreie der beiden, als Flambeau und Fanshaw sie fesselten. Flambeaus enorme Kraft machte die Ungleichheit des Kampfes mehr als wett, hauptsächlich, weil der vierte Mann sich noch in der Nähe des Hauses als bloßer Schatten mit einer Stimme herumtrieb. Er hörte auch, wie ein paddelndes Kanu das Wasser teilte; die Stimme des Mädchens gab Befehle, die Stimmen der Zigeuner antworteten, und als sie näher kamen, das plumpsende und saugende Geräusch von leeren Eimern, die in den breiten Fluß getaucht wurden; und schließlich das Geräusch zahlreicher Füße um das Feuer. Aber all das bedeutete ihm nicht so viel wie die Tatsache, daß der rote Flammenkeil, der zuerst wieder größer geworden war, sich wieder leicht verkleinerte.

Dann ertönte ein Aufschrei, der ihn herumfahren ließ. Flambeau und Fanshaw, die jetzt von einigen Zigeunern unterstützt wurden, verfolgten die mysteriöse Gestalt, die sich in der Nähe des Hauses herumtrieb; und vom anderen

Ende des Gartens hörte Brown den Schrei des Entsetzens und Erstaunens, den der Franzose ausstieß. Er wurde von einem nicht mehr menschenähnlich zu nennenden Schrei beantwortet, als das Wesen sich aus ihrem Griff befreite und durch den Garten davonstürzte. Dreimal mindestens jagten sie um die ganze Insel, und es war ebenso grausam wie die Jagd auf einen Verrückten: Die Schreie des Verfolgten und die Stricke der Verfolger. Aber das Grauenhafteste war: Es erinnerte an die Fangspiele der Kinder im Garten. Als sich die Gestalt von allen Seiten umzingelt sah, sprang sie auf eines der höher gelegenen Flußufer hinunter und verschwand unter dem Aufspritzen des Wassers in dem dunklen, dahinjagenden Fluß.

»Mehr können Sie nicht tun, fürchte ich«, sagte Brown mit Trauer in seiner Stimme. »Er ist inzwischen auf die Felsen gespült worden, wohin er so viele geschickt hat. Er kannte die Anwendungsmöglichkeit einer Familienlegende.«

»Ach, reden Sie nicht in diesen Gleichnissen«, schrie Flambeau ungeduldig. »Können Sie es nicht klipp und klar sagen?«

»Ja«, antwortete Brown und blickte auf seinen Schlauch.

»Beide Lichter offen, gute Fahrt läßt hoffen; wenn nur eines blinkt, das Boot sinkt.«

Das Feuer zischte und dampfte immer mehr, während es erstickte und kleiner und kleiner wurde unter den Fluten aus Schlauch und Eimern, aber Pater Brown ließ es nicht aus dem Auge, als er weitersprach:

»Ich hatte eigentlich die Idee, die junge Dame zu bitten, wenn es schon hell genug ist, die Flußmündung und den Fluß durch das Teleskop zu beobachten. Sie könnte etwas gesehen haben, was sie interessieren dürfte: die Masten des Schiffes; oder den heimkehrenden Mr. Walter Pendragon; und vielleicht sähe sie sogar das Zeichen des halben Mannes. Denn obwohl er jetzt gewiß in Sicherheit ist, könnte er ans Ufer gewatet sein. Er ist knapp einem Schiffbruch entronnen, und er wäre ihm nie entkommen, wenn die Dame nicht genug Verstand besessen hätte, dem Telegramm des alten Admirals zu mißtrauen, und nicht hergekommen wäre, um ihn zu beobachten. Laßt uns nicht lange über den alten Admiral reden. Wir wollen von gar nichts reden. Es genügt festzustellen, daß, wenn dieser Turm, gebaut aus Pechkiefer und harzigem Holz, einmal richtig Feuer fing, der Widerschein am Himmel stets dem Zwillingslicht des Leuchtfeuers am Ufer glich.«

»Und so starben Vater und Sohn«, sagte Flambeau. »Der böse Onkel aus dem Märchen hätte beinahe doch den Besitz geerbt.« Pater Brown antwortete nicht; tatsächlich sagte er außer einigen Höflichkeiten überhaupt nichts mehr, bis sie alle sicher um eine Kiste Zigarren in der Kabine auf der Jacht versammelt waren. Er sah, daß das falsche Leuchtfeuer gelöscht war und weigerte sich, noch zu verweilen, obwohl er tatsächlich den jungen Pendragon, von einer begeisterten Menschenmenge begleitet, vom Ufer heraufkommen hörte; auch hätte er, wenn er von romantischen Anflügen beeinflußbar gewesen wäre, den Dank des Mannes vom Schiff und des Mädchens aus dem Kanu entgegennehmen können. Aber seine Müdigkeit überfiel ihn erneut, und er schreckte nur einmal auf, als Flambeau ihm unvermittelt sagte, daß er Zigarrenasche auf seine Hose habe fallen lassen.

»Das ist keine Zigarrenasche«, sagte er ziemlich müde. »Das ist von dem Feuer, aber Sie sind nicht daraufgekommen, weil Sie alle Zigarren rauchen. So kam mir auch der erste vage Verdacht über die Seekarte!«

»Meinen Sie Pendragons Karte von den Pazifischen Inseln?« fragte Fanshaw.

»Glauben Sie wirklich, es sei eine Karte mit den Pazifischen Inseln?« antwortete Pater Brown. »Legen Sie eine Feder mit einer Versteinerung und ein Stückchen Koralle zusammen, und jeder wird glauben, es handelt sich um ein Museumsstück. Legen Sie dieselbe Feder mit einem Band und einer künstlichen Blume hin, und jeder glaubt, es sei für den Hut einer Dame gedacht. Legen Sie dieselbe Feder neben ein Tintenfaß, ein Buch und einen Stapel Schreibpapier, und die meisten Menschen werden schwören, daß sie eine Schreibfeder gesehen hätten. So haben Sie die Karte zwischen Vögeln und Muscheln gesehen und glaubten, es sei eine Karte der Pazifischen Inseln.«

»Aber woher wissen Sie das?« fragte Fanshaw.

»Ich sah den Felsen, den Sie für einen Drachen hielten, und den anderen, der Merlin glich, und . . .«

»Sie scheinen eine Menge bemerkt zu haben, als wir hereinkamen«, rief Fanshaw aus. »Wir hielten Sie für ziemlich abwesend.«

»Ich war seekrank«, sagte Pater Brown schlicht. »Ich fühlte mich einfach miserabel. Aber sich schlecht fühlen hat nichts damit zu tun, daß man die Dinge nicht sieht.« Er schloß die Augen.

»Glauben Sie, daß andere Menschen das auch bemerkt hätten?« fragte Flambeau.

Er bekam keine Antwort. Pater Brown war eingeschlafen.

Der Heilige am Gong

Es war einer jener kalten, leeren Nachmittage im frühen Winter, an denen das Tageslicht eher silberfarben als golden ist, ja fast mehr wie Zinn aussieht als silbern. Eine trübe Stimmung lag über Hunderten von öden Büroräumen und gähnenden Zimmern; noch trübseliger aber war es längs der flachen Strände von Essex, wo die Eintönigkeit auf das Auge noch lähmender wirkte, weil es nur in großen Abständen einen Halt fand, mal an einem Laternenpfahl, der noch trostloser aussah als ein Baum, mal an einem Baum, der noch häßlicher wirkte als ein Laternenpfahl. Der gefallene Neuschnee war bis auf einige wenige Stellen wieder weggeschmolzen, und die sahen, wo sie festgefroren waren, eher wie Blei aus und nicht wie Silber; neuer Schnee war nicht gefallen, doch das schmale Band des verharschten Altschnees lief so neben der Brandung her wie ein angesetzter Saum des Brandungsgischtes. Die Wasserlinie schien in ihrer violett-blauen Bewegungslosigkeit völlig erstarrt wie die Adern eines erfrorenen Fingers. Meilenweit war in keiner Himmelsrichtung irgendeine Menschenseele auszumachen, bis auf zwei Fußgänger, die rasch nebeneinander hergingen, obwohl einer von ihnen weit längere Beine hatte, mit denen er viel weiter ausholen konnte als der andere.

Für Ferien war dies weder der Ort noch die Zeit, aber Pater Brown hatte wenige Ferientage, und er mußte sie nehmen, wann immer er konnte, und dann zog er es vor, sie, wenn irgendwie möglich, in Gesellschaft seines alten Freundes Flambeau zu verbringen, dem ehemaligen Verbrecher und späteren Detektiv. Der Geistliche hatte eine alte Schwäche für seine frühere Gemeinde in Cobhole; nun wanderte er in Richtung Nordosten die Küste entlang.

Nach etwa ein oder zwei Meilen stellten sie fest, daß das Ufer früher befestigt gewesen war und eine richtige Uferpromenade bildete; die häßlichen Laternenpfähle standen dichter zusammen, sie waren auch reicher verziert, wenngleich nicht weniger häßlich. Nach einer weiteren halben Meile wurde Pater Browns Aufmerksamkeit zunächst durch kleine Labyrinthe von Blumentöpfen angezogen, die mit niedrigen, flachen, farblosen Blattpflanzen überwachsen waren und weniger den Eindruck eines Gartens als eines gewürfelten Pflasters machten; sie standen zwichen leicht gewundenen Pfaden, die mit geschwungenen Parkbänken übersät waren. Man spürte die Atmosphäre von gewissen Badeorten, die Brown nicht besonders liebte, und als er auf die Esplanade hinausschaute, bemerkte er etwas, das jeden Zweifel ausschloß. Grau durch die Entfernung ragte auf sechs Beinen das überdachte Podium eines Musikpavillons wie ein riesiger Pilz empor.

»Ich glaube«, sagte Pater Brown, indem er den Rockkragen hochklappte und seinen Wollschal etwas fester um den Hals zog, »wir nähern uns einem Vergnügungsplatz.«

»Ich fürchte«, erwiderte Flambeau, »eine Stätte der Vergnügungen, zu der Zuflucht zu nehmen jetzt nur wenige das Vergnügen haben. Man hat versucht, diese Vergnügungsorte auch im Winter populär zu machen, aber es hat nie geklappt, Brighton und einige altrenommierte Ausflugsziele ausgenommen. Das hier muß Seaword sein, denke ich – ein Spekulationsobjekt des Lord Pooley; zu Weihnachten hat er die Sizilianischen Sängerknaben hier engagiert, und es gibt Gerüchte, daß man sogar einen der größten Boxkämpfe abhalten wolle. Aber sie werden das ganze verrottete Ding ins Meer werfen müssen; es ist so trostlos wie ein verlassener Eisenbahnwaggon.«

Sie waren inzwischen unter dem Orchesterpodium angekommen, und der Geistliche inspizierte es mit einer befremdlich wirkenden Neugier, wobei er seinen Kopf schräg hielt wie ein Vogel. Es war das übliche, geschmacklos aufgedonnerte Podium, das man für solche Zwecke zu errichten pflegt, eine flache Kuppel, an manchen Stellen vergoldet, die sich über sechs schlanken holzbemalten Säulen erhob; das Ganze stand etwa fünf Fuß über der Esplanade, oberhalb einer runden, hölzernen Plattform, die wie eine Trommel aussah. Irgend etwas Phantastisches, Künstliches lag über dieser Mischung aus Schnee und Gold, das sowohl bei Flambeau als auch bei seinem Freund an Vorstellungen erinnerte, über die sie sich nicht ganz klar werden konnten; jedenfalls war es ebenso kunstvoll wie exotisch.

»Ich weiß schon«, sagte Flambeau endlich, »es wirkt japanisch. Es sieht so wie die japanischen Holzschnitte aus, wo der Schnee auf den Bergen wie ein Zuckerguß liegt und das Gold der Pagoden wie das Gold auf Lebkuchen. Fast hat man den Eindruck von einem kleinen heidnischen Tempel.«

»Ja«, sagte Pater Brown. »Wollen wir uns einmal den Heiligen ansehen.« Und mit einer von ihm kaum zu erwartenden Behendigkeit schwang er sich auf das Podium hinauf.

»Sehr gut, sehr gut«, lachte Flambeau, und im nächsten Augenblick war auch seine Riesengestalt auf der merkwürdigen Erhöhung zu sehen.

So gering der Höhenunterschied auch war, er erweckte auf dieser weiten Fläche die Vorstellung, als könnte man von hier aus unendlich weit ins Land und aufs Meer schauen. Landeinwärts gingen die kleinen Gartenanlagen in ein undurchdringliches graues Unterholz über; weit dahinter konnte man die langen niedrigen Scheunen und Remisen eines einsamen Gehöfts ausmachen, und dahinter nichts als die langen ostenglischen Ebenen. Seewärts war kein einziges Lebewesen ausfindig zu machen, außer ein paar Seemöwen; und selbst sie sahen aus wie die letzten Schneeflocken, die sich eher im Wind treiben ließen, als daß sie selbst flogen.

Flambeau drehte sich plötzlich um, als er hinter sich etwas hörte. Das Geräusch schien von tiefer unten zu kommen, als er erwartet hatte, und schien sich eher an seine Füße zu richten als an seinen Kopf. Er streckte sofort seine Hand aus, aber er konnte sich kaum das Lachen verkneifen über das, was er sah. Aus irgendeinem Grunde hatte die Plattform unter den Füßen des Paters nachgegeben, und der unglückliche kleine Mann war durch den Boden der Plattform eingebrochen. Er war gerade so groß oder so klein, daß eben noch sein Kopf zwischen den zerbrochenen Bohlen herausguckte wie das Haupt Johannes des Täufers bei der Vorführung. Der Kopf zeigte einen verstörten Gesichtsausdruck, wie man das vielleicht auch vom heiligen Johannes vermuten darf.

Einen Augenblick später fing er ein wenig zu lachen an.

»Das Holz muß verfault sein«, sagte Flambeau. »Obwohl ich es merkwürdig finde, daß es mich trägt und gerade Sie an einer schwachen Stelle eingebrochen sind. Kommen Sie, ich helfe Ihnen heraus.«

Doch der kleine Geistliche betrachtete fast ein wenig neugierig die Bruchstellen des Holzes, das sein Freund als verfault bezeichnet hatte; irgend etwas schien ihm nicht ganz geheuer zu sein.

»Kommen Sie«, rief Flambeau ungeduldig, die große braune Hand noch immer ausgestreckt. »Wollen Sie denn nicht herauskommen?«

Der Geistliche hielt einen Splitter des abgebrochenen Holzes zwischen Zeigefinger und Daumen und antwortete nicht gleich. Schließlich sagte er nachdenklich: »Ob ich herauskommen will? Eigentlich nein. Ich möchte lieber hineinkriechen.« Und er tauchte so plötzlich in die Dunkelheit unter dem Holzboden, daß sein breitkrempiger Hut ohne den dazugehörigen Kopf seines Inhabers auf den Brettern liegen blieb.

Flambeau schaute noch einmal landeinwärts und auf das Meer; ihm fiel nichts auf als die winterliche See und die Schneeflächen, die so flach waren wie das Meer.

Hinter sich hörte er ein kratzendes Geräusch und sah, wie der kleine Geistliche weit schneller aus dem Loch geklettert kam, als er hineingefallen war. Er sah nicht mehr verstört aus, sondern eher entschlossen, und, möglicherweise nur durch den Widerschein des Schnees, etwas blasser als sonst.

»Nun?« fragte sein großer Freund. »Haben Sie den Heiligen dieses Tempels gefunden?«

»Nein«, antwortete Pater Brown. »Ich habe etwas viel Wichtigeres gefunden. Das Opfer.«

»Was, zum Teufel, meinen Sie?« rief Flambeau ganz erschrocken. Pater Brown sagte nichts; er starrte nur mit tiefgerunzelter Stirn in die Landschaft; aber plötzlich deutete er auf etwas und fragte: »Was ist das eigentlich für ein Haus da drüben?« Indem er der Richtung des Zeigefingers folgte, sah Flambeau jetzt erst die Ecke eines Gebäudes, das näher lag als das Gehöft und das zum größten Teil durch eine Baumgruppe verdeckt war. Es schien kein großes Gebäude zu sein und stand ein gutes Stück vom Strand entfernt; doch das Glitzern seiner Verzierungen legte die Vermutung nahe, daß es wie der Musikpavillon und die Gartenanlage mit den geschwungenen Gußstahlbänken zu der Strandanlage gehörte.

Pater Brown schwang sich von dem Podium herunter, sein Freund folgte ihm; und als sie in die angegebene Richtung weitergingen, teilten sich die Bäume nach beiden Seiten, und sie erblickten ein kleines, etwas obskur aussehendes Hotel, wie man es von Badeorten kennt – ein Hotel allerdings, das eher den Anschein einer Trinkstube machte als den einer Pension. Beinahe die ganze Vorderfront war vergoldet und aus bemaltem Glas; zwischen der grauen Küstenlandschaft und den grauen, hexenhaft verkrüppelten Bäumen wirkte es aufsehenerregend in all seiner Schwermütigkeit. Die beiden hatten das Gefühl, als könne man in einem solchen Etablissement nur Pappmaché-Schinken und leere Papierbecher erwarten, wenn man zu essen und trinken bestellte.

Doch dieses Gefühl trog. Im Näherkommen bemerkten sie vor dem Büfett, das augenscheinlich geschlossen war, eine jener gußeisernen Sitzgelegenheiten mit den geschwungenen Lehnen, die auch die Gärten geschmückt hatten; sie war nur länger und lief fast die ganze Vorderfront des Hauses entlang. Wahrscheinlich war sie hier aufgestellt, damit die vor dem Haus sitzenden Gäste aufs

Meer hinausschauen konnten; aber bei diesem Wetter war kaum damit zu rechnen, daß dies jemand auch tun könnte. Nichtsdestoweniger stand gerade vor dem äußersten Ende der Bank ein kleiner runder Kaffeehaustisch, darauf eine kleine Flasche Chablis und ein Schälchen mit Mandeln und Rosinen. Hinter dem Tisch saß ein schwarzhaariger, junger Mann, ohne Kopfbedeckung, der reglos aufs Meer hinausstarrte.

Doch obwohl er noch aus der Entfernung von vier Schritten fast wie eine Wachspuppe aussah, sprang er plötzlich wie ein Stehaufmännchen auf, als sie nah genug heran waren, und sagte in ehrerbietiger, wenn auch nicht unterwürfiger Art: »Wollen Sie bitte hereinkommen, meine Herren? Ich habe im Augenblick keine Hilfe, aber eine Kleinigkeit kann ich Ihnen gerne anbieten.«

»Vielen Dank«, sagte Flambeau. »Sie sind also der Besitzer?«

»Ja«, sagte der Schwarzhaarige, indem er wieder ein wenig in den Zustand seiner vorherigen Unbeweglichkeit zurückverfiel. »Meine Kellner sind alle Italiener, wissen Sie, und ich hielt es für selbstverständlich, daß sie dabei sind, wenn ihr Landsmann den Schwarzen schlägt, vorausgesetzt, daß er es schafft. Sie wissen, der große Fight zwischen Malvoli und dem Nigger Ned soll endlich doch noch zustande kommen.«

»Ich fürchte, wir können Ihre Gastfreundschaft nicht wirklich in Anspruch nehmen«, sagte Pater Brown. »Aber mein Freund würde gerne ein Glas Sherry trinken, denke ich, um sich warm zu machen und um auf das Wohl des italienischen Champions zu trinken.«

Flambeau verstand zwar nicht, was es mit dem Sherry auf sich habe, aber er protestierte auch nicht. Er konnte nur in aller Liebenswürdigkeit sagen: »Oh, danke sehr.«

»Ein Sherry, der Herr – gerne«, sagte der Wirt und wandte sich dem Hotel zu. »Entschuldigen Sie mich einen Augenblick. Ich sagte Ihnen schon, daß meine Angestellten . . .«, und damit ging er auf die verschlossenen Fensterläden seiner heruntergekommenen und unbeleuchteten Kneipe zu.

»Das macht nichts«, begann Flambeau, aber da drehte sich der Mann wieder um, um erneut zu versichern:

»Ich habe die Schlüssel«, sagte er. »Und ich finde mich auch in der Dunkelheit zurecht.«

»Ich wollte wirklich nicht . . .«, begann Pater Brown.

Da wurde er von einer bellenden menschlichen Stimme unterbrochen, die aus dem Inneren dieses scheinbar unbewohnten Hauses kam. Sie brüllte unverständlich einen fremden Namen, und der Hotelbesitzer bewegte sich nun weit schneller auf das Haus zu, als er es um Flambeaus Sherry willen getan hatte. Wie der Augenschein bewies, hatte der Hotelbesitzer, vorher und später, nichts als die Wahrheit gesagt. Aber beide, Flambeau und Pater Brown, haben versichert, bei all ihren bisweilen gefährlichen Abenteuern niemals so bis ins Mark erschrocken zu sein wie bei dieser Stimme eines Ungeheuers, die so plötzlich aus der Stille eines ruhigen und leeren Gasthauses drang.

»Mein Koch«, beeilte sich der Besitzer zu erklären. »Ich habe meinen Koch vergessen. Er wird gleich weggehen. Sie wollten einen Sherry, mein Herr, nicht wahr?«

Und tatsächlich erschien in der Türöffnung ein dicker weißer Körper mit einer weißen Schürze, wie es sich für einen Koch gehört, aber mit der nicht unbedingten Dreingabe eines schwarzen Gesichts. Flambeau hatte oft gehört, daß Neger besonders gute Köche seien. Aber irgendwie vergrößerte der Gegensatz zwischen Gesichtsfarbe und Berufskleidung das Erstaunen darüber, daß der Besitzer auf den Koch hören sollte und nicht der Koch auf den Besitzer, wie das sonst im Allgemeinen üblich ist. Aber er überlegte, daß Küchenchefs sprichwörtlich arrogant sind, und außerdem kam der Wirt eben mit dem Sherry zurück, und das war die Hauptsache.

»Ich möchte eigentlich wissen«, sagte Pater Brown, »warum so wenige Leute am Strand sind, wenn dieser berühmte Kampf nun doch zustande kommen soll. Wir sind auf vielen Meilen nur einem einzigen Menschen begegnet.«

Der Hotelbesitzer zuckte die Achseln. »Sie kommen vom anderen Ende der Stadt, wissen Sie, von der Bahn, gute drei Meilen von hier. Sie interessieren sich nur für Sport und bleiben nur die Nacht über im Hotel. Es ist auch nicht das rechte Wetter, um sich am Strand zu sonnen.«

»Oder hier auf der Bank«, sagte Flambeau und deutete auf den kleinen Tisch.

»Ich muß aufpassen«, sagte der Mann mit dem reglosen Gesicht. Es war ein stiller, unauffälliger, etwas bleicher Zeitgenosse; seine schwarze Kleidung hatte nichts Bemerkenswertes an sich, außer daß er die schwarze Krawatte etwas zu hoch und stocksteif gebunden hatte und daß er sie mit einer großen goldenen Nadel mit einem grotesk wirkenden Knopf befestigt hatte. Auch an seinem Gesicht war nichts Ungewöhnliches, außer etwas, was möglicherweise nur ein nervöser Tick war: die Gewohnheit nämlich, ein Auge nicht so weit zu öffnen wie das andere, was den Eindruck erweckte, als sei das andere größer oder vielleicht künstlich. Das Schweigen wurde von dem Wirt mit der ruhigen Frage unterbrochen: »Wo ungefähr sind Sie auf Ihrem Weg dem Mann begegnet?«

»Kurioserweise«, sagte der Geistliche, »hier ganz in der Nähe – dort drüben bei dem Musikpavillon.«

Flambeau, der auf der langen, gußeisernen Bank gesessen hatte, um seinen Sherry auszutrinken, stellte das Glas auf den Tisch, erhob sich und starrte seinen Freund verwundert an. Er wollte etwas sagen, schwieg dann aber doch.

»Merkwürdig«, sagte der Schwarzhaarige nachdenklich. »Wie sah er denn aus?«

»Es war ein bißchen dunkel, als ich ihn sah«, fing Pater Brown an, »aber er war . . .«

Wie schon gesagt, der Hotelbesitzer hatte die reine Wahrheit gesagt. Seine Angabe, daß der Koch gleich weggehen werde, stimmte genau, denn der Koch kam heraus und zog sich seine Handschuhe an, während die andern miteinander sprachen.

Nun aber sah er ganz anders aus als jene schwarze und weiße Masse, die vorher im Türrahmen erschienen war. Er war von Kopf bis Fuß nach der letzten Mode geschniegelt und gebügelt. Ein hoher schwarzer Zylinder saß auf seinem breiten schwarzen Schädel – ein Hut in der Art, den ein französischer Witz mit acht Spiegeln verglichen hat. Irgendwie glich der ganze schwarze Mann dem schwarzen Hut. Er war nicht nur ebenfalls schwarz, sondern seine fettglänzende Haut spiegelte sich in mindestens acht Reflexwinkeln wider. Es versteht sich von selbst, daß er weiße Gamaschen trug und weiße Aufschläge an seiner Weste. Die rote Blume in seinem Knopfloch stand herausfordernd in die Höhe, als wäre sie dort plötzlich hervorgewachsen. Und die Art, wie er in der einen Hand seinen Spazierstock schwang und mit der anderen Hand eine Zigarette hielt, zeigte eine bestimmte Haltung – eine Haltung, die wir nie außer acht lassen dürfen, wenn wir von Rassenvorurteilen sprechen: etwas Unschuldiges und Unverschämtes zugleich – der vulgäre Snob.

»Manchmal«, sagte Flambeau, der ihm nachsah, »wundert es mich nicht, daß man sie lyncht.«

»Mich wundern die Werke der Hölle nie«, antwortete Pater Brown. »Aber wie ich schon sagte«, fuhr er zusammenfassend fort, während der Neger sich mit ostentativer Gebärde die gelben Handschuhe überstreifte und sich schnell in Richtung Strandpromenade entfernte – eine seltsame Varietéfigur gegen den grauen und winterlichen Hintergrund –, »wie ich eben sagte, ich könnte den Mann nicht sehr genau beschreiben, aber er hatte einen gepflegten und altmodischen Backen- und Schnurrbart, dunkel oder gefärbt, wie auf den Bildern ausländischer Financiers; um seinen Hals hatte er eine lange, purpurrote Binde geschlungen, die beim Gehen im Winde flatterte. Sie war an seinem Hals so befestigt, wie Kinderfrauen kleinen Kindern die Tücher mit einer Sicherheitsnadel festmachen. Nur war das«, fügte der Geistliche hinzu, der gelassen aufs Meer hinausschaute, »keine Sicherheitsnadel.«

Auch der Mann, der auf der langen Eisenbank saß, blickte gelassen aufs Meer hinaus. Jetzt, wo er so ruhig dasaß, bemerkte Flambeau ganz deutlich, daß eines seiner Augen von Natur aus größer war als das andere. Beide Augen standen weit offen, und es sah fast so aus, als würde das linke Auge immer größer, während er so vor sich hinstarrte.

»Es war eine sehr lange goldene Nadel mit einem eingravierten Affen oder so etwas Ähnlichem auf dem Kopf«, fuhr der Geistliche fort; »und sie war auch auf ganz merkwürdige Weise befestigt – er trug einen Zwicker und einen breiten schwarzen ...« Der völlig reglos dasitzende Mann starrte immer noch auf das Meer hinaus, und die beiden Augen in seinem Kopf hätten völlig verschiedenen Leuten gehören können. Dann machte er plötzlich eine blitzartige Bewegung.

Pater Brown wandte ihm eben den Rücken zu, und er hätte in der Sekunde dieses Aufzuckens tot vornüber fallen können. Flambeau hatte keine Waffe, aber seine schweren, braunen Hände ruhten auf der langen, gußeisernen Bank. Seine Schultern veränderten plötzlich ihre Form, und er schwang das riesige Ding hoch über seinen Kopf, wie der Henker das Beil vor der Hinrichtung. Die Höhe des Dinges allein, als er es senkrecht hielt, sah wie ein langes Eisengestänge aus, über das die Menschen zu den Sternen steigen können. Doch der lange Schatten in dem flach einfallenden Abendlicht glich einem Riesen, der den Eiffelturm schwingt. Es war eher der Schreck vor diesem Schatten als der Schreck vor dem niederkrachenden Eisenstück, das den Fremden zurückschauern und zur Seite springen ließ; dann stürzte er in das Wirtshaus und ließ den flachen, glänzenden Dolch, den er ergriffen hatte, genau dort liegen, wo er ihn hatte fallen lassen.

»Wir müssen hier sofort verschwinden«, schrie Flambeau und schleuderte die riesige Eisenbank irgendwohin in Richtung Strand. Er packte den kleinen Geistlichen unter dem Arm und schleppte ihn quer durch einen eingezäunten Hinterhausgarten, an dessen Ende sich eine verschlossene Gartentür befand. Flambeau bückte sich erregt und schrie: »Die Tür ist versperrt.«

die uns erhalten geblieben sind, in Schwierigkeiten war, in Geldschwierigkeiten. Er hatte graumeliertes Haar, fiebrige Augen und eine geschwungene, frostrote Nase.

»Nur ein Wort«, sagte Pater Brown. »Ich bin gekommen, um zu verhindern, daß ein Mann getötet wird.«

Lord Pooley sprang von seinem Stuhl auf, als wäre er von einer Feder in die Höhe geschleudert worden. »Verdammt will ich sein, wenn ich das noch länger ertrage!« brüllte er. »Sie mit Ihren Komitees und Geistlichen und Bittstellern! Gab es nicht auch früher Geistliche, als man noch nicht mit Handschuhen boxte? Heute, wo man mit den vorschriftsmäßigen Handschuhen boxt, gibt es nicht den Hauch einer Möglichkeit, daß einer der beiden Boxer getötet wird.«

»Ich meine keinen von den Boxern«, sagte der kleine Geistliche.

»Gut, gut, gut!« sagte der Edelmann mit einem Hauch von bitterem Humor. »Wer also soll getötet werden? Am Ende der Schiedsrichter?«

»Ich weiß nicht, wer getötet werden wird«, antwortete Pater Brown nachdenklich vor sich hinstarrend. »Wenn ich könnte, würde ich Sie nicht stören. Ich könnte ihm einfach zur Flucht verhelfen. Ich habe nie etwas gegen Preisboxen gehabt. Aber so wie die Dinge liegen, muß ich Sie bitten, die Verschiebung des Boxkampfes anzukündigen.«

»Sonst noch etwas?« gab der Gentleman mit seinen fiebrigen Augen sarkastisch zurück. »Und was mache ich mit den zweitausend Leuten, die gekommen sind, um sich den Kampf anzusehen?«

»Ich sage, daß eintausendneunhundertundneunundneunzig von ihnen lebend davonkommen, wenn Sie dem Kampf beigewohnt haben«, sagte Pater Brown.

Lord Pooley sah Flambeau an. »Spinnt Ihr Freund?« fragte er.

»Ganz gewiß nicht«, war die Antwort.

»Und schauen Sie einmal«, fuhr Pooley in seiner zerfahrenen Art fort, »es ist noch schlimmer. Eine ganze Bande von Italienern ist aufgetaucht, um Malvoli zu unterstützen – schwarze, wilde Burschen von irgendwoher. Sie wissen ja, wie die Mittelmeervölker sind. Wenn ich ankündigen lasse, daß der Kampf verschoben ist, wird dieser Malvoli an der Spitze seines ganzen korsischen Clans hereinstürmen.«

»Eure Lordschaft, es ist eine Frage auf Leben und Tod«, sagte der Geistliche. »Läuten Sie. Geben Sie die Nachricht bekannt, und dann können wir immer noch sehen, ob Malvoli auch erscheinen wird.«

Der Edelmann läutete mit einem Anflug von Neugier. Er wandte sich an den Wächter, der fast gleichzeitig in der Türöffnung erschien: »Ich habe dem Publikum gleich eine wichtige Ankündigung zu machen. Würden Sie, bitte, inzwischen den beiden Champions mitteilen, daß der Kampf verschoben werden muß.« Der Türsteher starrte ihn einige Sekunden so verstört an wie einen bösen Geist und verschwand.

»Welche Beweise haben Sie eigentlich für Ihre Behauptungen?« fragte der Lord plötzlich. »Woher haben Sie Ihre Informationen?«

»Ich habe meine Informationen von einem Musikpavillon«, stellte Pater Brown fest und kratzte sich am Kopf. »Nein, ganz falsch; ich habe sie aus einem Buch. Ich fand es in einem Buchladen in London – wirklich, sehr billig.«

Er hatte unterdessen ein kleines, dickes, ledernes Bändchen aus seiner Tasche gezogen, und Flambeau, der ihm über die Schulter schaute, konnte feststellen, daß es sich um so etwas wie eine alte Reisebeschreibung handeln mußte und daß an einer Seite durch einen Knick ein Merkzeichen angebracht war. »Die einzige Form, in der Voodoo –«, begann Pater Brown laut vorzulesen.

»In der was?« fragte seine Lordschaft

»In der Voodoo«, wiederholte der Vorleser erleichtert, »außerhalb Jamaicas weite Verbreitung findet, ist die Form, die als der Affe oder der Heilige am Gong bekannt ist, der in vielen Teilen der beiden Amerika Macht genießt, vor allem unter Halbblütigen, von denen viele von Weißen nicht zu unterscheiden sind. Von Teufelskult und Menschenopfern unterscheidet sich dieser Götzendienst durch den Umstand, daß das Blut nicht öffentlich auf dem Altar vergossen wird, sondern durch eine Art von Mord in der Menschenmenge. Die Gongs werden unter ohrenbetäubendem Lärm angeschlagen, wenn sich die Türen des Schreins öffnen und der Affengott enthüllt wird; beinahe die ganze Versammlung verfolgt das mit ekstatischen Blikken. Aber nachher . . .«

Die Tür des Zimmers sprang plötzlich auf, und der gekkenhaft gekleidete Neger stand in der Türfüllung und rollte mit den Augen; seinen seidenen Zylinder hatte er noch immer auf dem Kopf. »Was soll das bedeuten? He! Was? Sie stehlen einem Schwarzen den Preis – der schon mir ge . . . Sie glauben wohl, Sie könnten diesen italienischen Lumpenhund retten –«

»Die Sache wird nur verschoben«, sagte der Edelmann in aller Ruhe. »Warten Sie einen Augenblick, und ich werde Ihnen alles erklären.«

»Wer sind Sie eigentlich . . .«, brüllte der Nigger, der langsam rasend wurde.

»Mein Name ist Pooley«, erwiderte der andere mit anerkennenswerter Zurückhaltung. »Ich bin der Organisationschef, und ich bitte Sie in aller Entschiedenheit, jetzt das Zimmer zu verlassen.«

»Und wer ist dieser Bursche?« fragte der schwarze Champion, indem er voller Verachtung auf den Priester deutete.

»Mein Name ist Brown«, war die Antwort. »Und ich rate Ihnen, sofort das Land zu verlassen.«

Der Preisboxer war einen Augenblick wie gelähmt. Dann zog er ab, mehr zum Erstaunen Flambeaus und der anderen, indem er die Tür krachend hinter sich zuschlug.

»Nun«, fragte Pater Brown, während er mit der Hand durch sein staubiges Haar fuhr, »was halten Sie eigentlich von Leonardo da Vinci? Ein herrlicher italienischer Kopf, nicht?«

»Einen Augenblick, bitte«, sagte Lord Pooley, »ich habe auf Ihr großes Wort hin eine ziemliche Verantwortung übernommen. Ich meine, Sie sollten mich jetzt etwas genauer ins Bild setzen.«

»Sie haben völlig recht, Eure Lordschaft«, antwortete Brown. »Und da gibt es auch nicht viel zu erzählen.« Er steckte das kleine Lederbändchen in die Tasche seines Überrocks. »Ich glaube, wir wissen jetzt alles, was wir daraus erfahren können, aber Sie sollen selbst sehen, ob ich recht habe. Dieser Neger, der eben hinauswankte, ist einer der gefährlichsten Menschen auf diesem Erdboden, weil er den Verstand eines Europäers mit dem Instinkt eines Kannibalen verbindet. Er hat das, was unter seinen barbarischen Genossen ein sauberes und gesundes Schlächterhandwerk war, zu einer ganz modernen, wissenschaftlichen und geheimen Gesellschaft von Mördern gemacht. Er hat keine Ahnung davon, daß ich es weiß, auch nicht, daß ich es beweisen kann.«

Es entstand ein Schweigen, und der kleine Mann fuhr fort:

»Wenn ich nun jemand umbringen wollte, wirklich das Klügste, es so einzurichten, daß ich allein mit ihm bin?«

Lord Pooleys Augen bekamen wieder die kühle Zurückhaltung, als er den kleinen Geistlichen abschätzte. Er sagte nur: »Wenn Sie jemanden umbringen *wollten*, würde ich Ihnen das durchaus empfehlen.«

Pater Brown schüttelte den Kopf wie ein Mörder von weit reicherer Erfahrung. »Das hat Flambeau auch gesagt«, stöhnte er. »Überlegen Sie. Je mehr sich ein Mann allein fühlt, desto weniger kann er sicher sein, allein zu sein. Das bedeutet, daß er seine Umgebung genau überschauen kann, und dies würde ihn wiederum gut sichtbar machen. Haben Sie noch nie einen pflügenden Bauer von der Höhe eines Hügels gesehen oder eine Schafsherde vom Tal aus? Sind Sie noch nie auf einer Felsenklippe gestanden und haben einen Menschen auf dem Sandstrand beobachtet? Hätten Sie es nicht bemerkt, wenn er einen Krebs getötet hätte, und hätten Sie nicht gewußt, wer der Täter ist? Nein, nein, nein! Ein geschickter Mörder, so wie Sie einer wären oder ich, geht nicht davon aus, daß ihn keiner beobachtet.«

»Aber wie soll er es denn anstellen?«

»Es gibt nur eines«, sagte der Geistliche. »Dafür zu sorgen, daß jedermann abgelenkt ist. Ein Mann wird auf dem Großen Rennplatz von Epsom erdrosselt. Jedermann hätte es sehen können, wenn der Rennplatz leer gewesen wäre – irgendein Wanderer unter den Hecken oder ein Autofahrer auf dem Hügel. Aber niemand würde es bemerkt haben, wenn der Rennplatz voller Menschen war und das ganze Rund aufbrüllte, weil der Favorit als erster einlief oder auch nicht. Ein Halstuch zuziehen, einen Körper hinter einer Tür verstecken: Das ist die Sache eines Augenblicks – wenn es der richtige Augenblick ist. Und so war es natürlich auch mit dem armen Kerl unter dem Musikpavillon«, fuhr er, zu Flambeau gewendet, fort. »Man hat ihn durch das Loch fallen lassen – denn das war keine zufällige Einbruchsstelle –, genau an irgendeinem dramatischen Augenblick der Vorstellung, beim Solo eines berühmten Violonisten oder beim Einsatz eines großen Sängers oder als dieser auf seinem Höhepunkt war. Und hier, natürlich, wenn der Knock-out gekommen wäre – wäre es nicht der einzige gewesen. Nur diesen kleinen Trick hat der Nigger von seinem alten Gott übernommen.«

»Übrigens, Malvoli . . .«, begann Pooley.

»Malvoli«, sagte der Geistliche, »hat mit der ganzen Sache nichts zu tun. Es stimmt, daß er einige Italiener um sich hat, doch unsere liebenswürdigen Freunde sind keine Italiener. Sie sind Mischlinge, afrikanisches Halbblut verschiedenster Variationen, aber ich fürchte, wir Engländer werfen alle Ausländer in einen Topf, solang sie nur schwarz und schmutzig sind. Außerdem«, fügte er mit einem pfiffigen Lächeln hinzu, »habe ich den fatalen Eindruck, daß es sich die Engländer verkneifen, auch nur einen feinen Unterschied zu machen zwischen dem Moralcodex meiner Religion und jenem, der auf Voodoo zurückgeht.«

Der strahlende Glanz des Frühlings hatte sich über Seawood entfaltet; der Strand war mit Familien und Strandwagen, mit Wanderpredigern und singenden Negerbands überschwemmt, als unsere zwei Freunde es wiedersahen, lange nachdem die Verfolgungsjagd nach der geheimen Gesellschaft zur Ruhe gekommen war. Beinahe überall ging das Geheimnis ihrer Anschläge mit ihnen selbst zugrunde. Der Besitzer des Hotels wurde tot an den Strand gespült wie ein Klumpen Seegras; sein rechtes Auge war friedlich geschlossen, aber sein linkes Auge stand weit offen und glitzerte wie Glas im Mondschein. Der Nigger Ned wurde eine oder zwei Meilen entfernt gestellt; mit der geschlossenen linken Hand erschlug er drei Polizisten. Der übriggebliebene Polizeioffizier war überrascht – nein, geschockt –, und so konnte der Nigger entkommen. Aber das genügte, um die gesamte englische Presse in Bewegung zu setzen, und für ein oder zwei Monate galt das Hauptinteresse der britischen Regierung der Verhinderung der Flucht dieses Leithammels (im doppelten Sinn des Wortes) über einen englischen Hafen. Alle Leute, die ihm nur im entferntesten ähnelten, wurden wirklich außergewöhnlichen Untersuchungen unterworfen; sie mußten ihre Gesichter schrubben, bevor man sie an Bord eines Schiffes ließ, als ob alle Weißen geschminkt wären. Alle Schwarzen in England wurden bestimmten Sicherheitsmaßnahmen unterworfen und hatten sich regelmäßig polizeilich zu melden; die auslaufenden Schiffe waren eher bereit, einen Basilisken an Bord zu nehmen als einen Neger. Denn man hatte herausgefunden, wie gefährlich, wie weit verbreitet und lautlos die Macht der wilden Geheimgesellschaft arbeitete; um die Zeit, als Flambeau und Pater Brown in der warmen Aprilsonne am Geländer der Promenade lehnten, galt der »Schwarze Mann« in England beinahe als das, was man ihm früher in Schottland unterschoben hatte.

»Er muß immer noch in England sein«, bemerkte Flambeau, «und verdammt gut versteckt sein. Sie hätten ihn in einem Hafen finden müssen, wenn er nur sein Gesicht weiß angemalt hätte.«

»Ja, sehen Sie, er ist wirklich ein kluger Bursche«, sagte Pater Brown entschuldigend. »Ich bin sicher, er würde sein Gesicht nie weiß anmalen.«

»Gut, aber was könnte er machen?«

»Ich glaube«, sagte Pater Brown, »er würde sein Gesicht schwärzen.« Flambeau lehnte bewegungslos am Geländer, lachte und sagte »mein lieber Freund!«

Pater Brown, der ebenso reglos am Geländer lehnte, hob für einen Augenblick den Finger und deutete in die Richtung, wo Negerkinder mit rußgeschwärzten Gesichtern auf dem Strand ihre Lieder sangen.

Der Salat des Oberst Cray

An einem sehr sonderbaren, trüben Morgen, an dem sich der Nebel erst langsam hob, war Pater Brown auf dem Heimweg von Mass – es war einer jener Morgen, an denen man den Durchbruch des Tageslichts wie etwas Geheimnisvolles, nie Dagewesenes erlebt. Einzelne Bäume schälten sich erst langsam aus den wallenden Nebeln heraus, als wären sie zuerst in Kreide skizziert und dann in Kohle nachgezeichnet worden. In größeren Abständen waren die ersten Häuser der Vorstadt auszumachen; sie wurden immer genauer erkennbar, bis er schließlich einige bemerkte, in denen er flüchtige Bekanntschaften gemacht hatte, und andere, wo er sogar die Namen der Bewohner kannte. Doch Fenster und Türen waren verschlossen; die Leute gehörten nicht zu denjenigen, die so früh schon aufgestanden waren, ganz zu schweigen von solchen Irrfahrten, wie er sie hinter sich hatte, zurückkamen. Aber als er ganz dicht bei einer hübschen Villa mit ausgebauten Veranden und einer weitläufigen Gartenanlage vorbeiging, hörte er ein Geräusch, das ihn fast unbewußt stehenbleiben ließ. Kein Zweifel: Das war der Schuß einer Pistole oder eines leichten Gewehrs oder sonst einer leichten Feuerwaffe; aber das war es nicht, was ihn am meisten stutzig machte. Dem ersten lauten Geräusch folgten unmittelbar eine ganze Reihe leiser Geräusche – er zählte, es waren etwa sechs. Er nahm an, es müsse sich um ein Echo handeln; aber das Sonderbare war, daß das Echo nicht im entferntesten wie das auslösende Geräusch klang. Er konnte sich keinen Reim darauf machen. An drei Dinge erinnerte ihn dieses Geräusch: an das Zischen beim Öffnen einer Sodaflasche, an bestimmte tierische Laute oder an das Geräusch, das jemand macht, der sich das Lachen verbeißen will. Aber keine Erklärung ergab irgendeinen Sinn.

Pater Brown hatte zwei Seelen in seiner Brust. Die eine gehörte dem Praktiker, bescheiden wie eine Primel und pünktlich wie eine Uhr, der nur seine Pflicht erfüllte und gar nicht daran dachte, etwas daran zu ändern. Die andere einem Mann der Überlegung, der zwar noch bescheidener, aber gleichzeitig viel entschiedener war, den man nicht so leicht von etwas abbringen konnte und dessen Gedanken, im eigentlichen Sinn des Wortes, stets frei schweifende Gedanken waren. Er konnte nicht anders, selbst unbewußt, als sich alle die Fragen vorzulegen, die gestellt wurden, und so viele davon zu beantworten, wie er eben konnte; das war so selbstverständlich wie das Atmen und der Blutkreislauf. Bewußt allerdings ließ er sich von seinen Handlungen niemals über den Rahmen seiner eigenen Pflichten hinausführen; in diesem hier vorliegenden Fall wurden seine beiden Standpunkte auf eine harte Probe gestellt. Er war schon entschlossen, seinen mühseligen Fußmarsch durch den dämmerigen Morgen wieder aufzunehmen, wobei er sich einzureden versuchte, das ginge ihn alles gar nichts an, und indem er ganz automatisch zwanzig verschiedene Theorien über die Herkunft dieser merkwürdigen Geräusche in seinen Gedanken hin und her wendete. Aber da wurde der milchig-graue Horizont plötzlich heller, silberfarben, und in dem durch den Nebel hindurchbrechenden Licht wurde er gewahr, daß er vor dem Anwesen eines anglo-indischen Majors namens Putman stand, dessen aus Malta gebürtiger Koch zu seiner Gemeinde zählte. Er machte sich langsam auch klar, daß Pistolenschüsse manchmal verdammt ernste Angelegenheiten sind; verbunden mit Folgen, übrigens, mit denen er sich durchaus herumzuschlagen hatte. Er drehte sich um und ging durchs Gartentor auf das Haus zu.

An der einen Seite des Hauses gab es etwa auf der Mitte einen Mauervorsprung, der wie ein niedriger Schuppen aussah; es handelte sich, wie er später feststellte, um einen großen Müllbehälter. Dort bog plötzlich eine Gestalt um die Ecke, zunächst nur wie ein Schatten im Nebel, die offensichtlich gebückt nach etwas suchte. Im Näherkommen erst materialisierte sich der Schatten zu einem ungewöhnlich kräftig gebauten Körper. Major Putman war ein glatzköpfiger, stiernackiger Koloß, untersetzt, mit breiten Schultern und mit einem jener zum Schlagfluß neigenden Gesichter, die sich bei dem länger ausgedehnten Versuche bilden, das orientalische Klima mit okzidentalem Luxus in Einklang zu bringen. Aber sein Gesicht wirkte gutmütig; selbst jetzt, wiewohl offensichtlich verwirrt und bohrend, trug er eine Art Unschuldsmiene zur Schau. Er hatte einen breit ausladenden Hut aus Palmblättern auf dem Hinterkopf (der wie ein Heiligenschein am falschen Platze aussah). Sonst trug er nur einen sehr lebhaft rot und gelb gestreiften Pyjama, der, obwohl es angenehm aussah, an einem so frischen Morgen eher zum Frösteln gemacht schien. Offensichtlich hatte er das Haus überstürzt verlassen; deshalb wunderte es den Geistlichen überhaupt nicht, als jener ohne weitere Umstände ausrief: »Haben Sie dieses Geräusch gehört?«

»Ja«, antwortete Pater Brown. »Eben deshalb kam ich auf die Idee, mal hereinzuschauen, für den Fall, daß irgend etwas los wäre.«

Der Major schaute ihn mit seinen gutgläubigen Stachelbeeraugen etwas verquer an. »Was, glauben Sie, war das für ein Geräusch?« fragte er.

»Es hörte sich an wie ein Gewehr oder so etwas«, gab der andere etwas zögernd zurück; »aber es schien ein so eigentümliches Echo zu haben.«

Der Major schaute ihn immer noch ganz ruhig mit seinen Glupschaugen an, als plötzlich die Haustür aufgestoßen wurde und eine breite Gaslichtbahn in den aufsteigenden Morgennebel fiel; eine zweite Gestalt in Pyjamas stürzte oder taumelte in den Garten hinaus. Sie war größer, hagerer und wirkte sportlicher; ihre Pyjamas waren gleichfalls tropischer Provenienz; sie waren in einem verhältnismäßig geschmackvollen Weiß mit feinen zitronengelben Streifen gearbeitet. Der Mann war hager, doch nicht auf unangenehme Weise, und er wirkte sonnengebräunter als der andere; er hatte ein scharf geschnittenes Gesicht mit tiefliegenden Augen; einen Anflug von Wunderlichkeit erzeugte sein nachtschwarzes Haar im Kontrast zu dem sehr viel helleren Schnurrbart. Pater Brown nahm alle diese Einzelheiten in größter Gelassenheit zur Kenntnis. Im Augenblick fiel ihm nur ein einziges Ding besonders auf: der Revolver, den jener in seiner Hand hatte.

»Cray!« brüllte der Major und starrte ihn an, »hast du diesen Schuß abgefeuert?«

»Ja, ich war's«, gab der schwarzhaarige Gentleman erregt zurück, »und du hättest an meiner Stelle nicht anders gehandelt. Wenn du überall von Teufeln gejagt würdest und fast . . .«

Der Major unterbrach ihn barsch. »Das hier ist mein Freund, Pater Brown«, sagte er, und dann in Richtung des Paters: »Ich weiß nicht, ob Sie Oberst Cray von der Königlichen Artillerie kennen.«

»Natürlich habe ich schon von ihm gehört«, sagte der Geistliche in aller Unschuld. »Haben Sie – haben Sie etwas getroffen?«

»Ich denke, ja«, antwortete Cray voller Ernst.

»Ist er . . .«, fragte Major Putman leise, »ist er zu Boden gegangen, oder hat er aufgeschrien oder etwas dergleichen?«

Oberst Cray sah seinen Gastgeber mit einem seltsamen, festen Blick an. »Ich will dir genau sagen, was er getan hat«, sagte er. »Er nieste.«

Pater Brown machte eine Bewegung mit seiner Hand, wie jemand, der sich eines ihm entfallenen Namens erinnern will. Jetzt war ihm klar, daß das Geräusch weder mit Sodawasser noch mit dem Schnüffeln eines Hundes etwas zu tun hatte.

»Gut, gut«, stieß der Major hervor, »ich habe allerdings nie davon gehört, daß ein Schuß aus einem Dienstrevolver zum Niesen anregen würde.«

»Ich auch nicht«, stellte Pater Brown leise fest. »Es ist ein reiner Glücksfall, daß Sie nicht Ihre Artilleriekanonen auf ihn abgefeuert haben; sie hätten ihn leicht verkühlen können.« Dann, nach einer verwirrenden Pause, fuhr er fort: »War es ein Einbrecher?«

»Gehen wir hinein«, sagte Major Putman mit Entschiedenheit und ging ins Haus voran.

Das Innere zeigte eine Merkwürdigkeit, die man in solchen Morgenstunden häufig feststellen kann: Die Zimmer wirkten heller als das Tageslicht draußen; und das selbst, nachdem der Major das Gaslicht in der Vorhalle gelöscht hatte. Pater Brown war überrascht, die Tafel wie zu einem Festessen gedeckt zu sehen, mit Servietten in den Ringen und jeweils etwa sechs völlig ungebräuchlichen Weingläsern neben den Tellern. Verständlich wäre es gewesen, zu dieser Stunde die Reste einer Abendgesellschaft vorzufinden; aber es war etwas ungewöhnlich, am so frühen Morgen neue Gedecke vorbereitet zu finden.

Während der Pater unschlüssig in der Halle herumstand, schoß Major Putman an ihm vorbei und richtete einen kontrollierenden Blick auf das Gedeck. Schließlich stieß er stotternd hervor: »Das ganze Silber ist weg! Die Fischbestecke und die Gabeln fehlen. Der alte Gewürzständer ist fort. Sogar das alte silberne Sahnekännchen fehlt. Jetzt kann ich Ihre Frage beantworten, ob es ein Einbrecher war, Pater Brown.«

»Das soll nur irreführen«, sagte Cray eigensinnig. »Ich weiß besser als Sie, warum Leute dieses Haus verfolgen; ich weiß besser als Sie, warum . . .«

Der Major klopfte ihm so auf die Schulter, wie man ein krankes Kind beruhigt, und stellte fest: »Es war ein Einbrecher, ganz offensichtlich, es war ein Einbrecher.«

»Ein Einbrecher mit einem bösen Schnupfen«, bemerkte Pater Brown, »das könnte uns eigentlich helfen, ihn in der Umgebung aufzuspüren.«

Der Major schüttelte melancholisch den Kopf. »Ich fürchte, er ist schon über alle Berge«, sagte er.

Als der unruhige Mann mit seinem Revolver sich wieder der Tür zuwandte, fügte er mit gedämpfter, vertraulicher Stimme hinzu: »Ich frage mich, ob ich die Polizei rufen lassen soll, denn ich fürchte, mein Freund hier ist ein bißchen zu leichtfertig mit den Kugeln umgegangen und hat sich damit auf die falsche Seite des Gesetzes geschlagen. Er lebte immer an den wildesten Orten, und, um ganz offen zu sein, ich glaube, er bildet sich manche Sachen einfach ein.«

»Sie haben mir einmal erzählt«, sagte Brown, »daß er sich von irgendwelchen indischen Geheimgesellschaften verfolgt fühlt.«

Major Putman nickte, doch zuckte er gleichzeitig mit den Achseln. »Wir sollten ihm nachgehen«, sagte er. »Ich möchte jedes weitere . . . wie soll ich sagen: Niesen vermeiden.«

Sie traten in den Morgen hinaus, der jetzt schon das erste Sonnenlicht durch den Nebel ahnen ließ, und beobachteten Oberst Crays hochgewachsene Gestalt, der niedergekniet war und minutenlang den Kiesweg und den Rasen untersuchte. Während der Major wie von ungefähr auf ihn zuschlenderte, wandte sich der Geistliche ganz zufällig der ihm am nächsten liegenden Hausecke zu, wobei er unmittelbar an dem Müllbehälter vorbeikam.

Prüfend stand er eine Weile vor diesem trostlosen Objekt; dann ging er darauf zu, öffnete den Deckel und steckte den Kopf hinein. Staub und verrotteter Müll wurden dabei in die Höhe gewirbelt, aber darauf achtete Pater Brown niemals, was immer er unter die Lupe nahm. So stand er für eine Weile, als wäre er in ein mystisches Gebet versunken. Dann wandte er sich ab – er hatte etwas Asche im Haar – und schlenderte völlig gleichgültig weiter.

Als er wieder zum Gartentor zurückkam, stieß er auf einige Personen, die damit beschäftigt schienen, alle pathologischen Züge des Falles wegzudiskutieren wie die Sonne den Nebel. Das wirkte keinesfalls beruhigend; eher komisch wie ein Schwarm von Dickens-Figuren. Major Putman hatte es fertiggebracht, sich im Hause rasch ein ordentliches Hemd sowie Hosen überzuziehen, die er mit einer karmesinroten Schärpe festband, und in eine leichte, etwas verrückt wirkende Jacke zu schlüpfen; in diesem alltäglichen Aufzug schien sein fröhliches Gesicht vor allgemeinem Wohlwollen schier zu platzen. Er war ganz aufgeräumt und redete mit seinem Koch – dem dunkelfarbigen Sohne Maltas, dessen schmales gelbes Kummergesicht in einem eigenartigen Widerspruch zu seiner schneeweißen Mütze und seinem Arbeitsanzug stand. Daß der Koch eine Kummerrolle war, ist nur zu verständlich, denn die Gastrosophie war das Hobby des Majors. Er gehörte zu jenen Amateuren, die grundsätzlich mehr von einer Sache verstehen als die Fachleute. Die einzige Person, der er ein Urteil über die Qualität eines Omeletts zugestand, war eben sein Freund Cray – und als sich Brown daran erinnerte, hielt er nach dem anderen Offizier Ausschau. Dieser wirkte im vollen Licht des Tages und zwischen all den wohlgekleideten Menschen, die so vernünftig aussahen, wie ein regelrechter Schock. Die schlanke und weit elegantere Gestalt Oberst Crays steckte noch immer in ihrem Nachtgewand; das schwarze Haar zerwühlt, krabbelte er, noch immer auf der Suche nach Spuren des Einbrechers, auf Händen und Füßen durch den Garten; dabei schlug er, einmal hier, einmal da, mit der bloßen Hand aus schierem Ärger darüber, daß er ihn noch nicht gefunden hatte, auf den Boden. Als er ihn so als Vierfüßler durchs Gras robben sah, hob der Geistliche zum erstenmal seine Augenbrauen zum Ausdruck einer gewissen Traurigkeit; denn ihm wurde bei solchem Anblick klar, daß gewisse ›Verrücktheiten‹ ein Euphemismus sein können.

Die dritte Person in der Gruppe von Koch und Epikuräer war Pater Brown ebenfalls bekannt: Es war Audrey

Watson, das Mündel des Majors und zugleich seine Haushälterin; wobei sie im Augenblick, nach ihrer Schürze, den aufgekrempelten Ärmeln und ihrem Auftreten zu urteilen, eher den Eindruck der Haushälterin als den eines Mündels machte.

»Das geschieht dir ganz recht«, sagte sie gerade, »habe ich dir nicht immer wieder gesagt, du sollst diesen altmodischen Gewürzständer nicht benützen.«

»Aber ich mag ihn«, sagte Putman in versöhnlichem Ton. »Ich bin auch altmodisch, und so paßt alles zusammen.«

»Und verschwindet zusammen, wie du siehst«, gab sie zurück. »Aber wenn du dich über den Einbrecher nicht beklagst, solltest du auch wegen des Lunchs nicht herummäkeln. Es ist Sonntag, und wir können in der ganzen Stadt nicht nach Essig und dem anderen Zeug schicken; und ihr Herrn aus Indien könnt euch nicht ohne eine Menge scharfer Gewürze an dem delektieren, was ihr ein Dinner nennt. Jetzt wünschte ich wirklich, du hättest den Cousin Olivier nicht gebeten, mich in den Gottesdienst mitzunehmen. Das wird vor halb eins nicht zu Ende sein, und dann muß der Oberst gehen. Ich glaube nicht, daß ihr Männer mit allem allein fertig werdet.«

»Aber natürlich, meine Gute«, sagte der Major mit der allergrößten Liebenswürdigkeit. »Marco hat alle Zutaten; und wir haben uns oft in unwirtlicheren Gegenden zu helfen gewußt, wie du eigentlich wissen solltest. Es ist allerhöchste Zeit, daß du zu deinem Vergnügen kommst, Audrey; du kannst dich nicht zur Haushälterin stempeln lassen; und außerdem weiß ich, daß du gerne Musik hörst.«

»Ich möchte gerne in die Kirche gehen«, sagte sie, wobei sie ihn ernst ansah.

Sie war eine jener schönen Frauen, die schön bleiben werden, weil ihre Schönheit nicht von der Beleuchtung oder einem Make-up abhängt, sondern durch die Haltung des Kopfes und ihre Gesichtszüge bestimmt ist. Und obwohl sie noch nicht einmal »mittelalterlich« war und ihr kastanienbraunes Haar sich durch eine tizianische Fülle, Form und Farbe auszeichnete, konnte man doch um Augen und Mund einen Zug feststellen, der den Eindruck erweckte, daß einige Sorgen sie früh hatten altern lassen, etwa so wie die Winde schließlich doch die Kanten und Ecken der erhabenen griechischen Tempel abschmirgeln. Tatsächlich war die kleine häusliche Schwierigkeit, von der eben so entschieden die Rede gewesen, eher komisch als tragisch. Pater Brown entnahm der Unterhaltung, daß Cray, der andere Gourmet, vor der üblichen Lunchzeit das Haus verlassen mußte und daß Putman, sein Gastgeber, um nicht um ein Abschlußfest mit einem alten Kumpan gebracht zu werden, ein Déjeuner angesetzt hatte, das im Laufe des Vormittags eingenommen werden sollte, während Audrey und andere ernstzunehmende Leute im Frühgottesdienst waren. Sie wurde übrigens von einem Verwandten und alten Freund, Dr. Olivier Oman, begleitet, der, obgleich ein etwas einseitiger Wissenschaftler, ein begeisterter Musikliebhaber war und der selbst bereit war, in die Kirche zu gehen, um sie hören zu können. Von alldem erklärte allerdings nichts die stille Trauer im Gesicht der Miss Watson, und Pater Brown wandte sich deshalb halb unbewußt wieder dem scheinbar Verrückten zu, der da im Grase herumkroch.

Als er zu ihm hinüberschlenderte, fuhr Cray, offensichtlich verwundert über Browns Anwesenheit, mit seinem schwarzen Wuschelkopf herum. Pater Brown war ja tatsächlich aus nur ihm geläufigen Gründen länger geblieben, als es die Höflichkeit erlaubte; im genauern Sinne länger, als die Höflichkeit es erfordert.

»Nun!« rief Cray mit zornigem Blick, »Sie denken wohl auch, ich bin verrückt, wie alle anderen hier. Habe ich recht?«

»Ich habe über diese Annahme nachgedacht«, antwortete der kleine Mann gelassen. »Und ich neige zu der Annahme, Sie sind es nicht.«

»Was heißt das?« raunzte Cray verärgert.

»Wirklich Verrückte«, erklärte Pater Brown, »versuchen ihre pathologischen Züge immer hervorzukehren, sie wehren sich nie dagegen. Sie dagegen versuchen, die Spuren eines Einbrechers zu finden, selbst dann, wenn keine da sind. Sie setzen sich gegen ihre Obsessionen zur Wehr. Sie versuchen das, was kein Verrückter jemals tun würde.«

»Und was wäre das?«

»Sie wollen widerlegt werden«, sagte Pater Brown.

Während dieses Wortwechsels war Cray auf die Beine gesprungen, oder besser gesagt, er hatte sich taumelnd aufgerichtet, und schaute den Geistlichen mit lebhaften Augen an. »Bei der Hölle und allen Heiligen, das ist genau die Wahrheit!« schrie er. »Alle hier wollen mich davon überzeugen, daß der Kerl nur auf das Silber aus war – als wäre ich nicht auch davon entzückt, wenn es so wäre! Sie wollte mich auch überzeugen«, sagte er und deutete mit seinem zerzausten schwarzen Kopf auf Audrey, aber Brown wußte, wovon die Rede war, »sie hat mir heute bittere Vorwürfe gemacht; wie grausam es war, auf einen armen, harmlosen Einbrecher zu schießen, und daß ich vom Teufel besessen wäre, diese armen, harmlosen ›Eingeborenen‹ zu verfolgen. Aber früher, früher war ich ganz gutmütig – so gutmütig jedenfalls wie Putman.« Nach einer Pause fügte er hinzu: »Schauen Sie, ich bin Ihnen früher nie begegnet; also können Sie die ganze Geschichte beurteilen. Der alte Putman und ich waren Freunde von der Militärakademie; aber auf Grund irgendeines Vorfalls an der afghanischen Grenze bekam ich mein Regiment wesentlich früher als die meisten von uns; dann wurden wir beide für eine Weile auf Krankenurlaub nach Hause geschickt. Hier habe ich mich mit Audrey verlobt; und wir sind dann alle zusammen zurückgefahren. Aber auf der Rückreise ereigneten sich bestimmte Vorfälle. Merkwürdige Vorfälle. Die Folge davon war, daß Putman auf einer Trennung bestand, und selbst Audrey ließ es schleifen – ich weiß, was Sie sagen wollen. Ich weiß, wofür Sie mich halten. Und Sie wissen es auch.

Nun, das sind die Tatsachen. Am letzten Tag waren wir in einer indischen Stadt, und ich bat Putman um einige Zigarren; er schickte mich in ein kleines Haus, das seinem Logis gegenüberlag. Ich habe später erfahren, daß er recht hatte; aber ›gegenüber‹ ist ein gefährliches Wort, wenn ein anständiges Haus fünf oder sechs dubiosen gegenübersteht: Und ich muß mich in der Türe geirrt haben. Ich machte sie mit der allergrößten Anstrengung auf, und dann war es stockdunkel. Als ich mich umdrehte, fiel die Tür hinter mir mit einem Krächzen wie von unzähligen Riegeln ins Schloß. Ich konnte nichts anderes tun als mich vorwärts bewegen; was ich auch tat. Ich ging durch stockdunkle Gänge. Dann kam ich an einige Treppenstufen, die zu einer Falltür führten; sie war mit einem Schnappschloß aus schwerem orientalischen Eisenwerk sorgfältig gesichert, das ich nur abfühlen und dann endlich öffnen konnte. Wieder betrat ich ein Halbdunkel, das durch viele, ruhig brennende Lämpchen in ein grünliches Zwielicht verwandelt wurde. Die Lämpchen beleuchteten nur den Boden und die Ecken eines riesigen, leeren Raums. Unmittelbar vor mir war irgend etwas, das wie ein Berg aussah. Ich muß gestehen, daß ich fast über den großen Steinsockel, der vor mir aufgetaucht war, gestürzt wäre, als ich feststellte, daß es ein Götzenbildnis war. Und was noch schlimmer war, ein Götzenbild, das mir den Rücken zukehrte.

Es war nicht einmal ein Halbmensch, vermute ich, was man an dem kleinen, plattgedrückten Kopf und mehr noch an einem schwanzähnlichen Gebilde feststellen konnte, einem Ausläufer des Rumpfes, einem abscheulichen Riesenfinger, der nach hinten gedreht war und nach oben auf irgendein Symbol zeigte, das in der Mitte des breiten steinernen Rückens eingemeißelt war. Ich hatte in dem dämmrigen Licht damit begonnen, nicht ohne Entsetzen, die Hieroglyphen zu entziffern, als etwas passierte, was noch entsetzlicher war. Hinter mir öffnete sich leise eine Wandtür des Tempels, und ein Mann mit einem dunklen Gesicht und einem schwarzen Überwurf trat herein. Auf seinem Gesicht lag ein starres Lächeln, seine Haut war kupferfarben und seine Zähne so weiß wie Elfenbein. Aber das Entsetzliche war, daß er europäische Kleidung trug. Ich war, glaube ich, darauf gefaßt, vermummte Priester oder nackte Fakire zu treffen. Aber das hier bedeutete wohl, daß die Teufelei überall auf der Erde verbreitet war. Was sich auch später bestätigte.

›Wenn du nur die Füße des Affen erblickt hättest‹, sagte die Person immer noch grinsend und ohne viel Umstände, ›wären wir sanft mit dir umgegangen – du würdest nur gefoltert und dann sterben. Wenn du nur das Gesicht des Affen gesehen hättest, wären wir immer noch sehr maßvoll, sehr tolerant gewesen – du würdest nur gefoltert und dann leben. Weil du aber den Schwanz des Affen gesehen hast, müssen wir die schlimmste Verurteilung aussprechen. Und die heißt: Geh und sei frei!‹

Als er diese Worte sprach, hörte ich, wie die ausgeklügelte eiserne Falltüre, an der ich gescheitert war, sich automatisch öffnete: und dann, weit draußen in den dunklen Gängen, durch die ich gekommen war, hörte ich, wie sich an der schweren Türe zur Straße hin die Verriegelungen zurückzogen.

›Es wäre vergeblich, um Gnade zu bitten; du bist frei und du mußt gehen‹, sagte der starr lächelnde Mann. ›Hinfort soll dich ein Haar treffen wie ein Schwert, und ein Hauch soll dich brennen wie eine Natter; Waffen werden über dich kommen von überallher; und du wirst einen hundertfachen Tod sterben.‹ Bei diesen Worten wurde er von der Wand hinter ihm verschluckt. Und ich ging auf die Straße hinaus.«

Cray machte eine Pause in seinem Bericht, und Pater Brown ließ sich ohne viel Umstände im Gras nieder und zupfte Gänseblümchen.

Dann fuhr der Soldat fort: »Putman mit seinem heiteren Gemüt machte sich natürlich über alle meine Befürchtungen lustig. Damals fingen die Zweifel an meinem psychischen Gleichgewicht an. Gut, ich will Ihnen nur noch mit ein paar Sätzen die drei Vorfälle erzählen, die sich seither zugetragen haben. Und Sie sollen beurteilen, wer von uns recht hat.

Der erste passierte in einem indischen Dorf am Rande des Dschungels, aber immerhin einige hundert Meilen von dem Tempel beziehungsweise der Stadt oder jenem Stamm und seinen Gebräuchen entfernt, wo der Fluch über mich verhängt worden war. Mitten in der Nacht wachte ich auf und lag da, ohne an etwas Bestimmtes zu denken, als ich plötzlich ein leichtes Kitzeln spürte, so als würde ein Faden oder ein Haar über meine Kehle gezogen. Ich versuchte ihm aus dem Weg zu gehen und mußte unwillkürlich an die Worte aus dem Tempel denken. Aber als ich aufstand, Licht machte und einen Spiegel suchte, sah ich: Die dünne Linie über meinem Hals war eine Blutspur.

Der zweite Vorfall passierte in einem Etablissement in Port Said, etwas später, als wir zusammen nach Hause fuhren. Es war so eine Mischung aus Taverne und Kuriositätenladen, und obwohl dort nichts an den Kult des Affen erinnerte, so ist es natürlich durchaus möglich, daß einige seiner Bildnisse oder Talismane dort waren. Sein Fluch war jedenfalls dort. Wieder wachte ich in der Dunkelheit mit einem Gefühl auf, das man kaum nüchterner und genauer wiedergeben kann als durch die Feststellung: Ein Atemhauch brannte wie der Biß einer Natter. Ich hielt mich für verloren. Mit meinem Kopf schlug ich so lange gegen die Wände, bis ich ihn schließlich gegen ein Fenster schlug; und dann stürzte ich eher als daß ich sprang in den darunterliegenden Garten. Der arme Putman, der die andere Sache einen kleinen zufälligen Kratzer genannt hatte, mußte nun immerhin allen Ernstes die Tatsache zur Kenntnis nehmen, daß er mich am andern Morgen halb ohnmächtig im Gras fand. Aber ich fürchte, er hat nur meinen Geisteszustand ernst genommen, nicht aber meine Geschichte.

Der dritte Vorfall passierte in Malta. Wir lagen dort in einer Festung; zufälligerweise gingen die Fenster unseres

Schlafzimmers auf das offene Meer, das beinahe bis zu unseren Fensterbänken heraufreichte, wenn es nicht eine flache, weiße Außenwand als Wellenbrecher gegeben hätte. Wieder wachte ich auf, aber es war nicht dunkel. Der Vollmond schien, als ich ans Fenster trat. Man hätte einen Vogel auf den glatten Mauern erkennen können oder ein Segel am Horizont. Was ich sah, war so eine Art Stock oder Zweig, der sich ganz selbständig in kreisförmigen Schwüngen durch die Luft bewegte. Er flog direkt durch mein Fenster und zerschmetterte die Lampe neben meinem Kopfkissen, das ich gerade verlassen hatte. Es war eine jener merkwürdig geformten Kriegskeulen, die einige Stämme im Fernen Osten benützen. Aber sie war von keines Menschen Hand geschleudert worden.«

Pater Brown ließ eine Gänseblümchenkette fallen und erhob sich mit einem nachdenklichen Gesichtsausdruck. »Besitzt Major Putman«, fragte er, »irgendwelche Sehenswürdigkeiten, Talismane, Waffen oder sonst etwas, das einem einen Fingerzeig geben könnte?«

»Soviel Sie wollen, obwohl das nicht viel nützen wird, fürchte ich«, antwortete Cray; »aber schauen Sie doch auf jeden Fall einmal in sein Arbeitszimmer.«

Beim Eintreten gingen sie an Miss Watson vorbei, die eben ihre Handschuhe für den Kirchgang zuknöpfte; von unten kam die Stimme Putmans herauf, der noch immer dem Koch eine Vorlesung über Kochkunst hielt. In dem Arbeitszimmer und Kuriositätenkabinett des Majors stießen sie unversehens auf einen dritten Gast, der sich, in Zylinder und Straßenanzug, am Rauchtischchen über ein offenes Buch beugte – ein Buch, das er etwas verlegen fallen ließ und sich nach den Eintretenden umwandte. Cray stellte ihn zwar mit aller Höflichkeit als Dr. Oman vor, zeigte aber gleichzeitig eine so tiefe Abneigung, daß Brown sofort mutmaßte, die beiden Männer wären Konkurrenten, ob Audrey das nun zur Kenntnis nahm oder nicht. Die Voreingenommenheit Crays ging dem Geistlichen übrigens nicht völlig contre cœur. Dr. Oman war zwar ein blendend gekleideter Gentleman; er sah gut aus, wenn er auch fast so dunkel war wie ein Asiate. Aber Pater Brown mußte sich selbst wieder vorsagen, daß man Barmherzigkeit auch gegenüber jenen walten lassen müsse, die ihre Spitzbärte mit Wachs traktierten oder mit Handschuhen herumliefen oder einem alles nachschwätzten.

Das kleine Gebetbuch in Omans dunkel behandschuhter Hand schien Cray besonders zu irritieren. »Ich wußte gar nicht, daß Sie sich damit abgeben«, stellte er ein wenig rüde fest.

Oman lächelte milde und ohne gekränkt zu sein. »Das gehört mehr in mein Fach, ich weiß«, sagte er, indem er seine Hand auf den großen Band legte, den er fallengelassen hatte, »ein Nachschlagewerk für Tränke und dergleichen. Aber um es in die Kirche mitzunehmen, ist es etwas zu groß.« Dann schloß er das große Buch und machte neuerlich den Eindruck einer gewissen Hastigkeit oder Verlegenheit.

»Ich nehme an«, fuhr der Geistliche fort, der das Thema wechseln wollte, »die ganzen Speere und die übrigen Dinge stammen aus Indien?«

»Sie kommen von überallher«, antwortete der Doktor. »Putman ist ein alter Soldat, und er war in Mexiko und Australien und auf den Kannibalen-Inseln, soviel ich weiß.«

»Ich hoffe, daß er wenigstens die Kochkunst nicht auf den Kannibalen-Inseln erlernt hat«, sagte Brown. Und er ließ seine Augen über die Schmortiegel und die anderen merkwürdigen Gegenstände an der Wand streifen.

Genau in diesem Augenblick streckte das Objekt ihrer Unterhaltung sein lachendes, krebsrotes Gesicht durch die Tür. »Komm mit, Cray«, brüllte er. »Dein Essen wird aufgetragen. Und für die, die in die Kirche wollen, läuten die Glocken.«

Cray verschwand nach oben, um sich umzukleiden; Dr. Oman und Miss Watson schritten im Kreise der anderen Kirchgänger feierlich aus dem Haus und die Straße hinab. Aber Pater Brown bemerkte, daß der Doktor sich zweimal umsah und das Haus prüfend fixierte und daß er, als er um die Straßenecke gebogen war, noch einmal zurückkam, um zurückzuschauen.

Der Geistliche war etwas verwirrt. »*Er* kann nicht in der Mülltonne gewesen sein«, murmelte er. »Jedenfalls nicht in diesen Kleidern. Oder war er schon sehr früh hier?«

In bezug auf andere Menschen war Pater Brown so empfindlich wie ein Barometer. Aber heute schien es, als hätte er die Sensibilität eines Rhinozerosses. Keine konventionelle Regel, sei sie nun besonders steif oder lasse sie eine stillschweigende Auslegung zu, konnte sein weiteres Verweilen während des Lunchs der beiden Freunde rechtfertigen; aber er war immer noch säumig, indem er die unhaltbare Lage durch eine ganze Tirade unterhaltsamer, aber ganz nutzloser Erzählungen verdeckte. Er war um so rätselhafter, als er keinerlei Anstalten machte, an der Mahlzeit teilzunehmen. Nacheinander wurden die erlesenste und aufs sorgfältigste zusammengestellten indischen Reistafeln und Currygerichte aufgetragen und den beiden vorgelegt, begleitet jeweils von den ausgesuchtesten Weinen, während er nur immer wieder betonte, es wäre einer seiner Fastentage. Er kaute ein Stückchen Brot und nippte an einem Glas klaren Wassers, das er dann stehenließ. Aber sein Reden war durch nichts einzudämmen.

»Ich werde Ihnen etwas sagen«, rief er, »wissen Sie, was ich jetzt machen werde? Ich werde Ihnen einen Salat anmachen! Ich kann ihn zwar nicht essen, aber ich kann ihn anmachen wie ein Engel! Da haben Sie ja einen Kopfsalat.«

»Bedauerlicherweise ist das das einzige, was wir haben«, antwortete der Major aufgeräumt. »Sie wissen doch, daß Senf, Essig und Öl und alles, was dazugehört, mit dem Gewürzständer und dieser mit dem Einbrecher verschwunden sind.«

»Ich weiß«, antwortete Brown mit seiner Unschuldsmiene. »Genau das habe ich immer befürchtet. Deshalb habe ich immer eine Sammlung von Gewürzen bei mir. Auf Salate bin ich ganz verrückt.«

Und zum Erstaunen der beiden Herren zog er einen Pfefferstreuer aus seiner Westentasche und stellte ihn auf den Tisch.

»Ich möchte wirklich wissen, wozu der Einbrecher auch den Senf mitgenommen hat«, fuhr er fort und holte einen Senftiegel aus der anderen Tasche. »Vielleicht für ein Senfpflaster, nehme ich an, und Essig . . .« – dabei kramte er dieses Gewürz hervor –, »habe ich nicht schon einmal etwas über Essig und Packpapier gehört? Das Öl, ja, das habe ich wohl hier in meiner linken . . .«

Doch plötzlich hielt er in seiner Geschwätzigkeit inne, hob seine Augen und sah etwas, was niemand sonst bemerkte – die schwarze Gestalt des Dr. Oman stand auf dem sonnenbeschienenen Rasen und starrte ins Zimmer.

Bevor er sich wieder ganz sammeln konnte, war ihm Cray ins Wort gefallen:

»Sie sind doch ein komischer Kauz«, sagte er, indem er vor sich hinstierte. »Ich werde mir Ihre Predigten anhören kommen, wenn sie so amüsant sind wie Ihre Gepflogenheiten.« Seine Stimme veränderte sich leicht, und dann lehnte er sich in seinem Stuhl zurück.

»Ja, man kann ja auch über Gewürzständer predigen«, sagte Pater Brown voller Ernst. »Haben Sie je von dem Glauben gehört, der klein war wie ein Senfkorn, oder von der Nächstenliebe, die mit Öl salbt? Und was den Essig angeht – kann ein Soldat jemals jenen einzigen Soldaten vergessen, der, als die Sonne sich verdunkelte . . .«

Oberst Cray beugte sich ein wenig vor und griff nach dem Tischtuch.

Pater Brown, der damit beschäftigt war, den Salat anzumachen, strich zwei Löffel Senf in das neben ihm stehende Wasserglas, erhob sich und sagte in einem völlig unerwarteten, lauten und bestimmten Ton: »Trinken Sie das!«

Im gleichen Augenblick stürzte der Doktor, der bisher regungslos im Garten gestanden hatte, durch eine der angelehnten Fenstertüren in das Speisezimmer und schrie: »Werde ich gebraucht? Ist er vergiftet worden?«

»Fast«, sagte Brown mit einem Anflug von Lächeln, denn das Brechmittel hatte eine sehr unmittelbare Wirkung. Und Cray lag in dem Lehnstuhl und rang nach Luft, aber er lebte.

Major Putman war aufgesprungen. Sein rotes Gesicht zeigte Flecken. »Ein Verbrechen!« schrie er heiser. »Ich lasse die Polizei holen!«

Der Geistliche hörte ihn, wie er seinen Palmblätterhut

vom Haken riß und zur Tür hinausstürzte; er hörte die Gartentür zuschlagen. Aber er beobachtete nur Cray, und nach einer kurzen Stille sagte er ruhig:

»Ich werde Ihnen nicht viel erzählen; aber ich werde Ihnen das sagen, was Sie wissen wollen. Es gibt keinen Fluch, der auf Ihnen liegt. Der Tempel des Affen war sowohl ein Zufall wie Teil eines Tricks; und der Trick war der Einfall eines weißen Mannes. Es gibt nur eine Waffe, die durch eine leichte Berührung eine Blutspur hinterläßt: ein Rasiermesser, das von einem weißen Mann geführt wird. Es gibt nur ein Mittel, um ein normales Zimmer mit unsichtbaren, überwältigenden Giften zu füllen: indem man das Gas aufdreht – das Verbrechen eines weißen Mannes. Und es gibt nur eine Keule, die zum Fenster hinausgeschleudert werden kann, sich in der Luft umdreht und durchs Nachbarfenster zurückkommt: der australische Bumerang. Im Arbeitszimmer des Majors können Sie einige davon bewundern.«

Damit wandte er sich zur Tür und wechselte einige Worte mit dem Doktor. Einen Augenblick später stürzte Audrey Watson ins Haus und warf sich neben Crays Stuhl auf ihre Knie. Niemand konnte verstehen, was sie zueinander sagten, aber in ihren Gesichtern malte sich großes Erstaunen wider und keine Spur von Traurigkeit. Der Doktor und der Geistliche gingen langsam aufs Gartentor zu.

»Ich nehme an, daß der Major ebenfalls in sie verliebt war«, sagte er seufzend, und als der andere nickte, stellte er fest: »Sie waren großartig, Doktor. Das haben Sie fein gemacht. Aber was hat Sie mißtrauisch gemacht?«

»Eine Kleinigkeit«, sagte Oman. »Aber sie ließ mich in der Kirche nicht zur Ruhe kommen, bis ich dann zurückkam um festzustellen, daß alles in Ordnung war. Das Buch auf seinem Tisch war ein Nachschlagewerk über Gifte; es war an einer Stelle aufgeschlagen, wo über ein bestimmtes indisches Gift geschrieben wird, das tödlich wirkt und schwer nachzuweisen ist, aber das durch das einfachste Brechmittel unschädlich gemacht werden kann. Ich glaube, er hat das wirklich im letzten Augenblick gelesen . . .«

»Und sich daran erinnert, daß sich Reizmittel in dem Gewürzständer befanden«, fügte Pater Brown hinzu. »Sehr richtig! Er warf den Ständer in die Mülltonne, wo ich ihn gefunden habe, zusammen übrigens mit dem anderen Silber, um den Einbruch vorzutäuschen. Aber wenn Sie den Pfeffertiegel genau anschauen, den ich auf den Tisch stellte, werden Sie ein kleines Loch bemerken. Dort hat die Kugel Crays eingeschlagen und den Pfeffer in die Luft geblasen, der den Verbrecher niesen ließ.«

Es entstand eine Stille. Dann stellte Dr. Oman sarkastisch fest: »Der Major sucht die Polizei aber ziemlich lange.«

»Oder die Polizei sucht den Major?« sagte der Geistliche. »Leben Sie wohl.«

Das sonderbare Verbrechen des John Boulnois

Mr. Calhoun Kidd war ein noch sehr junger Gentleman mit einem altklugen Gesicht, einem von Übereifer verzehrten Gesicht, das von seinen blauschwarzen Haaren und einer schwarzen Fliege eingerahmt war. Er war englischer Berichterstatter der mächtigen amerikanischen Tageszeitung ›The Western Sun‹, die manche auch boshafterweise den ›Aufgehenden Sonnenuntergang‹ nannten – eine Anspielung auf eine Schlagzeile (die man Mr. Kidd in die Schuhe schob), in der behauptet wurde, »die Sonne würde auch im Westen aufgehen, wenn die Amerikaner nur etwas flinker wären«. Aber jene, die sich aus dem Bewußtsein althergebrachter Traditionen über den amerikanischen Journalismus lustig machen, übersehen ein gewisses Paradoxon, das jede Tradition jedenfalls teilweise wieder wettmacht. Denn obgleich der amerikanische Journalismus an Drastik den englischen weit in den Schatten stellt, so zeigt jener doch eine wirkliche Begeisterungsfähigkeit für die wahren menschlichen Probleme, welche die englischen Blätter überhaupt nicht oder jedenfalls fast nicht zur Kenntnis nehmen. Die ›Sun‹ war gespickt mit den feierlichsten Dingen, die in der lächerlichsten Weise abgehandelt wurden. William James figurierte dort ebenso wie der ›Langweilige Willi‹, und Pragmatiker wechselten mit Boxkämpfern in der langen Reihe ihrer Abbildungen ab.

So kam es, daß sich kein Hauch im englischen Blätterwald bewegte, als ein höchst unauffälliger Herr aus Oxford namens John Boulnois in der wenig gelesenen Zeitschrift ›The Natural Philosophy Quarterly‹ eine Serie von Artikeln über einige fragwürdige Punkte der Darwinschen Entwicklungstheorie publizierte; und das, obwohl Boulnois' Theorie (die von einem statischen, unbewegten Universum ausging, das nur gelegentlich durch Erschütterungen verändert werde) in Oxford fast eine Lokalberühmtheit erlangt hatte, der man sogar den Namen »Katastrophismus« beigab. Aber viele amerikanische Zeitungen machten diese Herausforderung als großes Ereignis auf; und die ›Sun‹ feierte die Thesen Mr. Boulnois' auf gigantische Weise in ihrem Blatt. Das bereits oben angesprochene Paradoxon ließ Artikel von bemerkenswerter Intelligenz und Begeisterungsfähigkeit unter Schlagzeilen entstehen, die offensichtlich vom Einfall des Wahnsinns diktiert waren; Schlagzeilen wie ›Darwin kaut Dreck, Der Kritiker Boulnois lacht über Welterschütterungen‹ – oder ›Haltet euch an Katastrophen, rät der Gelehrte Boulnois‹. So wurde Calhoun Kidd von der ›Western Sun‹ aufgefordert, seine Fliege und seine Trauermiene zusammen zu nehmen und das kleine Haus in der Umgebung von Oxford aufzusuchen, wo der Gelehrte Boulnois in träumerischer Ignoranz derartiger Schlagzeilen vor sich hin lebte.

Dieser vom Schicksal bestimmte Gelehrte hatte in einem Augenblick der Verwirrung eingewilligt, den Interviewer zu empfangen, und hatte die neunte Stunde des Abends am nämlichen Tag festgesetzt. Die letzten Strahlen eines sommerlichen Sonnenuntergangs lagen über Comnor und seinen bewaldeten Hügeln; der romantische Yankee war sich nicht nur unsicher über den Weg, er wollte auch die

Gegend ein bißchen kennenlernen, und als er die Tür eines veritablen herrschaftlichen Landgasthauses, »Champions Waffenschmiede«, offen fand, ging er hinein, um sich zu erkundigen.

In der Wirtsstube läutete er und mußte ein Weilchen auf Antwort warten. Außer ihm war noch ein Mann anwesend, mit kräftigem rotem Haar und in den weiten Kleidern eines Reiters, der, tief in sich zusammengesunken, einen miserablen Whisky schlürfte und eine ausgezeichnete Zigarre paffte. Der Whisky war natürlich die Hausmarke von »Champions Waffenschmiede«; die Zigarre stammte wahrscheinlich aus London. Nichts konnte widersprüchlicher sein als sein zynischer Aufzug und die propere Adrettheit des jungen Amerikaners; aber irgend etwas – vielleicht der Bleistift und das offene Notizbuch oder der Ausdruck in seinen lebhaften blauen Augen – veranlaßten Kidd zu der übrigens richtigen Vermutung, daß es sich um einen Berufskollegen handeln könnte.

»Darf ich Sie um die Liebenswürdigkeit bitten«, fragte Kidd mit der seinen Landsleuten eigenen Höflichkeit, »mir den Weg zum Grauen Cottage zu beschreiben, wo Mr. Boulnois wohnt, wenn ich recht unterrichtet bin?«

»Gehen Sie nur geradeaus weiter die Straße hinunter«, sagte der Rothaarige, indem er die Zigarre bewegte; »vor einer Minute bin ich dort vorbeigegangen; aber ich gehe jetzt nach Pendragon Park und werde versuchen, mir den Spaß dort anzusehen.«

»Was ist Pendragon Park?« fragte Cahoun Kidd zurück.

»Der Besitz von Claude Champion – sind Sie nicht deshalb hierhergekommen?« fragte der Pressekollege, indem er aufschaute.

»Sie sind doch Journalist, nicht wahr?«

»Ich wollte Mr. Boulnois besuchen«, sagte Kidd.

»Ich wollte Frau Boulnois besuchen«, entgegnete der andere. »Aber ich werde sie wohl kaum zu Hause erwischen.« Er lachte ausgesprochen unangenehm.

»Interessiert Sie der Katastrophismus?« fragte der verwunderte Yankee.

»Katastrophen interessieren mich; und es sieht so aus, als kämen einige«, antwortete der Mann nachdenklich. »Ich betreibe ein schmutziges Geschäft, und ich habe auch nie das Gegenteil behauptet.«

Er spuckte auf den Boden; aber in der Art, wie er es tat, wurde einem plötzlich bewußt, daß dieser Mann bessere Zeiten gesehen hatte.

Der Amerikaner fixierte ihn mit wachsender Aufmerksamkeit. Sein Gesicht wirkte blaß und abgeschlafft, aber irgendwo glühte eine verdeckte Leidenschaft, die jederzeit ausbrechen konnte; es war ein kluges, ein empfindsames Gesicht; seine Kleider waren grob und ungepflegt, aber er trug einen schönen Siegelring an einem seiner langen, dünnen Finger. Sein Name war, wie sich im Verlauf des Gesprächs herausstellte, James Dalroy; er war der Sohn eines bankrotten irischen Landadligen und arbeitete für ein Boulevardblatt, das ihm in der Seele zuwider war, für ›Die elegante Gesellschaft‹, als Reporter, was der Tätigkeit eines Spions verteufelt nahekam.

›Die elegante Gesellschaft‹, das muß ich leider sagen, interessierte sich nicht im geringsten für Boulnois' Thesen über Darwin, die für Herz und Hirn der ›Western Sun‹ von so zentraler Bedeutung waren. Dalroy war ganz offensichtlich einer Skandalgeschichte auf der Spur, die wahrscheinlich vor dem Scheidungsrichter enden würde, die sich aber im Augenblick zwischen dem Grauen Cottage und Pendragon Park abspielte.

Sir Claude Champion war den Lesern der ›Western Sun‹ ebenso vertraut wie Mr. Boulnois. So wie der Papst oder der letzte Derbysieger. Aber der Gedanke an eine intime Bekanntschaft wäre Kidd ebenso absurd vorgekommen wie die Bekanntschaft zwischen den beiden zuletzt Genannten. Er hatte von ihm gehört (und über ihn geschrieben, nein, sogar fälschlicherweise vorgegeben, ihn zu kennen) als »einem der blendendsten und wohlhabendsten Persönlichkeiten der upper ten«; als dem großen Sportsmann, der Jachtrennen rund um die Welt mitmachte; als dem großen Weltreisenden, der Bücher über den Himalaja schrieb; als dem Politiker, der seine Wähler mit einer neuen Tory-Demokratie faszinierte; und als dem großen Liebhaber der Künste, der Musik, der Literatur und vor allem der Schauspielkunst. Sir Claude war nicht nur in den Augen der Amerikaner eine wahrhaft bestechende Persönlichkeit. Seine alles sich unterwerfende Lebensart und seine rastlose Sucht nach Publicity hatten den Stil eines Renaissancefürsten; er war nicht nur ein großartiger, er war vor allem ein ehrgeiziger Amateur. Doch nichts an ihm erinnerte an die klassische Oberflächlichkeit, die für uns in dem Wort »Dilettant« enthalten ist.

Das makellose Profil eines Falken mit dem stechenden schwarzen Auge eines Südländers, das so oft in der ›Eleganten Gesellschaft‹ und in der ›Western Sun‹ abgebildet gewesen war, gab jedermann das Gefühl von einem Menschen, der von Ehrgeiz, von einem inneren Feuer, vielleicht sogar von einem Leiden verzehrt wird. Doch obwohl Kidd viel über Sir Claude wußte – jedenfalls mehr, als man tatsächlich über ihn wissen konnte –, wäre er in seinen wildesten Träumen nicht auf den Gedanken gekommen, diese hervorragende Aristokratenpersönlichkeit mit dem erst kürzlich bekannt gewordenen Entdecker des Katastrophismus in Verbindung zu bringen oder auch nur zu ahnen, daß Sir Claude Champion und John Boulnois eng miteinander befreundet sein könnten. Aber eben das schien nach Dalroys Bericht der Fall zu sein. Die beiden hatten Schule und Universität miteinander besucht, und obwohl ihre sozialen Schicksale sich ganz verschieden gestalteten (Champion war ein wohlhabender Landbesitzer und fast ein Millionär, während Boulnois ein armer und bis vor kurzem dazu noch völlig unbekannter Gelehrter war), standen sie doch immer noch in enger Verbindung miteinander. Dazu kam, daß Boulnois' Cottage unmittelbar vor den Toren von Pendragon Park stand.

Eine schwierige und unangenehme Frage war nun, ob die beiden Männer auch in Zukunft befreundet bleiben könnten. Vor ein oder zwei Jahren hatte Boulnois eine schöne und nicht wenig erfolgreiche Schauspielerin geheiratet, der er in seiner zurückhaltenden und etwas schwerfälligen Art zugetan war; und die Nachbarschaft von Champions Besitzungen hatte dieser wetterwendischen Berühmtheit Gelegenheit gegeben, sich in einer Art und Weise aufzuführen, die nur schmerzliches und tiefes Erstaunen auslösen konnte. Sir Claude hatte die Kunst der Publicity zur Perfektion entwickelt; und er schien eine Lust darin zu verspüren, eine Intrige, die ihm keinesfalls zur Ehre gereichte, möglichst aufsehenerregend durchzuspielen. Diener von Pendragon überbrachten Madame Boulnois regelmäßig große Blumenbuketts; Kaleschen und Automobile hielten ständig vor dem Cottage, um Madame Boulnois abzuholen; ununterbrochen wurden Bälle und Maskenfeste auf dem Schloß abgehalten, auf denen der Baron Madame Boulnois wie einer Königin der Liebe und der Schönheit den Hof machte.

An diesem Abend nun, an dem Mr. Kidd für eine detaillierte Darlegung des Katastrophismus bestellt war, hatte Sir Claude eine Freilichtaufführung von »Romeo und Julia« angesetzt, in der er den Romeo geben sollte mit einer Julia, deren Namen zu nennen wohl unnötig ist.

»Ich kann mir nicht vorstellen, daß es ohne Krach abgeht«, sagte der Rothaarige, stand auf und schüttelte sich. »Der alte Boulnois mag spießig sein – und er kann ein Spießer sein. Aber wenn er ein Spießer ist, hat er ein dickes Fell – das können Sie auch dickfellig nennen. Ich glaube nicht, daß es geht.«

»Er ist ein Mann von hohem Verstand«, erwiderte Calhoun Kidd im Brustton der Überzeugung.

»Ja«, antwortete Dalroy. »Aber selbst hoher Verstand schützt nicht vor so viel Narrheit. Müssen Sie schon gehen? Ich komme in ein, zwei Minuten nach.«

Nachdem er seine Milch mit Soda ausgetrunken hatte, wandte sich Calhoun Kidd rasch und entschlossen dem Grauen Cottage zu, während er seinen zynischen Informanten bei Whisky und Tabak zurückließ. Das letzte Tageslicht war verschwunden; der Himmel war von einem fast schieferfarbenen Graugrün, in dem einzelne Sterne aufblitzten; nur im Westen war es etwas heller, das Vorzeichen des aufgehenden Mondes.

Das Graue Cottage, das von einer hohen, quadratischen Dornenhecke eingezäunt war, stand so nahe unter den Fichten und Mauern des Schloßparkes, daß Kidd es zunächst für das Pförtnerhäuschen hielt. Doch als er den Namen auf einem schmalen hölzernen Gartentor fand und mit einem Blick auf seine Uhr festgestellt hatte, daß die ihm von dem Gelehrten genannte Stunde geschlagen hatte, trat er ein und klopfte an die Haustür. Innerhalb des Gartens konnte er feststellen, daß das Haus weit größer und luxuriöser, wenn auch durchweg anspruchsloser, erschien, als es ihm zunächst vorgekommen war, und daß es sich durchaus von einem Pförtnerhäuschen unterschied. Eine Hundehütte und ein Bienenstock standen wie die Symbole alten englischen Landlebens davor; hinter einer schönen Birnenplantage ging langsam der Mond auf; der Hund, der aus seiner Hütte hervorkam, schaute prüfend um sich, ohne zu bellen; und der einfache, ältere Diener, der die Tür öffnete, war ebenso wortkarg wie höflich.

»Mr. Boulnois läßt sich entschuldigen, Sir«, sagte er, »aber er mußte plötzlich ausgehen.«

»Aber ich war mit ihm verabredet«, sagte der Interviewer etwas verärgert. »Wissen Sie, wo er hingegangen ist?«

»Nach Pendragon Park, Sir«, sagte der Diener fast düster und wollte die Tür schließen.

Kidd schaute erstaunt auf. »Ging er mit Madame . . . ist er mit der übrigen Gesellschaft hingegangen?« fragte er zögernd.

»Nein, Sir«, sagte der Mann entschieden; »er blieb hier und ging dann später allein aus dem Haus.« Und damit warf er die Tür zu mit einer Miene, als hätte er ein schlechtes Gewissen.

Der Amerikaner, diese Mischung aus Unverschämtheit und Empfindlichkeit, war verärgert. Er verspürte die größte Lust, sie ein bißchen anzurempeln und ihnen Manieren beizubringen; diesem altersschwachen grauen Hund und diesem versteinerten alten Diener mit seiner vorsintflutlichen Hemdenbrust und diesem trägen, alten Mond und vor allem diesem fahrigen, alten Gelehrten, der Verabredungen nicht einhalten konnte.

»Wenn er sich so benimmt, geschieht es ihm recht, wenn ihm seine Frau untreu wird«, sagte Mr. Calhoun Kidd. »Aber vielleicht ist er auch hinübergegangen, um Skandal zu machen. Und in diesem Fall, schätze ich, ist der Mann von der ›Western Sun‹ auf dem Platz.«

Und damit wandte er sich den offenen Toren des Parks zu und ging eine lange Allee aus schwarzen Fichten hinauf, die ihn schnurgerade in das Innere von Pendragon Park führte. Die Bäume reihten sich so schwarz und wohlgeordnet auf wie die Federn auf einem Leichenwagen; einige Sterne standen noch am Himmel. Er war jemand, der literarische Dinge leichter assoziieren konnte als die Dinge aus der Natur; und deshalb fiel ihm immer wieder das Wort »Rabenwald« ein. Zum Teil war es wohl die Rabenschwärze der Fichten; aber auf der anderen Seite die unbeschreibliche Atmosphäre, die Scott in seiner großen Tragödie fast getroffen hat; der Duft von etwas, das im 18. Jahrhundert verstorben ist; der Duft dunkler Gärten und zerbrochener Vasen; von Untaten, die nie mehr gesühnt werden würden; von etwas unheilbar Traurigem, das ungreifbar und unbegreifbar blieb.

Mehr als einmal blieb er auf dem gepflegten dunklen und gespenstischen Weg plötzlich stehen, weil er glaubte, Schritte vor sich zu hören. Aber er konnte nichts erkennen außer den beiden dunklen Fichtenreihen, zwischen denen der Keil des sternenbedeckten Himmels aufstieg. Zuerst hielt er es für Einbildung oder eine Täuschung durch den

Widerhall seiner eigenen Schritte. Aber als er weiterging, neigte er unter Zuhilfenahme seines ihm verbliebenen gesunden Menschenverstands zu der Annahme, daß tatsächlich noch jemand auf diesem Weg unterwegs sein müsse. Gespenster kamen ihm in den Sinn; überrascht stellte er fest, wie rasch er sich das Gesicht eines zur Situation passenden und die Örtlichkeit nahelegenden Gespenstes vorstellen konnte: so weiß wie ein Pierrot mit schwarzen Punkten. Das Dreieck des nachtblauen Himmels über seinem Kopf wurde nun heller und größer; er konnte noch nicht erkennen, daß dies dadurch zu erklären war, daß er sich dem beleuchteten Teil des Gartens und dem großen Hause näherte. Er fühlte eine wachsende Spannung; die Dunkelheit der Nacht schien voller Gefahren und voller Geheimnisse und mehr noch – er zögerte, den Gedanken auszusprechen, den er dann mit einem kurzen Lachen von sich gab –, es roch nach Katastrophismus.

Er ließ immer mehr Fichten und verwunschene Seitenpfade hinter sich zurück, bis er plötzlich wie verzaubert stehenblieb. Ganz überflüssig zu sagen, daß er sich wie in einen Traum versetzt fühlte; diesmal kam es ihm ganz entschieden so vor, als lebte er in einem Märchenbuch. Wir Menschen sind ja in der Lage, nicht Zusammengehörendes in Zusammenhänge zu bringen; wir sind an das Klappern gewöhnt, um das Nichtübereinstimmende übereinstimmend zu machen; das ist eine Melodie, die uns einschlafen macht. Passieren Übereinstimmungen, so durchzuckt es uns wie der Wohlklang eines vollendeten Akkords. Es passierte etwas, so als wäre es wirklich an einem solchen Ort in einem längstvergessenen Märchen passiert.

Über den schwarzen Fichtenwald zuckte, im Mond glitzernd, eine Degenklinge, wie ein schlankes und funkelndes Rapier, das in diesem alten Park schon viele und viele ungerechte Duelle ausgetragen haben mochte. Der Degen fiel in einiger Entfernung von ihm auf den Weg und lag dort glitzernd wie eine große Nadel. Wie ein Hase jagte er darauf zu und betrachtete ihn. Aus der Nähe machte er einen recht ansehnlichen Eindruck; die großen roten Juwelen an Griff und Schaft machten ihn etwas verdächtig. Aber da gab es außerdem rote Tropfen auf der Klinge, über die kein Zweifel bestehen konnte.

Wie rasend schaute er um sich; dort, wo das glänzende Wurfgeschoß hergekommen war, wurde die schwarze Fassade von Tannen und Fichten durch einen kleinen, im rechten Winkel abzweigenden Weg unterbrochen, der ihn, als er einbog, des hellbeleuchteten langgestreckten Herrenhauses ansichtig werden ließ, vor dem sich ein Teich mit Springbrunnen befand. Aber er wandte seinen Blick bald ab, da es noch Bemerkenswerteres zu sehen gab. Gerade vor ihm, in einem Winkel der grünen Gartenterrassen, sah er eines jener kleinen pittoresken Wunderwerke, wie man sie aus der Landschaftsgärtnerei kennt; eine Art kleiner, runder Hügel oder Grasmonument, ein riesiger Maulwurfshaufen, der von drei Rosenspalieren gekrönt wurde und auf dessen höchstem Punkt sich eine Sonnenuhr befand. Kidd konnte den Zeiger über dem Zifferblatt erkennen, der sich dunkel gegen den Himmel abhob wie die Schwanzflosse eines Hais; das schwache Mondlicht spielte auf dieser stummen Sonnenuhr. Aber dann bemerkte er noch etwas an der Uhr, nur einen Augenblick lang – die Gestalt eines Mannes.

Obwohl er sie nur einen Bruchteil von einem Augenblick gesehen hatte und obwohl sie in einem fremdländischen und unvorstellbaren Kostüm steckte – sie war von

Kopf bis Fuß in ein enganliegendes karmesinrotes Gewand gehüllt, das stellenweise mit Gold durchwirkt war –, erkannte er blitzartig, um wen es sich handelte. Dieses weiße, zum Himmel aufgerichtete Gesicht, glattrasiert und von so unnatürlicher Jugendlichkeit, mit der Byronschen Römernase und den schwarzen, teilweise ergrauten Locken, kannte er von Tausenden von veröffentlichten Bildern Sir Claude Champions. Die verrückte rote Gestalt taumelte kurz gegen die Sonnenuhr; dann stürzte sie den Wiesenplan herunter bis vor die Füße des Amerikaners, wo sie sich noch ein letztes Mal bewegte. Ein grelles, unnatürlich wirkendes Goldornament auf dem Arm erinnerte Kidd plötzlich wieder an »Romeo und Julia«; natürlich – dieses karmesinrote Gewand gehörte in das Stück. Aber der lange rote Streifen nicht, der auf den Terrassen den Weg markierte, wo der Mann heruntergestürzt war: der gehörte nicht zum Stück. Der Mann war erstochen worden.

Mr. Calhoun Kidd rief um Hilfe, immer wieder. Wieder glaubte er, Schritte eines Phantoms zu hören, und er fuhr erschreckt zusammen, als er plötzlich jemand neben sich bemerkte. Er kannte den Mann und doch erschreckte ihn sein Erscheinen. Dieser liederliche Jüngling, der sich Dalroy genannt hatte, verbreitete eine schauderhafte Stille um sich; wenn Boulnois die Fähigkeit hatte, Verabredungen, die getroffen waren, nicht einzuhalten, so hatte Dalroy eine dunkle Fähigkeit, Verabredungen einzuhalten, die nicht getroffen waren. Das Mondlicht machte alle Gegenstände farblos; gegen Dalroys roten Haarschopf erschien sein bleiches Gesicht weniger weiß als in einem blassen Grün.

Diese schauerlichen Eindrücke müssen Kidd entschuldigen, der, rücksichtslos und gegen alle Vernunft, aufbrüllte: »Haben Sie das getan, Sie Teufel?«

James Dalroy lächelte sein unsympathisches Lächeln; aber noch bevor er sprechen konnte, bewegte der vor ihnen Liegende schwach seinen Arm, indem er ungefähr in die Richtung deutete, wo der Degen zugestoßen hatte; er stöhnte laut und brachte dann die Worte über die Lippen:

»Boulnois . . . Boulnois, sage ich . . . Boulnois hat es getan . . . er war eifersüchtig . . . er war eifersüchtig, er war, er war . . .«

Kidd beugte sich herab, um besser verstehen zu können, und er verstand gerade noch die Worte:

»Boulnois . . . mit meinem eigenen Degen . . . er warf ihn . . .«

Wieder deutete er mit einer fast erloschenen Bewegung in die Richtung des Degens; dann sackte sein Atem mit einem Schlag zusammen. Kidd fühlte in sich all den bitteren Humor aufsteigen, der dem tiefen Ernst seiner Landsleute die besondere Würze gibt.

»Los«, sagte er scharf und in befehlendem Ton, »Sie müssen einen Doktor holen. Dieser Mann ist tot.«

»Und einen Priester, schätze ich«, sagte Dalroy in seiner unerklärlichen Art. »Alle Champions sind Papisten.«

Der Amerikaner kniete neben dem Leichnam nieder, horchte sein Herz ab, bettete den Kopf höher und machte einige Anstrengungen, ihn ins Leben zurückzuholen; aber noch ehe der Journalist, begleitet von einem Arzt und einem Priester, zurückkam, wußte er, daß alle Hilfe zu spät war.

»Kamen Sie auch zu spät?« fragte der Doktor, ein kräftiger, glänzend und selbstsicher aussehender Mann mit dem üblichen Schnurr- und Backenbart, dessen lebhafte Augen Kidd fragend und mißtrauisch fixierten.

»In gewissem Sinne, ja«, antwortete der Repräsentant der ›Western Sun‹ affektiert. »Zwar kam ich zu spät, um den Mann zu retten, aber ich denke, ich kam rechtzeitig genug, um etwas von entscheidender Wichtigkeit zu hören. Ich hörte noch, wie der Tote den Namen seines Mörders nannte.«

»Und wer war der Mörder?« fragte der Doktor und zog seine Augenbrauen zusammen.

»Boulnois«, sagte Calhoun Kidd, indem er leise durch die Zähne pfiff.

Der Doktor starrte ihn an und das Blut schoß ihm ins Gesicht; aber er widersprach mit keinem Wort. Da ließ sich mit milder Stimme der Geistliche, eine kleine Gestalt, aus dem Hintergrund vernehmen: »Soviel ich weiß, wurde Mr. Boulnois heute abend nicht auf Pendragon Park erwartet.«

»Auch da«, sagte der Yankee bissig, »bin ich in der Lage, dem alten Mutterland mit ein oder zwei Hinweisen auszuhelfen. Gewiß, mein Herr, John Boulnois wollte heute abend zu Hause bleiben; denn er hatte sich dort mit mir verabredet. Aber der Herr hat es sich anders überlegt; John Boulnois hat plötzlich und ohne Begleitung sein Haus verlassen und kam vor etwa einer Stunde in diesen verfluchten Park. So hat es mir jedenfalls sein Diener erzählt. Damit haben wir, was die allwissende Polizei eine Spur nennen würde – haben Sie sie übrigens schon benachrichtigt?«

»Ja«, sagte der Arzt. »Aber sonst haben wir hier noch niemand alarmiert.«

»Weiß es Madame Boulnois?« fragte James Dalroy; und

wieder spürte Kidd den völlig unerklärlichen Wunsch, ihm eines über den Mund zu geben.

»Ich habe ihr nichts gesagt«, sagte der Doktor grob. »Aber da kommt ja die Polizei.«

Der kleine Geistliche war in die Hauptallee hinübergeeilt und kehrte nun mit dem Degen zurück, der sich im Verhältnis zu seiner gedrungenen Gestalt, die auf der einen Seite etwas Kirchliches, auf der anderen etwas ganz Normales an sich hatte, lächerlich groß und theatralisch ausnahm. »Schnell, bevor die Polizei kommt«, sagte er entschuldigend, »hat vielleicht irgend jemand Licht dabei?«

Der Yankee zog eine elektrische Taschenlampe aus der Tasche, und der Geistliche hielt sie genau über den Mittelteil der Klinge, die er mit zwinkernder Akkuratesse examinierte. Dann übergab er die prächtige Waffe dem Doktor, ohne Spitze oder Griff auch nur eines Blicks zu würdigen.

»Ich fürchte, daß meine Anwesenheit hier nicht länger gewünscht ist«, sagte er mit einem kurzen Seufzer. »Gute Nacht, meine Herren.« Dies gesagt, schritt er die dunkle Allee zum Herrenhaus hinauf, die Hände auf seinem Rükken verschränkt und den großen Kopf wie in tiefem Nachdenken gesenkt.

Die Zurückgebliebenen eilten in Richtung auf das Pförtnerhäuschen davon, wo bereits ein Polizeiinspektor und zwei Wachbeamte mit dem Kastellan verhandelten. Aber der kleine Geistliche ging immer langsamer und langsamer durch das Dunkel der Fichten dahin, bis er schließlich an der Freitreppe des Herrenhauses stehen blieb. Dies war seine stille Art der Kenntnisnahme von etwas, das sich ihm gleichfalls leise näherte; auf ihn zu kam ein Wesen, das selbst Calhoun Kidds Vorstellungen von einer liebenswürdigen und aristokratischen Erscheinung aus der Geisterwelt genügt hätte. Es war eine junge Frau in einem Kleid aus silberglitzerndem Satin im Schnitt der Renaissancemode; sie trug ihr goldenes Haar in zwei langen, glänzenden Zöpfen und ihr Gesicht war von so erstaunlicher Blässe wie eine riesenhafte Chrysantheme, als wäre es, wie griechische Statuen, aus Elfenbein und Gold geschnitzt. Ihre Augen aber leuchteten hell, und ihre Stimme klang vertrauensvoll, obwohl sie leise sprach.

»Pater Brown?« fragte sie.

»Frau Boulnois?« erwiderte er ernst. Dann sah er sie an und sagte plötzlich: »Ich sehe, Sie wissen schon von Sir Claude . . .«

»Woher wissen Sie das?« fragte sie ruhig.

Er antwortete nicht auf ihre Frage, sondern stellte eine andere:

»Haben Sie Ihren Mann gesehen?«

»Mein Mann ist zu Hause«, sagte sie. »Er hat nicht das Geringste damit zu tun.«

Wieder antwortete er nicht, und die Dame kam ganz nahe an ihn heran, mit einem merkwürdig forschenden Gesichtsausdruck.

»Soll ich Ihnen noch etwas sagen?« fragte sie mit einem beinahe erschreckenden Lächeln. »Ich glaube nicht, daß er es tat, und *Sie* glauben es auch nicht.«

Pater Brown erwiderte ihren Blick, indem er sie lange ernst ansah; dann nickte er und wurde noch ernster.

»Pater Brown«, sagte die Dame, »ich werde Ihnen alles erzählen, was ich weiß, aber zuerst bitte ich Sie um eine Gefälligkeit. Würden Sie mir sagen, *warum* Sie nicht wie die anderen auf die Beweisführung über die Schuld des armen John hereingefallen sind? Sprechen Sie offen: Ich ... ich kenne die Gerüchte und weiß von dem Anschein, der gegen ihn spricht.«

Pater Brown war rechtschaffen verlegen und fuhr sich mit der Hand über die Stirn. »Es sind nur zwei Kleinigkeiten«, sagte er. »Die eine ist höchst einfach und die andere sehr vage. Aber so, wie sie nun einmal gelagert sind, passen sie nicht zu der Annahme, daß Mr. Boulnois der Mörder ist.«

Er schaute mit seinem einfältigen, runden Gesicht zu den Sternen hinauf und fuhr zerstreut fort: »Um zunächst von dem unsicheren Verdacht zu sprechen: Auf vage Vermutungen gebe ich sehr viel. Alles, was nicht ›offensichtlich‹ ist, überzeugt mich. Dinge, die aus moralischen Gründen unmöglich sind, sind auch sonst unmöglich. Ich kenne Ihren Gatten nur flüchtig, aber ich halte dieses Verbrechen, das man ihm unterschiebt, moralisch für ihn undurchführbar. Denken Sie bitte nicht, ich hielte Boulnois nicht für so gottverlassen. Jedermann kann verrucht sein – so verrucht, wie er selbst sein will. Wir können unser moralisches Handeln bestimmen; und in der Regel können wir unseren Instinkt und unser Handeln nicht verändern. Boulnois könnte einen Mord begehen, aber diesen hier nicht. Er würde niemals Romeos Degen aus der ziselierten Scheide ziehen; oder seinen Widersacher vor der Sonnenuhr wie vor einem Altar niedermetzeln; oder seinen Leichnam auf Rosen betten; oder seinen Degen in den Wald schleudern. Wenn Boulnois töten würde, so täte er's ruhig und mit sicherem Bedacht, wie er andere zweifelhafte Dinge eben auch verrichtet – etwa das zehnte Glas Portwein trinken oder einen schlüpfrigen griechischen Dichter lesen. Nein, dieses romantische Drapieren sieht nicht nach Boulnois aus. Eher schon nach Champion.«

»Ah!« sagte sie und sah ihn mit Augen an, die stechend waren wie Diamanten.

»Und das triviale Indiz, von dem ich sprach, war folgendes«, sagte Brown. »Auf dem Degen waren Fingerabdrücke; Fingerabdrücke aber kann man auch noch nach längerer Zeit identifizieren, wenn sie sich auf einer polierten Oberfläche wie Glas oder Stahl befinden. Diese Fingerabdrücke sind auf einer glatten Oberfläche. Sie befinden sich etwa in der Mitte der Klinge des Degens. Ich habe keine Ahnung, um wessen Fingerabdrücke es sich handelt; aber warum sollte irgend jemand den Degen auf halber Höhe der Klinge halten? Es war ein langer Degen, aber die Länge bringt ja nur Vorteile im Kampf mit einem Gegner. Jedenfalls, gegen die meisten Gegner. Eigentlich gegen alle Gegner, mit einer Ausnahme.«

»Mit einer Ausnahme!« wiederholte sie.

»Es gibt nur einen Gegner«, sagte Pater Brown, »den man leichter mit einem Dolch als mit einem Degen tötet.«

»Ich weiß«, sagte die Frau. »Sich selbst.«

Es entstand eine lange Pause; dann sagte der Geistliche unvermittelt, aber ruhig: »Habe ich also recht? Tötete Sir Claude sich selbst?«

»Ja«, antwortete sie mit versteinertem Gesicht. »Ich sah, wie er es tat.«

»Starb er«, fragte Pater Brown, »aus Liebe zu Ihnen?«

Ein merkwürdiger Ausdruck zuckte über ihr Gesicht; das war kein Mitleid, keine Bescheidenheit, keine Reue oder sonst irgend etwas, das ihr Gegenüber erwarten mochte; ihre Stimme klang plötzlich hart und selbstbewußt. »Ich glaube nicht«, sagte sie, »er kümmerte sich einen Dreck um mich. Er haßte meinen Gatten.«

»Aber warum?« fragte der andere und wandte sein rundes Gesicht von den Sternen ab und der Dame zu.

»Er haßte meinen Gatten, weil . . . es ist so schwierig, ich kann es kaum erklären . . . weil . . .«

»Ja?« sagte Brown geduldig.

»Weil mein Mann ihn nicht hassen mochte.«

Pater Brown nickte nur und schien noch immer auf weitere Erklärungen zu warten: Von den meisten wirklichen und erfundenen Detektiven unterschied er sich allerdings in einem kleinen Punkt – er gab nie vor, nicht zu verstehen, wenn er alles sehr gut durchschaute.

Frau Boulnois kam noch etwas näher. Sie wirkte absolut sicher und entschieden. »Mein Mann«, sagte sie, »ist eine große Persönlichkeit. Sir Claude Champion war kein großer Mann: Er war berühmt und erfolgreich. Erfolgreich oder berühmt war mein Mann nie; und es ist die reine Wahrheit, daß er davon nicht einmal geträumt hat. Er glaubt, daß man durch Denken ebensowenig berühmt wird wie durch Zigarrenrauchen. In all diesen Dingen schützt ihn eine wundervolle Einfalt. Er ist nie erwachsen geworden. Er mochte Champion heute noch so wie damals auf der Schule, und er bewunderte ihn, wie man ein Zauberkunststückchen bei Tisch bewundern würde. Aber er konnte durch nichts dazu gebracht werden, Champion zu beneiden. *Und Champion wollte beneidet werden.* Das hat ihn verrückt gemacht, deshalb hat er sich getötet.«

»Ja«, sagte Pater Brown, »ich glaube, ich beginne zu verstehen.«

»Oh, sehen Sie das denn nicht?« rief sie. »Die ganze Inszenierung wurde dafür hergerichtet – der Ort wurde genau gewählt. Champion holte John in das kleine Häuschen unmittelbar vor seinen Toren, wie einen Untertanen – um ihn sein Versagen *spüren* zu lassen. Er hat es nie gespürt. Er hat über so etwas nie mehr nachgedacht als – als ein zerstreuter Löwe. Champion pflegte in den für John beschämendsten Augenblicken oder bei den bescheidensten Mahlzeiten mit irgendeinem aufwendigen Geschenk oder der Ankündigung einer Unternehmung hereinzuplatzen, als wäre es der Besuch von Harun al Raschid, und John bedankte sich oder lehnte liebenswürdig ab, indem er ein Auge zukniff, wie ein fauler Schulbub sozusagen, der mit einem anderen einer Meinung ist oder auch nicht. Innerhalb von fünf Jahren hatte sich John nicht um ein Jota verändert; und Sir Claude war ein Monomane.«

»Und Haman zählte ihnen auf die Herrlichkeit seines Reichtums«, sagte Pater Brown, »und die Menge seiner Kinder und alles, wie ihn der König so groß gemacht hätte und daß er über die Fürsten und Knechte des Königs erhoben wäre ... Aber an dem allem habe ich kein Genüge, solange ich sehe den Juden Mardochai am Königstor sitzen.«

»Die Krise kam«, fuhr Frau Boulnois fort, »als ich John überredete, mir einige seiner Abhandlungen zu übergeben, um sie einer Zeitschrift einzusenden. Sie wurden mit zunehmender Aufmerksamkeit zur Kenntnis genommen, besonders in Amerika; und irgendeine Zeitung wollte ihn interviewen. Als Champion (der fast tagtäglich interviewt wurde) von diesem letzten, kleinen Krümel des Erfolgs hörte, der seinem nichtsahnenden Rivalen zugefallen war, rastete das letzte Glied ein, das seinen teuflischen Haß zurückhielt. Da begann er mit jener wahnsinnigen Zermürbungstaktik meine Liebe und meine Ehre zu überziehen, die zum Gerücht der ganzen Grafschaft wurde. Sie werden mich fragen, warum ich diese übertriebenen Aufmerksamkeiten zuließ. Darauf muß ich Ihnen antworten, daß ich sie nicht hätte zurückweisen können, ohne meinem Mann alles zu erklären, und es gibt gewisse Dinge, die eine Seele nicht tun kann, so wie ein Körper nicht fliegen kann. Niemand hätte es meinem Mann erklären können. Niemand wird es ihm jetzt klarmachen können. Wenn Sie ihm in noch so vielen Worten erklärt hätten: ›Champion nimmt dir deine Frau weg‹, hätte er den Scherz vielleicht als etwas zu derb empfunden; daß es sich um etwas anderes als einen Scherz handeln könnte – diese Feststellung hätte in seinem großen Kopf keinen Platz gefunden. So wollte John heute abend herüberkommen, um uns spielen zu sehen, aber genau in dem Moment, in dem wir anfingen, sagte er, er wollte doch nicht; er hatte ein interessantes Buch bekommen und eine Zigarre aufgetrieben. Das erzählte ich Sir Claude, und das war sein Todesstoß. Der Monomane sah plötzlich nur noch Verzweiflung. Er erdolchte sich, und schrie wie der Leibhaftige, Boulnois würde ihn umbringen; nun liegt er drüben im Garten, gestorben an seiner eigenen Eifersucht, die Eifersucht hervorbringen sollte; und John sitzt in seinem Speisezimmer und liest.«

Wieder entstand eine Pause; dann sagte der kleine Geistliche: »Es gibt nur einen schwachen Punkt, Mrs. Boulnois, in Ihrer einleuchtenden Schilderung. Ihr Mann sitzt nicht mit einem Buch im Speisezimmer. Dieser amerikanische Reporter hat mir erzählt, er wäre dort gewesen, und Ihr Diener habe ihm gesagt, Mr. Boulnois sei doch nach Pendragon Park gegangen.«

Ihre klaren Augen wurden noch größer; doch sie schien eher verblüfft als verwirrt oder verängstigt. »Wieso, was soll das heißen?« rief sie. »Alle Bediensteten sind außer

Haus, um das Theaterstück zu sehen. Und wir haben gar keinen Diener, Gott sei Dank!«

Pater Brown sprang auf und drehte sich wie ein Kreisel. »Wieso? Was heißt das?« schrie er elektrisiert. »Schauen Sie . . . was sage ich? . . . Kann Ihr Mann mich hören, wenn ich zum Haus hinübergehe?«

»Oh, die Bediensteten dürften inzwischen zurück sein«, sagte sie erstaunt.

»Gut, gut!« gab der Geistliche energisch zurück und machte sich auf dem Weg Richtung Parktor davon. Er wandte sich noch einmal um und sagte: »Schauen Sie zu, daß Sie den Yankee erwischen, sonst geht die Schlagzeile ›Das Verbrechen des John Boulnois‹ durch alle Lande.«

»Sie verstehen mich nicht«, antwortete Mrs. Boulnois. »Das würde ihn überhaupt nicht kümmern. Ich glaube, daß er nicht einmal weiß, daß es Amerika gibt.«

Als Pater Brown das Haus mit dem Bienenstock und dem dösenden Hund davor erreicht hatte, wurde er von einem kleinen, liebenswürdigen Stubenmädchen ins Speisezimmer geleitet, wo Boulnois unter einer Leselampe saß und las, genauso, wie seine Frau es ihm beschrieben hatte. Eine Karaffe Port und ein Weinglas standen neben ihm; in dem Augenblick, in dem der Geistliche eintrat, bemerkte er, daß er die lange Asche seiner Zigarre überhaupt nicht abgestreift hatte.

»Er muß mindestens seit einer halben Stunde hier sein«, dachte Pater Brown bei sich. Tatsächlich hatte es den Anschein, daß er den Tisch nicht verlassen hatte, seit das Essen abgetragen worden war.

»Bitte, lassen Sie sich nicht stören, Mr. Boulnois«, sagte der Geistliche in seiner höflichen, sachlichen Art. »Ich muß Sie nur einen Augenblick unterbrechen. Ich fürchte, ich störe Sie bei einer wissenschaftlichen Lektüre.«

»Nein«, antwortete Boulnois. »Ich lese gerade den ›Blutigen Daumen‹.« Er sagte es, ohne das Gesicht zu verziehen, und einem Besucher fiel ein gewisses Selbstbewußtsein und eine Gleichgültigkeit auf, die seine Frau als Größe beschrieben hatte. Er legte den grellgelben Reißer aus der Hand, ohne die Unangemessenheit des Vorgangs auch nur zu bemerken oder ihn durch eine witzige Bemerkung zu kommentieren. John Boulnois war ein großer Mann mit langsamen Bewegungen und einem schweren, graumelierten Kopf und schlichten, breiten Gesichtszügen. Er trug einen abgetragenen und sehr altmodischen Abendanzug mit einem kleinen, dreieckigen Hemdausschnitt; er hatte ihn wohl in der ursprünglichen Absicht angelegt, auszugehen und seine Frau die Julia spielen zu sehen.

»Ich möchte Sie nicht lange von Ihrem ›Blutigen Daumen‹ oder irgendwelchen anderen katastrophalen Geschichten abhalten«, sagte Pater Brown lächelnd. »Ich bin nur gekommen, um Sie nach dem Verbrechen zu fragen, das Sie heute abend begangen haben.«

Boulnois sah ihn ruhig an, aber das Blut begann ihm in die Stirn zu schießen; er sah wie jemand aus, der zum erstenmal das Gefühl der Verlegenheit entdeckt.

»Ich weiß, es war ein sonderbares Verbrechen«, fügte Brown mit leiser Stimme hinzu. »Sonderbarer vielleicht als für den Mörder – für Sie. Die kleinen Sünden sind manchmal schwerer zu beichten als die großen – und gerade deshalb ist es so wichtig, sie zu beichten. Ihr Verbrechen wird von jeder modernen Hausfrau gut sechsmal in der Woche begangen; und doch kommt es einem wie eine unaussprechliche Verruchtheit vor.«

»Man hat das Gefühl«, antwortete der Gelehrte langsam, »ein so schrecklicher Esel zu sein.«

»Ich weiß«, setzte der andere hinzu, »aber oft muß man sich entscheiden, ob man nur dieses Gefühl hat oder ob man tatsächlich ein Esel ist.«

»Ich kann mich selbst so schlecht beurteilen«, fuhr Boulnois fort, »aber wenn ich in diesem Stuhl sitze und diese Geschichte lese, fühle ich mich so glücklich wie ein Schuljunge am ersten Ferientag. Es war Sicherheit, Ewigkeit . . . ich kann es nicht erklären . . . die Zigarren lagen in Reichweite . . . die Streichhölzer . . . der ›Daumen‹ mußte noch viermal erscheinen . . . es war nicht nur Friede, es war Vollkommenheit. Da läutete es, und ich glaubte eine Minute lang, eine unendliche lange Minute, daß ich nicht von diesem Stuhl aufstehen könnte . . . buchstäblich, physisch nicht aufstehen könnte. Dann gelang es mir wie Atlas, der die Welt trägt; ich wußte, daß alle Bediensteten aus dem Hause waren. Ich machte die Haustür auf, und da stand ein kleiner Herr, der schon den Mund aufmachte, um zu sprechen, und schon sein Notizbuch geöffnet hatte, um zu schreiben. Ich erinnerte mich jenes amerikanischen Reporters, den ich vergessen hatte. Er hatte einen Mittelscheitel, und ich sage Ihnen, ich hätte einen Mord . . .«

»Ich verstehe«, sagte Pater Brown. »Ich habe ihn getroffen.«

»Ich habe keinen Mord begangen«, fuhr der Katastrophismus-Theoretiker sanft fort, »aber einen Meineid. Ich sagte ihm, ich wäre nach Pendragon Park gegangen, und warf die Tür vor seiner Nase zu. Das ist mein Verbrechen, Pater Brown, und ich weiß nicht, welche Strafe Sie mir dafür auferlegen werden.«

»Ich werde Ihnen überhaupt keine Strafe auferlegen«, antwortete der Kirchenmann, indem er seinen breiten Hut und den Schirm mit allen Anzeichen der Heiterkeit zusammenraffte; »ganz im Gegenteil. Ich bin eigens hierhergekommen, um Sie von der kleinen Strafe zu befreien, die ansonsten auf Ihren kleinen Verstoß zwangsläufig hätte folgen müssen.«

»Und was«, fragte Boulnois lächelnd, »ist die kleine Strafe, der ich auf so glückliche Weise entronnen bin?«

»Gehängt zu werden«, sagte Pater Brown.

Das Hundeorakel

Ja«, sagte Pater Brown, »ich habe Hunde sehr gern – aber nur als Hunde.«

Gewandte Sprecher sind nicht immer gewandte Zuhörer. Gerade die geistreichen Leute erweisen sich bisweilen als begriffsstutzig. Pater Browns Freund und Besucher war ein junger Mann namens Fiennes, ein Enthusiast mit temperamentvollen blauen Augen; sein blondes Haar machte den Eindruck, als sei es nicht mit der Haarbürste, sondern vom Gegenwind des Lebens, das er durchraste, zurückgestrichen. Er unterbrach seinen Redestrom von Ideen und Geschichten und schwieg einen Augenblick verdutzt, bis er die sehr einfachen Worte des Priesters verstand.

»Sie meinen, solange man sie nicht anbetet?« sagte er. »Ja, aber ich weiß nicht – es sind doch wunderbare Geschöpfe. Manchmal habe ich die Empfindung, daß sie bedeutend mehr wissen als unsereiner.«

Pater Brown erwiderte nichts. Er streichelte weiter halb unbewußt dem großen Schäferhund den Kopf, was dem Tier offenbar wohltat.

»Zufällig«, setzte Fiennes mit steigender Wärme seinen Monolog fort, »spielt auch in der Sache, in der ich mir heute bei Ihnen Rat holen möchte, ein Hund eine gewisse Rolle. Ich meine den Fall des ›Unsichtbaren Mörders‹, wie man ihn nennt. Die Geschichte ist gewiß sonderbar, am allersonderbarsten aber kommt mir der Hund dabei vor. Natürlich bleibt auch das Verbrechen an sich höchst merkwürdig; wie konnte der alte Druce von einem anderen Menschen ermordet werden, während er doch ganz alleine in der Laube saß?«

Die Hand, die den Hund streichelte, unterbrach auf einen Augenblick die rhythmische Bewegung, und Pater Brown fragte ruhig: »Ach, es war also eine Laube?«

»Haben Sie denn den Fall nicht in den Zeitungen verfolgt?« erwiderte Fiennes. »Warten Sie mal – ich glaube, ich habe da einen Ausschnitt bei mir, aus dem Sie alle Einzelheiten ersehen können.« Er zog ein Stückchen Zeitung aus der Tasche und gab es dem Priester, der es dicht an die blinzelnden Augen hielt und anfing zu lesen; mit der anderen Hand liebkoste er mechanisch den Hund weiter – das verkörperte Gleichnis vom Manne, dessen rechte Hand nicht weiß, was die linke tut.

Viele Detektivgeschichten von Menschen, die hinter verschlossenen Türen und Fenstern ermordet wurden und deren Mörder entkamen, ohne eine Tür zu benutzen, sind im Laufe der außergewöhnlichen Vorfälle in Cranston an der Küste von Yorkshire zur Wirklichkeit geworden. Dort wurde Oberst Druce erstochen aufgefunden; er war von rückwärts mit einem Dolche durchbohrt worden. Das Mordwerkzeug ist vom Tatort, ja überhaupt aus der nächsten Umgebung verschwunden. Die Laube, in der der Ermordete starb, war allerdings von einer Seite aus zugänglich – nämlich durch die gewöhnliche Tür, die zum Mittelweg des Gartens und zum Hause offen stand. Durch eine merkwürdige Verkettung von Zufällen standen jedoch offensichtlich sowohl Weg als auch Eingang während der kritischen Zeit unter genauer Beobachtung, und es gab eine Reihe von

Zeugen, deren Aussagen sich gegenseitig stützten. Die Laube steht am äußersten Ende des Gartens, der an dieser Stelle keinerlei Ein- oder Ausgang besitzt. Der Mittelweg des Gartens läuft zwischen zwei Reihen von hohem Rittersporn, der so eng gepflanzt ist, daß jeder Schritt vom Wege ab eine Spur hinterlassen müßte. Weg und Blumen führen bis dicht an die Laube; es würde auffallen, wenn jemand vom geraden Pfad abweichen wollte. Ein anderer Zugang ist aber nicht vorhanden.

Patrick Floyd, der Sekretär des Ermordeten, bezeugt, daß er sich in einer Lage befand, von der aus er den ganzen Garten übersehen konnte, und zwar von dem Augenblick an, wo der Oberst zuletzt lebend in der Türe stand, bis zu der Zeit, wo er tot aufgefunden wurde; Floyd war nämlich oben auf einer Leiter und stutzte die Gartenhecke. Diese Aussage wird von Janet Druce, der Tochter des Verstorbenen, bestätigt. Sie saß während der ganzen Zeit auf der Terrasse vor dem Haus und sah Floyd arbeiten. Auch dies wird, wenigstens für einen Teil der Zeit, von Donald Druce, dem Bruder der jungen Dame, beglaubigt, der vom Fenster seines Schlafzimmers aus, wo er im Schlafrock stand – denn er war erst sehr spät aufgewacht – den Garten übersehen konnte. Endlich passen die Angaben zu der Aussage eines Nachbars, des Dr. Valentine, der zu Besuch kam und sich einige Zeit mit Miss Druce auf der Terrasse unterhielt, und zu der des Familienanwalts Aubrey Traill, der offenbar als letzter den Ermordeten lebend gesehen hat – vermutlich mit Ausnahme des Mörders.

Alle stimmen darin überein, daß die Vorgänge sich folgendermaßen abspielten: um halb vier Uhr nachmittags ging Miss Druce den Gartenweg hinunter und fragte ihren Vater, für wieviel Uhr sie den Tee bestellen sollte. Er lehnte jedoch ab; er wollte auf seinen Rechtsanwalt Traill warten, den man ihm in die Laube schikken sollte, sobald er käme. Die junge Dame ging zur Terrasse zurück und traf unterwegs Traill, den sie in die Laube wies, wo er auch hinging. Nach einer halben Stunde kam er wieder heraus, der Oberst begleitete ihn bis zur Tür der Laube und war augenscheinlich in bester Verfassung und sogar glänzender Laune. Etwas früher hatte er sich über die Nachtschwärmereien seines Sohnes geärgert, aber seine gute Laune jedenfalls in ganz normaler Weise wiedergefunden; denn er hatte mehrere andere Besucher auffallend herzlich empfangen, darunter seine beiden Neffen, die auf einen Tag herausgekommen waren. Da die beiden Letztgenannten jedoch während der ganzen Zeit der Untat auf einem Spaziergang abwesend waren, konnten sie nichts aussagen. Wie man sagt, stand zwar der Oberst nicht zum besten mit Dr. Valentine, aber der Arzt hatte nur eine kurze Unterredung mit der Tochter des Hauses, auf die er, wie man annimmt, ernste Absichten hat.

Der Rechtsanwalt, Traill, sagt aus, daß der Oberst allein in der Laube zurückblieb, und dies wird durch Floyd bestätigt, der den Garten aus der Vogelschau überblickte, da er niemand durch den einzigen Eingang eintreten sah. Zehn Minuten später ging Miss Druce wieder durch den Garten; bevor sie am Ende des Weges angekommen war, sah sie ihren Vater auf dem Boden liegen; er fiel ihr durch seinen weißen Leinenmantel schon von weitem auf. Sie stieß einen Schrei aus, der die andern herbeilockte; als man die Laube betrat, fand man den Oberst tot neben seinem Korbsessel liegen, der ebenfalls umgefallen war. Wie Dr. Valentine, der sich noch in der Nähe befand, feststellte, rührte die Wunde von einer Art Stilett her, das unterhalb des Schulterblatts eingedrungen war und das Herz durchbohrt hatte. Die Polizei hat den Tatort und die Umgebung nach einer solchen Waffe durchsucht, ohne eine Spur davon zu finden.

»Also einen weißen Mantel hatte der Oberst an, wie?« sagte Pater Brown und legte die Zeitung hin.

»Das war so seine Gewohnheit von den Tropen her«, antwortete Fiennes erstaunt. »Wie er selbst erzählte, muß er dort die merkwürdigsten Dinge erlebt haben, und wahrscheinlich war ihm Dr. Valentine so unsympathisch, weil er auch von den Tropen her kam. Aber die ganze Sache ist ein verdammtes Rätsel. Was da in der Zeitung steht, stimmt ziemlich genau – erlebt habe ich die Tragödie nicht, denn ich war nicht dabei, wie sie ihn fanden, weil ich gerade mit den beiden jungen Neffen und dem Hund spazieren war – eben dem Hund, von dem ich erzählen wollte. Aber ich habe den Schauplatz der Tat gesehen, wie er hier beschrieben steht – den geraden Pfad zwischen den blauen Blumen bis hinauf zu dem dunklen Eingang, den Rechtsanwalt mit seinem schwarzen Anzug und Zylinder, wie er ihn entlang ging, und den roten Kopf des Sekretärs gerade über der grünen Hecke, an der er mit seiner Gartenschere herumarbeitete. Dieser rote Kopf war auf keine Entfernung hin zu verkennen; und wenn die Zeugen sagen, daß sie ihn die ganze Zeit über gesehen haben, stimmt das sicher. Der rothaarige Sekretär Floyd ist überhaupt ein Original – ein unruhiger Geist, der immer anderen Leuten die Arbeit abnimmt, wie damals dem Gärtner. Ich glaube, er ist Amerikaner – jedenfalls hat er den amerikanischen Gesichtspunkt, wie sie drüben sagen.«

»Und der Rechtsanwalt?« fragte Pater Brown. Nach kurzem Schweigen sagte Fiennes ungewöhnlich langsam: »Von Traill hatte ich einen merkwürdigen Eindruck. In seinem vornehmen schwarzen Anzug sah er fast wie ein Stutzer aus, aber doch nicht modisch oder elegant. Denn er trug einen langen, vollen schwarzen Backenbart, wie man ihn seit dreißig Jahren kaum mehr zu sehen bekommt. Er hatte ein vornehmes, ernstes Gesicht, und ein vornehmes, ernstes Wesen, aber manchmal schien ihm einzufallen, daß er lächeln müßte – und wenn er dann seine weißen Zähne zeigte, schien er etwas an Würde einzubüßen, ja er bekam sogar etwas Kriecherisches. Vielleicht war es auch nur Verlegenheit, denn er spielte auch gern mit seinem Schlips und seiner Krawattennadel, die ebenso schön und ungewöhnlich waren, wie er selbst. Wenn es irgend jemand gewesen sein könnte – aber was soll das alles – es ist doch ausgeschlossen. Kein Mensch weiß, wer es getan hat – niemand weiß, wie es überhaupt geschehen konnte. Das heißt, mit einer Ausnahme, die ich denn doch machen möchte – und deshalb erzähle ich es gerade. Der Hund weiß es.«

Pater Brown seufzte und sagte zerstreut: »Sie waren zum jungen Donald zu Besuch gekommen, nicht wahr? Er hat Sie doch auf dem Spaziergang nicht begleitet?«

»Nein«, lächelte Fiennes. »Der Lump war am Morgen zu Bett gegangen und am Nachmittag aufgestanden. Ich habe seine Vettern begleitet, zwei junge Offiziere aus Indien, und wir haben uns über höchst alltägliche Dinge unterhalten. Der Ältere, der, wenn ich nicht irre, Herbert Druce heißt, gilt als ein hervorragender Pferdezüchter, er redete in einem fort von einer Stute, die er gekauft hatte, und dem Schurken von einem Verkäufer; sein Bruder Harry war schlechter Laune, weil er in Monte Carlo viel Geld verspielt hatte. Ich erwähne das nur wegen der Dinge, die sich auf unserem Spaziergang ereigneten, um Ihnen zu beweisen, daß uns Telepathie ganz fernlag – von uns vieren war der Hund der einzige Hellseher.«

»Was für eine Rasse?« fragte der Priester.

»So einer wie der da«, erwiderte Fiennes. »Dadurch bin ich auf die Geschichte gekommen – weil Sie, wie Sie sagen, nicht glauben, daß man an einen Hund glauben soll. Der Hund war ein großer deutscher Schäferhund und hörte auf den Namen Nox – ein sehr passender Name übrigens, denn mir scheint das, was er anstellte, viel dunkler und geheimnisvoller als der Mord. Sie müssen wissen, daß das Haus und der Garten des Obersten am Meer liegen; wir gingen etwa anderthalb Kilometer weit fort und längs des Strandes zurück. Wir kamen an einem merkwürdigen Felsen vorüber, dem ›Schicksalsfelsen‹; er ist in der Gegend sehr berühmt, weil, wie das manchmal so vorkommt, zwei Steine so aufeinander ausbalanciert sind, daß ein Stoß genügen würde, um den oberen herunterzuwerfen. Wirklich hoch ist er nicht, aber durch seine sonderbare Form wirkt er ziemlich wild und schaurig; mir wenigstens kam er so vor, denn die beiden jungen Kerle zeigten wenig Sinn für das Romantische. Vielleicht hatte ich auch schon Ahnungen – eben wurde die Frage aufgeworfen, ob es Zeit sei, zum Tee zurückzugehen, und gerade da hatte ich so ein Gefühl, als ob es sehr auf die Zeit ankäme. Herbert und ich hatten beide keine Uhr mit. Wir riefen also seinen Bruder an, der ein wenig zurückgeblieben war, um sich an einer windgeschützten Stelle bei der Hecke seine Pfeife anzuzünden. Daher kam es, daß er die Zeit – nämlich zwanzig nach vier – mit seiner dröhnenden Stimme laut durch die Dämmerung grölte – es klang so laut, daß es wie die Verkündigung einer ungeheuer wichtigen Epoche wirkte. Besonders, weil er so ahnungslos war. Mit Vorzeichen ist das immer so – und gewisse Augenblicke waren ja an dem Nachmittag besonders bedeutungsvoll. Nach Dr. Valentines Aussage starb der arme Druce wirklich kurz vor halb fünf Uhr.

Na, die Jungens sagten, wir hätten noch zehn Minuten Zeit. Wir gingen also am Strand weiter, ohne was Besonderes zu tun – wir warfen Steine für den Hund und schleuderten Stöcke ins Meer, die er apportieren sollte. Mir schien aber die Dämmerung immer drückender zu werden; selbst der Schatten des überhängenden Schicksalsfelsens lag wie eine Last auf mir. Und da geschah das Merkwürdige. Nox hatte gerade Herberts Spazierstock aus dem Wasser apportiert, und sein Bruder warf nun auch seinen hinein. Der Hund schwamm ins Meer hinaus – aber auf einmal – es muß genau um Schlag halb fünf Uhr gewesen sein – hörte er auf zu schwimmen. Er kehrte an den Strand zurück und blieb vor uns stehen. Dann warf er plötzlich den Kopf zurück und stieß ein Geheul aus – ein klagendes Wehgeheul, wie ich es nie im Leben gehört habe.

›Was zum Teufel hat der Hund?‹ fragte Herbert; aber keiner von uns wußte eine Antwort: Das Heulen und Winseln erstarb auf dem verlassenen Ufer der See; dann herrschte ein langes Schweigen, das plötzlich unterbrochen wurde. Unterbrochen, so wahr ich lebe, durch einen schwachen Schrei wie von einer Frau, der von weither, aus dem Innern jenseits der Hecke zu kommen schien. Damals wußten wir noch nicht, was es zu bedeuten hatte; aber später erfuhren wir es. Es war der Schrei, den das Mädchen ausstieß, als sie den Leichnam ihres Vaters fand.«

»Nun kehrten Sie wohl um, nicht wahr?« fragte Pater Brown geduldig. »Und was geschah weiter?«

»Ich will Ihnen sagen, was weiter geschah«, sagte Fiennes mit finsterem Nachdruck. »Als wir in den Garten kamen, war das erste, was wir erblickten, der Rechtsanwalt Traill – ich sehe ihn noch jetzt vor mir mit seinem schwarzen Hut und schwarzem Backenbart, die sich gegen den Hintergrund von blauen Blumen, die Laube, den Sonnenuntergang und den Schicksalsfelsen in der Ferne abhoben. Sein Gesicht und seine Gestalt waren im Schatten; aber ich könnte einen Eid leisten, daß man seine Zähne sah, und daß er lächelte.

Kaum hatte Nox den Menschen erblickt, so raste er nach vorn, blieb mitten auf dem Wege stehen und bellte ihn wie besessen an. Er heulte mörderisch; aus seiner Hundekehle brachen Flüche, die mit ihrem deutlichen Ausdruck von Haß fast menschlich wirkten. Der Mann kroch in sich zusammen und flüchtete zwischen den Blumen den Weg hinauf.«

Pater Brown sprang mit erstaunlicher Ungeduld von seinem Sitz auf.

»Der Hund hat ihn also angeklagt, nicht wahr?« rief er aus. »Das Hundeorakel hat ihn verurteilt. Haben Sie sich auch um den Vogelflug gekümmert, und ob die Vögel rechts oder links vorbeizogen? Haben Sie die Auguren um die Opfer befragt? Hoffentlich haben Sie nicht unterlassen, den Hund aufzuschneiden, und die Eingeweide zu beschauen. Auf diese Art von wissenschaftlicher Probe scheint Ihr aufgeklärten Heiden Euch zu verlassen, wenn es sich darum handelt, einem Manne Leben und Ehre abzuschneiden.«

Fiennes saß einen Augenblick mit offenem Munde da, bevor er die Worte herausbrachte: »Ja, was haben Sie denn? Was hab ich denn getan?«

In die Augen des Priesters stahl sich ein Ausdruck von Besorgnis – die Besorgnis des Mannes, der im Dunkel an einen Pfosten angerannt ist und sich einen Augenblick lang fragt, ob er kein Unheil angerichtet hat.

»Ich bedaure unendlich«, sagte er voll aufrichtiger Betrübnis. »Ich bitte um Entschuldigung wegen meiner Unhöflichkeit – verzeihen Sie.«

Fiennes sah ihn neugierig an. »Manchmal kommen Sie mir geheimnisvoller vor als alle Geheimnisse«, sagte er. »Aber – wenn Sie an das Geheimnis vom Hund nicht glauben wollen, über das Geheimnis vom Menschen kommen Sie nicht hinweg. Sie können doch nicht leugnen, daß im gleichen Augenblick, wo das Tier aus dem Wasser kam und bellte, die Seele seines Herren aus ihrem Leib getrieben wurde durch den Stoß einer unsichtbaren Kraft, die kein Sterblicher auffinden oder sich auch nur vorstellen kann. Und was den Rechtsanwalt betrifft; ich halte mich nicht nur an den Hund: da gibt es noch andere sonderbare Einzelheiten. Mir machte er den Eindruck eines glatten, lächelnden, doppelzüngigen Menschen, und eine seiner Angewohnheiten kam mir förmlich wie ein Anhaltspunkt vor. Wie Sie wissen, waren Arzt und Polizei sehr bald zur Stelle – Valentine wurde eingeholt, als er vom Hause wegging, und er telephonierte sofort. Dieser Umstand, und dazu die Abgeschlossenheit des Hauses, die kleine Anzahl von Personen und der begrenzte Raum haben es sozusagen möglich gemacht, jeden genau zu durchsuchen, der in der

Nähe war – und es wurde auch jeder durchsucht – nach einer Waffe. Das ganze Haus, der Garten und der Strand wurden aufs genaueste nach einer Waffe abgesucht. Daß der Dolch so einfach verschwinden konnte, ist fast ebenso widersinnig, wie daß der Mörder verschwand.«

»Daß der Dolch verschwand –« Pater Brown nickte. Er schien plötzlich aufmerksam zu werden.

»Nun passen Sie auf«, fuhr Fiennes fort, »ich habe Ihnen schon gesagt, daß dieser Traill die Gewohnheit hatte, fortwährend an seinem Schlips und an der Krawattennadel herumzubasteln – besonders an der Nadel. Seine Nadel war gleichzeitig auffallend prächtig und altmodisch – genau wie er selbst. Sie bestand aus einem Stein mit konzentrischen farbigen Kreisen, die wie ein Auge aussahen – und je mehr er sich damit befaßte, desto mehr fiel sie mir auf die Nerven, gerade als wäre er ein Zyklop mit einem einzigen Auge mitten im Körper. Aber die Nadel war nicht nur groß, sondern auch lang – und mir fiel ein, daß er sich vielleicht so große Mühe gab, sie richtig zu stecken, weil sie noch länger war als sie aussah – so lang wie ein Stilett, mit einem Wort.«

Pater Brown nickte nachdenklich. »Wurde noch von einer anderen Waffe gesprochen?« fragte er.

»Ja«, erwiderte Fiennes, »einer der beiden jungen Druces – ich meine die Vettern – hatte noch eine Idee. Weder Herbert noch Harry machten zuerst den Eindruck, als ob sie für Detektivarbeit in Frage kämen – aber während Herbert genau dem althergebrachten Typus des schweren Dragoners entspricht, mit nur einer Leidenschaft für Pferde und dem einzigen Wunsch, in der Garde eine gute Figur zu machen, gehörte sein jüngerer Bruder seinerzeit der indischen Polizei an und wußte in diesen Dingen Bescheid. Auf seine Art war er sogar nicht einmal dumm – mir kommt es fast vor, daß er zu gescheit war und abgesägt wurde, weil er sich nicht um den Amtsschimmel kümmerte und auf seine eigene Verantwortung handelte. Jedenfalls war er sozusagen ein Detektiv ohne Stellung und warf sich mit mehr als Dilettanteneifer auf den Fall. Mit ihm hatte ich auch die Debatte über die Waffe – und die Debatte brachte uns auf eine neue Idee. Es fing damit an, daß er meine Beschreibung von der Art und Weise, wie der Hund auf Traill losgegangen war, in Abrede stellte – er sagte, daß ein Hund, wenn er ganz gefährlich sei, nie belle, sondern knurre.«

»Damit hatte er völlig recht«, bemerkte der Priester.

»Ferner sagte er, wenn es darauf ankäme, hätte er Nox schon andere Leute anknurren gehört – zum Beispiel den Sekretär Floyd. Ich gab zur Antwort, daß sein Einwurf sich selbst erledige – zwei oder drei Leute konnten das Verbrechen nicht begangen haben, am wenigsten Floyd, der so unschuldig war wie ein wilder Schuljunge und allen sichtbar über der Hecke saß und mit seinem roten Schopf so auffallend aussah, wie ein scharlachroter Kakadu. ›Ja, leicht ist die Sache nicht‹, gab mein Kollege mir zur Antwort, ›aber kommen Sie doch bitte mal mit mir in den Garten. Ich möchte Ihnen etwas zeigen, was wohl noch keiner gesehen hat.‹ Das war am Tage, an dem der Mord entdeckt wurde und im Garten lag noch alles unverändert da: die Leiter stand bei der Hecke; und unter die Hecke bückte sich mein Begleiter und zog aus dem tiefen Gras etwas heraus. Es war die Schere, mit der die Hecke gestutzt worden war; an einer Spitze klebte Blut.«

Nach einem kurzen Schweigen fragte Pater Brown plötzlich: »Weshalb war der Rechtsanwalt da?«

»Er sagte uns, daß ihn der Oberst bestellt hatte, weil er sein Testament ändern wollte«, erwiderte Fiennes. »Nebenbei bemerkt gab es noch eine andere Seltsamkeit bei der Abfassung des Testaments, die ich erwähnen sollte. Sehen Sie, das Testament wurde an diesem Nachmittag in der Laube gar nicht unterzeichnet.«

»Das dachte ich mir«, sagte Pater Brown, »dazu hätte es zweier Zeugen bedurft.«

»Der Rechtsanwalt kam tatsächlich schon am Tag vorher und es wurde da auch unterzeichnet. Aber am nächsten Tag ließ man ihn wieder holen, da der alte Herr Zweifel über einen der Zeugen bekommen hatte und sich deshalb noch einmal rückversichern wollte.«

»Wer waren die Zeugen?« fragte Pater Brown.

»Das ist es ja gerade«, antwortete sein Informant lebhaft, »die Zeugen waren der Sekretär Floyd und dieser Dr. Valentine, dieser ausländische Chirurg oder was er sein mag; beide hatten einen Streit miteinander. Nun fühle ich mich zu der Mitteilung verpflichtet, daß der Sekretär eine Art von Wichtigtuer ist. Er ist einer dieser hitzigen und halsstarrigen Leute, deren heftiges Temperament sie unseligerweise ganz in die Aggression und in den Argwohn getrieben hat, so daß sie allen Leuten mißtrauen, statt ihnen auch gelegentlich zu vertrauen. Diese Sorte von rothaarigen und rotglühenden Burschen ist immer entweder vertrauensselig gegen jedermann oder mißtrauisch gegen jedermann. Manchmal freilich auch beides zugleich. Floyd war nicht allein ein Alleskönner und Faktotum, er wußte auch in jedem Punkt besser Bescheid als jeder Fachmann. Und er wußte nicht nur alles, sondern er warnte auch jeden vor jedem. Das alles muß man in Rechnung stellen, wenn man von seinen Verdächtigungen gegen Valentine erzählt. In diesem besonderen Fall aber scheint doch etwas an den Gerüchten dran zu sein. Floyd sagte, Valentines Name sei nicht wirklich Valentine gewesen. Er behauptete, ihn früher an einem anderen Ort schon unter dem Namen De Villon gekannt zu haben. Und er versicherte auch, dadurch würde das Testament ungültig werden; denn natürlich war er auch hier wieder freundlich genug, dem Rechtsanwalt die genaue Rechtslage in dieser Sache zu erläutern. Sie hatten sich beide ganz schön in den Haaren.«

Pater Brown lachte. »Die Leute haben sich oft in den Haaren, wenn sie ein Testament als Zeugen unterschreiben sollen«, sagte er. »Das heißt ja zum Beispiel, daß sie selber nicht als Erben in ihm erwähnt werden. Was sagte aber nun Dr. Valentine genau? Ohne Zweifel weiß zwar dieser universale Sekretär auch über den Namen des Doktors mehr als der Doktor selber. Aber vielleicht könnte ja der Doktor auch die eine oder andere Information über seinen eigenen Namen beisteuern.«

Fiennes hielt einen Augenblick inne, ehe er fortfuhr.

»Dr. Valentine nahm den Vorfall auf sehr sonderbare Weise auf. Dr. Valentine ist überhaupt ein sehr sonderbarer Mann. Schon seine Erscheinung ist ziemlich auffallend und sehr ausländisch. Er ist jung und trägt einen richtig geschnittenen Bart. Sein Gesicht ist sehr bleich, erschreckend bleich und erschreckend ernst. In seinen Augen ist eine Art angestrengter Schmerz, so als ob er gewohnt wäre, eine Brille zu tragen, oder als ob er sich durch unausgesetztes Denken schwere Kopfschmerzen zugezogen hätte. Im übrigen aber sieht er sehr gut aus und ist immer korrekt gekleidet, mit Zylinder und dunklem Rock, in dem eine kleine rote Rose steckt. Sein Auftreten ist eher kühl und hochmütig, und seine Art, einen anzustarren, ist für das Gegenüber sehr irritierend. Als man ihm den Namenstausch so brüsk vorhielt, stand er nur da und sah starr vor sich hin wie eine Sphinx, dann sagte er mit einem leichten Lachen, er nehme an, die Amerikaner hätten keine Namen zum Wechseln. An diesem Punkt schien auch der Colonel in Wut zu geraten, jedenfalls sagte er dem Doktor alle möglichen Grobheiten. Er war um so ärgerlicher, da er des Doktors Absichten auf einen zukünftigen Platz in der eigenen Familie ja kannte. Ich hätte nicht weiter über die Sache nachgedacht, hätte ich nicht zufällig früh am Nachmittag der Tragödie ein paar Worte aufgeschnappt. Auch aus ihnen will ich keine große Affäre machen, zumal es nicht ein Gespräch war, bei dem man unter gewöhnlichen Umständen gerne den ungebetenen Zuhörer macht. Ich war gerade mit meinen beiden Begleitern und dem Hund durch den Haupteingang gegangen, da hörte ich Stimmen. Ich konnte daraus entnehmen, daß Dr. Valentine und Miss Druce sich einen Augenblick in den Schatten des Hauses zurückgezogen hatten, in einen Winkel hinter einer Reihe blühender Pflanzen, und daß sie dort in leidenschaftlichem Flüstern miteinander sprachen – manchmal klang es fast wie ein wütendes Zischen. Es muß eine Mischung aus Liebeszank und Stelldichein gewesen sein. Niemand wird das Gespräch in allen Einzelheiten wiederholen, bei einem so unglücklichen Vorfall wie diesem fühle ich mich aber doch verpflichtet zu sagen, daß mehr als einmal davon die Rede war, daß jemand getötet werden sollte. Soweit ich es verstanden habe, bat ihn das Mädchen, jemanden nicht zu töten, oder sie sagte, daß keine noch so schwere Herausforderung es rechtfertigen könne, jemanden zu töten. Jedenfalls ein ungewöhnliches Gespräch mit einem Herrn, der gesellig zum Tee hereingeschaut hat.«

»Erinnern Sie sich«, fragte der Priester, »ob Dr. Valentine nach dem Auftritt mit dem Sekretär und dem Colonel besonders erregt und wütend schien – ich meine darüber, daß er als Zeuge das Testament unterschreiben sollte?«

»Allem Anschein nach«, erwiderte der andere, »war er nicht halb so wütend wie der Sekretär. Es war ja auch der Sekretär, der nach der Unterschrift unter dem Testament in offener Wut davonlief.«

»Und jetzt«, sagte Pater Brown, »erzählen Sie mir, was es mit dem Testament selbst auf sich hat.«

»Der Oberst war sehr reich und sein Testament war wichtig. Damals wollte Traill uns noch nichts Genaueres über die Änderung sagen, aber ich habe seither erfahren – erst heute früh nämlich –, daß der Hauptteil des Vermögens dem Sohne entzogen und der Tochter vermacht wurde. Ich habe Ihnen schon gesagt, daß Druce auf seinen Sohn wütend war, weil er ein so flottes Leben führte.«

»Die Frage nach dem Warum ist bis jetzt durch die Frage nach dem Wie in den Hintergrund gedrängt worden«, bemerkte Pater Brown nachdenklich. »In diesem Augenblick hat Miss Druce, wie es scheint, durch den Tod unmittelbar gewonnen.«

»Um Himmelswillen! Sind Sie aber ein Gemütsmensch«, rief Fiennes aus und starrte ihn an. »Sie wollen doch damit nicht etwa sagen, daß sie –«

»Wird sie den Doktor Valentine heiraten?« fragte der andere. »Was ist das für ein Mensch?«

»Valentine? Er trägt einen Bart – sehr blaß, sehr schön – sieht wie ein Ausländer aus. Auch der Name klingt nicht gerade englisch. Aber im Ort hat man ihn gern und hält viel von ihm; er ist ein geschickter und gewissenhafter Chirurg.«

»Ein so gewissenhafter Chirurg«, sagte Pater Brown, »daß er sein Besteck mit hatte, als er die junge Dame zur Vesperzeit besuchte. Er muß doch eine Lanzette oder etwas ähnliches benutzt haben – und er war in der Zwischenzeit nicht zu Hause.«

Fiennes sprang auf und sah ihn hitzig vor Neugierde an. »Meinen Sie, daß er dieselbe Lanzette benutzt hat –«

Pater Brown schüttelte den Kopf. »Alle diese Einfälle sind vorläufig noch ganz phantastisch«, sagte er. »Die Frage lautet nicht, wer es getan hat und womit, sondern wie es getan wurde. Wir könnten viele Männer finden und viele Werkzeuge – Nadeln und Scheren und Lanzetten. Aber wie konnte ein Mensch in das Zimmer gelangen – oder auch nur eine Nadel?«

Während er sprach, blickte er nachdenklich auf die Decke – aber bei den letzten Worten wurde sein Auge plötzlich munter, als hätte er da oben eine merkwürdige Fliege erblickt.

»Nun, wie würden Sie jetzt vorgehen?« fragte der Jüngere. »Sie haben soviel Erfahrung – wozu würden Sie mir raten?«

»Ich fürchte, daß ich nicht viel tun kann«, sagte der Priester mit einem Seufzer. »Ich kann wenig sagen, da ich den Ort und die Leute so gar nicht kenne. Für den Augenblick können Sie nur die lokalen Nachforschungen fortsetzen. Ich habe Sie doch richtig verstanden, daß Ihr Freund, der indische Polizeibeamte, mehr oder weniger die Untersuchung leitet. Ich würde an Ihrer Stelle hinfahren und sehen, was er macht. Was bei seiner dilettantischen Detektivarbeit herausgekommen ist. Vielleicht gibt es schon etwas Neues.«

Während seine Gäste – der Zweifüßler und der Vierfüßler – sich entfernten, griff Pater Brown zur Feder und widmete sich wieder seiner unterbrochenen Arbeit; er war dabei, eine Vortragsreihe über die Enzyklika *Rerum Novarum* zu entwerfen. Das Thema war umfassend, daher war er nach zwei Tagen ähnlich beschäftigt, als der große schwarze Hund wieder ins Zimmer gesprungen kam und sich voll Begeisterung und Aufregung über ihn warf. Der Herr, der nach dem Hund eintrat, teilte die Aufregung, wenn auch nicht die Begeisterung. Er war in weniger angenehmer Weise aufgeregt worden – die blauen Augen traten aus den Höhlen und das ausdrucksvolle Gesicht war ein wenig bleich.

»Sie haben mir gesagt«, fing er unvermittelt und ohne Einleitung an, »ich sollte nachsehen, was Harry Druce macht. Wissen Sie, was er gemacht hat?«

Der Priester antwortete nicht und der junge Mann stieß heraus:

»Ich will's Ihnen sagen. Er hat sich umgebracht.«

Die Lippen des Paters bewegten sich ganz leise; was er sagte, hat mit dieser Geschichte – und dieser Welt – nichts zu schaffen.

»Manchmal graut mir vor Ihnen«, sagte Fiennes. »Haben Sie – haben Sie das erwartet?«

»Ich hielt es für möglich«, sagte Pater Brown, »deshalb riet ich Ihnen, hinzufahren und sich nach ihm umzusehen. Ich hoffte, es würde nicht zu spät sein.«

»Ich war derjenige, der ihn fand«, sagte Fiennes mit belegter Stimme. »Es ist die häßlichste und unheimlichste Erfahrung meines Lebens. Ich ging wieder durch den alten Garten und merkte, daß etwas außer dem Mord darin neu und ungewöhnlich war. Die Blumen drängten sich noch immer in blauer Fülle um den dunklen Eingang in die alte graue Laube – aber sie sahen aus wie blaue Dämonen, die in der Unterwelt vor einer dunklen Höhle tanzen. Ich blickte mich um – alles schien an seinem gewohnten Ort. Aber mir drängte sich das sonderbare Gefühl auf, daß selbst der Himmel nicht so aussah wie sonst. Und dann verstand ich – sonst erhob sich der Schicksalsfelsen im Hintergrund jenseits der Hecke und vor dem Meer. Und der Schicksalsfelsen war verschwunden.«

Pater Brown hatte den Kopf gehoben und hörte mit gespannter Aufmerksamkeit zu.

»Es traf mich so, als hätte sich ein Berg aus der Landschaft fortbewegt oder als sei der Mond vom Himmel gefallen; obwohl ich ja natürlich wußte, daß das Ding jederzeit bei einer bloßen Berührung umkippen konnte. Wie besessen stürzte ich in Windeseile den Gartenweg hinunter und drang durch die Hecke, als wäre es ein Spinngewebe. Es war auch nur eine dünne Hecke, obwohl sie, unberührt und gut gestutzt, denselben Zweck erfüllt hatte wie eine Mauer. Am Strande sah ich, daß der Felsen von seinem Untersatz gefallen war; der arme Harry Druce lag zerschmettert darunter. Einen Arm hatte er um den Stein geschlungen, als hätte er ihn auf sich heruntergezogen; die andere Hand krampfte sich um einen Zettel, auf den er die Worte geschmiert hatte: ›Der Schicksalsfelsen begräbt den Narren.‹«

»Daran war das Testament des Obersten schuld«, bemerkte Brown. »Der junge Mensch hatte alles auf eine Karte gesetzt; er wollte dadurch profitieren, daß Donald in Ungnade gefallen war, besonders als der Onkel ihn am selben Tage kommen ließ wie den Anwalt und ihn mit solcher Wärme empfing. Andernfalls war er erledigt; seine Anstellung bei der Polizei hatte er verloren; in Monte

Carlo war er zum Bettler geworden. Und er nahm sich das Leben, sobald er erfuhr, daß er seinen Verwandten zwecklos getötet hatte.«

»Halt, warten Sie einen Augenblick!« rief Fiennes mit aufgerissenen Augen. »Sie sind mir einfach zu schnell.«

»Da wir übrigens schon beim Testament sind«, fuhr Pater Brown ruhig fort, »sollte ich sagen, ehe ich es vergesse oder wir zu wichtigeren Dingen kommen, daß es nach meiner Auffassung eine ganz einfache Erklärung für alle die Mißverständnisse um den Namen des Doktors gibt. Ich bin ziemlich sicher, daß ich beide Namen schon früher gehört habe. Tatsächlich ist der Doktor ein französischer Adliger, der den Titel eines Marquis de Villon trägt. Auf der anderen Seite ist er ein glühender Republikaner und hat deshalb seinen Titel abgelegt und den lange vergessenen Familien-Nachnamen wieder ausgegraben. ›Mit Eurem Bürger Riquetti habt Ihr zehn Tage lang ganz Europa verwirrt.‹«

»Was heißt das?« fragte der junge Mann verwirrt.

»Lassen wir das«, sagte der Priester. »In neun von zehn Fällen liegt einem Namenswechsel eine Lumperei zugrunde, dieses Mal aber war ein Namenswechsel ein Zeugnis für eine sympathische Grundüberzeugung. Darin liegt auch der Witz seiner sarkastischen Bemerkung über die Amerikaner, die keinen Namen, das heißt keinen Titel haben. In England nämlich wird der Marquis of Hartington niemals Mr. Hartington genannt, in Frankreich dagegen heißt der Marquis de Villon immer M. de Villon. So konnte das Ganze aussehen wie ein willentlicher Namenstausch. Was das Gerede über Mord und Totschlag betrifft, so betraf auch dies, glaube ich wenigstens, einen Ehrenpunkt der französischen Etikette. Der Doktor sprach davon, daß er Floyd zu einem Duell herausfordern wolle, und das Mädchen versuchte ihn von seinem Vorhaben abzubringen.« – »Oh, ich verstehe«, meinte Fiennes langsam. »Jetzt verstehe ich auch, was sie gemeint hat.«

»Und worum ging es?« fragte ihn sein Begleiter lächelnd.

»Nun«, sagte der junge Mann, »mir war da etwas zugestoßen, kurz ehe ich den Leichnam des armen Teufels fand. Nur die Katastrophe hat mir die ganze Geschichte aus dem Gedächtnis verdrängt. Ich vermute, es ist immer schwierig, sich an ein kleines romantisches Idyll zu erinnern, wenn man gerade auf dem Höhepunkt einer Tragödie angelangt ist. Aber jetzt erinnere ich mich: Als ich den Weg hinunterging, der zum alten Lieblingsplatz des Colonels führte, traf ich dort seine Tochter beim Spaziergang mit Dr. Valentine. Sie war natürlich in Trauer, und er trug ja immer Schwarz, so als ob er zu einem Begräbnis ginge. Ihre Gesichter aber – ich kann nicht sagen, daß ihre Gesichter gerade leichenbitterhaft aussahen. Nie habe ich zwei Menschen gesehen, die auf ihre anständige Weise glücklicher und strahlender ausgesehen hätten. Sie blieben stehen und grüßten mich, und dann erzählte sie mir, daß sie jetzt verheiratet seien und in einem kleinen Haus in den Außenbezirken der Stadt lebten, wo der Doktor seine Praxis weiterführte. Das verwunderte mich ziemlich, da ich ja wußte, daß ihres Vaters Testament ihr sein ganzes Vermögen hinterlassen hatte. Ich spielte vorsichtig darauf an und sagte, ich sei unterwegs nach dem alten Domizil ihres Vaters und daß ich halb und halb erwartet hatte, sie dort zu treffen. Sie lachte mich aber nur freundlich an und sagte: ›Oh, das haben wir alles aufgegeben. Mein Mann mag keine Erbinnen.‹ Und da entdeckte ich zu meiner nicht geringen Verwunderung, daß beide darauf bestanden hatten, das ganze Vermögen dem armen Donald zurückzugeben. Ich hoffe darum auch, daß ihm das Ganze eine heilsame Lehre war und daß er das Vermögen jetzt mit Verstand behandeln wird. So schlimm war es um ihn ja wirklich nie bestellt; er war eben noch sehr jung, und sein Vater behandelte ihn nicht eben sehr klug. Aber es war in Verbindung mit dem Verzicht, daß sie etwas sagte, was ich zu dieser Zeit überhaupt nicht verstehen konnte, was mich aber jetzt auf die Idee bringt, daß alles sich genauso verhält, wie Sie sagen. Sie sagte nämlich in einer Aufwallung großmütiger Arroganz, die ganz altruistisch gemeint war: ›Ich hoffe, daß wir den rothaarigen Narren davon abbringen, noch weiter hinter dem Testament herzuschnüffeln. Glaubt er denn, daß mein Mann, der seinen Prinzipien Wappen und Krone, so alt wie die Kreuzzüge, geopfert hat, einen wehrlosen alten Mann in einer Laube umbringen würde, um sich ein Vermächtnis wie dieses anzueignen?‹ Dann lachte sie noch einmal und sagte: ›Mein Mann bringt außer in seinem Beruf niemanden um. Hat er denn nicht sogar darauf verzichtet, seine Freunde zu dem Sekretär zu schicken?‹ Jetzt verstehe ich natürlich, was sie mit dem allen gemeint hat.«

»Einen Teil davon verstehe ich natürlich auch«, sagte Pater Brown. »Was aber meint sie genau mit der Bemerkung von dem Sekretär, der hinter dem Testament herschnüffelte?«

Fiennes lächelte bei seiner Antwort: »Sie sollten den Sekretär kennen, Pater Brown, Sie würden mit Vergnügen beobachten, wie er alle Dinge surren läßt, wie er das nennt. Er sorgte dafür, daß das ganze Trauerhaus surrte.

Das Begräbnis umgab er mit allem Durcheinander einer sportlichen Großveranstaltung. Wenn wirklich irgend etwas passiert war, dann war bei ihm kein Halten. Ich habe Ihnen ja erzählt, wie er mit dem Garten auch den Gärtner überwachte, und wie er den Rechtsanwalt in Rechtsfragen unterrichtete. Es versteht sich, daß er auch den Arzt ausführlich über sein Metier belehrte; da nun aber der Arzt Dr. Valentine war, können Sie sich vorstellen, daß es damit endete, daß er Dr. Valentine schlimmerer Dinge als nur ärztlichen Unvermögens bezichtigte. Der Sekretär hatte es sich in seinen roten Kopf gesetzt, daß niemand anderer als der Doktor das Verbrechen begangen haben könne, und nach dem Eintreffen der Polizei war er gar vollends in erhabenes Geheimnis gehüllt. Muß ich noch nachtragen, daß er selbstverständlich auf der Stelle der größte aller lebenden Amateurdetektive wurde? Niemals hat Sherlock Holmes mit gleich titanischer Geistesüberlegenheit und Verachtung auf Scotland Yard herabgesehen wie jetzt Colonel Druces Privatsekretär auf die Polizei, die Colonel Druces Tod untersuchte. Ich sage Ihnen, es war das reine Vergnügen, ihn zu sehen. Er stiefelte umher mit abwesendem Gesichtsausdruck, strich sich hin und wieder eine rote Locke aus dem Gesicht und gab kurze ungeduldige Antworten. Und gerade dieses Auftreten den ganzen Tag über war es, was Druces Tochter so gegen ihn aufbrachte. Natürlich hatte er auch eine Theorie. Und es ist genau die Art Theorie, wie man sie in einem Buch entwikkeln würde, und Floyd ist gerade die Art von einem Menschen, die auch in ein Buch hineingehört. Er wäre viel komischer und er würde einen viel weniger aufregen, wenn er in einem Buch stände.«

»Was war das für eine Theorie?« fragte der andere.

»Oh, die war schon ziemlich ausgefallen«, erwiderte Fiennes düster. »Sie hätte Furore gemacht, wenn die Fakten nur für zehn Minuten länger zusammengehalten hätten. Er behauptete nämlich, der Colonel sei zu dem Zeitpunkt, da sie ihn in der Laube gefunden hätten, noch am Leben gewesen, und der Doktor habe ihn mit Hilfe seines Chirurgenbestecks ermordet unter dem Vorwand, seine Kleider aufzuschneiden.« – »Ich verstehe«, sagte der Geistliche. »Er hatte sich wohl flach auf sein Gesicht und auf den Fußboden hingelegt zu einer Art von Siesta.«

»Wunderbar, wie weit man es mit bloßer Betriebsamkeit bringen kann«, fuhr sein Informant fort. »Ich bin sicher, Floyd hätte seine meisterhafte Theorie auf jeden Fall in die Zeitungen gebracht, und wahrscheinlich hätte der Doktor sie auch noch bezeugt, wäre die ganze Geschichte nicht himmelweit aufgeflogen wie durch eine Ladung Dynamit, als man jene Leiche unter dem Schicksalsfelsen gefunden hatte. Damit wären wir wieder am Anfang angelangt. Ich halte diesen Selbstmord für ein gültiges Geständnis. Aber die ganze Geschichte wird wohl nie jemand erfahren.«

Einen Augenblick schwiegen beide, dann sagte der Geistliche ganz bescheiden: »Ich denke doch, daß ich jetzt die ganze Geschichte kenne.«

Fiennes sah ihn verblüfft an: »Ja, hören Sie mal«, rief er aus, »woher wollen Sie denn die Geschichte wissen? Und woher wollen Sie wissen, daß sie auch stimmt? Sie sind die ganze Zeit hundert Meilen vom Tatort entfernt gewesen und haben an einer Predigt geschrieben – wollen Sie wirklich behaupten, daß Sie schon wissen, was passiert ist? Wenn Sie das Ende schon kennen – wo in aller Welt haben

Sie angefangen? Wo haben Sie den ersten Anhaltspunkt hergenommen?«

Pater Brown sprang in ungewohnter Aufregung vom Sitze. Sein erster Ausruf klang wie eine Explosion.

»Und der Hund?« rief er, »der Hund? Sie hatten die Erklärung zu der ganzen Sache in Händen – das Benehmen des Hundes am Strande nämlich –, Sie hätten nur richtig auf den Hund aufpassen müssen.«

Fiennes Erstaunen wuchs. »Aber Sie haben mir doch gesagt, daß meine Meinung über den Hund heller Blödsinn ist und daß er nichts mit der Sache zu tun hat.«

»Der Hund hatte sehr viel damit zu tun«, erwiderte Pater Brown, »und das hätten Sie auch bald herausgehabt, wenn Sie ihn nur wie einen Hund behandelt hätten und nicht wie Gott, der über die Seelen der Menschen zu Gericht sitzt.«

Er schwieg einen Augenblick verlegen und sagte dann in rührend entschuldigendem Ton: »Ich habe nämlich, aufrichtig gesagt, Hunde furchtbar gern. Und ich hatte den Eindruck, daß bei der ganzen geisterhaften Gloriole, mit der man abergläubischerweise die Hunde umgibt, kein Mensch wirklich an den armen Hund dachte. Um mit einer Kleinigkeit anzufangen: er bellte den Anwalt an und knurrte, wenn er den Sekretär sah. Sie fragen, wieso ich auf hundert Meilen Entfernung alles erraten konnte; ehrlich gesprochen, ist dies Ihr Verdienst, denn Sie haben die Leute so meisterhaft beschrieben, daß ich die Typen sofort erkannte. Ein Mensch wie Traill, der gewöhnlich die Stirn runzelt und plötzlich lächelt, ein Mensch, der viel und gern mit Gegenständen spielt und sich immer an seinem Hals zu schaffen macht, ist ein nervöser Mensch, der leicht in Verlegenheit kommt. Wahrscheinlich ist Floyd, der tüchtige Sekretär, auch nervös und schreckhaft; gerade die übereifrigen Amerikaner sind es oft. Sonst hätte er sich nicht mit der Schere in die Finger geschnitten und sie fallen lassen, als er Janet Druce schreien hörte.

Hunde können aber nervöse und ängstliche Leute gar nicht leiden. Vielleicht, weil solche Leute den Hund auch nervös machen; oder weil er doch grausam ist – schließlich ist es bloß ein Tier –, oder weil er in seiner hündischen Eitelkeit – die ungeheuer ist – sich einfach beleidigt fühlt, daß man ihn nicht gern hat. Wenn jedenfalls der arme Nox gegen beide heftig protestierte, so steckte da nichts weiter dahinter, als daß er sie nicht mochte, weil beide sich vor ihm fürchteten. Nun weiß ich zwar, daß Sie sehr klug sind und kein Einsichtiger wird sich über Klugheit mokieren. Aber manchmal habe ich doch den Eindruck, daß Sie zum Beispiel zu klug sind, um Tiere zu verstehen. Manchmal sind Sie sicher auch zu klug, um Menschen zu verstehen, besonders dann, wenn diese genauso einfach handeln wie Tiere. Tiere nehmen alles sehr wörtlich, sie leben in einer Welt vorgegebener Wahrheiten. Nehmen wir diesen Fall: Ein Hund bellt einen Mann an und daraufhin läuft der Mann vor dem Hund davon. Sie scheinen mir nun nicht einfach genug angelegt zu sein, um das Faktum genau zu sehen, daß nämlich der Hund bellte, weil er den Mann nicht leiden konnte, und daß der Mann davonlief, weil er vor dem Hund Angst hatte. Beide hatten keine anderen Motive, brauchten auch keine; Sie aber müssen psychologische Geheimnisse hineinlesen und annehmen, der Hund habe eine übernatürliche Vision gehabt. Er sei so etwas wie das geheimnisvolle Sprachrohr des Schicksals geworden. Sie müssen bei Ihrer Vermutung bleiben, daß der Mann nicht vor dem Hund davonlief, sondern vor dem Henker.

Und doch, wenn Sie einmal genau darüber nachdenken, erweisen sich diese tieferen psychologischen Schlüsse als außerordentlich unwahrscheinlich. Wenn der Hund wirklich in der Lage wäre, bewußt und genau den Mörder seines Herrn auszumachen, dann würde er nicht stehenbleiben und ihn anbellen wie einen Pfarrer bei einer Teeparty; er würde doch viel wahrscheinlicher dem Mörder an die Kehle springen. Und glauben Sie denn andererseits wirklich, daß ein Mann, der sein Herz so verhärtet hat, daß er einen alten Freund umbringt, und dann herumgeht, als sei nichts geschehen, und die Familie seines Freundes anlächelt, unter den Augen der Tochter und des Doktors, der den Freund obduziert hat; ja, glauben Sie denn wirklich, daß ein solcher Mann aus lauter Gewissensbissen die Nerven verliert, nur weil ihn ein Hund angebellt hat? Er könnte durchaus die tragische Ironie empfinden. Der Vorfall könnte ihn im Innersten erschüttern wie jede tragisch wirkende Lappalie. Aber niemals würde er wie ein Verrückter an das Ende des Gartens laufen, um vor dem einzigen Zeugen zu fliehen, von dem er wußte, daß er nicht reden konnte. In eine solche Panik geraten Leute nur, wenn sie nicht vor tragischen Ironien, sondern vor den Zähnen des Hundes Angst haben. Die ganze Geschichte ist einfacher, als Sie sie sich vorstellen.

Nun kommen wir aber zu den Vorgängen am Strande, und da fängt die Sache erst an, richtig interessant zu werden. In Ihrer Darstellung klang alles viel rätselhafter. Ich konnte nicht begreifen, weshalb der Hund zuerst ins Wasser ging und dann wieder herauskam; so was sieht einem Hund nicht ein bißchen ähnlich. Wenn Nox sich über etwas anderes sehr aufgeregt hätte, wäre er vielleicht gar nicht dazu zu bringen gewesen, den Stock zu apportieren.

Vermutlich hätte er dann dort herumgeschnüffelt, wo er Unheil witterte. Aber wenn ein Hund einmal wirklich hinter einer Sache her ist – ob's nun ein Stock oder ein Stein oder ein Hase ist, wird er meiner Erfahrung nach nicht davon ablassen, wenn es ihm nicht aufs entschiedenste befohlen wird – und auch dann nicht immer. Daß er aus einer Laune heraus umkehrt, scheint mir undenkbar.«

»Er ist aber doch umgekehrt«, beharrte Fiennes, »und ohne den Stock wiedergekommen.«

»Ohne den Stock wiedergekommen ist er aus dem stichhaltigsten Grund von der Welt«, erwiderte der Priester. »Er ist wiedergekommen, weil er ihn nicht finden konnte. Er hat geheult, weil er ihn nicht finden konnte. Über so etwas heult ein Hund nämlich wirklich. Ein Hund hält sich streng an die Regel. Er legt ebensoviel Gewicht auf den genauen Verlauf eines Spieles wie ein Kind auf die genaue Wiederholung eines Märchens. In diesem Falle war etwas an dem Spiel nicht in Ordnung. Er kam wieder, um sich ernstlich über das Benehmen des Stockes zu beschweren. So etwas war noch nie dagewesen – noch nie war ein bedeutender und prominenter Hund so von einem scheußlichen Spazierstock behandelt worden.«

»Ja, was hatte denn der Spazierstock angestellt?« fragte der junge Mann.

»Er war untergegangen«, sagte Pater Brown.

Fiennes sagte nichts, sondern sah weiter verblüfft den Priester an, der fortfuhr:

»Er war untergegangen, weil es kein wirklicher Stock war, sondern eine Stahlklinge mit äußerst dünnem Bambusüberzug und scharfer Spitze. Mit anderen Worten, ein Stockdegen. Es ist wohl noch niemals ein Mörder auf so sonderbare und doch natürliche Weise eine blutige Waffe losgeworden, wie dieser, der sie einem Schäferhund zum Apportieren ins Wasser warf.«

»Ich fange an, zu verstehen«, gab Fiennes zu, »aber selbst wenn ein Stockdegen benutzt wurde, habe ich doch keine Ahnung, wie.«

»Ich hatte eine Ahnung«, sagte Pater Brown, »gleich anfangs, als Sie von einer Laube sprachen. Und dann wieder, als Sie erwähnten, daß Druce einen weißen Rock trug. Solange alle auf der Suche nach einem kurzen Dolch waren, fiel es niemand ein – aber sowie wir an eine lange Klinge wie bei einem Fechtdegen denken, ist es nicht mehr so unmöglich.«

Er lehnte sich zurück, richtete den Blick zur Decke und fing an, seine ersten Gedanken und Voraussetzungen zu rekonstruieren.

»Das ganze Gerede über Detektivgeschichten wie das Gelbe Zimmer, wo ein Toter in versiegelten Stuben aufgefunden wird, in die niemand eindringen konnte, läßt sich auf den vorliegenden Fall gar nicht anwenden; denn es handelt sich um eine Laube. Wenn wir von einem Gelben Zimmer, oder irgend einem Zimmer sprechen, setzen wir Wände voraus, die wirklich homogen und undurchdringlich sind. Aber eine Laube sieht gar nicht so aus. Oft, und auch in diesem Falle, besteht sie aus dicht geflochtenen aber doch getrennten Zweigen und Holzstäben, die hie und da Löcher aufweisen. Ein solches Loch befand sich gerade hinter dem Rücken des Obersten, als er in seinem Sessel an der Rückwand der Laube saß. Und wie das Zimmer eine Laube, so war auch der Sessel ein Korbsessel – ein Geflecht mit lauter kleinen Löchern. Und endlich stand die Laube an der Hecke – eben haben Sie mir erzählt, daß es in Wirklichkeit eine dünne Hecke war. Jemand, der draußen stand, konnte durch das Netz von Ästen, Zweigen und Rohr einen weißen Fleck vom Rock des Obersten so deutlich sehen wie eine Schießscheibe.

Ihre geographischen Angaben waren nicht sehr genau, aber ich war doch im Bilde. Wie Sie sagten, war der Schicksalsfelsen nicht sehr hoch; aber Sie sagten auch, daß er den Garten wie ein Berggipfel beherrschte. Mit anderen Worten: er war gar nicht so weit vom Ende des Gartens entfernt, obwohl Ihr Spaziergang Sie auf einem großen Umweg hingeführt hatte. Wahrscheinlich hat auch die junge Dame nicht so gebrüllt, daß man es eine halbe Meile weit hören konnte. Sie hat einen gewöhnlichen, unwillkürlichen Schrei ausgestoßen, und doch haben sie ihn am Strand gehört. Und was die anderen interessanten Dinge betrifft, die Sie mir erzählten, so darf ich Sie vielleicht an Ihre Bemerkung erinnern, daß Harry Druce zurückgeblieben war, um sich im Schutz der Hecke die Pfeife anzuzünden.«

Fiennes schauderte. »Sie meinen, daß er dort den Degen gezogen und nach dem weißen Fleck durch die Hecke gestochen hat? Aber das war doch sicher eine sonderbare Gelegenheit und ein sehr plötzlicher Entschluß. Außerdem konnte er doch nicht sicher wissen, daß der Alte ihm sein Geld vermacht hatte, und faktisch war es ja auch gar nicht der Fall.«

Pater Browns Gesicht belebte sich.

»Sie verstehen seinen Charakter falsch«, sagte er, ganz als ob er den Menschen sein Lebtag gekannt hätte. »Ein merkwürdiger, aber nicht unbekannter Typ. Wenn er sicher gewußt hätte, daß er das Geld erben würde, hätte er es nicht getan – davon bin ich überzeugt.

Es wäre ihm dann als die Schurkerei erschienen, die es ist.«

»Ist das nicht etwas paradox?« fragte der andere.

»Der Mensch war eine Spielernatur«, sagte der Priester, »er war mit Schimpf und Schande davongejagt worden, weil er zuviel gewagt hatte und den Weisungen zuvorgekommen war. Wahrscheinlich handelte es sich um eine recht skrupellose Angelegenheit, denn jede imperialistische Polizei hat mehr Ähnlichkeit mit der russischen Geheimpolizei, als wir gern glauben möchten. Er war aber zu weit gegangen und hatte verspielt. Diese Art Mensch fühlt immer die Versuchung, eine verrückte Handlung zu begehen, weil die Gefahr nachher so großartig aussieht. Er sehnt sich danach, sagen zu können: ›Außer mir hätte kein Mensch die Gelegenheit ergriffen und gewußt: jetzt oder nie. Was war das doch für ein wildes und wunderbares Rätselraten – wie klug habe ich mir auf die verschiedenen Umstände meinen Reim gemacht! Donald in Ungnade – der Alte schickt nach dem Anwalt –, gleichzeitig läßt man mich und Herbert holen. Und dann nichts weiter, als daß mich der Alte anfeixt und mir fest die Hand drückt. Jeder würde sagen, daß ich verrückt war, es zu riskieren – aber so werden Vermögen gewonnen, immer von dem einen, der verrückt genug ist, ein klein wenig Weitblick zu haben.‹ Kurz und gut: es handelt sich um die Eitelkeit des Rätselraters, um den Größenwahn des Spielers. Je unwahrscheinlicher das Zusammentreffen, je drängender die Entscheidung, desto mehr beeilt er sich, zuzugreifen. Der Zufall, ja die Alltäglichkeit des weißen Flecks und des Lochs in der Hecke berauschten ihn, als hätte man ihm alle Schätze der Welt gezeigt. Wer konnte so klug sein, die Verbindung von Zufällen zu bemerken, und so feige, sie nicht zu nutzen! Auf diese Weise lockt der Teufel den Spieler. Aber der Teufel selbst hätte den Unglücklichen nicht dazu vermocht, nach einer langweiligen Überlegung hinzufahren und einen alten Erbonkel umzubringen. Das wäre ihm zu bürgerlich gewesen.«

Er hielt einen Augenblick inne, dann fuhr er mit einer gewissen stillen Emphase fort.

»Versuchen Sie nun, sich die Szene noch einmal zu vergegenwärtigen, wie Sie sie selbst gesehen haben. Während er dastand, innerlich taumelnd über diese teuflische Gelegenheit, blickte er auf und gewahrte die sonderbare Silhouette, die ein Abbild seiner eigenen unausgeglichenen Seele sein konnte: den einen großen Felsen, der da halsbrecherisch auf dem anderen auflag wie eine Pyramide auf ihrer Spitze, und da erinnerte er sich, daß dieses Gebilde der Schicksalsfelsen genannt wurde. Felsen der Fortuna. Können Sie sich vorstellen, wie ein solcher Mann in einem solchen Augenblick ein solches Signal lesen würde? Ich bin sicher, es versetzte ihn sogleich in Bewegung und machte ihn sogar wachsam. Wer ein Turm werden will, darf nicht fürchten, ein wankender Turm zu sein. Wie auch immer, er handelte sofort. Seine nächste Schwierigkeit bestand im Verbergen seiner Spuren. Mit einem Stockdegen angetroffen zu werden, gar noch mit einem blutverschmierten Stockdegen, mußte für ihn bei der mit Sicherheit zu erwartenden Nachforschung fatal werden. Wenn er ihn irgendwo versteckte, mußte man ihn finden und würde ihn vermutlich als sein Eigentum identifizieren. Und selbst wenn er ihn ins Meer warf, konnte irgend jemand die Bewegung sehen und ihr das nötige Gewicht beimessen – es sei denn, ihm fiele eine natürliche Maskierung dieser seiner Bewegung ein. Wie Sie wissen, fiel ihm eine solche Maskierung ein, und eine ziemlich gute überdies. Da er der einzige der Gesellschaft mit einer Uhr war, erzählte er ihnen, es sei noch nicht Zeit, zurückzukehren, entfernte sich ein wenig und begann das Spiel, dem Hund Stöcke hinzuwerfen. Aber wie verzweifelt müssen seine Augen die ganze öde Seeküste entlang gesucht haben, ehe sie zu ihrer Erleichterung den Hund entdeckten!«

Fiennes war in Gedanken verloren. Er schien sich an den weniger handgreiflichen Teil des Falles zu erinnern.

»Es bleibt sonderbar«, sagte er, »daß der Hund nun doch etwas mit der Geschichte zu tun hatte.«

»Der Hund hätte Ihnen beinahe die ganze Geschichte erzählen können, wenn er nur sprechen könnte«, sagte der Priester. »Ich beklage mich nur darüber, daß Sie – weil er nicht sprechen kann – eine Geschichte für ihn erfanden und ihn mit Menschen- und Engelszungen reden ließen. Ich habe das schon oft in unserer Zeit beobachtet. Man findet es in allen möglichen Zeitungsgerüchten und Schlagworten der Unterhaltung – man erkennt es an, weil es Entscheidung ist und nicht Gesetz. Die Leute lassen sich das und jenes vormachen, ohne es zu prüfen. Es schwemmt den alten Rationalismus und Skeptizismus fort, es flutet herein wie die See – und sein Name ist Aberglaube.« Er stand plötzlich auf und runzelte die Stirne; dann fuhr er fort zu sprechen, als wäre er allein. »Als erste Folge davon, daß ihr nicht an Gott glaubt, verliert ihr euren gesunden Menschenverstand und seht die Dinge nicht mehr, wie sie sind. Man mag reden, wovon man will – wenn man nur sagt, daß da sehr viel dahintersteckt, streckt es sich immer weiter, wie eine Fernsicht in einem Fiebertraum. Dann ist der Hund ein Omen und die Katze ein Rätsel und ein Schwein ein Glücksbringer und der Käfer ein Skarabäus, und man ruft die ganze Menagerie des Polytheismus aus Ägypten und dem alten Indien zu Hilfe – Anubis mit dem Hundekopf und Pasht mit den grünen Augen und die heiligen brüllenden Stiere von Bashan, taumelt zu den Tiergöttern der ersten Anfänge und rettet sich zu Elefanten und Schlangen und Krokodilen – und das alles, weil ihr euch vor drei Worten fürchtet: Homo factus est.«

Der junge Mann stand etwas verlegen auf, als hätte er ein Selbstgespräch belauscht. Er rief seinen Hund und verließ das Zimmer mit undeutlichen, aber herzlichen Abschiedsworten. Er mußte jedoch zweimal rufen; denn der Hund stand einen Augenblick unbeweglich da und sah unverwandt zu Pater Brown empor, wie der Wolf zu Sankt Franziskus.

Der Fluch des goldenen Kreuzes

Um einen kleinen Tisch saßen sechs Personen, eine so bunt zusammengewürfelte Gesellschaft, als sei jeder für sich auf derselben einsamen kleinen Insel als Schiffbrüchiger angekommen. Jedenfalls waren sie vom Meere umgeben – denn in gewissem Sinne war ihre Insel von einer zweiten umschlossen, einem großen, fliegenden Eiland gleich Laputa. Der kleine Tisch war einer von vielen im Speisesaal des Riesenschiffes »Moravia«, das durch die Nacht und die ewige Leere des Atlantischen Ozeans dahineilte. Die Gesellschaft hatte nichts miteinander gemein, als daß alle von Amerika nach England reisten. Zwei zumindest konnten für Berühmtheiten gelten; die anderen waren unbekannte, in einem und dem anderen Fall sogar zweifelhafte Persönlichkeiten.

Der erste war der berühmte Professor Smaill, eine Autorität auf dem Gebiete der spätbyzantinischen Archäologie. Seine Vorlesungen, die er an einer amerikanischen Universität hielt, galten selbst in den maßgebenden europäischen Sitzen der Gelehrsamkeit noch als das letzte Wort in seinem Fache. Seine literarischen Arbeiten waren so sehr von reifem und phantasievollem Verständnis für die Vergangenheit Europas durchdrungen, daß Fremde oft erstaunten, wenn sie ihn mit amerikanischem Akzent reden hörten. Und doch war sein Äußeres typisch amerikanisch; er trug sein blondes Haar lang und von der hohen, viereckigen Stirn zurückgestrichen, und die langen, geraden Gesichtszüge spiegelten in sonderbarer Mischung Zerstreutheit und verhaltene Schnelligkeit, wie bei einem Löwen, der schon seinen nächsten Sprung erwägt.

Nur eine einzige Dame befand sich unter den sechsen, freilich stellte sie, wie die Presse oft von ihr sagte, in ihrer Person eine ganze Heerschar dar. Sie wäre mit Freuden darauf eingegangen, an diesem oder an einem anderen Tisch die Gastgeberin, um nicht zu sagen die Kaiserin zu spielen. Es war Lady Diana Wales, die berühmte Reisende in tropischen und anderen Ländern; aber bei Tische wies ihre Erscheinung keine eckigen oder männlichen Züge auf. Sie war ein fast tropische Schönheit, mit einer Fülle von brennendem, schwerem rotem Haar – sie war, wie Modeberichte sagen würden, auffallend gekleidet, aber ihr Gesicht war intelligent und ihre Augen hell und ein wenig vorstehend wie die Augen der Damen, die bei politischen Versammlungen Fragen stellen.

Die anderen vier Gestalten sahen in dieser glänzenden Umgebung zuerst wie Schatten aus; bei näherem Hinsehen ergaben sich aber Unterschiede. Einer war ein junger Mann, der als Paul T. Tarrant in der Schiffsliste eingetragen war. Er war ein amerikanischer Typ, besser gesagt, Gegentyp. Jedes Volk hat vermutlich seinen Gegentyp; eine extreme Ausnahme, die nur die nationale Regel bestätigt. Die Amerikaner achten in Wirklichkeit die Arbeit, wie die Europäer den Krieg achten. Sie ist von einem Heiligenschein von Heldentum umgeben, und wer sich von ihr zurückzieht, ist weniger als ein Mann. Der Gegentyp liegt auf der Hand, obwohl er selten vorkommt. Er ist der Geck, das Gigerl – der reiche Müßiggänger, der in so vielen amerikanischen Romanen den Bösewicht abgibt. Paul Tarrant schien nichts zu tun zu haben, als seine Anzüge zu wechseln, was er täglich sechsmal tat; bald erschien er in helleren, bald in dunkleren Schattierungen von exquisitem Lichtgrau, wie die zarten wechselnden Silbertöne der Dämmerung. Im Gegensatz zu den meisten Amerikanern hatte er sich einen sorgfältig gepflegten, kurzen lockigen Bart zugelegt; und im Gegensatz zu den meisten Gecken seines eigenen Typs schien er eher trotzig als protzig. Eigentlich erinnerte sein düsteres Schweigen in etwas an Lord Byron.

Die beiden nächsten Reisenden gehörten von Natur zusammen, einfach weil sie beide Engländer waren, die von einer Vortragsreise aus Amerika zurückkehrten. Einer führte den Namen Leonard Smyth und war eine Kreuzung zwischen einem kleinen Dichter und einem großen Journalisten; mit schmalem Kopf, hellem Haar und sehr sicherem Auftreten. Der andere mutete an wie sein komischer Gegenspieler, da er kurz und breit war, einen schwarzen Schnurrbart hatte wie ein Seehund und ebenso stumm war wie der andere gesprächig. Da er einmal wegen Raubes angeklagt gewesen war und sich außerdem einen Namen gemacht hatte, weil er eine rumänische Prinzessin in einer Menagerie aus den Pranken eines Jaguars gerettet hatte, war man selbstredend der Ansicht, daß seine Meinung über Gott, Fortschritt, seine eigene Kindheit und die Zukunft der englisch-amerikanischen Beziehungen für die Einwohner von Minneapolis und Omaha von größtem Interesse und Wert sein müßte. Die sechste und unscheinbarste Gestalt war die eines kleinen englischen Priesters, der sich Brown nannte. Er lauschte den Gesprächen mit Achtung und Aufmerksamkeit und hatte eben den Eindruck gewonnen, daß sie in einer Beziehung etwas sonderbar waren.

»Vermutlich sind Ihre Studien über Byzanz dazu angetan, etwas Licht in die Angelegenheit der Grabstätte zu bringen, die man an der Südküste entdeckt hat?« fragte Leonard Smyth. »Ich glaube es war bei Brighton. Nun Brighton ist natürlich recht weit weg von Byzanz. Aber ich glaube gelesen zu haben, daß die Art der Bestattung oder Einbalsamierung oder sonst etwas für byzantinisch gehalten wurde.«

»Studien über Byzanz müssen wirklich für vieles herhalten«, antwortete der Professor trocken. »Da spricht man von Spezialisten – aber ich glaube, nichts auf Erden ist schwerer, als sich zu spezialisieren. Nehmen Sie gleich diesen Fall: wie kann man etwas über Byzanz wissen, bevor man sich mit dem alten Rom vor der byzantinischen Zeit und dem Islam nach derselben völlig vertraut gemacht hat? Die meisten arabischen Künste stammen aus Byzanz. Wenn Sie sich zum Beispiel mit Algebra beschäftigen –«

»Ich denke nicht daran«, rief die Dame entschieden. »Ich habe es nie getan und tue es auch jetzt nicht. Aber fürs Einbalsamieren interessiere ich mich außerordentlich. Ich war dabei, wissen Sie, wie Gatton die babylonischen Gräber öffnete. Seit der Zeit schwärme ich für Mumien und erhaltene Leichen und all das. Bitte, erzählen Sie uns doch mehr von diesem Grab.«

»Gatton war ein interessanter Mensch«, sagte der Professor. »Die ganze Familie war interessant. Der Bruder, der ins Parlament gewählt wurde, war auch bedeutend mehr als ein Durchschnittspolitiker. Ich begriff erst, was die Faschisten eigentlich wollten, nachdem er seine Rede über Italien gehalten hatte.«

»Ja, aber diesmal führt uns doch unsere Reise nicht nach Italien«, fuhr Lady Diana hartnäckig fort, »und ich vermute, Sie reisen nach dem kleinen Ort, wo das Grab aufgefunden wurde. Ist es nicht in Sussex?«

»Sussex ist sehr groß«, erwiderte der Professor. »Man kann ziemlich lange darin herumwandern; und es ist auch dafür wie geschaffen. Es ist unglaublich, wie hoch die niedrigen Berge aussehen, wenn man sich mitten drin befindet.«

Eine plötzliche Stille trat ein; dann sagte die Dame:

»Ich will mal ein bißchen auf Deck«, und stand auf. Die Männer taten dasselbe. Nur der Professor blieb noch ein wenig, und als letzter verließ der kleine Priester den Tisch, nachdem er seine Serviette sauber zusammengefaltet hatte. Da sie so allein zurückblieben, wandte sich der Professor plötzlich an den anderen:

»Worauf, glauben Sie, wollte das Gespräch hinaus?«

Pater Brown lächelte. »Wenn Sie mich fragen: es gab da etwas, worüber ich mich ein wenig amüsiert habe. Vielleicht irre ich mich – aber mir schien, daß die Gesellschaft es dreimal versuchte, Sie in ein Gespräch über den einbalsamierten Leichnam, den man in Sussex gefunden haben will, zu verwickeln. Sie Ihrerseits waren mit der größten Höflichkeit bereit, sich zu unterhalten – über Algebra, über die Faschisten und über die Landschaft an der Südküste Englands.«

»Das heißt«, sagte der Professor, »ich war gerne bereit, mich über jeden beliebigen Gesprächsstoff zu unterhalten, mit Ausnahme des einen. Sie haben ganz recht.«

Er schwieg einen Augenblick und betrachtete das Tischtuch. Dann blickte er auf und sagte mit schneller, impulsiver Art, die an den Sprung eines Löwen erinnerte:

»Passen Sie auf, Hochwürden. Ich halte Sie so ungefähr

für den anständigsten und klügsten Menschen, dem ich je begegnet bin.«

Pater Brown war ein typischer Engländer. Wie alle seine Landsleute, konnte ihn ein auf amerikanische Art ohne Umschweife vorgebrachtes Kompliment völlig aus der Fassung bringen. Als Antwort kam nur ein unverständliches Murmeln; der Professor fuhr in derselben ernsten, abgehackten Weise fort:

»Sehen Sie, bis zu einem bestimmten Punkt ist alles sehr einfach. Ein christliches Grab aus dunklen Zeiten, jedenfalls ein Bischofsgrab, wird unter einer kleinen Kirche in Dulham an der Küste von Sussex aufgefunden. Zufälligerweise verstand der Pfarrer des Ortes etwas von Altertumskunde und brachte mehr heraus, als ich bis heute selbst weiß. Es gab das Gerücht, daß die Leiche auf eine den Griechen und Ägyptern eigentümliche, aber im Westen – und besonders zu dieser Zeit – unbekannten Weise einbalsamiert war. Aus diesem Grunde dachte der Pfarrer Walters an byzantinische Einflüsse. Er erwähnte aber noch etwas, das mich persönlich weit mehr interessiert.«

Sein langes, ernstes Gesicht schien noch länger und ernster zu werden. Er sah auf das Tischtuch und runzelte die Stirn. Sein langer Zeigefinger schien Muster von Plänen versunkener Städte und ihrer Tempel und Gräber zu zeichnen.

»Deshalb will ich Ihnen – und sonst keinem – jetzt sagen, warum ich über den Gegenstand in größerer Gesellschaft nicht sprechen darf – und warum ich um so vorsichtiger sein muß, je mehr man es darauf anlegt, darüber zu reden. Es ist auch angegeben worden, daß sich im Sarg eine Kette mit einem Kreuz befindet, das ganz gewöhnlich aussieht, aber auf der Rückseite ein Zeichen trägt, wie es nur noch auf einem einzigen anderen Kreuz vorkommt. Es ist eines der geheimen Zeichen der allerersten Christen und soll der Zeit angehören, in der Sankt Peter zu Antiochia Bischof war, bevor er nach Rom kam. Sei dem wie immer: ich glaube, daß nur noch ein einziges Kreuz dieser Art existiert, und das befindet sich in meinem Besitz. Es gibt da auch ein Gerücht von einem Fluch, der daran haftet, doch darum kümmere ich mich nicht. Aber ob es nun einen Fluch gibt oder nicht – jedenfalls gibt es in gewissem Sinn eine Verschwörung, obwohl sie sicherlich nur aus einer einzigen Person besteht.«

»Aus einer einzigen Person?« wiederholte Pater Brown fast mechanisch.

»Aus einem Irrsinnigen, soviel ich weiß«, sagte der Professor. »Die Geschichte ist lang und ziemlich albern.« Er machte abermals eine Pause und zeichnete mit seinem Finger architektonische Grundrisse auf das Tischtuch. Dann erzählte er folgendes:

»Am besten berichte ich Ihnen alles von Anfang an, denn möglicherweise fällt Ihnen in der Geschichte eine Kleinigkeit auf, die für mich bedeutungslos ist. Es begann vor vielen Jahren, als ich auf eigene Rechnung auf Kreta und den griechischen Inseln nach Altertümern suchte. Einen großen Teil der Arbeiten führte ich selbst durch; manchmal mit der außerordentlich primitiven Hilfe von Ortsansässigen, und manchmal buchstäblich allein. Und ich war auch allein, als ich ein Labyrinth unterirdischer Gänge fand, das schließlich zu einem Haufen wertvollen Abfalls führte – zerbrochene Ornamente, verstreute Gemmen –, den ich für die Reste eines versunkenen Altars hielt und auf dem ich das seltsame goldene Kreuz fand. Ich drehte es um und auf der Rückseite sah ich das Ichthyszeichen oder den Fisch, der ein frühchristliches Symbol ist. Doch es unterschied sich in Zeichnung und Ausführung ziemlich von denen, die man gewöhnlich findet. Und der Fisch war, so schien es mir jedenfalls, realistischer, so als ob der archaische Zeichner die Absicht gehabt hätte, ihn nicht nur wie ein konventionelles Zeichen sondern mehr wie einen richtigen Fisch aussehen zu lassen. Ich hatte den Eindruck, er sei am einen Ende etwas abgeflacht, was nicht lediglich geometrische Dekoration, sondern eher eine grobe Art von zoologischer Beobachtung bedeuten konnte.

Um Ihnen kurz zu erklären, warum ich diesen Fund für bedeutend hielt, muß ich das Besondere dieser Fundstätte erwähnen. Einmal war sie so etwas, wie die Ausgrabungsstätte einer Ausgrabungsstätte. Wir waren nicht nur Altertümern auf der Spur, sondern den Antiquitätenhändlern der Antike. Wir hatten Grund anzunehmen, oder zumindest einige von uns glaubten dazu Grund zu haben, daß diese unterirdischen Gänge, die vorwiegend aus der Minoischen Zeit stammen, wie jener berühmte, der gerade jetzt als das Labyrinth des Minotaurus erkannt wird, nicht wirklich verschüttet gewesen und während all der Jahrhunderte zwischen dem Minotaurus und seinen modernen Erforschern unberührt geblieben waren. Wir glaubten, daß diese unterirdischen Stätten, ich möchte fast sagen, diese Untergrundstädte und Dörfer, in der Zwischenzeit schon, aus welchen Motiven auch immer, von Menschen betreten worden waren. Was die Motive anlangt, gab es mehrere Schulen mit verschiedenen Ansichten: einige glaubten, daß die Eroberer eine Erforschung aus purer wissenschaftlicher Neugier angeordnet hatten; andere glaubten, daß die verrückte Mode zur Zeit des späten römischen Reiches, sich mit allem möglichen finsteren asiatischen Aberglauben zu beschäftigen, irgendwelche unbekannten manichäischen Sekten oder andere Vereinigungen in die Höhlen geführt hatte, um dort Orgien zu feiern, die vor dem Angesicht der Sonne verborgen werden mußten. Ich gehöre zu denen, die glaubten, daß diese Höhlen auf die gleiche Weise wie die Katakomben benützt wurden. Das heißt, wir glaubten, daß die Christen während einiger der Verfolgungen, die sich wie ein Feuer über das ganze Imperium verbreiteten, sich in diesen alten heidnischen Steinlabyrinthen verborgen hatten. Ich entdeckte mit einem Schauder, der heftig wie ein Donnerschlag war, dieses goldene Kreuz, hob es auf und sah das Zeichen auf ihm; und es war ein noch größerer Schock des Glücks, als ich auf meinem Weg zurück und hinauf ins Licht des Tages die nackten Felswände, die sich in diesen niederen Gängen endlos hinzogen, entlangblickte und plötzlich in gröberer Zeichnung, aber womöglich noch unmißverständlicher, abermals das Zeichen des Fisches sah.

Irgend etwas ließ ihn so aussehen, als sei er ein versteinerter wirklicher Fisch oder ein rudimentärer Organismus, für immer in einem versteinerten Meer festgehalten. Ich konnte mir diese Analogie nicht erklären, es gab keinen sonstigen Bezug auf diese simple, auf den Stein gekratzte Zeichnung, bis ich mir in meinem Unterbewußtsein sagte, die ersten Christen müßten wie Fische gewesen sein, stumm und in einer gefallenen Welt aus Dämmerung und Schweigen lebend, tief unter die Menschen gestürzt, wo sie sich in einer dunklen und dämmrigen und geräuschlosen Welt bewegten.

Wer durch steinerne Gänge gegangen ist, weiß was es heißt, von Geisterfüßen verfolgt zu werden. Das Echo verfolgt einen tappend oder klappernd von hinten oder vorne, so daß es für einen Menschen, obwohl er tatsächlich alleine ist, fast unmöglich wird, an seine Einsamkeit zu glauben. Ich hatte mich bereits an die Wirkungen dieses Echos gewöhnt und es seit einiger Zeit wahrgenommen, als mein Blick auf das Symbol auf der Felswand fiel. Ich hielt an und im gleichen Augenblick schien auch mein Herz anzuhalten. Meine Füße waren stehengeblieben, doch das Echo marschierte weiter.

Ich rannte vorwärts und es schien, als ob die geisterhaften Schritte auch rannten, jedoch nicht mit der genauen Imitation des tatsächlichen Widerhalls eines Geräusches. Ich hielt wieder an und die Schritte hielten ebenfalls an, aber ich hätte schwören mögen, daß sie einen Augenblick zu spät anhielten; ich rief eine Frage und mein Ruf wurde beantwortet. Aber die Stimme war nicht die meine. Das Echo kam um die Ecke eines Felsens gerade vor mir. Und während der folgenden unheimlichen Jagd bemerkte ich, daß es immer an den Ecken des gewundenen Pfades anhielt und sprach. Die kleine Spanne vor mir, die von meiner elektrischen Taschenlampe beleuchtet werden konnte, war leer wie ein leerer Raum. So führte ich eine Unterhaltung mit ich weiß nicht wem, die den ganzen Weg bis zum ersten weißen Schimmer des Tageslichts dauerte, und selbst da konnte ich nicht sehen, auf welche Weise der andere im Licht des Tages verschwand. Der Rachen des Labyrinths war voller Öffnungen, Risse und Spalten und es wäre für ihn nicht schwierig gewesen, sich da hineinzustürzen und wieder in der Unterwelt der Höhlen zu verschwinden. Ich weiß nur, daß ich auf die einsamen Stufen eines großen Berges hinauskam, auf eine Art Marmorterrasse, die von einer grünen Vegetation bestanden war, die tropisch wirkte gegen die Nacktheit des Felsens, sie erinnerte an eine der orientalischen Invasionen, die sich sporadisch über das verfallene klassische Hellas ausgebreitet hatten. Ich blickte auf ein Meer von makellosem Blau; die Sonne schien einsam und schweigend. Es gab nicht einen Halm eines Grases, der vom Hauch einer Flucht bewegt war, noch den Schatten von einem Schatten eines Menschen.

Es war eine schreckliche Unterhaltung gewesen; so intim und so individuell und in gewissem Sinn so beiläufig. Dieses Wesen, körperlos, gesichtslos, namenlos und dennoch mich bei meinem Namen nennend, hatte in diesen Grüften und Spalten, in denen wir ohne mehr Leidenschaft oder Dramatik, als wenn wir in zwei Lehnsesseln im Club gesessen hätten, lebend begraben waren, zu mir gesprochen. Aber es hatte mir auch gesagt, daß es mich oder jeden anderen, der in den Besitz des Kreuzes mit dem Fischzeichen käme, unweigerlich töten würde. Es sagte mir unumwunden, es sei kein solcher Narr, mich in dem Labyrinth anzugreifen, da es wisse, daß ich einen geladenen Revolver bei mir hätte und es ein ebenso großes Risiko liefe wie ich. Doch es sagte mir ebenso ruhig, daß es meinen Mord mit tödlicher Sicherheit planen würde, unter Berücksichtigung jeden Details und unter Ausschluß jeder Gefahr, kurz, mit jener Art künstlerischer Perfektion, wie sie ein chinesischer Handwerker oder ein indischer Teppichsticker einem lebenslangen künstlerischen Werk widmen würde. Doch es war kein Orientale. Ich war sicher, daß es ein Weißer war. Ich vermute, es war ein Landsmann von mir.

Seitdem habe ich von Zeit zu Zeit Zeichen und seltsame unpersönliche Botschaften erhalten, die mir zumindest die

Gewißheit gegeben haben, daß der Mann, wenn er ein Irrsinniger ist, ein Monomane ist. Er erzählt mir unentwegt in seiner munteren und beiläufigen Art, daß die Vorbereitungen zu meinem Tod und meiner Beerdigung zufriedenstellend vorangingen; und daß ich nur verhüten könnte, daß sie von Erfolg gekrönt würden, wenn ich die Reliquie, die sich in meinem Besitz befindet, das einmalige Kreuz, das ich in der Höhle gefunden hatte, weggäbe. Es scheint aber, daß er keinerlei religiöse Beweggründe hat, noch ein Fanatiker ist; er hat offenbar keine andere Leidenschaft, als die Leidenschaft eines Sammlers von Kuriositäten. Das ist einer der Gründe, die mir das sichere Gefühl geben, er ist aus dem Westen und nicht aus dem Osten. Doch diese besondere Neugier scheint ihn ganz verrückt gemacht zu haben.

Und dann kam diese, allerdings noch nicht nachgeprüfte Nachricht über das Duplikat der Reliquie, das auf einem einbalsamierten Leichnam in einem Grab in Sussex gefunden worden sei. Wenn er bisher ein Irrsinniger gewesen war, dann hatte diese Nachricht ihn jetzt in einen Besessenen verwandelt, einen von sieben Teufeln Besessenen. Daß es ein solches Kreuz geben sollte, das einem anderen gehörte, war schon schlimm genug, aber daß zwei existierten und keines davon ihm gehörte, das war eine Qual, die er nicht ertragen konnte. Seine verrückten Botschaften kamen nun gebündelt und rasch, wie Scharen von vergifteten Pfeilen, und jede schrie mit mehr Zuversicht als die letzte hinaus, daß der Tod mich in dem Moment ereilen würde, da ich meine unwürdige Hand nach dem Kreuz in dem Grab ausstrecken würde.

›Sie werden mich nie kennen‹, schrieb er, ›Sie werden niemals meinen Namen aussprechen; Sie werden niemals mein Gesicht sehen; Sie werden sterben ohne zu wissen, wer Sie getötet hat. Ich werde in irgendeiner Form unter denen sein, die Sie umgeben; aber ich werde gerade in dem sein, vor dem sich vorzusehen Sie vergessen haben werden.‹

Ich will nur noch so viel sagen, daß mir einmal jemand eine gleiche Antiquität zur Begutachtung übersandt hat. Er hielt sie für echt, und ich für eine Fälschung, und seither ist mir auf hundertfache Weise klar geworden, daß jemand gegen mich intrigiert und sich mir aus Bosheit in den Weg stellt; er bietet bei Auktionen gegen mich, verbreitet Verleumdungen über mich und droht mir manchmal in anonymen Briefen.

Ich schließe aus diesen Drohungen, daß er mich wahrscheinlich auch auf dieser Reise verfolgt und versuchen wird, mir die Antiquität zu stehlen oder mir etwas Böses anzutun, weil ich sie besitze. Aber ich habe den Menschen nie in meinem Leben gesehen, und es kann also jeder sein, dem ich begegne. Wenn man streng logisch vorgeht, kann es ebensogut einer der Kellner sein, die uns bei Tische bedienen. Oder einer der Reisenden, die mit mir bei Tische sitzen.«

»Ich zum Beispiel«, bemerkte Pater Brown.

»Jeder außer Ihnen«, antwortete der Professor ernst. »Damit wollte ich sagen: Sie sind der einzige, von dem ich sicher weiß, daß er nicht der Feind ist.«

Pater Brown war wieder verlegen; dann lächelte er und sagte: »Sonderbarerweise bin ich es wirklich nicht. Wir müssen jetzt überlegen, ob wir die Möglichkeit haben, ihn zu entlarven, bevor er sich unangenehm bemerkbar macht.«

»Wir haben eine Möglichkeit, das herauszubekommen«, sagte der Professor ziemlich grimmig. »Wenn wir nach Southampton kommen, nehme ich sofort ein Auto, das mich auf dem Weg längs der Küste hinbringen soll. Für Ihre Begleitung wäre ich Ihnen sehr dankbar. Natürlich löst sich im übrigen unsere Gesellschaft auf. Wenn aber einer von ihnen plötzlich in dem kleinen Friedhof an der Küste von Sussex wieder auftaucht, werden wir wissen, wer es ist.«

Der Professor führte sein Programm aus, wenigstens was den Wagen und seinen Fahrgast in Person des Pater Brown betraf. Sie flogen das Ufer entlang, die See auf der einen, die Hügel von Hampshire und Sussex auf der anderen Seite; soviel man sehen konnte, verfolgte sie niemand. Als sie sich dem Dorfe Dulham näherten, kam ihnen ein einziger Mensch in den Weg, der allerdings mit der bewußten Sache zu tun hatte; es war ein Journalist, der eben die Kirche besucht hatte und vom Pfarrer höflich durch die neu ausgegrabene Kapelle geführt worden war. Was er sagte und notierte, schien jedoch nicht über eine gewöhnliche Pressenotiz hinauszugehen. Aber vielleicht war Professor Smaill stark phantasiebegabt; jedenfalls konnte er das Gefühl nicht loswerden, daß etwas in der Haltung und dem Aussehen des Mannes sonderbar und beunruhigend wirkte. Er war hochgewachsen und ärmlich gekleidet, mit großer Hakennase und tiefen Schatten unter den Augen; sein Schnurrbart hing melancholisch herunter. Die Besichtigung der archäologischen Merkwürdigkeiten hatte ihn wie es schien nicht erheitert; es machte beinahe den Eindruck, als trachte er sich so schnell wie möglich zu entfernen. Sie hielten ihn an und stellten ihm eine Frage.

»Man hört von nichts weiter als von dem Fluch«, sagte er; »ein Fluch soll auf dem Ort ruhen; das behauptet der Fremdenführer oder der Pfarrer oder der älteste Bewohner oder sonst eine Autorität; und es kommt mir wahrhaftig so vor. Fluch oder nicht, ich bin froh, daß ich draußen bin.«

»Glauben Sie an Flüche?« fragte Smaill neugierig.

»Ich glaube an gar nichts; ich bin von der Presse«, antwortete die traurige Gestalt; »mein Name ist Boon, von der ›Tagespost‹. Aber irgendwas ist an der Krypta nicht ganz geheuer – und ich kann nicht leugnen, daß es mir kalt über den Rücken gelaufen ist.«

Er eilte mit beschleunigten Schritten zum Bahnhof weiter.

»Der Mensch sieht aus wie ein Rabe oder wie eine Krähe«, bemerkte Smaill, während sie sich zum Kirchhof wandten. »Wie lautet doch das Sprichwort von dem unheilbringenden Vogel?«

Langsam betraten sie den Kirchhof. Das Auge des amerikanischen Altertumsforschers verweilte mit Freuden an dem eisernen Dach der Pforte und dem undurchdringlichen Riesenwuchs einer Eibe; sie sah aus wie die Nacht selbst, die dem Tage Trotz bietet. Zwischen wogenden Rasenflächen, wo die Grabsteine nach allen Richtungen Winkel bildeten wie Steinflöße, die auf einem grünen Meer schwanken, stieg der Weg an, bis er an den Kamm gelangte, hinter dem die große graue See wie ein Stück Eisen lag; bleiche Lichter erglänzten darin wie Stahl. Beinahe zu ihren Füßen verwandelte sich das zähe, verwilderte Gras in ein Büschel Disteln und endete in grauem und gelbem Sand; ein bis zwei Fuß von den Disteln entfernt, dunkel umrissen gegen die stahlgraue See, stand eine unbewegliche Gestalt. Ohne die dunkelgraue Kleidung hätte man sie fast für eine Statue auf einem Grabsockel halten können. An den elegant gekrümmten Schultern und der trotzigen

Haltung des kurzen Bartes kam Pater Brown jedoch sofort etwas bekannt vor.

»Nanu«, entfuhr es dem Professor der Altertumskunde, »da haben Sie den Herrn – Tarrant, wenn Sie ihn einen Herrn nennen wollen. Als ich Ihnen die Sache auf dem Schiff auseinandersetzte, haben Sie wohl nicht geglaubt, daß wir so schnell eine Antwort auf meine Frage erhalten würden?«

»Ich habe gefürchtet, Sie könnten zu viele Antworten bekommen«, erwiderte Pater Brown.

»Ja, wieso denn?« fragte der Professor, indem er ihm einen Blick über die Schulter zuwarf.

»Ich meine«, antwortete der andere sanft, »daß mir vorkommt, als hörte ich Stimmen hinter der Eibe. Ich glaube nicht, daß Herr Tarrant so einsam ist, wie er aussieht. Oder, wie ich lieber sagen möchte, so einsam, wie er auszusehen wünscht.«

Während sich Tarrant unwirsch umwandte, kam schon die Bestätigung. Eine zweite Stimme, hoch und etwas hart, aber trotzdem weiblicher Natur, sagte mit kunstgerechter Koketterie:

»Woher sollte ich wissen, daß er auch herkommt?«

Professor Smaill verstand, daß diese heitere Bemerkung nicht ihm galt; er mußte also zu seinem Erstaunen daraus schließen, daß noch eine dritte Person zugegen war. Während Lady Diana Wales strahlend und entschlossen wie nur je aus dem Schatten der Eibe trat, bemerkte er mit Ingrimm, daß sie über einen eigenen, lebendigen Schatten verfügte. Die schlanke, schmucke Gestalt des sympathischen Mannes der Feder, Leonard Smyth, erschien gleich hinter ihrer eigenen grellen Figur; er lächelte und hielt seinen Kopf zur Seite geneigt wie ein Hund.

»Donnerwetter!« murmelte Smaill. »Sie sind alle hier. Oder jedenfalls alle außer dem kleinen Zirkushelden mit dem Seehundsbart.«

Er hörte, wie Pater Brown neben ihm leise lachte. Und wirklich wurde die Lage mit jedem Augenblick lächerlicher. Sie verwandelte sich von Minute zu Minute, wie bei einem Kunststück im Theater; während der Professor noch sprach, wurden seine Worte auf ganz komische Weise widerlegt. Der runde Kopf mit dem grotesken schwarzen Halbmond von einem Bart war plötzlich zum Vorschein gekommen; aus einem Loch im Boden, wie es schien. Einen Augenblick später wurde ihnen klar, daß das Loch in Wahrheit eine Grube war und zu einer Leiter führte, die aus dem Innern der Erde zu kommen schien; es war mit einem Wort der Eingang zu dem unterirdischen Schauplatz, den sie sich ansehen wollten. Der kleine Mann hatte als erster den Eingang entdeckt und war schon ein bis zwei Sprossen der Leiter hinabgestiegen, als er nochmals den Kopf heraussteckte, um seine Mitreisenden anzusprechen. Er sah aus wie ein ganz unmöglicher Totengräber in einer »Hamlet«-Parodie. Er sagte nur undeutlich hinter seinem Schnurrbart: »Da unten ist's.« Aber mit Erstaunen begriff die Gesellschaft, daß sie ihn fast noch nie hatten reden hören, obwohl sie eine Woche lang bei den Mahlzeiten an einem Tisch gesessen waren, und daß er, obwohl er für einen englischen Vortragsreisenden galt, mit ziemlich geheimnisvollem ausländischem Akzent sprach.

»Wissen Sie, lieber Herr Professor«, rief Lady Diana mit schneidender Freundlichkeit, »Ihre byzantinische Mumie war zu interessant – wir konnten sie uns nicht entgehen lassen. Ich *mußte* sie mir ansehen; und dem Herrn da ist es sicher ebenso ergangen. Nun müssen Sie uns aber auch alles erklären.«

»Ich weiß aber keineswegs alles«, erwiderte der Professor ernst, um nicht zu sagen grimmig. »Teilweise weiß ich gar nicht, um was es sich eigentlich handelt. Jedenfalls ist es eigentümlich, daß wir uns alle so bald wieder hier treffen; ich vermute, daß der neuzeitliche Durst nach Wissen keine Grenzen kennt. Aber wenn wir uns alle den Ort ansehen wollen, müssen wir es auf verantwortliche Weise tun und – Sie verzeihen schon – auch unter verantwortlicher Leitung. Wir müssen die Leitung der Ausgrabungen verständigen und vermutlich zumindest unsere Namen in ein Register eintragen.«

Auf diesen Zusammenstoß zwischen der Ungeduld der Dame und dem Mißtrauen des Archäologen folgte etwas wie ein Streit; endlich jedoch siegte der Professor, der auf den offiziellen Rechten des Pfarrers und der einheimischen Untersuchungskommission bestand. Der kleine Mann mit dem Schnurrbart entstieg unwillig seinem Grabe und erklärte sich schweigend mit einem weniger stürmischen Hinabsteigen einverstanden. Glücklicherweise erschien in diesem Augenblick der Pfarrer selbst – ein grauhaariger, gut aussehender Mann in gebückter Haltung, die durch doppelte Brillen noch unterstrichen wurde; und während er schnell mit dem Professor, als einem kollegialen Kenner von Altertümern, freundschaftliche Beziehungen anknüpfte, schien er die andern nicht feindlich, sondern eher belustigt zu betrachten.

»Hoffentlich ist keiner von Ihnen abergläubisch«, sagte er liebenswürdig. »Ich muß Ihnen gleich sagen, daß angeblich allerhand üble Vorbedeutungen und Flüche in dieser Angelegenheit über unseren gläubigen Häuptern hängen. Eben habe ich eine lateinische Inschrift entziffert, die wir über dem Eingang zur Kapelle gefunden haben; wie es scheint, sind nicht weniger als drei Flüche im Spiel – ein Fluch für denjenigen, der die heilige Kapelle betritt, ein doppelter Fluch, wenn jemand den Sarg öffnet, und ein dreifacher, falls die goldene Reliquie darin berührt wird. Die beiden ersten Verwünschungen habe ich schon auf mich geladen«, fuhr er lächelnd fort, »aber ich fürchte, daß Sie die erste und harmloseste auch auf sich laden müssen, wenn Sie überhaupt etwas sehen wollen. Nach der Geschichte zu schließen, erfüllen sich die Flüche sehr langsam, nach langen Pausen und bei späteren Gelegenheiten. Vielleicht ist Ihnen das ein Trost« – und Seine Hochwürden Herr Walters lächelte wieder auf seine gebückte und wohlwollende Weise.

»Geschichte«, wiederholte Professor Smaill, »was für eine Geschichte meinen Sie?«

»Es ist eine lange Geschichte mit vielen Variationen, wie andere lokale Legenden«, erwiderte der Pfarrer. »Aber jedenfalls stammt sie aus derselben Zeit wie das Grab; ihr Kern geht aus der Inschrift hervor und lautet ungefähr folgendermaßen: Guy de Gisors, ein hiesiger Grundherr aus dem 13. Jahrhundert, hatte sich in ein wunderbares schwarzes Roß verliebt, das einem Abgesandten der Stadt Genua gehörte und diesem, einem weltklugen Kaufmannsfürsten, nur zu einem sehr hohen Preise feil war. Durch Habsucht getrieben, beraubte Guy den Schrein, ja, er tötete sogar den Bischof, der damals hier seinen Sitz hatte. Jedenfalls sprach der Bischof einen Fluch aus. Er sollte sich an jedem erfüllen, der das goldene Kreuz an seiner Ruhestätte im Grabe störte, oder versuchen würde, es nach seiner Rückkehr wieder zu rauben. Der Adelige hatte sich nämlich Gold für das Pferd verschafft, indem er die goldene Reliquie an einen Goldschmied im Orte verkaufte; am ersten Tage jedoch, an dem er das Pferd bestieg, bäumte sich das Tier auf und warf ihn vor der Kirche ab, so daß er sich den Hals brach. Inzwischen wurde der Goldschmied, der bis dahin reich und glücklich gewesen war, durch eine Reihe von unerklärlichen Zufällen ruiniert und fiel einem jüdischen Geldverleiher in die Hände, der im Orte lebte. Endlich erhängte sich der unglückliche Goldschmied, dem nichts übriggeblieben war als zu verhungern, an einem Apfelbaum. Das goldene Kreuz war mit seinem andern Besitztum, mit Haus, Geschäft und Werkzeug schon längst in die Hände des Wucherers übergegangen. Inzwischen war der Sohn und Erbe des Adeligen aus Entsetzen über das Gericht, das über seinen gotteslästerlichen Vater hereingebrochen war, zu einem frommen Diener der Kirche geworden, der ganz im Sinne jener dunklen und strengen Zeiten es für seine Pflicht hielt, Ketzerei und Unglauben unter seinen Vasallen zu bekämpfen. So wurde der Jude, den der zynische Vater geduldet hatte, auf Befehl des Sohnes unbarmherzig verbrannt, so daß er seinerseits für den Besitz der Reliquie büßen mußte; nach diesem dreifachen Gericht wurde sie in das Grab des Bischofs zurückgelegt, und seither hat sie kein Auge gesehen und keine Hand berührt.«

Auf Lady Diana Wales schien die Erzählung einen über Erwartung großen Eindruck zu machen.

»Es läuft einem wirklich kalt den Rücken hinunter«, sagte sie, »wenn man bedenkt, daß wir die ersten sein werden – außer dem Pfarrer natürlich.«

Der Pionier mit dem großen Schnurrbart und dem gebrochenen Englisch stieg schließlich doch nicht auf seiner geliebten Leiter hinunter, die bisher nur von den Arbeitern bei den Ausgrabungen benutzt worden war. Der Geistliche führte sie auf einem Umweg zu einem größeren und bequemeren Eingang, der etwa dreißig Meter entfernt lag, und durch den er eben selbst von seinen unterirdischen Forschungen zurückgekommen war. Hier konnte man über eine sanft geneigte schiefe Ebene hinuntersteigen, wo sich außer der wachsenden Dunkelheit keine Schwierigkeiten boten; denn nach kurzer Zeit ging man im Gänsemarsch durch einen Tunnel, der schwarz wie Pech war, und erst nach mehreren Minuten zeigte sich vor ihnen ein Fünkchen Licht. Einmal während dieser schweigenden Prozession hörte man einen Laut, der wie ein Seufzer klang, man wußte nicht, aus welchem Munde; und einmal ertönte ein Fluchen wie eine gedämpfte Explosion, in einer fremden Sprache.

Sie kamen schließlich in ein rundes Zimmer, eine Basilika mit einem Kreis von Rundbogen; denn die Kapelle war gebaut worden, bevor der erste spitze Bogen der Gotik unsere Zivilisation wie ein Speer durchbohrt hatte. Ein Schimmer von grünlichem Licht zwischen einigen Säulen bezeichnete den Ort, wo sich der zweite Ausgang zur Oberwelt öffnete, und erregte das Gefühl, als befände man sich unter dem Meeresspiegel, was durch einige zufällige und vielleicht phantastische Ähnlichkeiten noch verstärkt wurde. Denn das Hundszahnmuster der Normannen war schwach auf allen Bogen zu erkennen und verlieh ihnen in der kellerartigen Dunkelheit etwas vom Aussehen der Rachen ungeheurer Haifische. Und die dunkle Masse des Grabes selbst, in der Mitte des Raumes, machte mit dem hochgehobenen Steindeckel beinahe den Eindruck von Kiefern eines Leviathan.

Sei es aus einem Sinn für das Gemäße oder aus Mangel an modernen Einrichtungen, jedenfalls hatte der geistliche Forscher für die Erleuchtung der Kapelle nur durch vier hohe Kerzen gesorgt, die in großen Holzleuchtern auf der Erde standen. Nur eine davon brannte, als sie eintraten, und warf einen schwachen Schein über die mächtigen architektonischen Formen. Als alle zugegen waren, zündete der Geistliche auch die anderen drei an und Aussehen wie Inhalt des Sarkophags boten sich den Blicken deutlich dar.

Aller Augen wandten sich zuerst zu dem Gesicht des Toten, der sich durch so viele Jahrhunderte vermittels einer geheimen östlichen Behandlung den Schein des Lebens bewahrt hatte, eine Behandlung, die, wie es hieß, vom heidnischen Altertum übernommen und in den einfachen Friedhöfen Englands unbekannt war. Der Professor konnte kaum einen Ausruf des Staunens unterdrücken; denn obwohl das Gesicht weiß war wie Wachs, sah es mehr einem Schlafenden ähnlich, der eben erst die Augen geschlossen hatte. Das Gesicht gehörte dem asketischen, vielleicht sogar dem fanatischen Typus an, mit langgestrecktem Knochenbau; die Gestalt war in einem goldenen Chorrock und in prächtige Gewänder gekleidet; hoch oben auf der Brust, am Halsansatz, glänzte das berühmte Goldkreuz an einer kurzen goldenen Kette, richtiger gesagt, einem Halsband. Der Steinsarg war geöffnet worden, indem man den Deckel am Kopfende gehoben und ihn in dieser Lage durch zwei starke hölzerne Stäbe oder Stangen festgehalten hatte, die oben den Rand der Steintafel stützten und unten in die Ecken des Sarges hinter dem Kopf der Leiche eingezwängt waren. Von den Füßen und dem unteren Teil des Körpers war daher weniger zu sehen; aber das Kerzenlicht fiel voll auf das Gesicht; und im Gegensatz zu dessen toten Elfenbeintönen schien das goldene Kreuz sich wie ein Feuer zu bewegen und zu funkeln.

Professor Smaills hohe Stirn zeigte eine tiefe Denker- oder gar Sorgenfalte, seit der Geistliche die Geschichte des Fluches erzählt hatte. Weibliche Intuition, nicht unbeeinflußt von weiblicher Hysterie, verstand die Bedeutung seiner grübelnden Unbeweglichkeit besser als die Männer um ihn herum. In dem Schweigen der vom Kerzenlicht erhellten Höhle rief Lady Diana plötzlich laut:

»Rühren Sie es nicht an, sage ich Ihnen!« Aber der Mann hatte schon eine seiner schnellen, löwenartigen Bewegungen ausgeführt und beugte sich über den Körper. Im nächsten Augenblick fuhren alle auf – manche nach vorn, andere nach hinten –, aber alle mit einer erschreckten, duckenden Bewegung, als sei der Himmel am Einstürzen.

Während der Professor einen Finger auf das goldene Kreuz legte, schienen die hölzernen Stützen, die sich unter der Last des aufgestellten Steindeckels leicht bogen, zusammenzuzucken und sich mit einem Ruck aufzurichten. Der Rand des Deckels rutschte von seiner hölzernen Unterlage; in Herz und Magen wurde ihnen allen übel von einem Gefühl der sausenden Vernichtung, als hätte man sie in einen Abgrund geschleudert. Smaill hatte den Kopf schnell, aber nicht rechtzeitig zurückgezogen; er lag bewußtlos neben dem Sarg, in einer roten Lache von Blut, das aus Kopfhaut oder Hirnschale floß. Der alte Steinsarg war wieder geschlossen, wie seit vielen Jahrhunderten; nur daß ein oder zwei Splitter oder Späne im Spalt staken und in entsetzlicher Weise an Knochen erinnerten, die ein Riese zerkaut. Der Leviathan hatte mit seinen steinernen Kiefern zugebissen.

Lady Diana betrachtete den Zusammengebrochenen

mit Augen, in denen ein elektrischer Glanz wie von Irrsinn funkelte; in der grünlichen Dämmerung sah ihr rotes Haar gegen das bleiche Gesicht scharlachfarben aus. Smyth sah sie an, und seine Kopfhaltung erinnerte noch immer an einen Hund; doch es war der Ausdruck eines Hundes, der nur teilweise versteht, was für eine Katastrophe seinen Herrn betroffen hat. Tarrant und der Ausländer waren in ihrer gewöhnlichen trotzigen Haltung erstarrt; aber ihre Gesichter waren lehmfarben. Der Pfarrer schien ohnmächtig zu sein. Pater Brown kniete neben der hingesunkenen Gestalt des Professors und versuchte, dessen Zustand festzustellen.

Unter allgemeinem Erstaunen machte der romantische Müßiggänger Paul Tarrant Anstalten, ihm zu helfen.

»Am besten tragen wir ihn hinauf«, sagte er. »Vermutlich hat er noch eine schwache Chance.«

»Tot ist er nicht«, erwiderte der Pater leise, »aber es steht recht schlecht; ein Arzt sind Sie wohl nicht?«

»Nein, aber ich habe mir im Laufe der Zeit verschiedenes angeeignet«, sagte der andere. »Doch lassen wir das. Sie würden sich vermutlich wundern, meinen wahren Beruf zu erfahren.«

»Das glaube ich nicht«, erwiderte der Priester mit leichtem Lächeln. »So gegen Mitte der Überfahrt fiel es mir ein. Sie sind ein Detektiv, der jemand überwacht. Nun, jetzt ist das Kreuz jedenfalls vor Dieben sicher.«

Während sie sprachen, hatte Tarrant die zarte Gestalt des Verunglückten leicht und geschickt aufgenommen und trug sie nun sorgsam zum Ausgang. Er antwortete über die Schulter: »Ja, das Kreuz schon.«

»Sie meinen, daß sonst niemand sicher ist? Denken Sie auch an den Fluch?«

Während der nächsten ein oder zwei Stunden trug Pater Brown sich mit einer Last von verwirrender Unklarheit, die schlimmer war als der Schlag des tragischen Unglücksfalles. Er legte mit Hand an, als das Opfer in den kleinen Gasthof gegenüber der Schenke getragen wurde, fragte den Arzt aus, der die Verletzung als ernsthaft und gefährlich, aber nicht unbedingt tödlich bezeichnete, und überbrachte diese Nachricht der kleinen Gesellschaft der Reisenden, die sich im Speisezimmer des Gasthofes um den Tisch versammelt hatten. Wo immer jedoch er sich hinwandte, die Wolke des Unverständlichen ruhte auf ihm und schien dunkler zu werden, je mehr er überlegte. Das Hauptgeheimnis wurde immer geheimnisvoller, je mehr die Nebenumstände in seinem Geiste sich erhellten. Je deutlicher die einzelnen Figuren in der bunt zusammengewürfelten Gesellschaft sich erklärten, desto unerklärlicher wurde das, was geschehen war. Leonard Smyth war nur hergekommen, weil Lady Diana gekommen war; und Lady Diana war nur gekommen, weil es ihr so paßte. Sie hatten einen oberflächlichen Gesellschaftsflirt angefangen, einen von denen, die um so alberner sind, als sie sozusagen auf intellektueller Grundlage beruhen. Aber die Dame war nicht nur romantisch, sie war auch abergläubisch, und das schreckliche Ende ihres Abenteuers hatte sie fast krank gemacht. Paul Tarrant war ein Privatdetektiv, der wahrscheinlich im Auftrage einer Frau oder eines Gatten den Flirt beobachtete; vielleicht war er auch hinter dem Fremden mit dem Schnurrbart her, der ganz wie ein lästiger Ausländer aussah. Hatte aber er oder irgendein anderer die Absicht gehabt, die Reliquie zu stehlen, so war diese Absicht endgültig gescheitert. Und aller menschlichen Wahrscheinlichkeit nach war sie entweder an einem unglaublichen Zufall gescheitert oder an dem Dazwischentreten des uralten Fluches.

So stand er in einer ganz ungewöhnlichen Verwirrung mitten auf der Dorfstraße und war überrascht, eine in der letzten Zeit zwar häufig gesehene, aber ziemlich unerwartete Gestalt herankommen zu sehen. Mr. Boon, der Journalist, sah recht zerrupft aus und im Licht der Sonne wirkte seine Kleidung wie die einer Vogelscheuche. Seine schwarzen, tiefen Augen, die auf beiden Seiten seiner lang herabhängenden Nase nahe beieinanderstanden, waren auf den Priester gerichtet. Dieser sah zweimal hin, bevor er sicher war, ob der schwere schwarze Schnurrbart etwas wie ein Grinsen oder zumindest ein hämisches Lächeln verbarg.

»Ich dachte, Sie wären abgereist«, sagte Pater Brown etwas spitz. »Ich dachte, Sie hätten den Zug genommen, der vor zwei Stunden abfuhr.«

»Nun, Sie sehen, das habe ich nicht getan«, sagte Boon.

»Warum sind Sie zurückgekommen?« fragte der Priester fast streng.

»Dies hier ist nicht eines der kleinen ländlichen Paradiese, die ein Journalist rasch wieder verläßt«, antwortete der andere. »Die Ereignisse folgen hier zu rasch aufeinander, um inzwischen an einen so langweiligen Platz wie London zurückzugehen. Außerdem kann man mich von dieser ganzen Affäre nicht ausschließen – ich meine von dieser zweiten Affäre. Schließlich habe ich den Leichnam gefunden, oder zumindest die Kleider. Mein Benehmen war ziemlich verdächtig, nicht wahr? Vielleicht glauben Sie, ich wollte mich mit diesen Kleidungsstücken verkleiden. Würde ich nicht einen reizenden Priester abgeben?«

Und der dürre und langnasige Schmierenkomödiant machte plötzlich mitten auf dem Marktplatz eine theatralische Geste, breitete seine Arme aus und spreizte seine schwarz behandschuhten Finger, als wollte er auf eine komische Art den Segen erteilen, und sagte:

»Oh, ihr meine lieben Brüder und Schwestern, laßt mich euch alle umarmen . . .«

»Um Himmels willen, wovon reden Sie?« rief Pater Brown und kratzte mit einem unförmigen Regenschirm auf den Steinen herum, denn er war etwas weniger geduldig als gewöhnlich.

»Sie werden schon alles erfahren, wenn Sie nur Ihre Picknickgesellschaft da drinnen im Gasthof fragen«, erwiderte Boon verächtlich. »Dieser Mr. Tarrant scheint mich zu verdächtigen, lediglich weil ich die Kleider fand. Obwohl er nur eine Minute zu spät kam, um sie selbst zu finden. Doch es gibt allerhand Geheimnisse in dieser Geschichte. Der kleine Mann mit dem großen Schnurrbart scheint mehr hinter den Ohren zu haben, als man auf den ersten Blick sieht. Und was das betrifft, so sehe ich nicht ein, warum nicht Sie selbst den armen Burschen getötet haben sollten.«

Pater Brown schien von dieser Verdächtigung nicht im geringsten berührt, doch von den Bemerkungen recht beunruhigt und verwirrt.

»Glauben Sie«, fragte er schlicht, »daß ich versucht habe, Professor Smaill zu töten?«

»Keineswegs«, sagte der andere und schwang seine Hand wie jemand, der ein artiges Zugeständnis macht. »Es gibt genug Tote, unter denen Sie wählen können. Sie sind nicht auf Professor Smaill angewiesen. Wie, Sie wissen nicht, daß jemand anderer aufgetaucht ist, der noch um ein beträchtliches toter war als Professor Smaill? Und ich wüßte nicht, warum nicht Sie ihn um die Ecke gebracht haben sollten, ganz still und heimlich. Religiöse Differenzen, man kennt das ja . . . bedauerliche Uneinigkeit der Christenheit . . . ich vermute, Sie wollten immer schon die englischen Pfarreien zurückhaben.«

»Ich gehe in den Gasthof zurück«, sagte der Priester ruhig; »Sie sagen, die Leute dort wüßten, was Sie meinen, und vielleicht sind sie in der Lage, es auch zu sagen.«

Einige Augenblicke später wurden seine persönlichen Besorgnisse für einen Augenblick durch die Nachricht von einem neuen Unglücksfall zerstreut. Als er das Gastzimmer betrat, in dem sich die übrige Gesellschaft versammelt hatte, ersah er sofort aus ihren bleichen Gesichtern, daß sie durch ein späteres Ereignis als die Katastrophe am Grabe tief erschüttert waren. Als er eintrat, sagte Leonard Smyth gerade: »Wann wird das ein Ende nehmen?«

»Es wird nie ein Ende nehmen, sage ich Ihnen«, wiederholte Lady Diana. Sie blickte mit glasigen Augen ins Leere. »Es wird erst enden, wenn wir alle nicht mehr sind. Einen nach dem andern wird uns der Fluch dahinraffen; langsam vielleicht, wie der arme Pfarrer meinte; aber uns alle wird er erreichen, wie er ihn erreicht hat.«

»Was in aller Welt ist geschehen?« fragte Pater Brown.

Zuerst herrschte Schweigen; dann sagte Tarrant mit einer Stimme, die etwas hohl klang: »Herr Walters, der Pfarrer, hat Selbstmord begangen. Wahrscheinlich hat sein Verstand unter dem Schlag gelitten. Aber leider steht die Sache fest. Ich habe selbst seinen schwarzen Hut und Rock auf einem Felsen gefunden, der von der Küste ins Meer hinausragt. Er scheint ins Meer gesprungen zu sein.

Er hatte allerdings so ausgesehen, als sei er halb irrsinnig geworden, und vielleicht hätten wir uns um ihn kümmern müssen – aber wir mußten uns um so vieles kümmern!«

»Sie hätten gar nichts ausgerichtet«, sagte die Dame; »sehen Sie denn nicht, daß das Verhängnis in einer fürchterlichen Reihenfolge seinen Lauf nimmt? Der Professor berührte das Kreuz und er mußte zuerst verschwinden; der Pfarrer hatte das Grab geöffnet – er war der zweite; wir haben nur die Kapelle betreten und wir –«

»Still«, sagte Pater Brown mit einer schneidenden Stimme, die er nur selten annahm. »Das muß aufhören.«

Unwillkürlich runzelte er noch immer stark die Brauen, aber seine Augen waren nicht mehr von dem ungelösten Geheimnis bewölkt, sondern leuchteten in einem fast furchtbaren Verstehen.

»Was bin ich nur für ein Esel gewesen!« murmelte er. »Ich hätte es längst sehen müssen. An der Geschichte von dem Fluch hätte ich es erkennen können.«

»Wollen Sie behaupten«, fragte Tarrant, »daß wir wirklich jetzt an einer Sache sterben können, die sich im 13. Jahrhundert ereignet hat?«

Pater Brown schüttelte den Kopf und sagte mit ruhiger Betonung: »Ich möchte nicht darüber diskutieren, ob wir an etwas sterben können, das im 13. Jahrhundert passiert ist. Aber das eine steht für mich bombenfest, daß wir nicht an etwas sterben können, was *keinesfalls* im 13. Jahrhundert passiert ist, ja überhaupt nie und nirgends.«

»Nun«, sagte Tarrant, »es tut wohl zu hören, daß ein Priester das Übernatürliche so skeptisch betrachtet.«

»Keineswegs«, erwiderte der Priester ruhig; »ich zweifle nicht an der übernatürlichen Seite der Sache. Sondern an der natürlichen. Ich befinde mich genau in der

Lage des Mannes, der erklärte: Ich kann das Unmögliche glauben, aber nicht das Unwahrscheinliche.«

»Das würden Sie ein Paradoxon nennen, nicht wahr?« fragte der andere.

»Ich würde es gesunden Menschenverstand nennen, wenn man es richtig begreift«, erwiderte Pater Brown. »Es ist viel natürlicher, einer übernatürlichen Erzählung Glauben zu schenken, die von unverständlichen Dingen handelt, als einer natürlichen Geschichte, die zu wohlbekannten Dingen in Widerspruch steht. Wenn Sie mir erzählen, daß der große Gladstone in seiner Todesstunde den Geist Parnells erblickte, werde ich mich wie ein Agnostiker verhalten. Wenn Sie mir aber sagen, daß Gladstone, als er zum ersten Mal der Königin Viktoria vorgestellt wurde, in ihrem Salon den Hut auf dem Kopf behielt, ihr auf die Schulter klopfte und ihr eine Zigarre anbot, so werde ich mich nicht wie ein Agnostiker gebärden. Es ist nicht unmöglich, es ist nur unglaublich. Trotzdem bin ich viel überzeugter, daß es nicht passiert ist, als ich sicher bin, daß Parnells Geist nicht erschien; denn es verletzt die Gesetze einer Welt, die ich kenne. Ebenso ist es mir mit der Erzählung vom Fluch ergangen. Nicht der Legende mißtraue ich, sondern der Geschichte.«

Lady Diana hatte sich von ihrer kassandrahaften Erstarrung etwas erholt und die ewige Neugierde nach Neuem guckte ihr bereits wieder aus den hellen, vorstehenden Augen.

»Was sind Sie doch für ein ulkiger Mensch!« sagte sie. »Warum wollen Sie die Geschichte nicht glauben?«

»Weil die Geschichte nicht historisch ist«, antwortete der Priester. »Jedem, der auch nur das Geringste vom Mittelalter weiß, mußte die Erzählung so unwahrscheinlich klingen, wie, daß Gladstone der Königin eine Zigarre angeboten hat. Aber wer weiß denn etwas vom Mittelalter? Wissen Sie, was eine Innung war? Haben Sie je von *salvo vanagio suo* gehört? Ist Ihnen klar, was für Leute die *servi regis* waren?«

»Nein, natürlich nicht«, erwiderte die Dame ärgerlich. »Was für eine Unmenge lateinischer Wörter!«

»Nein, natürlich nicht«, sagte Pater Brown. »Hätte es sich um Tut-ench-Amun und eine Anzahl vertrockneter Afrikaner gehandelt, die Gott weiß warum, am andern Ende der Welt erhalten geblieben sind; wäre von Babylon oder China die Rede gewesen, oder von einer Rasse, die uns so wenig angeht und so geheimnisvoll ist wie der Mann im Mond, dann hätten Sie aus Ihren Zeitungen jede Kleinigkeit darüber erfahren, bis zur Entdeckung einer Zahnbürste und eines Kragenknopfes. Aber die Leute, die Ihre eigenen Pfarrkirchen gebaut haben, die Ihren eigenen Städten und Gewerben, ja sogar den Straßen, auf denen Sie gehen, ihre Namen gegeben haben – nie ist Ihnen der Gedanke gekommen, irgend etwas über sie in Erfahrung zu bringen. Ich behaupte nicht, daß ich sehr viel weiß; aber genug, um zu begreifen, daß die Geschichte von A bis Z Blödsinn ist. Nie hätte ein Geldverleiher den Laden und das Werkzeug eines Mannes pfänden können. Es ist höchst unwahrscheinlich, daß die Innung ihn nicht vom Untergang gerettet hätte, besonders wenn er von einem Juden zugrunde gerichtet wurde. Die damaligen Menschen hatten ihre eigenen Laster und Tragödien; es kam vor, daß sie Menschen folterten und verbrannten. Aber die Idee, daß ein Mensch, der von Gott und jeder Hoffnung verlassen sich in eine Ecke verkriecht um zu sterben – einfach, weil niemand an seinem Leben etwas liegt –, das ist keine mittelalterliche Idee. Das ist eine Folge unserer Wirtschaftspolitik und unseres Fortschritts. Der Jude konnte auch nicht Vasall eines Grundherrn sein. Die Juden nahmen als Diener des Königs immer eine besondere Stellung ein. Jedenfalls konnte er nicht verbrannt werden, weil er ein Jude war.«

»Das wird ja immer widerspruchsvoller«, bemerkte Tarrant; »wollen Sie etwa auch leugnen, daß die Juden im Mittelalter verfolgt wurden?«

»Es wird der Wahrheit näher kommen«, sagte Pater Brown, »wenn wir sagen, daß sie die einzigen Leute waren, die im Mittelalter nicht verfolgt wurden. Wenn Sie sich über das Mittelalter lustig machen wollen, können Sie Eindruck machen, indem Sie sagen, daß vielleicht ein armer Christ verbrannt werden konnte, weil er im Homoousion einen Fehler gemacht hatte, während ein reicher Jude öffentlich auf der Straße Christus und die Mutter Gottes verhöhnen durfte. Ja, so sieht die Geschichte aus. Es ist keine mittelalterliche Geschichte, ja nicht einmal eine mittelalterliche Legende. Sie wurde von einem Menschen, dessen Begriffe aus Romanen und Zeitungen stammen, erfunden, und höchstwahrscheinlich aus dem Stegreif.«

Die andern schienen durch die historische Abschweifung etwas benommen und ein wenig erstaunt, warum der Priester sie so stark unterstrich und zu einem wichtigen Teil des Rätsels erhob. Tarrant jedoch, dessen Beruf es war, die wichtigen Einzelheiten aus vielen verworrenen Abschweifungen herauszuklauben, war plötzlich aufmerksam geworden. Sein bärtiges Kinn schob sich weiter vor als je, aber seine trotzigen Augen waren ganz lebendig.

»Aha«, sagte er, »aus dem Stegreif erfunden!«

»Das ist vielleicht übertrieben«, erwiderte Pater Brown ruhig. »Ich hätte sagen sollen: sorgloser und improvisierter erfunden als die übrige, ungemein vorsichtig ausgedachte Intrige. Freilich dachte der Intrigant, daß sich niemand viel um die geschichtlichen Einzelheiten kümmern würde. Und im Ganzen war die Berechnung ja auch ziemlich richtig, so wie seine anderen Berechnungen.«

»Wessen Berechnungen? Was war richtig?« fragte die Dame mit plötzlicher, leidenschaftlicher Ungeduld. »Von wem reden Sie eigentlich? Haben wir nicht genug ausgestanden? Müssen Sie uns noch mit Ihrem ›Er‹ und ›Seine‹ zum Gruseln bringen?«

»Ich spreche von dem Mörder«, sagte Pater Brown.

»Von welchem Mörder?« fragte sie scharf. »Wollen Sie damit sagen, daß der arme Professor ermordet wurde?«

»Nun«, sagte Tarrant, dessen Augen weit geöffnet waren, in seinen Bart hinein, »wir können kaum sagen: ›ermordet‹, denn wir wissen ja noch nicht, ob er sterben muß.«

»Der Mörder hat einen andern getötet«, sagte der Priester ernst, »der nicht Professor Smaill war.«

»Wen hat er denn töten können?« fragte sie.

»Er hat Hochwürden, den Pfarrer John Walters von Dulham getötet«, erwiderte Pater Brown mit Präzision. »Er wollte auch nur diese beiden töten, denn sie waren beide im Besitz ganz bestimmter Reliquien von großer Seltenheit. In diesem Punkte war der Mörder ein Monomane.«

»Das klingt alles sehr sonderbar«, brummte Tarrant. »Wir können ja auch gar nicht darauf schwören, daß der

Pfarrer wirklich tot ist. Wir haben ja seinen Leichnam nicht gesehen.«

»O doch«, sagte Pater Brown.

Eine Stille entstand, plötzlich wie der Schlag einer Glocke; eine Stille, in der das unbewußte Rätselraten, das in der Frau so lebendig und so sicher war, sie fast bis zum Aufschrei erschütterte.

»Gerade den haben Sie gesehen«, fuhr der Priester fort. »Sie haben seinen Leichnam gesehen. Ihn selbst, den Lebenden, haben Sie nicht gesehen; wohl aber seinen Leichnam. Sie haben ihn beim Lichte von vier Kerzen ganz genau angestarrt; nicht nach einem Selbstmord, vom Meere hin- und hergeworfen, sondern prunkvoll aufgebahrt, wie ein Kirchenfürst, in einem Schrein, der vor den Kreuzzügen errichtet worden war.«

»Kurzum«, sagte Tarrant, »Sie fordern uns tatsächlich auf zu glauben, daß der einbalsamierte Körper die Leiche eines Ermordeten war.«

Einen Augenblick schwieg Pater Brown; dann sagte er, als gehöre es nicht zur Sache:

»Das erste, das mir auffiel, war das Kreuz – oder vielmehr die Schnur, an der das Kreuz hing. Erklärlicherweise war es für die meisten von Ihnen nur eine Schnur Perlen, und nichts weiter, aber – ebenso erklärlicherweise – schlug das mehr in mein Fach als in Ihres. Wie Sie sich erinnern, lag sie nahe am Kinn; wenige Perlen waren sichtbar, als sei das ganze Halsband nur sehr kurz. Die sichtbaren Perlen waren jedoch in ganz bestimmter Reihenfolge angeordnet; erst eine, dann drei, und so weiter; kurz, ich erkannte auf den ersten Blick den Rosenkranz, einen gewöhnlichen Rosenkranz mit einem Kreuz am Ende. Nun hat aber ein Rosenkranz mindestens fünf mal zehn Perlen, und noch einige darüber; und selbstredend konnte ich nicht begreifen, wo das übrige hingekommen war. Die Kette hätte mehr als zweimal um den Hals des Greises reichen müssen. Damals verstand ich es nicht; erst später fiel mir ein, wo die ganze Länge geblieben war. Sie war mehrmals um das untere Ende der Holzstütze gewickelt worden, die in der Ecke des Sarges eingezwängt stand und den Deckel offenhielt. Und als der arme Smaill nur eben am Kreuz zupfte, zog er die Stütze fort, und der Deckel fiel auf seinen Schädel wie ein steinerner Knüppel.«

»Donnerwetter!« sagte Tarrant, »ich fange an zu glauben, daß Sie recht haben. Eine merkwürdige Sache, wenn es stimmt.«

»Als ich das begriffen hatte«, fuhr Pater Brown fort, »konnte ich mir das übrige recht und schlecht zusammenreimen. Bedenken Sie vor allem, daß vorläufig die Altertumsforschung sich nur darauf erstreckte, die Untersuchung zu gestatten. Der arme alte Walters war ein ehrlicher Forscher und hatte das Grab geöffnet, um sich zu überzeugen, ob an der Legende über einbalsamierte Körper etwas Wahres war oder nicht. Alles andere waren bloß jene Gerüchte, die oft solche Funde zu früh ausschreien oder übertreiben. Tatsächlich sah er, daß der Körper nicht einbalsamiert, sondern längst zu Staub zerfallen war. Als er aber beim Schein seiner einsamen Kerze in der versunkenen Kapelle arbeitete, warf das Kerzenlicht plötzlich einen Schatten, der nicht sein eigener war.«

»Ach!« rief Lady Diana und hielt den Atem an. »Jetzt weiß ich, was Sie meinen. Sie wollen damit sagen, daß wir den Mörder getroffen, mit ihm gesprochen und gescherzt, eine romantische Geschichte angehört und ihn dann ungestraft haben gehen lassen.«

»Wobei er seine geistliche Verkleidung auf dem Felsen zurückließ«, stimmte Pater Brown bei. »Es ist alles schauerlich einfach. Dieser Mensch kam dem Professor beim Wettlauf zu Kirchhof und Kapelle zuvor – vielleicht gerade, während der Professor mit dem melancholischen Journalisten sprach. Er traf den alten Geistlichen am offenen Grabe und tötete ihn. Dann zog er die schwarzen Kleider des Toten an, hüllte den Leichnam in einen alten Chorrock, den man wirklich im Sarge gefunden hatte, und legte ihn in den Sarg, wobei er den Rosenkranz und die Stäbe so herrichtete, wie ich es Ihnen geschildert habe. Nachdem er so die Falle für den zweiten Feind gestellt hatte, ging er wieder ans Tageslicht und begrüßte uns alle mit der liebenswürdigen Herzlichkeit eines Landgeistlichen.«

»Er setzte sich dabei der erheblichen Gefahr aus«, wandte Tarrant ein, »daß jemand Walters vom Sehen kannte.«

»Ich gebe zu, daß er halb verrückt war«, stimmte Brown bei, »aber Sie werden zugeben, daß es sich für ihn gelohnt hat, sich der Gefahr auszusetzen, denn schließlich ist er doch entwischt.«

»Ich gebe zu, daß er großes Glück gehabt hat«, brummte Tarrant. »Wer zum Teufel ist es nun eigentlich gewesen?«

»Wie Sie sagen, hat er großes Glück gehabt«, antwortete Pater Brown, »und nicht zum wenigsten gerade darin. Denn dies eine werden wir wohl nie erfahren.«

Er blickte mit gerunzelten Brauen auf den Tisch und fuhr fort: »Der Mensch hat jahrelang auf der Lauer gelegen und gedroht, aber dabei sorgfältigst das Geheimnis seiner Identität gewahrt; und er wahrt es noch. Wenn jedoch der arme Smaill wieder aufkommt – und ich hoffe es bestimmt

–, dann werden Sie wohl sicher nochmals von der Sache hören.«

»Wieso? Was wird Professor Smaill tun, glauben Sie?« fragte Lady Diana.

»Ich glaube, zuerst wird er die Detektive wie Spürhunde auf den mordlustigen Teufel hetzen«, sagte Tarrant. »Am liebsten würde ich selbst mein Glück versuchen.«

»Nun«, sagte Pater Brown und lächelte zum ersten Mal, statt die Brauen zu runzeln wie bisher, »ich glaube zu wissen, was er eigentlich zuallererst tun müßte.«

»Nämlich?« fragte Lady Diana mit anmutiger Neugier.

»Er sollte Sie alle um Verzeihung bitten«, sagte Pater Brown.

Doch darüber sprach Pater Brown nicht, als er am Bett von Professor Smaill während dessen Genesung saß. Auch war es nicht in erster Linie Pater Brown, der sprach; denn obwohl dem Professor die Aufregung einer Unterhaltung nur in kleinen Dosen erlaubt war, sprach er häufig mit seinem geistlichen Freund. Pater Brown hatte das Talent, auf anregende Art schweigen zu können, und Smaill wurde dadurch angeregt, manche seltsamen Dinge zu erörtern, über die man nicht immer leicht spricht; wie etwa über die krankhaften Phasen der Genesung und die monströsen Träume, die oft das Delirium begleiten. Es ist zuweilen ein recht zwiespältiges Geschäft, sich von einem bösen Schlag auf den Kopf zu erholen; wenn es sich dabei jedoch um einen so interessanten Kopf wie den von Professor Smaill handelt, können sogar seine Verstörungen und Verwirrungen originell und interessant sein. Seine Träume erhielten kühne und große, ziemlich ungefüge Vorstellungen, die denen der starken, aber starren archaischen Kunst gleichen, die er studiert hatte; sie waren voller absonderlicher

Heiliger mit viereckigen oder dreieckigen Heiligenscheinen, voller goldener ungewöhnlicher Kronen und Gloriolen um dunkle abgeplattete Gesichter, voller östlicher Adler und hoher Kopfputze bärtiger Männer, deren Haare wie die von Frauen aufgebunden waren. Es gab, wie er seinem Freund erzählte, nur eine einzige einfachere und weniger verwirrende Gestalt, die immer wieder in seine Erinnerungsvorstellungen zurückkam. Immer wieder verblaßte diese byzantinische Bilderwelt wie Gold in Flammen; und nichts bliebe übrig als die nackte schwarze Felswand, auf die die schimmernden Umrisse des Fisches gezeichnet waren, wie mit einem Finger, der in die phosphoreszierenden Leiber der Fische getaucht war. Es war das Zeichen, das er einst gefunden hatte und das er in dem Augenblick gesehen hatte, als er zum ersten Mal hinter einer Biegung des schwarzen Ganges die Stimme seines Feindes gehört hatte.

»Endlich«, sagte er, »glaube ich einen Sinn in dem Bild und in der Stimme erkannt zu haben; und einen, auf den ich nie zuvor gekommen wäre. Warum soll es mich beunruhigen, wenn ein Verrückter unter einer Million gesunder Menschen, der in eine große Gesellschaft, die gegen ihn steht, eingeschlossen ist, sich dessen rühmt, daß er mir nachstellt oder mich bis in den Tod verfolgt? Der Mensch, der in der dunklen Katakombe das geheime Symbol Christi gezeichnet hatte, wurde auf ganz andere Art verfolgt. Er war ein einsamer Verrückter und die ganze gesunde Gesellschaft war sich einig, ihn nicht retten, sondern vernichten zu wollen. Ich habe manchmal gegrübelt und mich beunruhigt und darüber nachgedacht, wer denn mein Verfolger war; ob es Tarrant war; ob es Leonard Smyth war; ob es überhaupt einer von ihnen war. Nehmen wir an, alle seien es gewesen. Stellen wir uns vor, es seien alle die Menschen auf dem Schiff und die Menschen im Zug und die Menschen im Dorf gewesen. Nehmen wir an, sie wären, soweit es mich betrifft, alle potentielle Mörder. Ich glaubte, ich hätte ein Recht, beunruhigt zu sein, weil ich im Finstern durch die Eingeweide der Erde gekrochen war und dort einen Menschen getroffen hatte, der mich vernichten wollte. Was wäre gewesen, wenn der Vernichter oben im Tageslicht gewesen wäre und ihm die ganze Erde gehört und er alle Armeen und Massen befehligt hätte? Was wäre gewesen, wenn er in der Lage gewesen wäre, mich in meinem Loch auszuräuchern oder mich in dem Augenblick zu töten, da ich meine Nase ans Tageslicht herausstreckte? Wie wäre es, wenn man sich mit Mord in solchem Ausmaß beschäftigte? Die Welt hat diese Dinge vergessen, so wie sie bis vor kurzem den Krieg vergessen hat.«

»Ja«, sagte Pater Brown, »aber der Krieg ist gekommen. Der Fisch kann wieder in den Untergrund getrieben werden, aber er wird wieder ans Tageslicht heraufkommen. Wie der heilige Antonius von Padua humorvoll bemerkte: ›Nur die Fische überleben die Sintflut.‹«

Der geflügelte Dolch

Pater Brown wurde es zu einer bestimmten Zeit seines Lebens recht schwer, seinen Hut an einem Garderobeständer aufzuhängen, ohne einen leichten Schauer zu unterdrücken. Diese Idiosynkrasie entsprang freilich nur einer nebensächlichen Episode in einem Komplex von Ereignissen, aber vielleicht der einzigen, die den Vielbeschäftigten später noch an den Fall erinnerte. Sie hing mit denselben Tatsachen zusammen, die den Polizeiarzt Boyne dazu veranlaßten, an einem frostkalten Dezembermorgen nach dem Priester zu schicken.

Dr. Boyne, ein großer, brünetter Ire, gehörte zu den rätselhaften Söhnen Irlands, die man überall auf der Welt findet: sie reden ein Langes und Breites über wissenschaftlichen Skeptizismus, Materialismus und Zynismus; wo aber ein religiöser Ritus ins Spiel kommt, fällt es ihnen nicht im Traume ein, etwas anderes zu Rate zu ziehen als die traditionelle Religion ihres Vaterlandes. Es läßt sich schwer feststellen, ob ihr Glaubensbekenntnis aus einem oberflächlichen Firnis oder einer soliden Grundlage besteht; vermutlich aus beidem und einer Zwischenschicht von Materialismus. Wie dem auch sei, der Arzt ließ den Priester immer dann rufen, wenn es sich um solche Fragen zu handeln schien, ohne jedoch viel Wert auf diese besondere Seite der Angelegenheit zu legen.

»Eigentlich weiß ich gar nicht, ob ich Sie brauche«, begrüßte er den Priester. »Ich weiß überhaupt noch herzlich wenig. Hol mich der Teufel, mir ist doch noch nicht mal klar, ob dies ein Fall ist, der einen Arzt, einen Polizisten oder einen Priester angeht.«

»Nun«, sagte Pater Brown lächelnd, »da Sie doch sowohl Arzt als Polizist sind, bilde ich jedenfalls eine Minorität.«

»Aber eine unterrichtete Minorität, wie es in der Politik heißt«, erwiderte der Arzt. »Damit meine ich, daß Sie schon in unserem Ressort gearbeitet haben. Aber es ist eben verflucht schwer zu entscheiden, ob der bewußte Fall in Ihr Fach schlägt oder in unseres, oder gar ganz einfach in das Ressort eines Irrenarztes gehört. Ein Mann, der hier in der Nähe wohnt – in dem weißen Haus, das Sie da oben auf dem Hügel sehen –, hat uns eben einen Boten geschickt: er bittet um Hilfe, weil er in mörderischer Absicht verfolgt wird. Wir haben bereits so gut wie möglich recherchiert. Am besten erzähle ich Ihnen von Anfang an, wie nach unserer Ansicht der Fall sich bis jetzt entwickelt hat.

Wie es scheint, hat ein gewisser Aylmer, ein reicher Gutsbesitzer aus dem Westen Englands, sich spät verheiratet und drei Söhne gehabt: Philip, Stefan und Arnold. Als er aber noch Junggeselle war und nicht auf einen Erben hoffte, hatte er einen sehr begabten und vielversprechenden Jungen namens John Strake adoptiert. Die Abstammung des Jungen ist dunkel; er gilt für ein Findelkind, andere behaupten sogar, er sei Zigeuner. Wahrscheinlich hängt diese zweite Vermutung mit dem Umstand zusammen, daß der alte Aylmer sich als Greis mit allen möglichen trüben okkultistischen Dingen befaßt hat, wie Chiromantie und Astrologie; seine drei Söhne behaupteten, daß Strake ihn darin bestärkt habe. Aber sie haben auch sonst noch eine Menge gesagt. Daß Strake ein erstaunlicher Schurke und besonders ein erstaunlicher Lügner war; daß er es auf geniale Weise verstand, aus dem Stegreif Lügen zu erfinden und sie so überzeugend vorzutragen, daß sogar die Polizei darauf hereinfiel. Aber möglicherweise ist das ein natürliches Vorurteil, wenn man bedenkt, was nachher geschah. Der Alte hinterließ nämlich so gut wie alles dem adoptierten Sohn, und nach seinem Tode fochten die drei Söhne das Testament an. Sie führten an, daß ihr Vater solange in Angst versetzt worden sei, bis er nachgegeben, oder, um es geradeheraus zu sagen, bis er das letzte bißchen Verstand verloren habe. Sie behaupteten, daß Strake es auf die sonderbarste und gerissenste Weise fertigbrachte, zu ihm vorzudringen, obwohl die Pflegerinnen und die Familie auf der Lauer lagen, und ihn noch auf dem Sterbebett terrorisierte. Jedenfalls ist es ihnen gelungen, etwas über den Geisteszustand des Alten zu beweisen, denn die Gerichte erklärten das Testament für ungültig und die Söhne erbten das Vermögen. Strake soll einen furchtbaren Wutanfall gehabt und geschworen haben, sie alle drei nacheinander zu ermorden; kein Versteck könnte sie vor seiner Rache schützen. Jetzt hat sich der dritte und letzte der Brüder, Arnold Aylmer, an die Polizei um Schutz gewendet.«

»Der dritte und letzte«, sagte der Priester und sah ihn ernst an.

»Jawohl«, erwiderte Boyne. »Die beiden anderen sind tot.«

Einen Augenblick lang herrschte Schweigen, dann fuhr er fort: »Hier beginnt die Sache unklar zu werden. Beweise, daß sie ermordet wurden, liegen nicht vor – aber es ist nicht ausgeschlossen. Der Älteste, der sich als Grundbesitzer aufs Land zurückzog, soll in seinem Garten Selbstmord begangen haben. Der zweite, der sich als Fabrikant etablierte, wurde in seiner Fabrik von einer Maschine tödlich verletzt; es ist möglich, daß er gestolpert und gefallen ist. Wenn Strake sie aber wirklich beide umgebracht hat, ist die Art und Weise, wie er es anstellt und sich dann aus dem Staube macht, wirklich außerordentlich geschickt. Andererseits ist es mehr als wahrscheinlich, daß die ganze Sache auf eine Verschwörungsmanie hinausläuft, die nur auf einen Zufall zurückgeht. Passen Sie mal auf, was ich möchte. Ich möchte, daß ein vernünftiger Mensch, aber kein Beamter, hingeht, mit diesem Arnold Aylmer redet und sich den Mann anguckt. Sie wissen ja, wie ein Mensch aussieht, der eine fixe Idee hat, und wie sich einer benimmt, der die Wahrheit spricht. Bilden Sie die Vorhut, bevor wir die Sache in die Hand nehmen.«

»Es ist ziemlich dumm«, sagte Pater Brown, »daß Sie die Sache nicht früher in die Hand zu nehmen hatten. Wenn an dieser Geschichte etwas dran ist, dann zieht sich das wahrscheinlich schon eine ganze Weile hin. Gibt es einen besonderen Grund, warum er gerade jetzt nach Ihnen rufen läßt?«

»Daran habe ich auch schon gedacht, wie Sie sich vorstellen können«, antwortete Dr. Boyne. »Er gibt einen Grund an, aber ich muß gestehen, das ist es gerade, wodurch mir das ganze wie der schrullige Einfall eines halbschlauen Sonderlings vorkommt. Er erklärte, seine gesamte Dienerschaft sei plötzlich in Streik getreten und hätte ihn verlassen, so daß er gezwungen sei, die Polizei zu bitten, sein Haus zu bewachen. Als ich nachforschte, habe ich in der Tat herausgefunden, daß es einen allgemeinen Auszug der Dienerschaft aus dem Haus am Berg gegeben hat; und natürlich ist die Stadt voller Gerüchte, ziemlich einseitiger Gerüchte, muß ich sagen. Nach ihnen scheint ihr Arbeitgeber in seiner Unruhe und Furcht und durch seine Ansprüche ziemlich unmöglich geworden zu sein. Er verlangte von ihnen, daß sie das Haus wie regelrechte Wachposten bewachten oder wie Nachtschwestern wach blieben; sie konnten nie alleine sein, weil er nie alleine gelassen werden durfte. So verkündeten sie laut, er sei geisteskrank, und machten sich davon. Natürlich beweist das noch nicht, daß er wirklich geisteskrank ist; es dürfte heutzutage jedoch als ziemlich überdreht gelten, wenn ein Mann erwartet, daß sein Kammerdiener oder sein Zimmermädchen sich wie eine bewaffnete Leibgarde verhalten.«

»Er will also«, sagte der Priester mit einem Lächeln, »daß ein Polizist sein Zimmermädchen ist, weil sein Zimmermädchen kein Polizist sein will.«

»Ich fand das auch ziemlich stark«, gab der Doktor zu, »aber ich kann es nicht verantworten, das einfach abzulehnen, solange ich nicht einen Kompromiß versucht habe. Sie sind der Kompromiß.«

»Schön«, sagte Pater Brown einfach. »Wenn Sie wollen, besuche ich ihn gleich jetzt.«

Das hügelige Land rings um die kleine Stadt war vom Frost in Fesseln geschlagen, der Himmel so blau und kalt wie Stahl. Nur im Nordosten begannen Wolken mit schwefeligem Rand am Himmel hochzusteigen. Gegen diesen Hintergrund von dunklen und drohenden Farben erglänzte das Haus auf dem Hügel mit einer Reihe von blassen Pfeilern, die nach klassischem Muster einen kurzen Säulengang bildeten. Eine Straße führte in Windungen über die Schwellung des Hügels und verschwand in einem dunklen Gebüsch. Kurz bevor er die Büsche erreichte, wurde die Luft kälter und kälter, als nähere der Priester sich einem Eiskeller oder dem Nordpol. Da er aber ein höchst praktisch veranlagter Mensch war, der Phantasien nur als Phantasien gelten ließ, schielte er nur einen Augenblick lang nach der großen fahlen Wolke, die über dem Hause heraufkroch, und bemerkte in heiterem Tone:

»Es wird bald schneien.«

Durch ein niedriges Eisentor mit Ornamenten in italienisierendem Stil betrat er einen Garten, der etwas von der Trostlosigkeit hatte, die durch die Unordnung geordneter Dinge entsteht. Tiefgrüne Gewächse waren grau vom leichten Reif des Frostes, lange Gräser hatten um die unkenntlich gewordenen Blumenbeete, die nun wie zerborstene Rahmen aussahen, Fransen gelegt; und das Haus stand bis zu den Hüften in einem verkümmerten Wald von Büschen und Sträuchern. Die Vegetation bestand hauptsächlich aus immergrünen oder sehr widerstandsfähigen Pflanzen; und wenn der Garten auch dicht und füllig war, wirkte er doch zu nördlich, um üppig genannt zu werden. Man hätte ihn einen arktischen Dschungel nennen können. In gewissem Sinn traf das auch auf das Haus zu, das eine Säulenreihe und eine klassische Fassade aufwies, die durchaus auf das Mittelmeer hätte schauen können, die aber jetzt im Wind der Nordsee zu verwelken schien. Einige klassische Ornamente unterstrichen den Kontrast; Karyatiden und komische oder tragische Steinmasken glotzten von den Ecken des Gebäudes auf das graue Durcheinander der Gartenwege herab; aber man hatte das Gefühl, die Gesichter fröstelten und selbst die Voluten der Kapitelle schienen sich in der Kälte eingerollt zu haben.

Pater Brown ging die grasbewachsenen Stufen zu einer

quadratischen Terrasse, die von großen Säulen flankiert war, hinauf und klopfte an die Tür. Nach etwa vier Minuten klopfte er abermals. Dann stand er ruhig da und wartete geduldig, den Rücken hatte er der Tür zugekehrt, er sah auf die langsam dunkler werdende Landschaft hinaus. Sie wurde dunkler durch den Schatten einer großen Wolkenbank, die von Norden heraufzog; und gerade als er durch die Säulen der Terrasse, die in dem Zwielicht gewaltig und dunkel über ihm aufragten, hinausblickte, sah er den schimmernden, sich kräuselnden Rand der großen Wolke, die über das Dach segelte und sich wie ein Baldachin darüberwölbte. Dieser Baldachin mit seinen zartgefärbten Rändern schien tiefer und tiefer über den Garten zu sinken, und was vor kurzem noch ein bleicher Winterhimmel gewesen war, bestand jetzt aus einigen silbernen Bändern und Fetzen. Pater Brown wartete, aber kein Ton kam aus dem Haus.

Dann begab er sich rasch die Treppen wieder hinunter und hinters Haus, um einen anderen Eingang zu suchen. Schließlich fand er einen, eine Seitentür an der langen Wand, und an diese hämmerte er ebenfalls und vor ihr wartete er abermals. Dann versuchte er, die Klinke niederzudrücken, stellte aber fest, daß die Tür offenbar blockiert oder auf irgendeine Weise festgemacht war. So ging er an dieser Seite des Hauses entlang und dachte über die Situation nach; er überlegte, ob der exzentrische Mr. Aylmer sich vielleicht zu tief im Haus verbarrikadiert hatte, um irgendwelche Geräusche zu hören; oder ob er sich vielleicht jetzt erst recht verbarrikadieren würde, in der Annahme, daß jedes Geräusch die Drohung des Rächers Strake sein müßte. Es konnte auch sein, daß die Dienstboten bei ihrem Aufbruch im Morgengrauen nur eine Tür aufgeschlossen hatten und daß ihr Herr diese dann wieder verschlossen hatte; wie immer er sich aber auch verhalten haben mochte, es war unwahrscheinlich, daß sie in der Stimmung dieses Aufbruchs alle Türen so sorgfältig wie zu einer Verteidigung verschlossen hatten. Er setzte seinen Streifzug durch das Anwesen fort: es war eigentlich kein großes, wenn auch vielleicht ein bißchen ein angeberhaftes Anwesen. Nach ein paar Minuten stellte er fest, daß er es schon ganz umschritten hatte. Und nach einem weiteren Augenblick fand er, was er erhofft und gesucht hatte. Das französische Fenster eines Zimmers, verhangen und überschattet von Weinranken, stand einen Spalt offen und war ohne Zweifel nur zufällig angelehnt geblieben. Er fand sich in einem zentralen Raum, der in einer recht altmodischen Weise gemütlich ausgestattet war. Auf der einen Seite führte eine Treppe nach oben, auf der anderen eine Tür hinaus. Ihm unmittelbar gegenüber war eine weitere Tür, mit einem roten Glasfenster, das in billigem Glas eine rotgekleidete Figur zeigte, etwas kitschig für einen guten Geschmack. Auf einem runden Tischchen zur Rechten sah er eine Art Aquarium – ein großes Glasgefäß mit grünlichem Wasser, in dem Fische und ähnliche Geschöpfe sich wie in einer Zisterne bewegten; gerade gegenüber stand eine Pflanze von der Gattung Palme mit sehr großen grünen Blättern. All dies sah staubig und sehr nach der Mitte des vorigen Jahrhunderts aus, und das Telephon, das hinter der Draperie des Alkovens sichtbar wurde, wirkte beinahe überraschend.

»Wer ist da?« rief eine scharfe und mißtrauische Stimme hinter der Glastüre.

»Kann ich Herrn Aylmer sprechen?« erwiderte der Priester in begütigendem Ton.

Die Tür ging auf und ein Herr in einem pfauengrünen Schlafrock trat mit fragendem Ausdruck herein. Sein Haar war struppig und etwas unordentlich, als sei er eben erst aufgestanden oder gewohnt, sich sehr langsam anzuziehen, aber seine Augen blickten nicht nur wach, sondern gespannt, vielleicht sogar erschreckt. Pater Brown konnte sich vorstellen, daß dieser Widerspruch nichts Unnatürliches hatte bei einem Menschen, der unter einer Wolke von Wahnvorstellungen oder Gefahren seelisch gelitten hatte. Der Mann hatte ein schönes Adlerprofil, aber von vorn gesehen herrschte der unordentliche, ja wilde Eindruck vor, den sein ungepflegter brauner Bart hervorrief.

»Ich bin Aylmer«, sagte er, »aber ich bin nicht mehr daran gewöhnt, Gäste zu erwarten.«

Irgendein Ausdruck in den unruhigen Augen des Mr. Aylmer bewog den Priester, sofort zur Sache zu kommen. Wenn der Mann wirklich nur an Verfolgungswahn litt, würde er es wohl um so weniger übelnehmen.

»Stimmt das denn«, sagte er leise, »daß Sie keine Gäste erwarten?«

»Sie haben recht«, erwiderte der andere, »ich erwarte stets einen Gast. Und es kann sein, daß er der Letzte ist.«

»Das will ich nicht hoffen«, sagte Pater Brown. »Jedenfalls aber beruhigt es mich, daß ich ihm offenbar nicht sehr ähnlich sehe.«

Mr. Aylmer schüttelte sich mit einem etwas grimmigen Lachen. »Ganz gewiß nicht«, sagte er.

»Mr. Aylmer«, sagte der Priester offen, »verzeihen Sie die Freiheit, die ich mir herausnehme. Einige Freunde haben mir gesagt, welche Sorgen Sie bedrücken, und mich gebeten, Ihnen, wenn möglich, zu helfen. Um die Wahrheit zu sagen: ich bin in diesen und ähnlichen Dingen nicht ganz unerfahren.«

»Es gibt keine ähnlichen Dinge«, sagte Aylmer.

»Sie meinen«, bemerkte Brown, »daß die Tragödien in Ihrer bedauernswerten Familie keine normalen Todesfälle waren.«

»Ich meine, daß es nicht einmal normale Mordfälle waren«, erwiderte der andere. »Der Mann, der uns alle in den Tod hetzt, ist ein Höllenhund, und seine Macht stammt vom Teufel.«

»Das Böse hat immer nur einen Ursprung«, erwiderte der Priester ernst. »Aber woher wissen Sie, daß es keine normalen Mordfälle waren?«

Aylmer antwortete mit einer einladenden Handbewegung auf einen Sessel hin; dann setzte er sich langsam in einen zweiten, zog die Stirne in Falten und stützte seine Hände auf die Knie. Als er wieder aufsah, war sein Ausdruck milder und nachdenklicher, seine Stimme herzlich und ganz ruhig.

»Glauben Sie nicht«, sagte er, »daß ich ein Mensch bin, dem es an klarem Verstand fehlt. Ich habe diese Schlüsse verstandesmäßig gezogen, denn leider führt der Verstand wirklich dorthin. Ich habe sehr viel darüber gelesen, denn ich habe als einziger die Begabung meines Vaters für etwas dunkle Materien geerbt, so wie ich später seine Bibliothek erbte. Trotzdem beruht das, was ich Ihnen erzählen will, nicht auf dem, was ich gelesen, sondern auf dem, was ich gesehen habe.«

Pater Brown nickte, und der andere fuhr fort, als suche er seine Worte zusammen:

»Im Falle meines älteren Bruders war ich mir zuerst nicht ganz sicher. Es gab dort, wo er erschossen aufgefunden wurde, keine Zeichen oder Fußstapfen, und die Pistole lag neben ihm. Aber er hatte eben einen Drohbrief erhalten; jedenfalls von unserem Feinde, denn er war mit einem geflügelten Dolch gezeichnet, eins seiner verdammten kabbalistischen Mätzchen. Auch hat eines der Dienstmädchen etwas gesehen, was sich in der Dämmerung auf der Gartenmauer fortbewegte und viel zu groß für eine Katze war. Ich will nichts weiter sagen, jedenfalls steht fest, daß der Mörder, wenn er da war, keine Spuren hinterließ. Als aber mein Bruder Stefan starb, lag die Sache anders; und seit damals weiß ich es. Eine Maschine war auf einem offenen Gerüst unter dem Fabrikschlot in Betrieb; ich erreichte die Plattform einen Augenblick, nachdem der eiserne Hammer ihn zu Tode getroffen hatte. Ich sah nicht, daß etwas anderes ihn getroffen hätte, aber ich sah das Folgende:

Zwischen mir und dem Schlot trieb eine Wolke von Fabriksrauch, aber durch einen Riß sah ich oben auf dem Schlot eine dunkle menschliche Gestalt, in etwas gewikkelt, das wie ein schwarzer Mantel aussah. Dann kam der schwefelhaltige Dampf wieder dazwischen, und als er vorübergezogen war, sah ich wieder zu dem entfernten Kamin empor. Da war niemand. Ich bin ein Mensch mit gesundem Menschenverstand, und möchte gerne alle Leute mit gesundem Menschenverstand fragen, wie er auf den schwindlig hohen, unzugänglichen Turm gelangt und wieder heruntergekommen ist.«

Er starrte den Priester mit rätselhaft herausforderndem Blick an und sagte nach einer Pause unvermittelt:

»Meinem Bruder war der Kopf zerschmettert worden, aber sein Körper hatte nicht sehr gelitten. In seiner Tasche fanden wir wieder eine warnende Botschaft, die vom Tag vorher datiert und mit dem fliegenden Dolch gestempelt war. Ich bin überzeugt davon«, fuhr er düster fort, »daß das Zeichen der geflügelten Dolche nicht willkürlich oder zufällig ist. Nichts was mit diesem widerwärtigen Menschen zusammenhängt, ist zufällig. Alles ist Absicht, wenn auch recht finstere und vertrackte Absicht. Sein Geist ist nicht nur kompliziert zusammengesetzt, sondern beherrscht auch alle möglichen Arten von Geheimsprachen und Zeichen, stumme Signale und wortlose Bilder, die die Namen von namenlosen Dingen sind. Er ist der schlimmste Mensch, den die Welt kennt: der böse Mystiker. Nun, ich will nicht behaupten, alles zu durchschauen, was in diesem Zeichen enthalten ist; aber es scheint mir sicher, daß es mit allem, was er an bemerkenswerten oder sogar unglaublichen Aktionen gegen meine unglückliche Familie ausgeführt hat, in Verbindung stehen muß. Gibt es etwa keine Verbindung zwischen der Vorstellung einer geflügelten Waffe und der geheimnisvollen Art, wie Philip auf seiner eigenen Wiese vom Tode ereilt wurde, ohne daß sich auch nur der leiseste Hauch eines Fußabdruckes im Sand oder Gras gefunden hat? Gibt es keine Verbindung zwischen dem geflügelten Dolch, der wie ein gefiederter Pfeil dahinflog, und der Gestalt, die hoch oben am Schornstein hing, in einen geflügelten Mantel gehüllt?«

»Sie glauben«, sagte Pater Brown nachdenklich, »daß er sich in einem beständigen Schwebezustand befindet?«

»Denken sie an den fliegenden Ketzer Simon Magus«, erwiderte Aylmer, »und eine der verbreitetsten Weissagungen des Mittelalters behauptete, der Antichrist könne fliegen. Jedenfalls auf dem Dokument war der fliegende

Dolch; und ob er nun fliegen konnte oder nicht, töten konnte er jedenfalls.«

»Haben Sie vielleicht bemerkt, auf was für Papier die Botschaft stand?« fragte Pater Brown. »War es gewöhnliches Papier?«

Das sphinxähnliche Gesicht ließ plötzlich ein heiseres Lachen ertönen.

»Sie können sich die Dinger mal selber ansehen«, sagte Aylmer grimmig, »denn ich habe heute morgen auch eines bekommen.«

Er lag in den Sessel zurückgelehnt, seine langen Beine staken aus dem blauen Schlafrock, der ihm etwas zu kurz war, sein bärtiges Kinn ruhte auf der Brust. Ohne weitere Bewegung steckte er die Hand tief in die Tasche des Schlafrocks und hielt mit starr ausgestrecktem Arm dem Priester einen Fetzen Papier hin. Seine ganze Haltung drückte, ähnlich wie bei Paralyse, Starrheit und Zusammenbruch zugleich aus. Doch schon die nächste Bemerkung Pater Browns übte eine merkwürdige belebende Wirkung auf ihn aus.

Pater Brown blinzelte auf seine kurzsichtige Art nach dem Zettel, den der andre ihm zeigte. Es war ein merkwürdiges Papier, rauh, aber nicht billig, wie aus dem Skizzenbuch eines Künstlers; darauf war in kühnen Umrissen mit roter Tinte ein Dolch mit Hermesflügeln gezeichnet, darunter die Worte: »Am morgigen Tage kommt der Tod zu Dir wie zu Deinen Brüdern.«

Pater Brown warf das Papier zu Boden und setzte sich kerzengerade auf.

»Lassen Sie sich durch dieses Zeug nicht bange machen«, sagte er streng. »Diese Teufel versuchen immer, uns hilflos zu machen, indem sie uns die Hoffnung rauben.«

Zu seinem Erstaunen bewegte sich die liegende Gestalt ganz plötzlich. Aylmer sprang vom Sessel auf, als sei er aus einem Traum erwacht.

»Sie haben recht, ja, Sie haben recht«, rief er mit unheimlicher Lebhaftigkeit, »und die Teufel werden sehen, daß ich gar nicht so hilflos und hoffnungslos bin. Vielleicht habe ich mehr Hoffnung und bessere Hilfe, als sie glauben.«

Er stand da, die Hände in den Taschen, und starrte mit gerunzelten Brauen den Priester an, der einen Augenblick lang während dieses gespannten Schweigens geglaubt hatte, die andauernde Gefahr sei nicht ohne Wirkung auf den Verstand des andern geblieben. Aber als Aylmer sprach, geschah es auf ernste ruhige Weise.

»Ich glaube, daß meine unglücklichen Brüder keinen Erfolg hatten, weil sie nicht die richtigen Waffen benutzten. Philipp trug einen Revolver bei sich, deshalb nahm man bei ihm Selbstmord an. Stefan stand unter polizeilichem Schutz, aber er hatte einen feinen Sinn für das Lächerliche und konnte sich nicht von einem Polizisten auf ein Gerüst begleiten lassen, wo er sich nur einen Augenblick aufhielt. Sie waren beide Spötter und verfielen nach dem sonderbaren Mystizismus, der meinen Vater während seiner letzten Tage beherrschte, in eine skeptische Reaktion. Ich aber wußte immer, daß sie vieles an meinem Vater gar nicht begreifen konnten. Es ist wahr, daß er durch das Studium der Zauberei zuletzt unter den Bann der schwarzen Magie geraten war, unter die schwarze Magie dieses Schurken Strake. Aber meine Brüder irrten sich, was das Gegengift angeht. Das Gegengift zu schwarzer Magie ist nicht krasser Materialismus oder weltliche Klugheit. Das Gegengift zu schwarzer Magie ist weiße Magie.«

»Dabei kommt es doch wohl darauf an, was Sie unter weißer Magie verstehen«, sagte Pater Brown.

»Ich meine silberne Magie«, antwortete der andere mit leiser Stimme, als spräche er von einer geheimen Offenbarung. Nach einer Pause fügte er hinzu: »Wissen Sie, was ich unter silberner Magie verstehe? Kommen Sie einen Augenblick mit.«

Er wandte sich um, öffnete die mittlere Tür mit dem roten Glasfenster und ging hinaus. Das Gebäude war weniger tief, als Brown angenommen hatte. Die Tür führte nicht zu Zimmern im Innern des Hauses, sondern auf einen Korridor, an dessen anderem Ende eine Tür sich in den Garten öffnete. An einer Seite des Ganges lag noch eine Tür; zweifellos zum Schlafzimmer des Besitzers, aus dem er in seinem Schlafrock hervorgestürzt war. Auf dieser Seite befand sich nichts weiter als ein gewöhnlicher Kleiderständer mit dem gewöhnlichen Durcheinander von staubigen Überziehern und Hüten; aber auf der anderen gab es Interessanteres zu sehen, nämlich ein sehr dunkles, altes Eichenbüffet, auf dem altes Silber stand und über dem ein Ornament oder eine Trophäe von alten Waffen aufgehängt war. Dort blieb Arnold Aylmer stehen und blickte zu einer langen, altmodischen Pistole mit glockenförmiger Öffnung empor.

Die Tür am anderen Ende des Korridors war nur angelehnt; durch die Ritze schien ein Streifen weißes Tageslicht. Der Priester hatte in bezug auf Naturerscheinungen einen schnellen Instinkt. Die unnatürliche Weiße dieser schmalen Linie sagte ihm, was draußen geschehen war; eben das, was er prophezeit hatte, als er sich dem Hause näherte. Er lief an dem erschreckten Aylmer vorbei und öffnete die Türe; was er sah, war ein weißes glänzendes Nichts. Durch die Türspalte hatte nicht nur das weiße Tageslicht geschienen, sondern die deutlichere Weiße des Schnees. Ringsum war das hügelige Gelände mit der schimmernden Blässe bedeckt, die zugleich ehrwürdig und unschuldig aussieht.

»Da haben wir sie ja, die weiße Magie«, sagte Pater Brown mit seiner heiteren Stimme. Er ging in die Halle zurück und setzte leise hinzu: »Und silberne auch, wie es scheint.«

Der weiße Schimmer übergoß das alte Silber auf dem Büffet mit Glanz und ließ den Stahl auf den dunklen Waffen hin und wieder aufleuchten. Der zottige Kopf des grübelnden Aylmer schien von einem feurig-silbrigen Strahlenkranz umgeben, als er sich nun im Dunkeln umwandte – sein Gesicht war im Schatten, in der Hand hielt er die fremdartige Pistole.

»Wissen Sie, warum ich mir gerade diese alte Donnerbüchse ausgesucht habe?« fragte er. »Weil ich sie mit diesen Kugeln laden kann.«

Er nahm einen alten silbernen Zierlöffel vom Büffet und brach die Figur am Griff mit Gewalt ab. »Wir wollen wieder ins andere Zimmer gehen«, sagte er.

»Haben Sie je vom Tode Dundees gehört?« fragte er, als sie wieder saßen. Er hatte sich nach seinem momentanen Ärger über die Unruhe des Priesters wieder besänftigt. »Ich meine den berühmten Graham von Claverhouse, der die Presbyterianer in Schottland verfolgte und ein schwarzes Pferd besaß, das aus einem Abgrund geradewegs hinaufreiten konnte. Er hatte seine Seele dem Teufel verschrieben und konnte nur mit einer silbernen Kugel erschossen werden. Mit Ihnen kann man doch wenigstens reden; Sie wissen genug, um an den Teufel zu glauben.«

»O ja«, erwiderte Pater Brown, »ich glaube an den Teufel. Ich glaube aber nicht an Dundee, das heißt an den Dundee der alten Legenden, mit seinem märchenhaften Pferd. John Graham war nur ein Berufssoldat des siebzehnten Jahrhunderts, vielleicht etwas besser als der Durchschnitt. Die Sorte Prahlhänse verschreibt sich nicht dem Teufel. Die Teufelanbeter, die ich kenne, sehen anders aus. Ich möchte keinen heutigen Namen nennen, um nicht Anstoß zu erregen – nehmen wir einen Zeitgenossen Dundees. Haben Sie je von Dalrymple von Stair gehört?«

»Nein«, erwiderte der andere unfreundlich.

»Aber Sie wissen sicher, was er getan hat«, sagte der Pater; »und das war schlimmer als jedes Verbrechen, das der Dundee begangen haben kann. Trotzdem ist er der Schande entgangen, weil man ihn vergaß. Er war der Mann, der am Massaker von Glencoe schuld war. Ein gelehrter Herr und tüchtiger Jurist, ein Staatsmann mit ernsten und weitblickenden Begriffen von Politik, ein ruhiger Mensch mit einem feinen, intelligenten Gesicht. So sehen die Leute aus, die sich dem Teufel verschreiben.«

Aylmer sprang mit allen Anzeichen feuriger Zustimmung halb vom Sessel auf.

»Weiß Gott«, rief er, »Sie haben recht! Ein feines, intelligentes Gesicht – so sieht John Strake aus!«

Er erhob sich und sagte mit einem merkwürdig konzentrierten Blick auf den Priester: »Warten Sie einen Augenblick. Ich möchte Ihnen etwas zeigen.«

Er verließ das Zimmer durch die mittlere Tür, die er hinter sich schloß; er wollte zum Büffet, wie der Priester annahm, oder in sein Schlafzimmer. Pater Brown blieb sitzen und starrte zerstreut auf den Teppich, auf den durch das Glasfenster in der Tür ein schwacher rötlicher Schimmer fiel. Einmal erhellte sich der rote Schein wie ein Rubin, dann wurde er wieder dunkel, als sei die Sonne dieses stürmischen Tages von einer Wolke zur andern gewandert. Nichts rührte sich als die Wassertiere, die in dem grünen Glase hin und her schwammen. Pater Brown dachte angestrengt nach.

Nach ein oder zwei Minuten stand er auf und ging leise zum Telephon im Alkoven und rief seinen Freund, den Polizeiarzt, im Hauptbüro der Polizei an. »Es handelt sich um Aylmer und seine Angelegenheiten«, sagte er ruhig. »Es ist eine sonderbare Geschichte, aber etwas steckt doch dahinter. An Ihrer Stelle würde ich sofort ein paar Leute heraufschicken, vier oder fünf am besten, und das Haus umstellen lassen. Wenn wirklich etwas passiert, wird der Mörder eine sensationelle Flucht versuchen.«

Dann ging er an seinen Platz zurück und starrte wieder auf den roten Teppich, der nochmals im Lichte der Glasfenster blutrot aufleuchtete. In dem Licht, das da durch das Glas sickerte, war etwas, das seine Gedanken zu gewissen Grenzen des Denkens trieb, dem weißen Dämmern, bevor die Farben des Tages erstrahlen, und den Mysterien, die in den Symbolen der Fenster und Türen abwechselnd erhellt und verdunkelt werden.

Ein unmenschliches Geheul aus einer menschlichen Kehle ertönte hinter der geschlossenen Türe, fast gleichzeitig mit einem Schuß. Bevor der Widerhall erstorben war, wurde die Türe heftig aufgerissen. Aylmer wankte ins Zimmer; sein Schlafrock war halb zerfetzt, die lange Pistole in seiner Hand rauchte noch. Er zitterte am ganzen Körper, aber nicht zum wenigsten vor unnatürlichem Gelächter.

»Gepriesen sei die weiße Magie!« rief er, »gepriesen die silberne Kugel! Der Höllenhund hat einmal zu oft gejagt, meine Brüder sind endlich gerächt.«

Er sank in den Sessel, die Pistole fiel aus seiner Hand auf den Boden. Pater Brown lief an ihm vorüber durch die Glastür und ging den Gang hinunter. Dabei legte er seine Hand an die Tür, die ins Schlafzimmer führte, als wollte er eintreten, bückte sich einen Augenblick lang, um etwas zu untersuchen und lief dann zur äußeren Tür, die er öffnete.

Auf der schneeigen Fläche, die vor kurzem noch so leer gewesen war, lag ein schwarzer Gegenstand. Beim ersten Blick sah er aus wie eine ungeheure Fledermaus. Beim zweiten jedoch sah man, daß es eine menschliche Gestalt war, die auf dem Gesicht lag, der Kopf gänzlich mit einem großen schwarzen Filzhut bedeckt, wie ihn die Südamerikaner tragen; der Eindruck von schwarzen Flügeln wurde durch zwei Falten oder lose Ärmel eines riesigen schwarzen Mantels hervorgerufen, die vielleicht durch Zufall auf beiden Seiten in ihrer ganzen Länge ausgebreitet lagen. Beide Hände waren versteckt. Aber Pater Brown glaubte zu sehen, wo die eine lag; daneben glänzte unter dem Saum des Mantels das Metall einer Waffe. Das Ganze sah aus wie ein heraldisches Wappen – ein schwarzer Adler auf weißem Felde. Der Priester ging um die Gestalt herum und erblickte das Gesicht, das wirklich der Beschreibung Aylmers entsprach; es war fein und intelligent, sogar skeptisch und streng; das Gesicht John Strakes.

»Da hört sich doch alles auf«, murmelte Pater Brown. »Es sieht aus wie ein ungeheurer Vampir, der wie ein Raubvogel heruntergestoßen ist.«

»Wie hätte er auch sonst herkommen sollen?« fragte eine Stimme hinter ihm – Pater Brown drehte sich um und sah Aylmer, der in der Türe stand.

»Hätte er nicht zu Fuß kommen können?« erwiderte Brown ausweichend.

Aylmer streckte den Arm aus und beschrieb einen Kreis um die weiße Landschaft.

»Betrachten Sie den Schnee«, sagte er mit tiefer Stimme, die sonderbar vibrierte. »Ist der Schnee nicht unbefleckt – so rein wie die weiße Magie, mit der Sie ihn verglichen haben? Sehen Sie irgendwo einen Flecken, außer dem einen scheußlichen schwarzen Klecks, der dort liegt? Keine Fußspuren, außer Ihren und meinen – auch zum Hause führen keine.«

Er sah den kleinen Priester einen Augenblick lang mit einem sonderbar konzentrierten Ausdruck an und sagte: »Ich werde Ihnen noch etwas sagen. Der Mantel, mit dem er fliegt, ist zum Gehen zu lang. Er war nicht sehr groß – der Mantel hätte hinter ihm hergeschleift wie die Schleppe eines Königs. Wenn Sie wollen, breiten Sie ihn über seinen Körper aus, dann werden Sie es schon sehen.«

»Wie ging das alles vor sich?« unterbrach Pater Brown.

»So schnell, daß es sich nicht schildern läßt«, antwortete Aylmer. »Ich hatte einen Blick zur Türe hinausgeworfen und wandte mich wieder ins Haus zurück, als plötzlich ein starker Wind um mich zu kreisen begann – als würde ich durch ein Rad hoch in der Luft herumgetrieben. Irgendwie gelang es mir, mich umzudrehen und aufs Geratewohl einen Schuß abzugeben; nachher sah ich nichts anderes, als was Sie jetzt sehen. Aber ich bin überzeugt davon, daß Sie es nicht sehen könnten, wäre nicht eine Silberladung in meiner Pistole gewesen. Dort im Schnee wäre ein anderer Körper gelegen.«

»Ja«, bemerkte Pater Brown, »wollen wir ihn übrigens dort im Schnee liegen lassen? Oder soll man ihn in Ihr Zimmer bringen? – Das ist doch Ihr Schlafzimmer dort im Gang?«

»Nein, nein«, erwiderte Aylmer hastig, »wir müssen ihn dort liegen lassen, bis die Polizei ihn gesehen hat. Außerdem kann ich wirklich im Moment nichts mehr vertragen. Komme was da wolle, ich muß einen Schluck Kognak trinken. Nachher kann man mich meinetwegen aufknüpfen.«

Im Zimmer fiel Aylmer zwischen Palme und Aquarium in einen Sessel. Als er ins Zimmer torkelte, hätte er beinahe das Glas mit den Fischen umgestoßen. Den Kognak fand er endlich, nachdem er mit der Hand vergeblich in mehrere Fächer und Winkel gefahren war. Sehr pedantisch hatte er schon früher nicht ausgesehen; aber in diesem Augenblick mußte er wohl furchtbar zerstreut sein. Er trank einen langen Schluck und fing an, fieberhaft zu reden, als wollte er eine Pause ausfüllen.

»Ich merke, daß Sie noch immer zweifeln«, sagte er, »obwohl Sie es mit Ihren eigenen Augen gesehen haben. Glauben Sie mir, hinter dem Kampf, der zwischen dem Geiste Strakes und dem Geiste der Familie Aylmer ausgefochten wurde, steckte noch mehr. Aber Sie dürften nicht ungläubig sein! Sie müßten für all das eintreten, was dumme Leute Aberglauben nennen. Sagen Sie, glauben Sie nicht, daß in diesen Altweibergeschichten von Glück und Amuletten und so weiter, Silberkugeln eingeschlossen, viel Wahrheit verborgen ist? Was sagen Sie dazu, als Katholik?«

»Ich sage, daß ich ungläubig bin«, erwiderte der Pater lächelnd.

»Unsinn«, sagte Aylmer ungeduldig. »Es gehört doch zu Ihrem Beruf, an solche Sachen zu glauben.«

»Na, ja«, gab Pater Brown zu, »ich glaube natürlich an manches, und deshalb glaube ich wieder an anderes nicht.«

Aylmer beugte sich nach vorn; er sah den Priester mit einer seltsamen Intensität an, die fast an einenHypnotiseur erinnerte.

»Sie glauben doch daran«, sagte er. »Sie glauben an alles. Wir alle glauben alles, auch wenn wir alles leugnen. Die Leugner glauben an alles. Glauben Sie nicht in Ihrem tiefsten Herzen, daß all diese Widersprüche sich nicht widersprechen? Daß es einen Kosmos gibt, in dem sie alle Platz finden? Die Seele dreht sich auf einem Sternenrade. Alles kehrt wieder, vielleicht haben Strake und ich schon in vielen Verkörperungen gekämpft, Tier gegen Tier, Vogel gegen Vogel, und werden so weiterkämpfen in alle Ewigkeit. Doch da wir einander suchen und brauchen, ist selbst dieser ewige Haß nur die ewige Liebe. Das Gute und das Böse drehen sich in einem Rade, das nur eins ist und nicht vieles. Erkennen Sie nicht in Ihrem Innern, glauben Sie nicht hinter all Ihrem Glauben, daß es nur eine Wirklichkeit gibt, von der wir bloß Schatten sind? Daß alle Dinge nur verschiedene Ansichten von einem Einzigen sind: einem Zentrum, in dem Gott mit den Menschen verschmilzt und die Menschen mit Gott?«

»Nein«, sagte Pater Brown.

Draußen fing es an zu dämmern; es war um die Zeit, wo an einem schneebeladenen Abend die Erde heller aussieht als der Himmel. Unter dem Dach des Haupteingangs, durch ein halbverhangenes Fenster, sah Pater Brown eine vierschrötige Gestalt. Er blickte unauffällig durch die Glastüre, durch die er zuerst hereingekommen war, und sah, daß auch sie durch zwei genauso bewegungslose Gestalten verdunkelt wurde. Die innere Tür mit den Butzenscheiben war nur angelehnt, und im Gang dahinter konnte er zwei lange Schatten bemerken, die vom gleichmäßigen Abendlicht vergrößert und verzerrt waren, aber doch wie zwei graue Karikaturen von Männern aussahen. Dr. Boyne hatte dem Telephonanruf bereits Folge geleistet. Das Haus war umstellt.

»Weshalb sagen Sie nein?« fuhr der andere fort. Er starrte den Priester weiter hypnotisch an. »Einen Teil des ewigen Dramas haben Sie mit eigenen Augen gesehen. Sie haben die Drohung John Strakes gehört, Arnold Aylmer durch schwarze Magie zu töten. Sie haben gesehen, wie Arnold Aylmer durch weiße Magie John Strake tötete. Sie sehen, daß Arnold Aylmer lebt und zu Ihnen redet. Und Sie glauben noch immer nicht?«

»Nein, ich glaube nicht daran«, sagte Pater Brown und stand auf, wie jemand, der einen Besuch beendet.

»Warum nicht?« fragte der andere.

Der Priester hob nur wenig die Stimme, aber sie klang bis in die letzte Ecke des Zimmers wie eine Glocke.

»Weil Sie nicht Arnold Aylmer sind«, sagte er. »Ich weiß, wer Sie sind. Sie heißen John Strake, und Sie haben den letzten der Brüder ermordet, der jetzt draußen im Schnee liegt.«

Um die Iris im Auge des andern erschien ein weißer Rand. Er schien mit hervortretenden Augäpfeln einen letzten Versuch zu machen, den Priester zu hypnotisieren und zu besiegen. Dann machte er eine schnelle Bewegung zur Seite; aber im gleichen Augenblick öffnete sich die Tür hinter ihm und ein groß gewachsener Polizist in Zivil legte ihm ruhig die Hand auf die Schulter. Die andre Hand hing herab, aber sie umschloß eine Pistole. Der Mann sah sich wild um; Polizisten in Zivil füllten alle Ecken des stillen Zimmers.

Am gleichen Abend hatte Pater Brown mit Dr. Boyne eine zweite und längere Unterredung über die Tragödie im Hause Aylmer. Zu der Zeit standen die wichtigen Tatsachen des Falls bereits außer Zweifel, denn John Strake hatte sich zu seinem Namen bekannt, ja sogar zu seinen Verbrechen: eigentlich wäre es richtiger zu sagen, daß er sich seiner Siege rühmte. Verglichen mit der Tatsache, daß er sein Lebenswerk abgeschlossen hatte und Arnold Aylmer eine Leiche war, war alles andre, sogar das Leben selbst, ihm scheinbar gleichgültig. »Der Mann leidet an einer Monomanie«, sagte Pater Brown. »Ihn interessiert nichts anderes, nicht einmal ein andrer Mord. Dafür bin ich ihm eigentlich verpflichtet; denn mit diesem Gedanken habe ich mich heute nachmittag des öfteren trösten müssen. Wie Sie sich jedenfalls selbst gesagt haben, hätte er, anstatt die wilde aber geistreiche Erzählung über geflügelte Vampire und Silberkugeln auszuspinnen, mir einfach mit einer gewöhnlichen Bleikugel den Garaus machen und gemütlich das Haus verlassen können. Ich versichere Sie, daß mir der Gedanke öfters gekommen ist.«

»Ich verstehe noch nicht, warum er es nicht getan hat«, bemerkte Boyne. »Aber ich verstehe überhaupt noch nichts. Wie in aller Welt haben Sie es entdeckt, und was haben Sie entdeckt?«

»Nun, Sie hatten mir sehr wertvolle Auskünfte gegeben«, erwiderte Brown bescheiden, »besonders die eine Auskunft, die wirklich wichtig war. Ich meine damit die

Bemerkung, daß Strake ein sehr erfindungsreicher und phantasievoller Lügner war, der seine Lügen mit großer Geistesgegenwart vorzubringen pflegte. Heute nachmittag hatte er diese Gabe bitter nötig; und er hat auch nicht versagt. Sein einziger Fehler war vielleicht, daß er sich zu einer übernatürlichen Geschichte entschloß – er dachte, ich würde alles glauben, weil ich ein Geistlicher bin. Viele Leute bilden sich sowas ein.«

»Aber ich kenne mich überhaupt nicht aus«, sagte der Arzt. »Fangen Sie doch, bitte, mit dem Anfang an.«

»Der Anfang war ein Schlafrock«, erwiderte Pater Brown einfach. »Die einzige gute Verkleidung, die mir je untergekommen ist. Wenn man in einem Hause einen Mann im Schlafrock antrifft, nimmt man ganz automatisch an, daß er sich in seinem eigenen Hause befindet. Auch ich dachte das; aber dann passierten einige merkwürdige Dinge. Als er die Pistole herunternahm, drückte er mit ausgestrecktem Arm den Hahn, wie man das zu machen pflegt, um sich zu vergewissern, daß eine fremde Waffe nicht geladen ist; aber natürlich hätte er wissen müssen, ob die Pistolen in seinem eigenen Korridor geladen waren oder nicht. Dann gefiel mir auch nicht, wie er nach dem Kognak suchte und wie er beinahe das Aquarium umstieß. Wenn jemand einen so zerbrechlichen Gegenstand im Zimmer hat, gewöhnt er sich ganz mechanisch daran, nicht anzustoßen. Aber das konnten alles nur Einbildungen sein; der erste wichtige Punkt war folgender: Er kam aus dem kleinen Korridor zwischen den zwei Türen, wo sich nur eine einzige Tür in ein anderes Zimmer befindet. Deshalb nahm ich an, daß es sein Schlafzimmer war, das er eben verlassen hatte. Ich probierte die Klinke; die Tür war verschlossen. Das schien mir sehr sonderbar, und ich blickte durchs Schlüsselloch. Es war ein völlig leeres Zimmer, das offenbar nicht gebraucht wurde; kein Bett drin oder sonstwas. Er war also nicht aus dem Zimmer gekommen, sondern von draußen. Und sobald ich das erkannt hatte, stieg, glaube ich, das ganze Bild vor mir auf.

Der arme Arnold Aylmer schlief und lebte jedenfalls oben. Er kam im Schlafrock herunter und ging durch die rote Glastür. Am Ende des Korridors, schwarz gegen das Licht des Wintertages, sah er den Feind des Hauses stehen. Er sah einen großen Mann mit einem Bart, in einem breitkrempigen Hut und einem weiten, wehenden schwarzen Mantel. Viel mehr hat er auf dieser Erde nicht mehr gesehen. Strake stürzte sich auf ihn, um ihn zu erdrosseln oder zu erstechen; das werden wir bei der Leichenschau erfahren. Dann hörte Strake, während er in dem engen Gange zwischen dem Kleiderständer und dem alten Büffet stand und triumphierend auf seinen letzten Feind herabsah, ein Geräusch, auf das er nicht vorbereitet war. Er hörte Schritte im Zimmer hinter der Glastür. Das war ich, der eben durch die andere Glastür vom Garten her das Zimmer betrat.

Seine Verkleidung war ein Meisterstück an Geschwindigkeit. Er mußte sich nicht nur umziehen, sondern eine Mär erfinden; und aus dem Stegreif dazu! Er legte seinen schwarzen Mantel und Hut ab und zog den Schlafrock des Toten an. Dann machte er etwas ziemlich Grausiges – jedenfalls berührt es meine Einbildungskraft noch grausiger als alles andere. Er hing die Leiche wie einen Überzieher an einen Kleiderhaken. Darüber drapierte er seinen eigenen langen Mantel, der noch ein Stück über die Füße reichte; den Kopf bedeckte er völlig mit seinem großen schwarzen Hut. Es war die einzige Möglichkeit, die Leiche in dem kleinen Korridor mit der verschlossenen Türe zu verbergen; aber es war außerordentlich geschickt. Ich bin selbst einmal an dem Kleiderständer vorbeigegangen, ohne zu ahnen, daß er noch etwas anderes war, als ein Kleiderständer. Ich glaube, daß diese Ahnungslosigkeit mir auf ewig einen Schauder über den Rücken jagen wird.

Dabei hätte er es belassen können; aber ich hätte jeden Augenblick die Leiche entdecken können; und an dem Orte, wo sie hing, machte sie sozusagen eine Erklärung nötig. Er ergriff den kühneren Ausweg, sie selbst zu entdecken und selbst zu erklären.

Da entstand in diesem seltsamen und erschreckend schöpferischen Gehirn der Gedanke an eine Verwechslungsgeschichte, an einen Austausch der Rollen. Er hatte bereits die Rolle von Arnold Aylmer angenommen. Warum sollte sein toter Feind nicht die Rolle von John Strake annehmen? Irgend etwas bei dem Gedanken, das Oberste zuunterst zu kehren, mußte die Phantasie dieses finsteren Kopfes angeregt haben. Und so kam etwas wie ein grausiger Maskenball zustande, auf den die beiden Erzfeinde, jeder in der Maske des anderen, zu gehen hatten. Doch der Maskenball sollte ein Totentanz werden; und einer der Tänzer mußte sterben. So hat sich das nach meiner Meinung im Kopf dieses Mannes entwickelt, und ich könnte mir vorstellen, daß er dabei geschmunzelt hat.«

Pater Brown starrte mit seinen großen grauen Augen ins Leere, sie waren, wenn sie nicht von seiner Gewohnheit, zu blinzeln, getrübt waren, das Bemerkenswerteste in seinem Gesicht. Er fuhr schlicht und ernst fort:

»Alles ist von Gott; vor allem Vernunft und Einbildungskraft und die großen Gaben des Geistes. Sie sind an sich gut und wir dürfen ihre Herkunft nicht vergessen, selbst nicht in ihrer Verderbtheit. Dieser Mensch hatte die edle Kraft, verderbt zu sein; die Kraft Geschichten zu erzählen. Er war ein großer Romancier, nur hatte er seine Einbildungskraft auf praktische und böse Ziele gerichtet; er hat die Menschen mit erfundenen Wahrheiten anstatt mit wahren Erfindungen getäuscht. Es begann damit, daß er den alten Aylmer mit ausgeklügelten Flunkereien und genial ausgedachten Lügen täuschte; sie mögen am Anfang nicht viel mehr gewesen sein als die großspurigen Geschichten und Redereien eines Kindes, das genausogut erzählen kann, daß es den König von England wie den Elfenkönig gesehen hat. Doch das Laster, das aller Laster Anfang ist, die Eitelkeit, ergriff Besitz von ihm; er bildete sich immer mehr auf seine rasche Fähigkeit ein, originelle Geschichten zu erfinden, und auf die Schlauheit, sie weiterzuspinnen. Das meinten die jungen Aylmers, als sie sagten, er könne ihren Vater jederzeit in Bann schlagen; und das stimmte. Es war jener Bann, den die Geschichtenerzählerin in Tausendundeiner Nacht auf den Tyrannen ausübt. Und so schritt er schließlich durch die Welt mit dem Stolz eines Dichters und der falschen, doch unergründlichen Kühnheit eines großen Lügners. Er konnte immer noch eine weitere Geschichte zu den tausendundeinen erfinden, wenn sein Hals in einer Schlinge steckte. Und heute hatte sein Hals in einer Schlinge gesteckt.

Aber, wie gesagt, ich bin überzeugt, daß er die Phantasie ebenso genoß wie die Intrige. Er nahm sich vor, die wahre Geschichte in der falschen Reihenfolge zu erzählen: den Toten für einen Lebenden und den Lebenden für einen Toten auszugeben. Er war schon in Aylmers Hausmantel; nun wollte er auch noch in Aylmers Körper und Seele schlüpfen. Er betrachtete den Leichnam, als wäre es sein eigener Leichnam, der da kalt im Schnee lag. Dann spreizte er ihn auf diese seltsame Weise auseinander, um ihn wie einen Raubvogel aussehen zu lassen, der gerade herabgestoßen war und staffierte ihn nicht nur mit seinem eigenen schwarzen Stoffflügel aus, sondern auch noch mit dem schwarzen Märchen von dem schwarzen Vogel, der nur von einer silbernen Kugel erlegt werden könnte. Ich bin mir nicht ganz klar darüber, ob es der Schimmer des Silbers auf dem Schrank oder der Schein des Schnees durch die Tür war, was seinem starken künstlerischen Temperament die Idee von der weißen Magie und dem weißen Metall, das man gegen Zauberer benützen müsse, eingegeben hatte. Doch wo immer sie herkam, er machte sie sich wie ein Dichter zu eigen; und das rasch, wie ein alter Praktikus.

Er vollendete den Wechsel und Austausch der Rollen, indem er die Leiche als Leiche Strakes auf den Schnee hinauswarf. Er tat sein Möglichstes, um Strake als eine Art Harpyie zu schildern, die irgendwo in der Luft mit geschwinden Flügeln und tödlichen Krallen lauert; er mußte ja das Fehlen der Fußspuren und noch einiges andere erklären. Einen frechen Zug bewundere ich ganz außerordentlich. Er brachte es fertig, einen der Widersprüche in seiner Sache zu einem Beweis zu verkehren! Den Umstand, daß der Mantel zu lang war, erklärte er für einen Beweis, daß der Mann nie wie ein gewöhnlicher Sterblicher auf Erden gehen könne. Aber während er das sagte, sah er mich durchdringend an, und irgend eine innere Stimme sagte mir, daß er einen kolossalen Bluff versuchte.«

Dr. Boyne grübelte. »Hatten Sie damals schon die Wahrheit entdeckt?« fragte er. »Es ist merkwürdig, wie aufregend plötzliche Einfälle wirken, die sich auf die Identität eines Menschen beziehen. Ich weiß nicht, ob es unheimlicher ist, eine solche Eingebung schnell oder langsam zu haben. Ich möchte wissen, wann Sie ihn noch im Verdacht hätten, und wann Sie Ihrer Sache sicher waren.«

»Im Verdacht hatte ich ihn, glaube ich, als ich mit Ihnen telephonierte«, erwiderte der Freund. »Und das kam von nichts anderem, als von dem roten Licht, das durch die Glastür auf den Teppich fiel und bald heller, bald dunkler wurde. Es sah aus wie eine Blutlache, die deutlich wurde, während sie nach Rache schrie. Warum veränderte das Licht sich auf diese Weise? Die Sonne war nicht herausgekommen, das wußte ich; es konnte nur daher stammen, daß die zweite Tür dahinter, die in den Garten führte, geöffnet und geschlossen wurde. Wäre er aber schon damals hinausgegangen, und hätte seinen Feind erblickt, so hätte er sofort Lärm geschlagen; doch das geschah erst viel später. Ich bekam den Eindruck, daß er hinausgegangen war, um etwas zu tun – oder vorzubereiten. Aber sicher war ich meiner Sache da noch nicht. Ich weiß, daß er bis zuletzt versuchte, mich zu hypnotisieren, meinen Willen durch die schwarze Kunst der unheimlichen Augen und singenden Stimme zu lähmen. So hat er es jedenfalls mit dem alten Aylmer angefangen. Aber es war nicht nur seine Art zu sprechen – was er sagte, machte mich stutzig –, ich meine die Philosophie und Religion, die es enthielt.«

»Leider bin ich nur ein alter Praktikus«, sagte der Arzt mit derbem Humor, »um Religion und Philosophie kümmere ich mich nicht viel.«

»Das müssen Sie aber, wenn Sie ein alter Praktikus sein wollen«, sagte Pater Brown. »Sagen Sie mal, Doktor – Sie kennen mich doch recht gut; ich glaube, Sie wissen, daß ich nicht bigott bin. Sie wissen, daß ich davon überzeugt bin, wie verschiedene Menschen es in allen Religionen gibt – gute Menschen in schlechten und schlechte in guten. Aber es gibt eine kleine Tatsache, die ich im praktischen Leben gelernt habe, einen ganz alltäglichen Umstand, den ich mir durch die Erfahrung angeeignet habe, wie die Kenntnis der guten Weinmarken. Ich habe noch nie einen Verbrecher getroffen, der – wenn er überhaupt philosophierte – nicht von orientalischen Kulten wie Wiederkehr und Wiederverkörperung sprach. Vom Rad des Schicksals und der Schlange, die sich in den Schwanz beißt. Durch die Erfahrung habe ich gelernt, daß auf diesen Dienern der Schlange wirklich ein Fluch ruht; auf ihrem Bauche sollen sie kriechen und Staub sollen sie fressen; es hat noch nie einen Schuft oder Verbrecher gegeben, der nicht mit dieser Art Geistigkeit aufwarten konnte. Vielleicht ist der wirkliche religiöse Ursprung anders, aber hier, wo die Menschen arbeiten, ist es die Religion der Schurken; und ich wußte im gleichen Augenblick, daß ich einen Schurken vor mir hatte.«

»Nun«, sagte Boyne, »ich hätte gedacht, daß es einem Schurken leichtfällt, sich zu irgendeiner beliebigen Religion zu bekennen.«

»Ja«, stimmte der andere zu, »er hätte sich zu jeder Religion bekennen können; das heißt, er hätte ein Bekenntnis heucheln können, wenn es sich überhaupt um Heuchelei handelte. Wenn es sich lediglich um eine konsequente Schwindelei handelte, dann hätte das auch jeder konsequente Schwindler tun können. Jede beliebige Maske kann auf jedes beliebige Gesicht gesetzt werden. Jeder kann gewisse Phrasen auswendig lernen oder mit den Lippen bekennen, daß er bestimmte Ansichten hat. Ich kann auf die Straße gehen und behaupten, ich sei ein Methodist oder ein

Mitglied irgendeiner anderen Sekte, obwohl ich befürchten muß, nicht sehr überzeugend zu wirken. Aber wir sprechen von einem Künstler, und um einem Künstler zu genügen, muß die Maske bis zu einem gewissen Grade nach seinem Gesicht geformt sein. Seine äußerliche Erscheinung muß seinem inneren Wesen entsprechen; er kann seine Wirkung nur mit etwas erzielen, was auch in seiner eigenen Seele liegt. Er hätte wahrscheinlich behaupten können, daß er Methodist sei, aber er hätte nie einen so überzeugenden Methodisten abgegeben wie einen überzeugenden Mystiker und Schicksalsgläubigen, was er ja ist. Ich spreche von dem Ideal, das ein derartiger Mensch vor Augen hat, wenn er wirklich versucht, idealistisch zu sein. Sein ganzes Spiel mit mir bestand darin, so idealistisch zu sein wie nur möglich. Immer wenn so ein Mensch etwas derartiges versucht, werden Sie diese besondere Art von Idealismus finden. Ein solcher Mensch kann von Blut triefen und Ihnen dennoch mit voller Überzeugung erklären, daß der Buddhismus besser als das Christentum sei. Ja, er wird ihnen sogar mit voller Überzeugung erzählen, daß der Buddhismus christlicher ist als das Christentum. Das allein genügt schon, um ein widerliches und scheußliches Licht auf seine Auffassung von Christentum zu werfen.«

»Bei meiner Seele«, sagte der Arzt lachend, »ich bin mir nicht klar, ob Sie ihn nun verurteilen oder verteidigen.«

»Es heißt nicht einen Menschen verteidigen, wenn man sagt, daß er ein Genie ist«, sagte Pater Brown. »Weit entfernt davon. Es ist einfach ein psychologisches Faktum, daß ein Künstler sich immer durch irgendeine Art von Aufrichtigkeit verrät. Leonardo da Vinci kann nicht so zeichnen, als ob er nicht zeichnen könnte. Selbst wenn er es versuchte, würde immer nur die Parodie einer Stümperei herauskommen. Dieser Bursche hätte etwas zu Schreckliches und Wunderbares aus einem Methodisten gemacht.«

Als der Priester sich wieder aufmachte und nach Hause strebte, war die Kälte noch strenger geworden, dennoch war sie irgendwie anregend. Die Bäume standen da wie silberne Leuchter auf einem Altar der Reinigung. Die schneidende Kälte war wie das silberne Schwert reinigenden Schmerzes, das mitten ins Herz dringt. Doch es war keine tödliche Kälte, es sei denn in dem Sinn, daß sie all die sterblichen Widerstände gegen unsere unsterbliche und unermeßliche Lebenskraft zu töten schien. Der bleiche grüne Himmel der Dämmerung, auf dem nur ein Stern wie der Stern von Bethlehem leuchtete, schien, seltsam widersprüchlich, eine Höhle der Klarheit zu sein. Es war, als ob nicht Wärme, sondern ein grünes Feuer der Kälte alle Dinge zum Leben erweckte. Die Luft prickelte vor Wahrheit und trennte mit einem Messer aus Eis die Wahrheit vom Irrtum; und was übrigblieb, hatte sich nie so lebendig gefühlt. Alle Freuden waren wie ein Juwel im Herzen eines Eisberges. Der Priester wußte kaum, wie ihm war, als er immer tiefer in die grüne Dämmerung schritt und immer tiefer die unbescholtene Lebenskraft der Luft einatmete. Schwierigkeiten und Krankheiten schienen hinter ihm zu liegen, oder ausgelöscht, wie der Schnee die Fußspuren des blutigen Mannes ausgelöscht hatte. Und so durch den Schnee nach Hause schlurfend, murmelte er vor sich hin: »Und dennoch hat er recht, daß es eine weiße Magie gibt, wenn er nur auch wüßte, wo er sie zu suchen hat.«

G. K. Chesterton im Diogenes Verlag

Pater Brown und Das blaue Kreuz
Die besten Geschichten aus »Die Unschuld des Pater Brown«. Aus dem Englischen von Heinrich Fischer. detebe 20731

Pater Brown und Der Fehler in der Maschine
Die besten Geschichten aus »Die Weisheit des Pater Brown« und »Die Ungläubigkeit des Pater Brown«. Deutsch von Norbert Müller, Alfons Rottmann und Dora Sophie Kellner. detebe 20732

Pater Brown und Das schlimmste Verbrechen der Welt
Die besten Geschichten aus »Das Geheimnis des Pater Brown« und »Der Skandal um Pater Brown«. Deutsch von Alfred P. Zeller, Kamilla Demmer und Alexander Schmitz. detebe 20733

Klassiker und moderne Klassiker der angelsächsischen Literatur im Diogenes Verlag

● Eric Ambler

Die Maske des Dimitrios. Roman. Aus dem Englischen von Mary Brand und Walter Hertenstein. detebe 20137
Der Fall Deltschev. Roman. Deutsch von Mary Brand und Walter Hertenstein detebe 20178
Eine Art von Zorn. Roman. Deutsch von Susanne Feigl und Walter Hertenstein detebe 20179
Schirmers Erbschaft. Roman. Deutsch von Harry Reuß-Löwenstein, Th. A. Knust und Rudolf Barmettler. detebe 20180
Die Angst reist mit. Deutsch von Walter Hertenstein. detebe 20181
Der Levantiner. Roman. Deutsch von Tom Knoth. detebe 20223
Waffenschmuggel. Roman. Deutsch von Tom Knoth. detebe 20364
Topkapi. Roman. Deutsch von Elsbeth Herlin. detebe 20536
Schmutzige Geschichte. Roman. Deutsch von Günter Eichel. detebe 20537
Das Intercom-Komplott. Roman. Deutsch von Dietrich Stössel. detebe 20538
Besuch bei Nacht. Roman. Deutsch von Wulf Teichmann. detebe 20539
Der dunkle Grenzbezirk. Roman. Deutsch von Walter Hertenstein und Ute Haffmans detebe 20602
Ungewöhnliche Gefahr. Roman. Deutsch von Walter Hertenstein und Werner Morlang. detebe 20603
Anlaß zur Unruhe. Roman. Deutsch von Franz Cavigelli. detebe 20604
Nachruf auf einen Spion. Roman. Deutsch von Peter Fischer. detebe 20605
Doktor Frigo. Roman. Deutsch von Tom Knoth und Judith Claassen. detebe 20606
Bitte keine Rosen mehr. Roman. Deutsch von Tom Knoth. detebe 20887
Mit der Zeit. Roman. Deutsch von Hans Hermann. detebe 21054
Als Ergänzungsband liegt vor:
Über Eric Ambler. Herausgegeben von Gerd Haffmans. detebe 20607

● Sherwood Anderson

Ich möchte wissen warum. Ausgewählte Erzählungen. Aus dem Amerikanischen von Karl Lerbs und Helene Henze. detebe 20514

● Ambrose Bierce

Die Spottdrossel. Erzählungen und Fabeln. Auswahl und Vorwort von Mary Hottinger. Aus dem Amerikanischen von Joachim Uhlmann, Günter Eichel und Maria von Schweinitz. Zeichnungen von Tomi Ungerer detebe 20234

● James Boswell

Dr. Samuel Johnson. Leben und Meinungen. Mit dem Tagebuch einer Reise nach den Hebriden. Herausgegeben und aus dem Englischen von Fritz Güttinger. detebe 20786

● Ray Bradbury

Die Mars-Chroniken. Roman in Erzählungen. Aus dem Amerikanischen von Thomas Schlück. detebe 20863
Der illustrierte Mann. Erzählungen. Deutsch von Peter Naujack. detebe 20365
Fahrenheit 451. Roman. Deutsch von Fritz Güttinger. detebe 20862
Die goldenen Äpfel der Sonne. Erzählungen. Deutsch von Margarete Bormann detebe 20864
Medizin für Melancholie. Erzählungen Deutsch von Margarete Bormann detebe 20865
Das Böse kommt auf leisen Sohlen. Roman. Deutsch von Norbert Wölfl. detebe 20866
Löwenzahnwein. Roman. Deutsch von Alexander Schmitz. detebe 21045
Das Kind von morgen. Erzählungen Deutsch von Hans-Joachim Hartstein detebe 21205
Die Mechanismen der Freude. Erzählungen Deutsch von Peter Naujack. detebe 21242

● John Buchan

Die neununddreißig Stufen. Aus dem Englischen von Marta Hackel. Mit Zeichnungen von Edward Gorey. detebe 20210
Grünmantel. Roman. Deutsch von Marta Hackel. Mit Zeichnungen von Topor detebe 20771
Mr. Standfast oder Im Westen was Neues Roman. Deutsch von Marta Hackel. Mit Zeichnungen von Topor. detebe 20772

Die drei Geiseln. Roman. Deutsch von Marta Hackel. Mit Zeichnungen von Tatjana Hauptmann. detebe 20773
Basilissa. Roman. Deutsch von Otto Bayer detebe 21249

● W. R. Burnett

Little Caesar. Roman. Aus dem Amerikanischen von Georg Kahn-Ackermann detebe 21061
High Sierra. Roman. Deutsch von Armgard Seegers und Hellmuth Karasek. detebe 21208

● Erskine Caldwell

Wo die Mädchen anders waren. Ausgewählte Geschichten. Aus dem Amerikanischen von M. Artl, Elisabeth Schnack und Joachim Marten. detebe 21186

● Raymond Chandler

Die besten Detektivstories. Aus dem Amerikanischen von Hans Wollschläger Diogenes Evergreens
Der große Schlaf. Roman. Deutsch von Gunar Ortlepp. detebe 20132
Die kleine Schwester. Roman. Deutsch von Walter E. Richartz. detebe 20206
Das hohe Fenster. Roman. Deutsch von Urs Widmer. detebe 20208
Der lange Abschied. Roman. Deutsch von Hans Wollschläger. detebe 20207
Die simple Kunst des Mordes. Essays, Briefe, eine Geschichte und ein Romanfragment Herausgegeben von Dorothy Gardiner und Kathrine Sorley Walker. Deutsch von Hans Wollschläger. detebe 20209
Die Tote im See. Roman. Deutsch von Hellmuth Karasek. detebe 20311
Lebwohl, mein Liebling. Roman. Deutsch von Wulf Teichmann. detebe 20312
Playback. Roman. Deutsch von Wulf Teichmann. detebe 20313
Mord im Regen. Frühe Stories. Vorwort von Philip Durham. Deutsch von Hans Wollschläger. detebe 20314
Erpresser schießen nicht. Detektivstories I detebe 20751
Der König in Gelb. Detektivstories II detebe 20752
Gefahr ist mein Geschäft. Detektivstories III detebe 20753
Alle drei deutsch von Hans Wollschläger.
Englischer Sommer. 3 Stories und Essays. Vorwort von Patricia Highsmith. Deutsch von Hans Wollschläger, Wulf Teichmann u.a. detebe 20754
Als Ergänzungsband liegt vor:
Frank MacShane
Raymond Chandler. Eine Biographie. Aus dem Amerikanischen von Christa Hotz, Alfred Probst und Wulf Teichmann detebe 20960

● G. K. Chesterton

Pater Brown und Das blaue Kreuz. Erzählungen. detebe 20731
Pater Brown und Der Fehler in der Maschine. Erzählungen. detebe 20732
Pater Brown und Das schlimmste Verbrechen der Welt. Erzählungen. detebe 20733
Eine Trilogie der besten Pater-Brown-Geschichten. Aus dem Englischen von Heinrich Fischer, Dora Sophie Kellner, Alfred P. Zeller u.a.

● Joseph Conrad

Lord Jim. Roman. Aus dem Englischen von Fritz Lorch. detebe 20128
Der Geheimagent. Roman. Deutsch von G. Danehl. detebe 20212
Herz der Finsternis. Erzählung. Deutsch von Fritz Lorch. detebe 20363

● Stephen Crane

Das blaue Hotel. Erzählungen. Herausgegeben, aus dem Amerikanischen übersetzt und mit einem Nachwort von Walter E. Richartz. detebe 20789

● Walter de la Mare

Sankt Valentinstag. Erzählungen. Aus dem Englischen von Elizabeth Gilbert detebe 21197
Die Orgie – eine Idylle. Erzählungen Deutsch von Elizabeth Gilbert. detebe 21236

● Charles Dickens

David Copperfield. Roman. Aus dem Englischen von Gustav Meyrink. Mit einem Essay von W. Somerset Maugham. detebe 21034
Oliver Twist. Roman. Deutsch von Gustav Meyrink. detebe 21035
Nikolas Nickleby. Roman. Deutsch von Gustav Meyrink. detebe 20998
Bleakhaus. Roman. Deutsch von Gustav Meyrink. detebe 21166
Drei Weihnachtsgeschichten. Deutsch von Gustav Meyrink. detebe 21241
Ein Weihnachtslied in Prosa. Erzählung. Deutsch von Richard Zoozmann. Mit 16 Zeichnungen von Tatjana Hauptmann Diogenes Evergreens

● Arthur Conan Doyle

Sherlock Holmes Geschichten. Aus dem Englischen von Margarete Nedem. detebe 21211

● Ralph Waldo Emerson

Natur. Essay. Aus dem Amerikanischen von Harald Kiczka. Kleine Diogenes Evergreens
Essays. Herausgegeben und übersetzt von Harald Kiczka. Mit zahlreichen Anmerkungen und einem ausführlichen Index
detebe 21071

● William Faulkner

Brandstifter. Gesammelte Erzählungen I. Aus dem Amerikanischen von Elisabeth Schnack. detebe 20040
Eine Rose für Emily. Gesammelte Erzählungen II. Deutsch von Elisabeth Schnack
detebe 20041
Rotes Laub. Gesammelte Erzählungen III. Deutsch von Elisabeth Schnack
detebe 20042
Sieg im Gebirge. Gesammelte Erzählungen IV. Deutsch von Elisabeth Schnack
detebe 20043
Schwarze Musik. Gesammelte Erzählungen V. Deutsch von Elisabeth Schnack
detebe 20044
Die Unbesiegten. Roman. Deutsch von Erich Franzen. detebe 20075
Sartoris. Roman. Deutsch von Hermann Stresau. detebe 20076
Als ich im Sterben lag. Roman. Deutsch von Albert Hess und Peter Schünemann
detebe 20077
Schall und Wahn. Roman. Revidierte Übersetzung von Helmut M. Braem und Elisabeth Kaiser. detebe 20096
Absalom, Absalom! Roman. Deutsch von Hermann Stresau. detebe 20148
Go down, Moses. Chronik amilie. Deutsch von Hermann Stresau und Elisabeth Schnack. detebe 20149
Der große Wald. Jagdgeschichten. Deutsch von Elisabeth Schnack. detebe 20150
Griff in den Staub. Roman. Deutsch von Harry Kahn. detebe 20151
Der Springer greift an. Kriminalgeschichten. Deutsch von Elisabeth Schnack
detebe 20152
Soldatenlohn. Roman. Deutsch von Susanna Rademacher. detebe 20512
Moskitos. Roman. Deutsch von Richard K. Flesch. detebe 20512
Wendemarke. Roman. Deutsch von Georg Goyert. detebe 20513
Die Freistatt. Roman. Deutsch von Hans Wollschläger. detebe 20802
Licht im August. Roman. Deutsch von Franz Fein.,detebe 20803
Wilde Palmen und Der Strom. Doppelroman. Deutsch von Helmut M. Braem und Elisabeth Kaiser. detebe 20988
Die Spitzbuben. Roman. Deutsch von Elisabeth Schnack. detebe 20989
Eine Legende. Roman. Deutsch von Kurt Heinrich Hansen. detebe 20990
Requiem für eine Nonne. Roman in Szenen. Deutsch von Robert Schnorr. detebe 20991
Das Dorf. Roman. Erster Teil der *Snopes-Trilogie.* Deutsch von Helmut M. Braem und Elisabeth Kaiser. detebe 20992
Die Stadt. Roman. Zweiter Teil der *Snopes-Trilogie.* Deutsch von Elisabeth Schnack
detebe 20993
Das Haus. Roman. Dritter Teil der *Snopes-Trilogie.* Deutsch von Elisabeth Schnack
detebe 20994
New Orleans. Skizzen und Erzählungen. Deutsch von Arno Schmidt. detebe 20995
Briefe. Herausgegeben und übersetzt von Elisabeth Schnack und Fritz Senn
detebe 20958

Als Ergänzungsband liegt vor:
Über William Faulkner. Essays, Rezensionen, ein Interview, Zeichnungen, Chronik und Bibliographie. Herausgegeben von Gerd Haffmans. detebe 20098

● F. Scott Fitzgerald

Der große Gatsby. Roman. Revidierte Übersetzung aus dem Amerikanischen von Walter Schürenberg. detebe 20183
Der letzte Taikun. Roman. Deutsch von Walter Schürenberg. detebe 20395
Pat Hobby's Hollywood-Stories. Übersetzt und mit Anmerkungen versehen von Harry Rowohlt. detebe 20510
Der Rest von Glück. Erzählungen 1920
detebe 20744
Ein Diamant – so groß wie das Ritz. Erzählungen 1922–1926. detebe 20745
Der gefangene Schatten. Erzählungen 1926 bis 1928. detebe 20746
Die letzte Schöne des Südens. Erzählungen 1928–1930. detebe 20747
Wiedersehen mit Babylon. Erzählungen 1930 bis 1940. detebe 20748
Alle Erzählungen in der Übersetzung von Walter Schürenberg und Walter E. Richartz
Zärtlich ist die Nacht. Roman. Neu übersetzt von Walter E. Richartz und Hanna Neves. Vorwort von Malcolm Cowley. detebe 21119
Das Liebesschiff. Erzählungen. Deutsch von Alexander Schmitz. detebe 21187

● Ford Madox Ford

Die allertraurigste Geschichte. Roman Aus dem Englischen von Fritz Lorch und Helene Henze. detebe 20532

● Henry Rider Haggard

Sie. Roman. Aus dem Englischen von Helmut Degner. detebe 20236
König Salomons Schatzkammern. Roman. Deutsch von V.H. Schmied. detebe 20920

● Dashiell Hammett

Die besten Geschichten von Dashiell Hammett. Ausgewählt von William Matheson Diogenes Evergreens
Der Malteser Falke. Roman. Aus dem Amerikanischen von Peter Naujack. detebe 20131
Rote Ernte. Roman. Deutsch von Gunar Ortlepp. detebe 20292
Der Fluch des Hauses Dain. Roman. Deutsch von Wulf Teichmann. detebe 20293
Der gläserne Schlüssel. Roman. Deutsch von Hans Wollschläger. detebe 20294
Der dünne Mann. Roman. Deutsch von Tom Knoth. detebe 20295
Fliegenpapier. Detektivstories I. Deutsch von Harry Rowohlt, Helmut Kossodo, Helmut Degner, Peter Naujack und Elizabeth Gilbert. Vorwort von Lillian Hellman detebe 20911
Fracht für China. Detektivstories II. Deutsch von Elizabeth Gilbert, Antje Friedrichs und Walter E. Richartz. detebe 20912
Das große Umlegen. Detektivstories III. Deutsch von Walter E. Richartz, Hellmuth Karasek und Wulf Teichmann. detebe 20913
Das Haus in der Turk Street. Detektivstories IV. Deutsch von Wulf Teichmann detebe 20914
Das Dingsbums Küken. Detektivstories V. Deutsch von Wulf Teichmann. Nachwort von Steven Marcus. detebe 20915

● O. Henry

Die klügere Jungfrau. Geschichten aus den Zyklen ›Die vier Millionen‹ und ›Die klügere Jungfrau‹. Mit einem Essay von Cesare Pavese. detebe 20871
Das Herz des Westens. Geschichten aus den Zyklen ›Das Herz des Westens‹ und ›Die Stimme der Stadt‹. detebe 20872
Der edle Gauner. Geschichten aus den Zyklen ›Der edle Gauner‹ und ›Zur Wahl‹ detebe 20873
Wege des Schicksals. Geschichten aus den Zyklen ›Wege des Schicksals‹ und ›Wirbel‹ detebe 20874
Streng geschäftlich. Geschichten aus den Zyklen ›Streng geschäftlich‹ und ›Sechser und Siebner‹. detebe 20875
Rollende Steine. Geschichten aus den Zyklen ›Rollende Steine‹ und ›Strandgut‹. Mit einem Nachwort von Heinrich Böll. detebe 20876
Aus dem Amerikanischen von Annemarie und Heinrich Böll, Hans Wollschläger, Thomas Eichstätt, Wilhelm Höck, Theo Schumacher, Wolfgang Kreiter

● Patricia Highsmith

Leute, die an die Tür klopfen. Roman Aus dem Amerikanischen von Anne Uhde. Leinen
Die besten Geschichten von Patricia Highsmith. Deutsch von Anne Uhde, Walter E. Richartz und Wulf Teichman Diogenes Evergreens
Der Stümper. Roman. Deutsch von Barbara Bortfeldt. detebe 20136
Zwei Fremde im Zug. Roman. Deutsch von Anne Uhde. detebe 20173
Der Geschichtenerzähler. Roman. Deutsch von Anne Uhde. detebe 20174
Der süße Wahn. Roman. Deutsch von Christian Spiel. detebe 20175
Die zwei Gesichter des Januars. Roman. Deutsch von Anne Uhde. detebe 20176
Der Schrei der Eule. Roman. Deutsch von Gisela Stege. detebe 20341
Tiefe Wasser. Roman. Deutsch von Eva Gärtner und Anne Uhde. detebe 20342
Die gläserne Zelle. Roman. Deutsch von Gisela Stege und Anne Uhde. detebe 20343
Das Zittern des Fälschers. Roman. Deutsch von Anne Uhde. detebe 20344
Lösegeld für einen Hund. Roman. Deutsch von Anne Uhde. detebe 20345
Der talentierte Mr. Ripley. Roman. Deutsch von Barbara Bortfeldt. detebe 20481
Ripley Under Ground. Roman. Deutsch von Anne Uhde. detebe 20482
Ripley's Game. Roman. Deutsch von Anne Uhde. detebe 20346
Der Schneckenforscher. Gesammelte Geschichten. Vorwort von Graham Greene. Deutsch von Anne Uhde. detebe 20347
Ein Spiel für die Lebenden. Roman. Deutsch von Anne Uhde. detebe 20348
Kleine Geschichten für Weiberfeinde Deutsch von Walter E. Richartz. Zeichnungen von Roland Topor. detebe 20349
Kleine Mordgeschichten für Tierfreunde Deutsch von Anne Uhde. detebe 20483
Venedig kann sehr kalt sein. Roman. Deutsch von Anne Uhde. detebe 20484

Ediths Tagebuch. Roman. Deutsch von Anne Uhde. detebe 20485
Der Junge, der Ripley folgte. Roman Deutsch von Anne Uhde. detebe 20649
Leise, leise im Wind. Geschichten. Deutsch von Anne Uhde. detebe 21012
Keiner von uns. Erzählungen. Deutsch von Anne Uhde. detebe 21179

Als Ergänzungsband liegt vor:
Über Patricia Highsmith. Essays und Zeugnisse von Graham Greene bis Peter Handke. Mit Bibliographie, Filmographie und zahlreichen Fotos. Herausgegeben von Fritz Senn und Franz Cavigelli. detebe 20818

● John Irving

Laßt die Bären los! Roman. Aus dem Amerikanischen von Michael Walter. Leinen
Das Hotel New Hampshire. Roman. Deutsch von Hans Hermann. detebe 21194

● James Joyce

Das James Joyce Lesebuch. Auswahl aus ›Dubliner‹, ›Porträt des Künstlers‹ und ›Ulysses‹. Aus dem Englischen von Dieter E. Zimmer, Klaus Reichert und Hans Wollschläger. Nachwort von Fritz Senn detebe 20486

● Ring Lardner

Geschichten aus dem Jazz-Zeitalter. Auswahl, Nachwort und Übersetzung von Fritz Güttinger. detebe 20153

● D. H. Lawrence

Der preußische Offizier. Sämtliche Erzählungen I. detebe 20184
England, mein England. Sämtliche Erzählungen II. detebe 20185
Die Frau, die davonritt. Sämtliche Erzählungen III. detebe 20186
Der Mann, der Inseln liebte. Sämtliche Erzählungen IV. detebe 20187
Der Fremdenlegionär. Autobiographisches und frühe Erzählungen, Fragmente. Sämtliche Erzählungen V. detebe 20188
Der Fuchs / Der Marienkäfer / Die Hauptmanns-Puppe. Sämtliche Kurzromane I detebe 20189
Der Hengst St. Mawr. Sämtliche Kurzromane II. detebe 20190
Liebe im Heu / Das Mädchen und der Zigeuner / Der Mann, der gestorben war. Sämtliche Kurzromane III. detebe 20191
Aus dem Englischen von Martin Beheim-Schwarzbach, Georg Goyert, Marta Hackel, Karl Lerbs, Elisabeth Schnack und Gerda von Uslar. Im Anhang des letzten Bandes Nachweis der Erstdrucke, Anmerkungen und Literaturhinweise
Liebe, Sex und Emanzipation. Essays Deutsch von Elisabeth Schnack detebe 20955
John Thomas & Lady Jane. Roman. Deutsch von Susanna Rademacher. detebe 20299
Briefe. Deutsch von Elisabeth Schnack, Einleitung von Aldous Huxley, Nachwort von Elisabeth Schnack, Personenverzeichnis, Chronik und Bibliographie. detebe 20954

● Doris Lessing

Hunger. Erzählung. Aus dem Englischen von Lore Krüger. detebe 20255
Der Zauber ist nicht verkäuflich. Afrikanische Geschichten. Deutsch von Lore Krüger, Marta Hackel und Elisabeth Schnack detebe 20886

● Carson McCullers

Wunderkind. Erzählungen I. Aus dem Amerikanischen von Elisabeth Schnack detebe 20140
Madame Zilensky und der König von Finnland. Erzählungen II. Deutsch von Elisabeth Schnack. detebe 20141
Die Ballade vom traurigen Café. Novelle. Deutsch von Elisabeth Schnack. Diogenes Evergreens. Auch als detebe 20142
Das Herz ist ein einsamer Jäger. Roman Deutsch von Susanna Rademacher detebe 20143
Spiegelbild im goldnen Auge. Roman Deutsch von Richard Moering detebe 20144
Frankie. Roman. Deutsch von Richard Moering. detebe 20145
Uhr ohne Zeiger. Roman. Deutsch von Elisabeth Schnack. detebe 20146

Als Ergänzungsband liegt vor:
Über Carson McCullers. Essays von und über Carson McCullers. Deutsch von Elisabeth Schnack und Elizabeth Gilbert. Mit Chronik und Bibliographie. Herausgegeben von Gerd Haffmans. detebe 20147

● A.E.W. Mason

Die vier Federn. Roman. Aus dem Englischen von Thomas Schlück. detebe 21167

● W. Somerset Maugham

Honolulu. Gesammelte Erzählungen I detebe 20331
Das glückliche Paar. Gesammelte Erzählungen II. detebe 20332
Vor der Party. Gesammelte Erzählungen III detebe 20333
Die Macht der Umstände. Gesammelte Erzählungen IV. detebe 20334
Lord Mountdrago. Gesammelte Erzählungen V. detebe 20335

Fußspuren im Dschungel. Gesammelte Erzählungen VI. detebe 20336
Ashenden oder Der britische Geheimagent. Gesammelte Erzählungen VII. detebe 20337
Entlegene Welten. Gesammelte Erzählungen VIII. detebe 20338
Winter-Kreuzfahrt. Gesammelte Erzählungen IX. detebe 20339
Fata Morgana. Gesammelte Erzählungen X detebe 20340
Aus dem Englischen von Felix Gasbarra, Marta Hackel, Ilse Krämer, Claudia und Wolfgang Mertz, Wulf Teichmann, Friedrich Torberg, Kurt Wagenseil, Mimi Zoff. u.a.
Rosie und die Künstler. Roman. Deutsch von Hans Kauders und Claudia Schmölders detebe 20086
Silbermond und Kupfermünze. Roman Deutsch von Susanne Feigl. detebe 20087
Auf Messers Schneide. Roman. Deutsch von N. O. Scarpi. detebe 20088
Theater. Roman. Deutsch von Renate Seiller und Ute Haffmans. detebe 20163
Damals und heute. Roman. Deutsch von Hans Flesch und Ann Mottier detebe 20164
Der Magier. Roman. Deutsch von Melanie Steinmetz und Ute Haffmans. detebe 20165
Oben in der Villa. Roman. Deutsch von William G. Frank und Ann Mottier detebe 20166
Mrs. Craddock. Roman. Deutsch von Elisabeth Schnack. detebe 20167
Der Menschen Hörigkeit. Roman in 2 Bänden. Deutsch von Mimi Zoff und Susanne Feigl. detebe 20298
Südsee-Romanze. Roman. Deutsch von Mimi Zoff. detebe 21003

● Herman Melville

Moby-Dick. Roman. Aus dem Amerikanischen von Thesi Mutzenbecher und Ernst Schnabel. detebe 20385
Billy Budd. Erzählung. Deutsch von Richard Moering. detebe 20787

● Thomas Morus

Utopia. Aus dem Lateinischen von Alfred Hartmann, Nachwort von Erasmus von Rotterdam. detebe 20420

● Sean O'Casey

Purpurstaub. Komödie. Aus dem Englischen von Helmut Baierl und Georg Simmgen detebe 20002
Dubliner Trilogie. Tragödien. Deutsch von Maik Hamburger, Adolf Dresen, Volker Canaris und Dieter Hildebrandt detebe 20034
Ich klopfe an. Autobiographie I. Deutsch von Georg Goyert. detebe 20394
Bilder in der Vorhalle. Autobiographie II Deutsch von Georg Goyert. detebe 20761
Trommeln unter den Fenstern. Autobiographie III. Deutsch von Werner Beyer detebe 20762
Irland, leb wohl! Autobiographie IV. Deutsch von Werner Beyer. detebe 20763
Rose und Krone. Autobiographie V. Deutsch von Werner Beyer. detebe 20764
Dämmerung und Abendstern. Autobiographie VI. Deutsch von Werner Beyer detebe 20765
Das Sean O'Casey Lesebuch. Eine Auswahl aus den Stücken, der Autobiographie und den Essays. Mit einem Vorwort von Heinrich Böll und einem Nachwort von Klaus Völker. Herausgegeben mit Anmerkungen, einer Chronik und Daten zur irischen Geschichte von Urs Widmer. detebe 21126

● Frank O'Connor

Und freitags Fisch. Gesammelte Erzählungen I. detebe 20170
Mein Ödipus-Komplex. Gesammelte Erzählungen II. detebe 20352
Don Juans Versuchung. Gesammelte Erzählungen III. detebe 20353
Eine unmögliche Ehe. Gesammelte Erzählungen IV. detebe 20354
Eine selbständige Frau. Gesammelte Erzählungen V. detebe 20355
Brautnacht. Gesammelte Erzählungen VI detebe 20356
Die Reise nach Dublin. Roman. Leinen
Einziges Kind. Biographie I. detebe 21021
Meines Vaters Sohn. Biographie II detebe 21022
Alle Bände dem Englischen übersetzt von Elisabeth Schnack

● Sean O'Faolain

Sünder und Sänger. Ausgewählte Erzählungen I. Aus dem Englischen von Elisabeth Schnack. detebe 20231
Trinker und Träumer. Ausgewählte Erzählungen II. Deutsch von Elisabeth Schnack detebe 20741
Lügner und Liebhaber. Ausgewählte Erzählungen III. Deutsch von Elisabeth Schnack detebe 20742

Liam O'Flaherty

Zornige grüne Insel. Roman. Aus dem Englischen von Hubert Roch
Diogenes Evergreens
Armut und Reichtum. Ausgewählte Erzählungen. Deutsch von Elisabeth Schnack
detebe 20232
Ich ging nach Rußland. Reisebericht
Deutsch von Heinrich Hauser
detebe 20016
Der Denunziant. Roman. Deutsch von H. Hauser. detebe 21191
Tiergeschichten. Gesammelt und übersetzt von Elisabeth Schnack. detebe 21253

George Orwell

Die besten Geschichten von George Orwell
Ausgewählt von Christian Strich
Diogenes Evergreens
Erledigt in Paris und London. Bericht. Aus dem Englischen von Alexander Schmitz
detebe 20533
Tage in Burma. Roman. Deutsch von Susanna Rademacher. detebe 20308
Eine Pfarrerstochter. Roman. Deutsch von Hanna Neves. detebe 21088
Die Wonnen der Aspidistra. Roman. Deutsch von Nikolaus Stingl. detebe 21086
Der Weg nach Wigan Pier. Sozialreportage. Deutsch von Manfred Papst. detebe 21000
Mein Katalonien. Bericht über den Spanischen Bürgerkrieg. Deutsch von Wolfgang Rieger. detebe 20214
Auftauchen, um Luft zu holen. Roman
Deutsch von Helmut M. Braem
detebe 20804
Farm der Tiere. Ein Märchen. Neu aus dem Englischen übersetzt von Michael Walter. Mit Zeichnungen von F. K. Waechter und einem neuentdeckten Nachwort des Autors ›Die Pressefreiheit‹. Diogenes Evergreens
Auch als detebe 20118
1984. Roman. Deutsch von Kurt Wagenseil. detebe 21089
Im Innern des Wals. Ausgewählte Essays I. Deutsch von Felix Gasbarra und Peter Naujack. detebe 20213
Rache ist sauer. Ausgewählte Essays II. Deutsch von Felix Gasbarra, Peter Naujack und Claudia Schmölders. detebe 20250
Das George Orwell Lesebuch. Herausgegeben und mit einem Nachwort von Fritz Senn. Deutsch von Tina Richter. detebe 20788
Denken mit Orwell. Sätze für Zeitgenossen, zusammengestellt von Fritz Senn. Deutsch von Felix Gasbarra und Tina Richter. Mit 8 Zeichnungen von Tomi Ungerer. Kleine Diogenes Evergreens
Über Orwell. Herausgegeben von Manfred Papst. Deutsch von Matthias Fienbork
detebe 21225

Edgar Allan Poe

Die besten Geschichten von Edgar Allan Poe.
Ausgewählt von Mary Hottinger
Diogenes Evergreens
Die schwarze Katze und andere Verbrechergeschichten. detebe 21183
Die Maske des roten Todes und andere phantastische Fahrten. detebe 21184
Der Teufel im Glockenstuhl und andere Scherz- und Spottgeschichten. detebe 21185
Der Untergang des Hauses Usher und andere Geschichten von Schönheit, Liebe und Wiederkunft. detebe 21182
Alle Bände herausgegeben von Theodor Etzel. Aus dem Amerikanischen von Gisela Etzel, Wolf Durian u.a.

Saki

Die offene Tür. Ausgewählte Erzählungen. Aus dem Englischen von Günter Eichel
Illustrationen von Edward Gorey
detebe 20115

Olive Schreiner

Geschichte einer afrikanischen Farm. Roman. Aus dem Englischen von Elisabeth Schnack
detebe 20885

William Shakespeare

Dramatische Werke in 10 Bänden
In der Übersetzung von Schlegel/Tieck. Als Vorlage diente die Edition von Hans Matter. Jeder Band mit einer editorischen Notiz des Herausgebers und Illustrationen von Heinrich Füßli aus der Ausgabe von 1805
Romeo und Julia / Hamlet / Othello
detebe 20631
König Lear / Macbeth / Timon von Athen
detebe 20632
Julius Cäsar / Antonius und Cleopatra
Coriolanus. detebe 20633
Verlorene Liebesmüh / Die Komödie der Irrungen / Die beiden Veroneser / Der Widerspenstigen Zähmung. detebe 20634
Ein Sommernachtstraum / Der Kaufmann von Venedig / Viel Lärm um nichts / Wie es euch gefällt / Die lustigen Weiber von Windsor. detebe 20635
Ende gut, alles gut / Was ihr wollt / Troilus und Cressida / Maß für Maß. detebe 20636
Cymbeline / Das Wintermärchen / Der Sturm. detebe 20637
Heinrich der Sechste / Richard der Dritte
detebe 20638

Richard der Zweite / König Johann
Heinrich der Vierte. detebe 20639
Heinrich der Fünfte / Heinrich der Achte
Titus Andronicus. detebe 20640
Shakespeare's Sonette. Deutsch und englisch, Nachdichtung von Karl Kraus. Statt eines Nachworts ein Essay von Karl Kraus aus der *Fackel:* »Sakrileg an George oder Sühne an Shakespeare?« detebe 20381

● Alan Sillitoe

Der Mann, der Geschichten erzählte. Roman. Deutsch von Hanna Neves. Leinen
Die Flamme des Lebens. Roman. Aus dem Englischen von Hanna Neves. Leinen
Der Sohn des Witwers. Roman. Deutsch von Peter Naujack. Leinen
Samstagnacht und Sonntagmorgen. Roman. Deutsch von Gerda von Uslar. detebe 20230
Ein Start ins Leben. Roman. Deutsch von Günter Eichel und Anna von Cramer-Klett detebe 20545
Der Tod des William Posters. Roman Deutsch von Peter Naujack. detebe 20952
Der brennende Baum. Roman. Deutsch von Peter Naujack. detebe 20953
Die Einsamkeit des Langstreckenläufers Erzählungen I. Deutsch von Günther Klotz detebe 20413
Fußball. Erzählungen II. Deutsch von Hedwig Jolenberg und Günther Klotz detebe 20414
Die Lumpensammlerstochter. Erzählungen III. Deutsch von Wulf Teichmann detebe 20415
Mimikry. Erzählungen IV. Deutsch von Wulf Teichmann und Anna von Cramer-Klett detebe 20416
Männer, Frauen und Kinder. Erzählungen V. Deutsch von Wulf Teichmann. detebe 20417

● Muriel Spark

Memento Mori. Aus dem Englischen von Peter Naujack. detebe 20892
Junggesellen. Roman. Deutsch von Elisabeth Schnack. detebe 20893
Portobello Road. Erzählungen. Deutsch von Peter Naujack und Elisabeth Schnack detebe 20894
Die Blütezeit der Miss Jean Brodie. Roman Deutsch von Peter Naujack. detebe 21055
Die Ballade von Peckham Rye. Roman Deutsch von Elisabeth Schnack detebe 20119
Robinson. Roman. Deutsch von Elizabeth Gilbert. detebe 21090
Die Tröster. Roman. Deutsch von Peter Naujack. detebe 21089

Vorsätzlich Herumlungern. Roman. Deutsch von Hanna Neves. detebe 21195

● Laurence Sterne

Tristram Shandy. Roman. Aus dem Englischen von Rudolf Kassner. Anmerkungen von Walther Martin. detebe 20950

● R. L. Stevenson

Werke in 12 Bänden. Nach der Edition und Übersetzung aus dem Englischen von Curt und Marguerite Thesing
Die Schatzinsel. Roman. detebe 20701
Der Junker von Ballantrae. Roman detebe 20703
Die Entführung. Roman. detebe 20704
Catriona. Roman. detebe 20705
Die Herren von Hermiston. Roman (Fragment). detebe 20702
Der Pavillon auf den Dünen / Der seltsame Fall von Dr. Jekyll und Mr. Hyde Zwei Novellen. detebe 20706
Der Selbstmörderklub / Der Diamant des Rajahs. Zwei Geschichtensammlungen detebe 20707
Die tollen Männer und andere Geschichten detebe 20708
Der Flaschenteufel und andere Geschichten detebe 20709
Der Leichenräuber und andere Geschichten detebe 20710
In der Südsee. Ein Reiseabenteuer in zwei Bänden mit einer Karte. detebe 2071-20712

● Henry David Thoreau

Walden oder Leben in den Wäldern. Aus dem Amerikanischen von Emma Emmerich und Tatjana Fischer. Mit Anmerkungen, Chronik und Register und mit einem Vorwort von W. E. Richartz. detebe 20019
Über die Pflicht zum Ungehorsam gegen den Staat und andere Essays. Auswahl, Übersetzung und Nachwort von W. E. Richartz detebe 20063

● Mark Twain

Die besten Geschichten von Mark Twain Herausgegeben von Christian Strich Diogenes Evergreens
Die Million-Pfund-Note. Erzählungen. Aus dem Amerikanischen von N. O. Scarpi, Marie-Louise Bischof und Ruth Binde detebe 20918
Menschenfresserei in der Eisenbahn. Erzählungen. Deutsch von Marie-Louise Bischof und Ruth Binde. detebe 20919

● Evelyn Waugh

Auf der schiefen Ebene. Roman. Aus dem Englischen von Ulrike Simon. detebe 21173
Der Knüller. Roman. Deutsch von Elisabeth Schnack. detebe 21176
Lust und Laster. Roman. Deutsch von Ulrike Simon. detebe 21174
Tod in Hollywood. Roman. Deutsch von Peter Gan. detebe 21175

● H. G. Wells

Der Krieg der Welten. Roman. Aus dem Englischen von G. A. Crüwell und Claudia Schmölders. detebe 20171
Die Zeitmaschine. Roman. Deutsch von Peter Naujack. detebe 20172

● Nathanael West

Schreiben Sie Miss Lonelyhearts. Roman. Aus dem Amerikanischen von Fritz Güttinger. Einleitung von Alan Ross. detebe 20058
Tag der Heuschrecke. Roman. Deutsch von Fritz Güttinger. detebe 20059
Eine glatte Million oder Die Demontage des Mister Lemuel Pitkin. Roman. Übersetzung, Anmerkungen und Nachwort von Dieter E. Zimmer. detebe 20249

● Oscar Wilde

Der Sozialismus und die Seele des Menschen. Ein Essay. Aus dem Englischen von Gustav Landauer und Hedwig Lachmann
detebe 20003
Sämtliche Erzählungen. Mit Zeichnungen von Aubrey Beardsley. Herausgegeben und mit einem Nachwort von Gerd Haffmans
detebe 20985

● P. G. Wodehouse

Promenadenmischung. Lustige Geschichten I
Aus dem Englischen von Günter Eichel
detebe 21056
Der Pennymillionär. Lustige Geschichten II. Deutsch von Günther Eichel. detebe 21226